本书由上海文化发展基金会图书出版专项基金资助出版

SALWEEN CAMPAIGN

ONCE UPON A TIME IN THE CBI THEATER

怒江之役

CBI战区往事

孙敏·江汶 著

上海大学出版社

图书在版编目（CIP）数据

怒江之役：CBI战区往事 / 孙敏，江汶著. -- 上海：上海大学出版社，2016.2
ISBN 978-7-5671-2101-0

Ⅰ. ①怒… Ⅱ. ①孙… ②江… Ⅲ. ①纪实文学－中国－当代 Ⅳ. ①I25

中国版本图书馆CIP数据核字(2016)第017973号

责任编辑 钟 瑾
封面设计 杨 宇
技术编辑 章 斐

书　　名 怒江之役：CBI 战区往事
著　　者 孙 敏 江 汶

出版发行 上海大学出版社
社　　址 上海市上大路 99 号
邮政编码 200444
网　　址 www.shangdapress.com
发行热线 021-66135112
出 版 人 郭纯生

印　　刷 上海华业装潢印刷有限公司
经　　销 各地新华书店
开　　本 787×1092 1/16
印　　张 24.75
字　　数 418 千字
版　　次 2016 年 3 月第 1 版
印　　次 2016 年 3 月第 1 次
书　　号 ISBN 978-7-5671-2101-0/I · 355
定　　价 45.00 元

序

本书见证了中国民间力量的一份努力。它讲述的是抗日战争中中美军人的故事，揭示了一段鲜为人知的历史。从广义上讲，本书是对二战军人的纪念和致敬。在美国，作者难以置信地寻找到了1944年在腾冲阵亡的19位美国军人的名单，其中一名阵亡者麦姆瑞少校的女儿得以前往云南，走访了她们父亲的牺牲之地；在中国，作者调查战场故地，重拾民间记忆，使那些湮没已久的往事得以追溯和整理，为后代记录了一段珍贵的历史。这是令人欣慰的。

麦姆瑞少校的118封战地家书的发现和整理，是本书的重要部分。沿着家书的时间主线，作者重构了麦姆瑞少校亲历的那场战役中的重要事件。少校在信中表达了他对妻子和两个女儿的无限爱意，描述了他在印度和中国的经历，读来令人伤感。

1942年，随着缅甸的沦陷和滇缅公路的失守，中国通向世界的地面和海上通道被日本人完全切断，唯一可以向中国运送物资的渠道是印度驼峰空运航线。1944年，中美联军发起反攻，重新打通滇缅公路，开辟了一条从印度到达中国的地面运输线。反攻队伍的一部分是中国驻印军的X部队和缅甸北部史迪威将军指挥的梅利尔飙袭队（Merrill’s Marauders），另一部分是卫立煌将军率领的由七万两千人组成的Y部队。他们由美国人训练和装备，并配有美国顾问、医疗人员、军械人员、通讯人员和空中力量的支持。这支部队越过怒江向西反攻，将日本人赶出云南西部边境。本书讲述的中国和美国军人就是怒江战役中的Y部队成员，他们为了共同的目标而并肩作战。

我有幸能在阵亡者名单的寻找中尽了一份绵薄之力，但更大的荣誉应归于那些参加战役的中美军人，还有为了共同的目标而做出了牺牲的两国人民。

追认那些在战役中牺牲的美国军人，体现了中国人民对于在艰苦卓绝的抗日战争中帮助过他们的美国军人的感激之情，这是那个特殊年代的重要友谊，也证明了中国人从来不会忘记朋友。让人感到安慰的是，近年来，中国老兵也同样得到了认可。

中国人从来不忘记朋友的最好佐证是腾冲国殇墓园，一个美丽宁静的地方，非常适合用来悼念在云南战斗和牺牲的中美军人。墓园的山上布满了阵亡士兵的墓碑，纪念堂中列有为光复腾冲而阵亡的9000名中国士兵的名字。园中还有为19位牺牲的美国军人新建的墓碑，一座宏伟的中国远征军纪念塔矗立在小山头上。所有这一切都表达了对参战军人的缅怀之情，也提醒我们牢记战争所导致的巨大牺牲。值得欣慰的是，墓园管理得非常好，常有中国人到那里表达他们对阵亡军人的深深敬意。

中国著名的军事家孙子认为，应该尽可能地避免战争，他说："莫难于军争。"（意为：没有比军事战争更困难的事情了。）美国的威廉姆·舍曼（William T. Sherman）将军说得更简洁："战争即地狱。"弗雷德里克·豪（Frederic Howe）写道："战争向人们索取的是奉献，回报的却只有痛苦。"的确，战争带给我们的是巨大的损失和深深的哀伤，而这一切，唯有那些亲历战场的军人才能感同身受。每一场战争中，牺牲最多的是普通士兵，而他们与政治毫无关系。但是，在面对外部侵略的时候，为保护生命、文化和人民，虽有牺牲与损失，战争仍不能避免。

本书告诉我们，中美两国军人为击败日本侵略军竭尽全力，做出了巨大牺牲。中国军人是为自己的祖国而战，前来援助的美国军人为的是整个太平洋地区。无论如何，他们都是为了超越自我的理想而战。

今天，让我们记住这些在战争中牺牲或幸存下来的军人们，记住他们是为何而战，不要让历史忘记他们用生命做出的奉献。让先辈们点燃的友谊之火长存，让战争年代建立起来的合作精神延续下去，让中美两国之间的相互理解和友好关系永存！

John E. Easterbrook

约翰·伊斯特布鲁克

美国加州萨拉脱加

目 录

CONTENTS

壹　边地的时间志

山头最高处是“第二十集团军攻克腾冲阵亡将士纪念碑”，“民族英雄”四字为民国元老李根源所书

于右任题写的“忠烈祠”和蒋介石题写的“碧血千秋”

一 历史拒绝遗忘

高黎贡山巨大的山脉，矗立在滇西纵谷区的飘渺间。大山的东麓是保山——古老的永昌府；西麓是腾冲——被称作“八关锁钥、九隘藩篱”的极边之地。山中那条绵延的古道，从蜀地翻山越岭进入滇西，通往东南亚、南亚炎热的神秘国度。自从西汉的张骞证实了它的存在以来，两千多年里，它使精明的滇西人衣食无虞，也让无数人从中国各省来到云南，屯田戍边，设关守隘。1998年多雨的秋末，为了西南边地的历史，我来到滇西。本是为了追溯两千年蜀身毒道的过往，却发现了一段不

西去滇西大地的古道，是《史记》里记载的蜀身毒道的一部分

算遥远但很陌生的历史。

说它陌生，是对第二次世界大战后出生的人们而言的。那时候的腾冲，让人感觉不那么真实。表面上，它与内地的任何一个地方没什么不同。但在平淡的生活下面，有一种特别的东西，会执着地引导你直达一段幽暗的历史。在这个折射着历史镜像的边地小城，时间与记忆编织着它的日常生活。虽然由文档记录的历史框架早已消失殆尽，但在民间，某种固执的存在，无时无刻不在校正你此前的经验——黉学（孔庙）里那些布满枪弹眼的柱子、椽梁，老街上那间大家都知道的日军慰安所，每天早晨和顺图书馆石阶前，几位“预备二师”老兵会准时聚在那里晒太阳，还有许多人家里尚在使用的战争遗物。

那一次，我走进和顺一座典雅的老宅，在开满兰花的水池边看到了一个铝质水瓢，瓢身上铸有“US 1943”。再无知的人，也能在此感受到历史的印迹。数字，把人的记忆带到一个古老民族在亡国边缘奋争多年、即将走出黑夜的黎明前夕，两个字母意味着中国孤独而艰难的对日作战终于有了盟友。带着水瓢刚出小院就被同行者劫了，返身回去，女主人从旮旯里又翻出一个——同样的“US 1943”。

乡间随处可见枪支构件等战争遗物

和顺人家保存下来的美国人的面包炉

如今这些东西都进了文物市场，与N多的刀剑、枪支残件、钢盔、徽章、日军护身符以及慰安妇的化妆镜放在了一起。我曾给儿子买了一副美军绑腿，回昆明才发现是一顺的，都是左腿，老板的东西太多，乱配一气。如果早十年，腾冲的乡间更是穿越。穿着日军马裤的老乡用钢盔做的粪瓢在地里浇水，剁猪食用的是远征军士兵配备的大刀，老妈妈做针线的包袱皮是一面民国的“青天白日旗”。我还见过一件驼峰航线飞行员的呢子大衣，上面留下了最后一位穿过它的中国老乡的名字。

夜晚来临，当家家户户的电视机传来《新闻联播》那段音乐前奏的时候，如果你向任何一位老者提到从前，他们都会毫不犹疑地转过视线，瞬间带你走进历史：

民国三十一年（1942）农历三月二十六，老百姓先听到三声枪响，是守城卫兵发出的警报，然后是“护路营”七九步枪的声音，接下来是日本人的一串枪声“叭咚，叭咚”！日本人到了。老百姓隔着板壁缝数得清清楚楚，第一批进城的日本兵126个。

他们之所以用“到了”这个词，是因为日军进入的是一座毫不设防的城市。腾冲沦陷了两年四个月零四天，光复的时间是在1944年9月14日。这串数字的重复率之高让人迷惑，以至于有北方来的朋友说：哪怕是在标志抗战爆发的卢沟桥，也不会有如此多的人记住如此多的时间节点。在腾冲，民间记忆像一部容量强大的存储仪，连同散布在大地上的物质遗存，准确地记录着这个地方的时间志。

那时候，进腾冲国殇墓园要收门票，不贵，但令人不快，因为那

在腾冲，许多人家的旮旯角角好好保存着这样的战争遗物

里埋的是殉国者的尸骨。九千多座中国阵亡将士的坟茔，历经劫难，静静地躺在一个小山头上，幽静的林间萦绕着小鸟清脆的鸣叫。山头的最高处是一座方尖碑状的石碑——“第二十集团军攻克腾冲阵亡将士纪念碑”。碑尖无言地直指天空，蓝天下任凭风与云轻柔地掠过。人类的时空里没有永恒，但却有某种不朽，就像碑身上民国元老李根源题写的那四个遒劲的大字“民族英雄”。方尖碑下像士兵一样整齐排列的小墓碑已不是最初的那些了，1968年被进驻腾冲的解放军54军给砸了，1985年重修。满是洞洞眼的火山石极易长青苔，二三十年过去就已是满目沧桑。

若没有知情者引路，多数人会以为是原来的：一样的繁体字，一样的火山石，就连重修时的石匠也大多是1945年建墓园时的那一拨，或是他们的后代。这是腾冲人第二次一锤锤凿出殉国者的名字了。这几千人的尸骨有名有姓，腾冲人一直都知道他们是谁，他们怎么死的，为谁而死。这墓园像一把良心的尺子，来到方尖碑下的人，即便你不与之交谈也能透过对方的眼睛和肢体动作，看到隐藏在灵魂深处某个角落的东西。

在腾冲的日子里，我有很多时间是在墓园里度过的。这里有一种宁静，透着悲剧的崇高精神，让人心里生出久违的神圣感。虽然忠烈祠墙上的民国国徽画得有误，但并不妨碍人思索这个国家的历史。

有一个早晨，我见到四川来的小两口，他们带着弟弟和3岁的孩子在陈列室里仔细地看着锈蚀的军刀和带弹孔的钢盔。冬日的阳光温暖而通

彭瑞一家

80年代中期，腾冲人第二次一锤锤地凿出了殉国者的名字

透，空无一人的墓园里，只有我和他们一家。1998年的腾冲绝非旅游目的地，知道这个地名的外地人少之又少，何况那么年轻。小伙子28岁，名叫彭瑞，家住四川乐山的乡下，到大理旅游，听说离腾冲不远，便过来了。如果不是特殊原因，外地人通常不会专程取道腾冲。

我问他为什么想到这里？在哪里听说的这个地方？

彭瑞迟疑了一下说："听我老祖说的，他在年轻时被抓壮丁到过腾冲。"

他的老祖，他父亲的父亲的父亲，应该就是当年的远征军了。"知道他是哪个部队的吗？"我期望从他口中听到更多的故事。

年轻人有些茫然："只听说过打日本人，日本人非常顽固，中国人死了很多。"

"你老祖在世的时候想不想到腾冲来看看？"

"想的嘛!"这冲口而出的回答，是他与我交谈以来音量最高的一句话。他说老祖与村里几位从腾冲回去的老人摆龙门阵时，最常说到的话题就是腾冲。小时候常常听老祖说到高黎贡山、来凤山和惠通桥，这是除了乐山之外他熟悉得不能再熟悉的地名。可那些年想都不敢想一个普通农民可以从四川来到腾冲，家里穷，没有钱，更何况腾冲是边境，普通人轻易到不了。

带着彭瑞绕到忠烈祠后面，他一抬头看到苍松翠柏间的小墓碑和最高处的方尖碑，眼眶一下就红了。他没想到老祖说过无数次的死了的很多很多的人，竟然以这密密麻麻的小墓碑为标记与他不期而遇。我指着方尖碑上李根源先生手书的几个大字问他：“知道你老祖是民族英雄吗？”他摇摇头说不晓得。他无法想象，“民族英雄”几个字怎么与一个瘸了一条腿的乡下穷老头联系起来。我心里充满悲哀，彭瑞从小在老祖身边长大，竟然由一个素不相识的人告诉他，老祖是一个怎样的人!他从小听着腾冲这个名字长大，却不知道这段抓壮丁的历史为何让村里几个老头儿一辈子魂牵梦绕。彭瑞领着媳妇和弟弟，牵着儿子，在忠烈祠前焚了一炷香，为那些将生命留在了遥远边地的殉国者。风很静，袅袅清烟升到了树梢时还是笔直笔直的，悠悠然一直融入苍穹。我们没再说过一句话，直到他们一家离开。

也是在这个墓园里，有人给我讲了一个故事：某个黄昏，一个年轻人历尽艰辛，独自从陇川——他下乡插队的地方，渡过大盈江，步行数日来到腾冲县城。他从没到过这里，只听说他的父亲1944年在滇西反攻作战中，战死在高黎贡山下。在他的生活里，这段历史从不被提起，却像一个阴影和罪过跟随着他，让他像是同代人中耻辱的另类。夕阳西沉，他悄悄溜进了国殇墓园，凛冽的风吹过小山头上的苍松翠柏，吹过几千座高仅盈尺却密密匝匝覆盖了整个山头的墓碑。那座火山石的方尖碑在冷风中矗立在墓园的最高处。年轻人趁着最后的天光，在九千多个墓碑中寻找着从未见过面的父亲的名字。天黑尽了，他点着打火机寻找；打火机的汽油烧干了他就用手摸。他摸遍了一行行、一块块冰冷的墓碑，始终没有找到父亲的名字。黑夜消失之前他离开了，心里留下纪念碑上的“民族英雄”四个字。那时，于右任手书的“忠烈祠”匾早已被人拿去做了床板，“人民公敌”蒋介石题写的“碧血千秋”碑也被凿掉了。破旧的大殿柱子上国民党陆军总司令何应钦的对联还依稀可见：“气壮山河成仁取义，光昭日月生荣死哀”。

这个故事初听让人感伤，但没多久我便发现，它在时序和逻辑上有问题。腾冲的老人说，解放军54军在1968年进驻腾冲后就把墓碑砸了，一包军用炸药，把整整一个纪念塔炸上了天。而知青下乡是1969年早春，头一年墓园就没了，当然不排除那个年轻人看到的是残碑。此外，也不可能是他的父亲。“文革”中下乡知青年龄最大的是1947年出生的，除非他找的是自己伯父之类的。再说“文革”开始后，墓园就被用来关押“牛鬼蛇神”，里头不时有凄厉的惨叫声传出。这样的环境，很难想象能让陌生人自由进出。

故事虽不真实，却传达了另一个事实——对历史认知的空白，太多的人是在以想象和编撰填补着民间记忆之外的史实空间。这9000多个终止于1944年的年轻生命，我们完全不知道他们来自哪里？经历过什么？亲人是否知道他们的下落？9000多个名字，一定有9000多个生离死别的故事，以及9000多个家庭几十年茫然无知的牵挂。更何况，怒江战役里还有太多的士兵死了却没有留下任何记载，生命像一阵青烟般消失了。谁也不知道墓园的地底下，还有多少遁入时光黑洞的故事。

这个墓园里，有人死了，名字不在碑上；有人活着，地下埋着的却是以他名字死去的同袍。我见过缅甸回来的老兵久久地站在方尖碑前流泪。跟随陆朝茂在他部队的行列里寻找刻了他名字的墓碑，当年穿错他衣服的战友躺在了地下，而他在高黎贡山下他们昔日的战场上耕田种地又活了几十年。墓碑上还有一位没有死的士兵的名字，我到腾冲附近的村庄里找过他，可那一次他真死了。他的故事是腾冲的熊维新告诉我的。

那是1996年冬天，熊维新的单位要建仓库，请了一些民工做木活。夜里很冷，加完班大家围着火塘聊天。一位姓曾的老人平时的话很少，那天却讲了许多。他跟大家说，他恨日本人，哪怕是再死一次也在所不辞。他的老家在长沙的乡下，母亲被日本人强奸后用刀捅死了，父亲和哥哥也被杀了。他躲在庄稼地里逃过一劫，出来后参加了国军。大家问他打仗时怕不怕，他说，就怕见不到日本人，拼一个算一个，死了算，反正家里也没亲人了。他把衣服撩起，身上有八七处伤，他从长沙战役、武汉会战，一直打到滇西战场。高黎贡山九死一生，一个连队的

老盟军碑

战友死了补充，补充了又死，他命大一直打到腾冲。东北拐角久攻不下，部队的命令是要城不要人，那天招募了124个敢死队员，他是其中之一。长官说抗战到了最后阶段，是为国效忠的时候了，还讲了很多道理。那天杀猪羊，摆酒壮行，最后长官说有不愿去的还来得及，有三个人站了起来。当官的让卫兵把这三人拉下去就地枪毙了。攻城开始后，飞机轮番地炸，机枪不停地打，不让日本人有喘息的机会。月亮昏白的后半夜，他们带着短枪与刀进入城里，与敌人短兵相接。那是面对面的肉搏战，只要是臂上没缠白毛巾，不管是谁，见了就砍。杀了一夜，人都杀红了眼，死了的也砍；冲锋号吹响了，他还在砍，直到看见部队冲上来，他才倒下去被抬出战场。战后，他流落到腾冲，在毛家村改姓上门。熊维新也不知道他的名字，只知道姓曾。几天后，仓库建好了，他也回家了，没人在意他叫什么名字。

2004年，我到了毛家村。尽管不知道他是否还在世，但我还是去了。进村问老乡，是否有个姓曾的老兵，湖南人。他们表情木然地告诉我："死了，有好几年了。"许多的老兵都在那几年相继死去，这已经不是第一次碰到了。老人的大名叫曾宝龙，上门后改名毛有曾。找到了他的家，他儿子告诉我：父亲头部有个对穿的伤口，是在最后一仗受的伤，他的战友全都死了。听人说国殇墓园里有他的名字，但他们没去找过。平时，老人很少对家里人提战争的事，儿孙们了解他的过去不会超过十句话。但在他去世前几年一个寒冷的夜晚，他与一群陌生人讲了他一生中最悲壮的一段经历，这大概是他一生中话说得最多的一次，而且是唯一的一次。

这是一段怎样的历史呵，让如此多的生还者穷尽一生去牵挂，也困扰着如此多的后来者。当年做编辑的时候，我曾建议腾冲的一位作者去寻找墓碑主人的故事。可他后来告诉我说不容易，因为根本就没有档案可供查询。像毛有曾、陆朝茂的经历都是极偶然的情况下被保留下来的。更多的时候是一个未知引出更多的未知，全部的线索就是忠烈祠里那几块刻有阵亡者名字的石碑。这些石碑还是"文革"后找回来的，重建的小墓碑也是依据石碑上的名字，是否有遗漏还不得而知：20集团军所部官兵共阵亡9168人，负伤10200人。美军阵亡14人。腾冲人民随军作战阵亡及赴义死难6300余人；户帕运粮民夫殉职6200余人，夫役到龙陵、芒市、畹町增援殉职800余人，总计13000余人。如果这些数字准确无误的话，那历史也就剩下这一串空空荡荡的符号了。

在诸多无解的未知里，无史可查的是一块盟军抗日阵亡将士纪念碑。碑在忠烈祠的左后方，于右任手书“天地正气”碑的旁边，上书：“民国三十三年夏，滇西战役进入反攻阶段，盟国军队来华助战，在收复腾冲战役中，美军中尉夏伯尔等十四名官兵壮烈牺牲，兹特立石以慰英灵”。墓园里诸多参战部队的纪念碑里，这块碑最容易被忽略，因为它比追溯中国阵亡者的故事更令人绝望。历史空贡太多，我们连自己士兵的记载都还云里雾里，更遑论来华助战的美国军人。况且，中国士兵多多少少还有幸存者在讲述他们的人生片段，而这块只有一个名字和一个数字的石碑所传递的信息几乎为零。

夏伯尔是谁?

其余13位美国军人叫什么名字?

他们怎么死的?

有多少美国人参与了渡过怒江的战役?

……

这是一段“三无”历史：无记录、无档案、无真实报道。想要深究后面的线索，几乎是毫无指望的。

二 老相册中的烽火岁月

当年在国殇墓园或是腾冲县的博物馆图书馆，有一组历史照片反复出现，到哪儿都能见到。循着线索我见到了照片的主人张孝仲老先生。那一年老先生72岁，中山装的领扣永远扣得规规矩矩，慈眉善目间透着睿智。他与我在腾冲结识的一些老者很像，身上总带着些旧时代的儒雅，那是腾冲逝去的岁月留下的痕迹。

张孝仲年轻时为共产党工作过，50年代无奈地回乡了。此后，他只是和顺图书馆的临时员工，薪资微薄，但每天风雨无阻地沿着和顺的石板路去上班。他一个人生活，简朴的小院永远干干净净的，闲来无事就在小书房里读书写字，脚边爬着那只乖乖的狗狗。像和顺的许多老宅子一样，张孝仲书房的墙上也有一只奥地利挂钟，好几十年了还很准时，每到正点便响起好听的金属撞击的声音。那声音萦绕在屋梁下，像是在时间的河流里淌过。钟是从前的马帮从缅甸驮回来的。和顺人十之八九都有走夷方的经历，秋冬出去，春夏返回，带回来的东西把和顺弄得像个万国博物馆似的。

张家的老相册很古旧，硬面压花，也是马帮从缅甸驮回的“舶来品”。里面的照片是张孝仲的父亲张溶用120相机拍摄的，以相角固定着，几乎是一部三四十年代和顺的影像史。那个时代腾冲有两位名医，一是留学日本回来的张德辉，另一位就是张溶。张家是中医世家，张孝仲的曾祖父是个老秀才，祖父兄弟四人都求过功名，“咸同之乱”时全家避难到了梁河。祖父在干崖土司家教书，做过土司刀京版的老师。那时梁河抽大烟赌钱风气太盛，祖父听说和顺读书风气好，一家人迁居到

张孝仲正在查看他的老相机

了和顺。父亲张溶生于光绪二十九年（1903），在和顺的小学就读，拜了李景山、杨之荣等有名望的老师。后来在城里的中学毕业后，回到益群中学教授动植物学和语文。张溶是个多才多艺的人，他对声光化电都感兴趣，尤爱摄影。有文章说张家曾在和顺开照相馆，张孝仲一直在反驳——不是相馆是药店，药店里设了个暗房，那只是老父亲的爱好。张孝仲还保存着父亲的柯达公司早年出版的摄影教材。教材是英文版的，他没有出过国，是跟城里的英国传教士学的英语，也在上海商务印书馆办的函授学社学过。

在今天的地理概念里，云南是中国的边陲，腾冲更是边陲的边陲。

张孝仲的相机和照片

但在历史上，边陲不等同于边缘。近代以来，从西去禅国的古道驮回来的也不仅仅是洋货，还有新世界的思想。庚子变法、辛亥革命、第一次世界大战、五四运动——在新旧世纪交替的年代里，中国新民主主义革命的信息与西方的文明都经过缅甸进入腾冲，许多青年人也都得海外风气之先而激起了对现代知识的求知欲，知道了除十三经之外还有很多的科学、教育与文化。这让远僻的腾冲与中国许许多多同样远僻的乡村相比，成了最早被时代潮流触动的地方。那一年到张家，张溶老先生的两部德国蔡斯相机还在，相机皮腔已经磨损，用胶布粘贴着，镜头已经发霉，后盖也生锈了，但是它为和顺记录了一部历史。它给许多著名的人物拍过照——那是和顺创业的一代父老；它给许多家庭拍过全家福——其中有多少难以用语言描述的走夷方的故事；它给和顺那些精雕细刻、美丽无比的古宅大院、石桥牌坊、学堂祠祀留下了珍贵的记录，也留下了这个古镇许多的重要瞬间。有幅照片上是和顺人庆贺腾冲光复的场面。人民自由了，大家在寸氏祠堂前面扎了一个自由神像。可神像怎么看都觉得怪怪的。张孝仲说，乡人知道美国有个自由神像，但不知道是男是女，就按中国男权社会的传统，扎了个自由男神。

随手翻到一幅腾冲沦陷前和顺乡图书馆的照片，照片中图书馆的墙上有一行标语，在放大镜下内容依稀可辨："要收复失地，我们必要抗战!"我正为自己辨别出一条几十年前的标语自得，张孝仲指着照片右侧边缘只有一个"救"字的标语说："后面那条标语是'救国不忘读书，读书不忘救国'！"我夸他厉害，老先生温和地笑笑，"那是益群中学的标语"。民间记忆再一次显示了它的顽强。我们总以为影像是最真实的记录手段，然而，有什么手段能比人的记忆更全景呢。一幅影像只是一个选择过的瞬间，而记忆则延伸着二维图像之外的声音、表情、思想和情感。

我到张家是为那一组战争期间的照片。在老相册里，这组用135胶卷拍摄的片子在方寸之间展示着中国抗战历史上的一个重要结点。1944年的8月，是中国远征军收复腾冲城最后的日子。城中遍燃战火，和顺乡距县城3公里，张家药铺的暗房成了腾冲唯一能够冲印照片的地方。战争进行到决胜的时刻，城外的村庄住满了军队。和顺是中国远征军第198师和第36师的驻地，野战医院和美军顾问团也驻扎在这里。美国人喜欢张家的小暗房，经常有人到张家的药店与张溶聊天交朋友。有一天，一位年轻的记者送来了一批胶卷请他们冲印。在不远处的炮声陪伴下，张孝仲和他的大哥连夜赶工。那时没有电，是用汽灯曝光。张溶看着显影液里慢慢出现的影像——他们正在亲历却未能亲见的场景。正值腾冲光复的前夕，沦陷了两年零四个月的腾冲经历着重要转折，每个人都在期待着。这72幅照片记录了远征军从渡过怒江、翻越高黎贡山到腾冲巷战的全过程，张溶嘱咐儿子把照片多印一套留下来。说到这里，张孝仲有些不好意思，他说这在今天是违法的。他曾希望我通过我工作的杂志寻找那位年轻的记者，让他看到照片后与他们联系。我如他所愿在杂志里为这批照片附了一则告示，但与预料的一样没有下文。那位年轻记者取走照片后再无音讯，那批照片也从未露过面。有一阵子张孝仲听人说，在上海见过其中的一两幅，可不知是否属实。

照片中有9幅让人完全搞不懂，拍的是战役中的美国军人。不像后来的几年，有了许多翻译过来的纪录片或个人收藏的影像出现，那时候多数云南人都知道一点飞虎队，虽然搞不明白飞虎队与14航空队的关系，更不知道战争中还有美国陆军的地面部队存在。张孝仲说，照片是一个美国军人送给他们的，不在那72幅照片里。他已经忘了确切的日子，只记得有天晚上来了一个美国军人，请他们帮忙冲一卷胶卷。第二天那位美国军人来取胶卷时，剪下了有重复内容的9幅底片留给了张家作纪念。照片拍的是战场上的美国军人，还有一些中国的将军。有一幅照片很特别，拍的是一场战场上的葬礼——一位美国军人的葬礼。大榕树下，一口棺材被徐徐放入墓穴。棺材的一头有主持者手捧《圣经》在祈祷，棺材的后面是一排军人，有美国军人，也有中国军人。他们的装束和头上的钢盔能让人嗅到不远处的硝烟。

这是一批战争中留存下来的照片，此外，我们再找不到任何东西记录几十年前发生的死亡和毁灭。这些照片让我想到国殇墓园里的那块只有一个名字的盟军阵亡将士纪念碑。但阵亡者是谁？埋葬地在哪里？没人能够给出答案，历史一片死寂，仿佛一切都在半个多世纪前被埋葬了。

当年驻腾冲的美国军人不少，有因战役而来的，也有的是为修史迪威公路。他们与和顺的老乡们有很多交道，可老乡们顶多记得些逸闻趣事，并不知道我们称之为历史的事件框架。老乡们记得美国人在和顺乡买鸡蛋，如果是很穷的人，人家要2块钱，他会给人家5块钱。在和顺人家做客，主人抬上卤腐，有一个大兵捡起一块就放进嘴里，又咸又辣又不能吐出来，成了大家的笑话。还有位老人津津乐道地跟我讲一个故事：一个美国大兵赶热闹，跟着和顺一个老妈妈找师娘婆“瞧香包”。师娘走阴，把他去世的母亲招了来，操着英语对他说：家里的房子么留给妹妹了，别与她争。那家伙给吓坏了，一直拉着师娘嚷嚷。回过神来的师娘只会说腾冲话了，完全听不懂他的英语。这把他的同伴佩服得五体投地，“中国人怎么不把她请到前线，一入神便能看到日本人在干什么。”

民间记忆在这里显示出它的无奈，它是片段的、不完整的和分层的，老百姓只会记得他们的切身经历。作为一部完整的历史，中间缺失了太多的环节，只剩下一地的碎片。

战争结束后，张家的这批照片——72幅照片、9幅底片，加上张溶拍摄的战后腾冲，一共90多幅照片被不断地洗印出来作为礼物送给从缅甸回来的亲戚和乡邻。也为了这些片子，张溶老先生在“文革”中吃尽了苦头，被吊打被批斗。女儿悲愤之中将相册上的老照片一张张撕下来扔进了火炉，老相册至今依然留着那些只剩下相角的空白的框。

我问张孝仲，还记得这些空白处原来是什么片子吗？他记得其中一张是地面部队为空投的飞机布白板。幸好不是全部都给烧了，但我好奇，当时是怎么选择烧哪些留哪些呢？“人在愤怒的时候哪有心情去选择，哪一张好扯就扯哪一张，不好扯的就随它了，”老人深深地感叹：“唉，什么叫大劫？！”

这很让人气馁。原来我们所知道的历史都是在有意和无意的选择中侥幸留存下来的，凭的是偶然和偶然中的偶然。不过幸运的是，那9幅底片不在相册里，所以躲过一劫。那幅葬礼的照片我看了又看，最终还是

张孝仲家的老相册里有一幅战地葬礼的照片，在20世纪末的年代里，没人知道，这场葬礼为谁而举行

放下了。谁的葬礼？它与腾冲国殇墓园里的盟军阵亡纪念碑之间是什么关系？当年发生了什么？14个阵亡者的数字是从哪里来的？除了夏伯尔之外，其他的阵亡者叫什么名字？我一无所知。它们像一道窄窄的门缝在你面前打开，望出去却是一片混沌，完全无从下手。如果不是两年之后，随着大洋两岸的寻找，故事被重新展开，这幅照片和它背后的故事恐怕就将永远地湮没在记忆与历史之间的灰色地带了。

三 逡巡在历史的空白处

在经历了人类有史以来最惨重的劫难之后，所有卷入其中的国家和地区都珍藏着这段历史的官方记载。几十年来，这些记录着数千万人死亡和经历的资料，一定沉睡在各类档案馆的某个角落积满了灰尘。里头有数不清的会晤、谈判、会谈记录、简报，最高统帅部的命令，武器配发、后勤供给、物资消耗记录，以及作战部队的编制、指挥官、作战日志、伤亡人数和阵亡者名单等信息。还有散落在世界各地的参战者和他们的家庭所珍藏的照片、家书、日记、战争纪念品以及回忆录。

我们的记录在哪里？中国的官方档案在哪里？战争期间，怒江以西的日军占领地区到底发生了什么？在公开的出版物里，我找不到这段历史的只言片语。

我曾在云南省图书馆的历史文献部看了整整一周的地方报纸，从1942年看到1945年。结果令人失望，报喜不报忧似乎是中国新闻业的传统。1942年5月，中国远征军第一次出国作战失利，被日进百里的日军追得溃不成军。难民和败军裹挟着瘟疫，把个一千公里长的滇缅公路挤到看不见路面，而报纸上还在若无其事地报道前线大捷。我所能够获得的官方资料就是保山和腾冲的地方政协内部编印的文史资料，这些资料没有公开出版，来源是位于南京的中国第二历史档案馆。90年代，保山市政协派人到南京抄资料。档案馆不允许复印，不让拍照，但可以抄写。保山博物馆的李枝彩便是其中一员。他说非常辛苦，只能带纸和笔进去，那些资料都是他们一个字一个字地抄回来的。在那几期《文史资料》中，还有一些老兵回忆。虽然只是小块文章，但那是普通人唯一能够读到的资料了。腾冲博物馆的李正是私人拥有资料最丰富的人，不论是老兵访谈，还是到了台湾的将军们的回忆录，这让到腾冲的许多人都饿狼似的嗅着香味儿找到他。其中也包括我。

“间翻青史几悲凉，功罪千秋少尺量。”在和顺图书馆的故纸堆里看到这两句诗的时候，我觉得历史本不该这样，但却是现实。秋风瑟瑟，晚雨骤停，图书馆的藏书楼外是文昌宫的飞檐和一片灰色的大宅院屋顶——那是几百年里，中国历代王朝在这蛮烟瘴雨之乡定鼎以来文教德化的成果。和顺潮湿的空气，使少有人翻动的古籍几乎黏在了一起。寸馆长把《腾越厅志》借与我，那是一百多年前，腾冲知府陈宗海和满腹经纶的士绅们编撰的，从造纸、刊刻到印制都由手工完成。书放在手上软软的，书蠹在字里行间蛀出了小眼，散发着陈旧的宣纸气味。我一页页轻轻翻动，像在召唤远去的历史之魂。寸馆长说，即使微缩胶片和光碟可以解决虫蛀的问题，但线装书仍然是不可替代的特殊载体。

我懂他的意思。当我把手放在这部陈旧的典籍上的时候，仿佛能感觉到它的每一次停顿和叹息。方国瑜先生说过，云南与中原的联系是与用兵有关的。但没想到腾冲会是这样，整部史志似乎都充斥着动荡不宁的边塞气息。卷首的《列圣御制》开篇就是“乾隆皇帝六十韵靖远诗”，余后各卷均言“腾居滇末，扼边隅之险要，作远郡之藩篱”。然而，明代以来有史记载的历次戍边征战中，没有哪一场战事像半个世纪前那场战争，直接关系到整个国家和民族的存亡。但是，历史恰好到了这里就消失不见了。

那个时代，认真考证这段历史的研究者凤毛麟角，不像今天，仿佛全国人民都是二战史专家，谁都可以侃一段似是而非的历史。戈叔亚是中国与幸存远征军老兵面对面记录口述历史的第一人。那时候，他一次次骑摩托车走遍了近千公里长的滇缅公路，寻访知情者，猎狗般地搜集星星点点的资料，在荒草丛生的角落里寻找历史的细枝末节，为后来的研究者建立了从1942到1945年间这条伟大公路的历史和地理坐标。他曾跟我说，在滇缅公路上常常会遇到老乡拉着他说：我爹叫什么名字，当年出去修路再没了消息，如果遇到了麻烦回来告诉我一声。那时候我在一家地理杂志社做编辑，曾坐在昆明的14航空队酒吧听他讲远征军的故事。我没见过有谁像他那样对这条险峻的公路和辽阔的空中航线如此的谙熟，一个平时内敛的人讲起历史会如此的神采飞扬。他也为此付出了代价，成了彻底的独立历史学家；也曾被列入威胁国家安全的名单，胶卷相机被没收，被公安从滇西押解回昆明；以至于在很长时间里远远看到有警察迎面走来都会头皮发麻。

有意思的是，不多的信息来源中有一部小说，作者段培东，腾冲县小西乡油灯庄的农民。1998年我在腾冲拜访了他，我想知道他的书是怎么写成的，历史细节从何而来。老段的信息来源是他的狱友。段培东曾因少年气盛，犯了点事被关进了班房。那个年代的监狱什么样的人都有。狱友中有一个人是新编39师的老兵。南天门之战是松山龙陵战役里很重要的一战，地形复杂险恶，全师投入战斗2700多人，死亡1200多人。这位狱友战后在遮放安家上门，“文革”中缺盐，与生产队长赶着两头牲口到保山驮盐。路过南天门，他情不自禁地跪下去磕了一个头，当年他的战友死得太多太多。生产队长回过头来看他一眼，没吭声。到保山驮了盐回到遮放后，队长向政治边防工作组反映情况，说这个人对着国民党的残兵败将的亡灵磕头。一绳子就把他捆起来，判了10年。在监狱里，他和段培东编在一个小组，有空就给段培东讲了南天门战役，讲他们拿着大片刀如何与日本人肉搏，日本人如何性子躁，他死了多少战友。监狱里这样的老兵不止他一个。几年后，段培东带着这样的一些笔记离开监狱。他说，很久以后每当看到这些文字心里都很酸楚。80年代中期，文化部门开始在全国范围内收集整理民间口传文化。在少数民族中那是世代相传的史诗、故事和谚语，从开天辟地、洪水滔天到万物起源。段培东为文化局承担了基层的搜集工作，但他听到的不是“从前有座山，山里有座庙”，而是与他在监狱里常听到的那些“罪行交代”一样的故事。这些故事并不陌生，他这一代人从小就是在火塘边听着这些故事长大的。那仗是打得尸山血海，惊天地泣鬼神。在滇西的土地上，有什么故事能比40年代发生的往事更加惨烈，更加惊心动魄?

段培东说，战后流落在腾冲的老兵有名字可查的有1600多人，湖南湖北贵州四川广东广西东北……几乎全国各地的都有。我不知道他的数字从哪里来，腾冲老兵到底有多少，后来打听过，从官方到民间似乎都没有一个准确的数字。而这些人想被人忘记都不可能，每有运动他们总是被最先提溜出来。故事听多了，老段想为这些进入暮年的老人们写出深埋在心底的记忆。虽然他只有小学文化，但他说他只是一个农民，没什么好失去的，站在地上了还怕哪样。

他采访了100多位老兵。1988年的大年初一，他到了下河村，村中有五六个流落在这里的老军人。有一个老人叫李宏志，77岁了。他对老人说："活着的中国人都感谢你们，感谢你们在中华民族生死危亡的时刻，舍生忘死，和日本鬼子浴血拼杀。如果没有你们，就没有现在外面扎松炮的娃娃们，我们活着的人也只是一些亡国奴。你们才是中华民族的救星，是英雄。"老人家胡子白生生的，之前坐在门槛上木然地听着老段说话。听着听着，他突然爬将起来抱着段培东嚎啕大哭，双手使劲将对方往怀里拉。他说："40多年了，我从来没有听过这样的话，我们这些人多少年来都被当作残渣余孽!"

从那以后，老段家里多了些访客。高黎贡山下江苴、界头、永安的老兵们，经常雨水荒天地穿着蓑衣戴着草帽拄着拐棍找上门来，要把憋在肚里几十年的话讲给老段听。那些经历他们连对家里人都没讲过。油灯庄还有一位姓蔡的老人，是远征军的一位连长，在他去世前，专门让家里人把段培东找去，说还有一些细节要说。故事讲完三天后，老人就逝去了。

这本书段培东边写边流了不少的眼泪。书写完了，书名叫《剑扫风烟》，颇有气势，是明代大将军邓子龙西征时留在怒江东岸的题刻。这四个字现在刻在腾冲龙川江畔叠水台后面的崖壁上，是喜好风雅的老一辈文人学士拓回来的。《剑扫风烟》的出版在90年代初期引起了一阵轰动，三次印刷，仍然脱销。地方上把他当作一块招牌，一个写了本畅销书的"农民作家"。他的家里少了老兵却多了许许多多来自全国各地的访客，有学者，有媒体，有对二战历史感兴趣的普通人，也有滇西战役中幸存的日本兵。他的书房——后院岩壁上的一个土洞子也成了来访者参观的地方。

但有一批人始终沉默着。他们不是老段故事来源的底层老兵。那些普通士兵"被揉了几十年的腌菜"，只要有人为他们发声，不论是小说还是戏说都无所谓。而这批沉默的人没把老段的书当真。在他们心目中，这段历史即使是用尽最极端的词汇都不足以描述它的沉重，它已经被扭曲得不成样子，再也经不起戏说。哪怕是一丝一毫的虚构都是对他们的经历的侮辱。我拜访过张问德县长的助理熊文定老先生，我问他怎么看《剑扫风烟》，他说："《剑扫风烟》的编辑找过我，我说那是文学创作，我是外行，不懂得。我也没有打过仗，不清楚每个战役的情况。"打过仗的军人们就很生气了。198师的曹英哲战后去了台湾，他在文章里写过这样一句话：段培东先生的文艺作品《剑扫风烟》，绝不可做史实来读。20集团军总司令霍揆章的私人医生路珍楼跟我说：段培

预备二师第5团中校卫生队长李植

东，历史投机倒把，他出的那个书乱写，你又没有参加我们的队伍，你又不是随军记者，高黎贡山从哪里打你都晓不得，乱讲乱说，百分之零点几的真实都没有。预备二师第5团的中校卫生队长李植也说老段在乱写：“我们全师都在打来凤山，哪来一个团去支援什么西门？洪行去跟日本人拼刺刀，怎么可能？千把人的部队不指挥，去卧底帮日本人挖战壕，说些什么？”李植是洪行的老部下，洪行的太极拳还是他教的呢。他写了一部回忆录，就是想不能让后人也跟着错了。这两位老者都面对面地指责过老段。

《剑扫风烟》被称作报告文学，即介于虚构与非虚构间的一种文体，据说是社会主义国家独有的文学样式。但不管怎样，与今天的“抗战神剧”不同，这本书至少有幸存者的讲述做基础。它之所以不被严肃看待，很大程度上是因为历史尚未厘清。这与好莱坞层出不穷的二战大片不同，在欧洲战场、北非战场、太平洋战场上，能够找到的回忆录、史志、研究报告、文字图片档案几乎是汗牛充栋，人们不会把娱乐当史实。而我们几乎是整整两代人把《地道战》《地雷战》当成了信史。

但从另一个角度来看，这本书在当年的确担当了启蒙的作用。老段戳破了一层纸，遮掩了几十年的历史在这里打开了一个口子，它把许多人带回历史，在一片混沌之中开始考证严肃的史实，也促使李植这样一些人拿起笔写下自己的亲身经历。

老段说，洪行的儿子看到书后给他写了一封信，代表全家一十九口向他三跪九叩。彭劢将军是预备二师的参谋长，也是一位好汉。《剑扫风烟》中的一部分《腾冲收复战纪实》在《红黄蓝》杂志上转载时，彭劢的儿子从上海出差回来，在湘潭车站上等车，一眼看见了书摊上“腾冲收复战纪实”的标题。他小时候隐隐听说父亲在腾冲的事，就把书摊上的书全部买了下来。父亲死的时候，他们都还小，母亲被划为“右派”后就不愿对他们讲父亲的事了，他们只知道自己有一个反动将领的父亲。这是他第一次看到父亲的事迹。彭劢的平反大会在长沙举行的时候，段培东代表滇西父老在会上发了言，揭下了碑上的红布。“卢沟桥事变”60周年纪念会的时候，他又是唯一的与会农民。香港、台湾的代表听说他就是《剑扫风烟》的作者，几个七八十岁的老人搂着他就大哭了起来。

那一年拜访段培东很有意思，临走的时候，老段毫不隐晦地表示了他的失望。他说我的提问没有挑战性。他似乎一直在等待着有来访者与他探讨怒江战役的大政方略，但是每一个来访者所知都不如他，都把他当作信息源。我深深地理解他的失望，虽然书出版后意外地受到欢迎，但他内心却充满了信息饥饿感，充满了缺失的焦虑。而那时的我，两眼一抹黑，连那场战役有多少人参与、在整个中国战场上处于什么样的地位都不知道。我只想知道：他的故事从哪里来？在他亦真亦假的书里，哪一些是真实的，哪一些是文学的虚构？那些参战的士兵是谁？怎么来到云南？他们都经历了什么？那时候，在腾冲，我看到了满地的历史碎屑，却不明白其中的关联。

贰 腾冲

行军中的116师

飘扬着中美两国国旗的营地

一　高黎贡山的幽灵战士

1998年之后的很长一段时间，这事情被搁置了，无从下手的感觉让人很无奈。其间我不止一次乘车经过滇西，或是乘飞机从高空俯瞰高黎贡令人生畏的大山。每一次都觉得群山间有一种力量在吸引着我，希望我停下来，回到密林深处去。那个时候，公路还走禾木树老路。乘坐大客车的旅客，中途都在大蒿坪停车吃饭。大蒿坪在翻过大蛇腰丫口不远，是从前古道上的一个驿站，古道西风行旅匆匆的感觉，会紧紧攥着你的心。那力量似乎来自路基下面，来自密林深处飘摇的树影，或是远方飘乎不定的迷雾

高黎贡山中的古道，承载着上千年行旅商客的艰辛，也记录着怒江战役的荣耀

和飒飒风声，就像有一些你不知道的声音在徘徊。每当这个时候，被搁置的疑问便浮上心头。在怒江的西岸，在高黎贡的深处，在曾经瘴雨蛮烟的滇西土地上，还有多少失落在历史阴影中的未知？是否该回来听那些老者讲述高黎贡山的过往？人的一生中会做很多事情，有的事情是边做边丢，但总有一些事情会让人几度放下又几度回到起点。

2000年夏的一天，我翻过高黎贡山在龙川江边停留。一位老农路过，70多岁，一顶斗笠，一袭蓑衣。看我望着远处的高黎贡山，他也停了下来，不知对我说还是自言自语："打完仗那几年，山里一直都有鬼讲话。后来从上游到下游做了一次水陆大会才平静了些。"好生奇怪，他仿佛知道我在想什么。我问道："那里打过很大的仗吧？"老农的回答方式，我在后来的几年里就慢慢习惯了，他们会跨过你的问题，直接表述记忆里最深刻的部分。过程和前因后果都遗失了，但核心词汇依然传承了下来。那是一个地方整整一代人的集体记忆，虽然零碎、残缺，却是真实的。他说："那些兵么可怜死了，破衣烂裳的，鞋都没得穿，吃的还抵不得我们老百姓，打死了就乱撂了。"老农所说的"鬼讲话"，是指在昔日的战场上，常能听到士兵的列队报数声、脚步声和枪炮声，还有飘乎在雨雾中的人影。这些鬼魂故事我不是第一次听说，也绝不只有我一个人知道，每一个调查过战场故地的人都有耳闻。从北面的界头、马面关、冷水沟到下游的龙陵、松山、芒市一带，凡是1944年战役发生过的地方，不论是长途货车司机还是山里的村民，都会告诉你每逢天阴下雨，谁谁谁的经历，不仅

对这位龙川江边的老农而言，山中时常发生的"鬼讲话"，是他们的历史的一部分

有名有姓，还随时可以找来几个见证人。我甚至认为，知不知道这类故事可以甄别出那一众研究者是否真的作过实地调查。

争论此类事件的真伪是没有意义的。在昔日的战场上走得多了，想装清高都觉得虚伪。在高黎贡的群山中，那些幽灵战士与当地人已经共处了好几十年。死去的士兵们来自中国各省，讲着不同的方言土语，其中也有战场上的对手。就像我在和顺图书馆的故纸堆里读到的诗句“月寒白骨鬼思家”。他们是心有不甘吧？如此轻易地就被历史抹去了，仿佛从来没到过这个世界。一位中国老兵曾赠给他昔日的敌人一首诗：“此去听否江边鬼，夜夜泣涕到天明。”从战火中活下来的人，到了垂暮之年，每每想到的不是自己经历过什么，而是那些不曾老去的年轻的鬼灵，不论是敌是友。

这让人又想到那幅葬礼照片。墓地在哪里，那位战死者如今还在那里吗？他有没有家人？他们知道他的埋葬地吗？他离家好远呵，隔着半个地球。中国士兵死了，那是一个时代的中国人必须担当的责任。但对于远渡重洋来帮助我们的盟友，他们中有人把生命留在了我们的土地上，我们却连名字都不知道。我找过所有能够找到的记载。在保山市政协编印的

民国元老李根源先生

文史资料中，收录了中国远征军第20集团军第53军116师的战斗详报，其中《大塘子附近之战斗（5月15日至25日）》有这样一段记载："20日，116师348团第二营率步兵两连，迂回敌之左侧背，将黄顶山高地攻下。敌百余人向我逆袭，该营长王福林率部冲杀，身入敌阵，异常奋勇，杀敌数名，被敌乱枪射击殒命。黄顶山得而复失。""第一营参加战斗，该营长李庆仙身先士卒，遂负重伤。因战斗惨酷，美方联络组美军官麦姆瑞阵亡，美少校军医欧阳、少校翻译姚元负伤，我伤亡营长各一，以下官兵百余员名。是日，敌扼要顽抗，未得进展。"

我相信在中国所能找到的官方记载中，这是仅存的文字。这寥寥数语除了多了一位阵亡者名字——麦姆瑞，再无收获。绝无仅有的私人记录来自民国元老李根源老先生。李根源时任云贵监察使，是修筑国殇墓园的倡导者和主持者。战后他出过一本《曲石诗录》，书中收录了一批抗战时期的诗文，有两首诗提到美国军人的阵亡。一首诗是写夏伯尔中尉阵亡之事："绕出灰坡侧，横沟猎野狂。阵殁两营长，更死美教官。"他在注释中写道："夏伯尔中尉随军冲杀致命。"在另一首诗的注释里，他提到大塘子战斗中阵亡了一位叫做麦瑞姆的美军联络官，名字与116师战报上的名字顺序有颠倒，估计是指同一人。

除此之外，我再无法找到只言片语。那么，腾冲国殇墓园盟军碑上"14"这个数字出自哪里？阵亡者名字保存在什么地方？1998年以来，那幅葬礼照片成了悬在许多人心头的谜。国难当头，谁与我们一同走过血与火的艰难岁月，我们该去哪里寻找湮没已久的名字？

戈叔亚是早期的寻找者之一，他与腾冲的朋友通过不同渠道，包括委托到腾冲考察的美国人帮忙。他们中有一位叫丽莎的女士，她的父亲是第14航空队的飞行员，1943年因迷航迫降在腾冲北部，在当地乡绅的帮助下得以安全返回总部。几十年之后，第一批档案解密，丽莎得到了父亲获救返回基地后所写的报告。报告完整讲述了他的飞机迫降后，得到当地乡绅营救的详细过程。后来，丽莎回到腾冲，希望寻找帮助过她父亲的腾冲人。在得知盟军碑的事情后，她答应帮忙寻找线索。但事情比想象的复杂，她是一位建筑工程师，生活圈子除她父亲外从未与中缅印战场的老兵有过交集。这让她完全没有头绪，也不知从何入手。时间过去很久，所有的委托都没有回音。

漫漫60年，那是三代人成长起来的时间，我们还能重新拼接起这些残缺的碎片吗？

二　美国的CBI老兵们

事情的转折发生在2002年春天。戈叔亚给远在美国的江汶写了一封信，希望她能做点什么。戈叔亚说，人家帮助了我们，我们应该知道他们是谁。

江汶是生活在美国的昆明人，她认识很多对昆明怀有特殊感情的美国人。几十年前，昆明是他们远离故乡后的家。在那里，他们度过了生命中最值得骄傲和珍惜的时光。他们中有飞虎队员，有飞越驼峰数百次的机组人员，有野战医院的卫生兵，有在印度兰姆伽（Ramgarl）训练营手把手教授中国军人如何使用汤姆式步枪的步兵教官，有在缅甸为修筑利多公路伐木的森林工，还有将输油管道从印度铺设到昆明的工程兵……他们一生都记得“顶好”“好不好”“顶刮刮”“打摆子”之类的中国话，还会伸出大拇指比划着。CBI是中（China）缅（Burma）印（India）战区的缩写。与欧洲战场和太平洋战场不同，不论在战时还是在战后，CBI战区都是一个满是纠结的寂寞之地。然而，那许许多多曾经前往这个战场的美国军人，一生都会珍惜一枚盾

CBI臂章

驼峰航线空运中国军队前往印度受训

牌形状的战区臂章。就像一位老兵说的："它是我们的骄傲，它让我们知道自己是谁。"地球另一面的昆明，有他们生命中不可遗忘的记忆。

江汶第一次强烈地体会到美国援华老兵对云南的感情是在2001年夏天，她陪同由美国国家公园基金会主席保罗·普利策任团长的美国国家公园代表团到云南访问。当车子行驶在从昆明通往大理的滇缅公路上时，代表团的成员们一下子激动起来。他们要求停车，要亲自踩踏一下这条伟大的公路。在云南人来说，这条路再普通不过了，两旁的云南杨已是老态龙钟。可是，这群老头走来走去又是拍照又是嘟囔，仿佛不相信自己真正踏上了这条世界闻名的公路。在丽江，当地人说路旁往里走一段的田里，还有一块驼峰航线中使用过的飞机起降坪，老头儿们又不顾瓢泼大雨，冲进地里去拍照。等回到车上，他们已是浑身湿透，却仍在兴致不减地谈论着滇缅公路、飞虎队和驼峰运输。他们确信，飞虎队的历史可能是近百年来中美关系最"浪漫"的一段。

收到戈叔亚的信，江汶知道其中的责任。自与CBI老兵们相识以来，她知道，他们生命时钟的一部分，已经永远地停在了印度兰姆伽和中国的西南部了。作为云南人，有责任找到他们的名字，这是一种道义。但我们也深知其中的困难，当年派往中缅印战区的数万名军人中，因地域分隔及保密制度，各个部队只知道自己部队的事情。再者，时日无多，活着的人都已年过八旬。20世纪的最后几年，我们常常读到中缅印老兵去世的消息，许多人还没机会把他们的中国故事告诉我们就永远地离开了。

江汶给“中缅印老兵协会”杂志的约翰·米勒先生写了一封信，请他帮助联络到过云南作战的CBI老兵。米勒先生掌管着该协会一批老兵的电子邮件联系方式，用于通报聚会的时间地点以及各地协会的活动，近些年的一个重要内容是发布协会成员的讣告。这批老头儿中使用电子邮件的人不多，用的人也不经常看邮箱，但一旦知道情况会在有联系的老人间转告。米勒先生转发了江汶的邮件，向老人们解释了事情的原委，希望知情者提供线索。

多年以后，不断有人问起这是哪个机构支持的项目。实际上，腾冲阵亡者名单的寻找，自始自终都是民间的志愿者行动，一支彻头彻尾的义勇军。其中有美国老兵，有中国老兵，有战争亲历者，有阵亡者亲人，有战后第二代、第三代。是一种放不下的历史情怀让这样的一些人走到一起，在一片混沌中，寻着一丝若即若离的线索。

那段时间里，江汶收到一封来自腾冲的邮件。对方在信里请求江汶的帮助，他说：“我们这儿的政府有关领导和部门，听说这件事情后非常重视。他们认为这件事如果能做成的话，我们腾冲是最大的受益者。因为腾冲这几年来一直都在搞旅游大县的建设，腾冲的旅游要想走向世界，靠的就是抗日战争这一块，尤其是盟军在腾冲战斗的一段历史。因为腾冲是中国抗日战争中最后一块失地却又是最先被夺回来的。这当中当然离不开盟军的各种新式的武器。我们这儿政府的意思是，如果真的能把这14名盟军将士的名字找到的话，我们将在腾冲国殇墓园里的盟军阵亡将士墓碑上，庄严地刻上他们的名字，并举行一个隆重的仪式，来纪念这些为中国人民的和平解放献出生命的异国朋友们。”

腾冲官方的心情，可以理解，但是掺杂了太强的功利目的会让人很不舒服。江汶在给对方的回信中说：“在以后的时间里，我会将我们的想法、行动向CBI老兵们一一报告，让他们知道我们的心情和计划。这是一件非常严肃的和有尊严的行动，国人外人都会尊重的。所以，不要以旅游的名义自轻自贱，降低了整个事情的意义。”

中缅印老兵协会涉及的范围很大，因为在中国和印缅边境作战的部队，包括了飞虎队、第14航空队和地面部队。仅驻印度修史迪威公路和中印输油管道的工程部队就有好几万人。在兰姆伽训练中国部队的美军人数不多，江汶认识他们中的一位，他叫约翰·斯文理（John

美军教官在对中国军人进行训练

Sweeney），是当年设在印度兰姆伽的“中国军人训练中心”的资深教官，负责讲授步兵知识。老先生非常好，对江汶像对自己的亲生女儿一样亲切。他还给江汶唱了一首歌，是当年在兰姆伽的时候，中国军人教他唱的《大刀进行曲》。听着这位80多岁的白发苍苍的美国老先生用中文唱着：“大刀向鬼子们的头上砍去……”真让人感动。最早响应江汶请求的就是约翰·斯文理先生，他说，他一定会关注这个事情。

2002年前后，是中国二战历史研究的一个复兴时期，尤其是在地处中国战场唯一的物资供应线上的云南。江汶在陪同云南电视台采访中，认识了约翰·阿扎尼亚（John Adragna）。老人是第40野战医院的卫生兵，到过怒江前线。他在得知此事后联系了江汶，从此成了义勇军队伍中的铁杆。他说，他对那些在中国牺牲的军人有着特殊的感情，希望能为他们做更多的事情。“如果可以的话，我会为他们去抵挡枪弹。”没有他在此后的努力，这本书大概会缺了至关重要的核心故事。

2002年12月22日，我们收到阿扎尼亚转来的一封邮件，是14航空队第19联络中队的一位老兵发来的。标题是“腾冲的围与攻（Tengchung, seige and assult）”。信里说：

我的名字叫里昂·洛伽(Leonard Logar)，是第14航空队第19联络中队的飞行员。腾冲的收复是怒江战役的第一场胜利，发生在对腾冲附近的瑞丽江的控制之后。在此期间，腾冲遭到日本奥斯卡式飞机的轰炸。第19中队的一些L-5联络飞机被损坏，其中一架被迫降落。在此遭遇中凯奇·利亚姆斯死于日机轰炸，我不知道他的军衔和编号，只知道他是飞行组长，是第19中队中的老资格。也是那个时期，上士修·奥尼尔（Hugh F. O' Neil）起飞前往昆明的FATC指挥部。直至今天，他和他的L-5都没有消息，属于失踪人员。1944年9月，第19中队的一驾由一级上士瑞芒德·佛朗西斯科驾驶、上尉威廉姆·鲁米斯为观察员的L-5从腾冲返回到我们在保山的基地，因为天气和地形原因，他们坠落在机场附近的一个山谷里。五天内，两人都因伤于1944年9月20日死亡。我于1944年8月加入第19中队。我会给大家打电话，保持联系，这里边有很多很多的故事。

CBI老兵阿扎尼亚先生

信里提到了4位阵亡者的名字，但我们无法知道他们是否包括在腾冲14人的数字里。就像里昂·洛伽说的，这里边有太多的故事，只是其中的许多故事还没来得及去倾听，线索就断了。

2003年，江汶在邮件中认识了一位老人，他叫威斯利·福斯蒂

（Wesley Furste），是美军第22战地医院的医生，曾驻扎保山，经历了怒江战役。在聊天中他告诉江汶，他有1000多幅在前线拍摄的照片以及1600封与妻子的通信，还说曾经有一对中国人送给他的石章，但是丢失了。当时，江汶正准备回昆明，答应为他重刻一对。他计划给江汶打电话的，可后来又发邮件说，他的喉咙不舒服不能说话。电话没有通成。江汶在昆明期间还与他通过邮件，并到印章店为他重刻了一对石印章。其中一枚刻的是“傅医官”，就是送他印章的中国人。但是江汶回到美国后，再给老人发邮件，就再也收不到回信了。没多久，中缅印老兵协会的网络上发布了他去世的消息。此事让人很难过。江汶在老人的邮件里发现抄送地址有他的女儿苏珊。于是她给苏珊发邮件，但是被退了回来，说她的地址已不再使用。在中缅印老兵协会发出的关于老人过世的邮件中，还有他儿子的地址。江汶给他的儿子写信，但是未得到回音。

威斯利·福斯蒂生前是俄亥俄州立大学医学院的教授，住在俄亥俄州哥伦布市。他在中缅印老兵协会里颇为活跃，曾在各种场合介绍过自己在中缅印战区的经历。后来，江汶途经哥伦布市的时候想到了这件事情，她在酒店的电话簿里查到了电话号码，接电话的正是老人的儿子。他说父亲的二战物品由他的妹妹苏珊保管，并给了江汶苏珊的电话号码。苏珊住在波士顿地区，离江汶有几个小时车程的距离。江汶拜访了苏珊。苏珊是个热情的人，她解释了当时的情况，父亲去世后，她因为健康原因没有回应江汶的邮件。而她父亲的照片在她哥哥那里，她哥哥在处理父亲遗物的时候，发现许多装有各式各样的幻灯片和底片的盒子，他以为都是父亲多年医疗实践中的教学片，而儿孙里没有从事医务工作的，便把它们给扔了。其中包括了那1000多幅怒江前线的底片。苏珊听到这个消息之后非常难过和生气，她的哥哥也感到很懊恼和愧疚，都不敢给苏珊回电话，也不好意思给江汶回信。

在苏珊家的地下室里，江汶看到了她父亲照片中的一部分，拍的是中国伤兵的各种伤情，还有她父亲写给母亲的1000多封信件。此外还看到一个时长两个多小时的录影带，那是10年前一位名叫卡尔·塞波内（Carl Sepponen）的“Y部队”兽医军官送给福斯蒂先生的。卡尔·塞波内先生1943年到了云南，他用8毫米胶片拍摄了疾病防治及保障军队后勤供给的骡马运输的情况。云南复杂多变的广大山区，交通和运输自古以来都靠牛马来承担。在怒江战役里，骡马起着至关重要的作用。江汶很快在CBI网站上找到了卡尔·塞波内先生的联系方式。但是，给江汶回信的，却是塞波内夫人，老夫人说：卡尔·塞波内先生在一年前的感恩节去世了，原始胶片找不到了。2006年，这盒两个多小时的录影带寄到了中国塞波内夫人专门给了江汶这部片子的使用授权，作为对卡尔·塞波内先生永远的纪念。

那段时间断断续续有信息传来，江汶开始记录CBI老兵们的中国经历，搜集历年出版的中缅印老兵杂志，寻找与中国战区尤其是与云南有关的事件。这里头有太多的珍贵故事，但是却没有任何阵亡者的信息。老兵们几乎不提自己部队的伤亡，完全不提。人们所说的创伤后应激障碍，或者说战争综合症，对没有经历过战争的人来说无法想象。在战场上见到再多的死亡，与眼睁睁看着与自己朝夕相处的人的死亡是不同的。

亲历者可以让我们了解战争中的经历和感受，但我们始终缺乏构建事件框架的文献档案。再加上Y部队的特殊性，美国地面部队是分散在中国军队里，空军也不是大部队作战，这使得每位老兵都只知道自己部队的事情，寻找云南阵亡者名单的进程非常缓慢。我们需要史料记录告诉我们战时发生在云南的事件、时间、地点、起因、结果和统计数字。以现有方式试图寻找这么多军事人员的准确资料是不可能的，必须得到军方的协助。总之，我们需要找到官方的权威档案。

约翰·斯文理先生曾是史迪威将军(Joseph Stilwell)的部下，他建议我们找一下史迪威将军的外孙约翰·伊斯特布鲁克先生(John Easterbrook)。他是退役美国陆军上校，应该有渠道了解CBI档案的所在。

三　陆军上校约翰·伊斯特布鲁克

2002年11月底，江汶给约翰·伊斯特布鲁克先生发去邮件。一开始，江汶只是希望他能介绍一些可以联系的人，对我们就已经是极大的帮助了。没想到，伊斯特布鲁克在接下来的两年里全身心地投入，成了我们的义勇军里找到关键线索的重要一员。

伊斯特布鲁克说，中国人从来不会忘记朋友

约翰·伊斯特布鲁克先生一家与中国有着深厚的渊源。他的外公史迪威将军在30年代作为美国驻华武官，在中国生活了好多年，战争期间又力主在印度兰姆伽和云南训练中国军队，他要证明经过训练的中国军人与盟军军人同样杰出，可以在持久的战斗中击败一流的敌人。他做到了，重返缅北收复滇缅公路的战役证明了中国军队的卓越。约翰·伊斯特布鲁克的父亲当年就在兰姆伽任中国训练营战术部的主任。在后来的胡康河谷和八莫附近的战斗中，又与中国部队一道打败了日本人。约翰·伊斯特布鲁克收到江汶的信之后表示他很愿意帮忙，他回信说："这个行动本身就令人感动。我如果能够尽我所能地给予你帮助，也是对中国人民友情的一种报答。"伊斯特布鲁克的加入，让我们看到了前所未有的希望。

在有关第二次世界大战的研究里，"CBI战区"是冷门中的冷门，尤其是1944年的云南战场。伊斯特布鲁克与江汶分析了资料现状，提出了三个可能的资料来源：一是美国陆军军事历史中心（US Army Center of Military History）；二是中缅印老兵协会的刊物；三是斯坦福大学胡佛研究所档案馆，那里收藏有Frank Dorn将军的文献。最初，我们把Frank Dorn翻译为弗兰克·多尔，直到一位中国老兵告诉我们，他的中文名字叫窦恩。窦恩将军是史迪威将军的参谋长，曾担任中国远征军司令长官部卫立煌将军的美国顾问，参加滇西作战的美国顾问团就是由他指挥的。胡佛研究所还收藏有史迪威将军的文献。史迪威将军去世后，他的夫人把他的文献中的很大一部分捐献给了胡佛研究所，包括日记、一战文件、二战文件和约6000幅照片。

江汶按照伊斯特布鲁克的意见，给美国陆军军事历史中心发出了咨询邮件，同时向胡佛研究所提出查询窦恩将军文献的请求。不久，江汶收到了胡佛研究所档案部一位名叫卡罗·利德汉姆（Carol A.Leadenham）

窦恩将军（中）与史迪威将军（左）在缅甸的丛林里

窦恩将军（中）在怒江前线

的管理员的电邮。她发来了一份档案目录，在“窦恩文件”目录下有窦恩将军与史迪威将军以及美国在第二次世界大战中中缅印战区军事行动中的回忆录、信件、笔记、备忘录、命令和照片等。她在信里说，如有需要的文件，档案馆可提供免费复印，只是复印数一年不能超过100页。事情的进展太出人意料了，仿佛走进大门，列出清单，递上申请，打开抽屉，抱出文件放进复印机里，所有结果就都出来了。

伊斯特布鲁克先生没有到过腾冲，虽然目录可以直达目标，但是，只有一页页读过那些无声的文献，才能重组历史的原貌。2002年12月4日，伊斯特布鲁克来到胡佛研究所档案部，工作人员正在复印江汶索取的资料，他看到了一份令人感兴趣的文件，其中一页列出了Y部队美国军人在战斗、事故中阵亡或受伤人员的名单，文件写于1944年11月25日。他很快给江汶发来了邮件，那邮件真是令人振奋。他写道：

今天在胡佛研究所，我从弗兰克·窦恩文件中找到了一些东西，但不一定都是你们想要的，这要由你和阿扎尼亚来鉴定。我得把弗兰克·窦恩的文件从头到尾看过。应该会有一些你们感兴趣的东西。卡罗·利德汉姆告诉我说，她已经复印了其中的一些给你了，但我不知道复印了多少，或什么时候可以交到你的手里？在

江汶与伊斯特布鲁克在胡佛研究所

一份1944年11月25日的文件中，有一个Y部队里的美国人的伤亡名单。上面说：10人在战斗中阵亡，4人受伤。7人在非战斗中情形中死亡。下面是专门给你的美国人的阵亡名单——

1944年1月1日至10月24日期间，与Y部队协同作战中牺牲人员：

一级中尉科克·G.夏伯尔（Kick G.Schaible Jr.），步兵，军人编号：O-436603，阵亡地点：马面关，阵亡时间：1944年5月14日；

少校威廉·C.麦姆瑞（William C.McMurrey），步兵，军人编号：O-288382，阵亡地点：大塘子，阵亡时间：1944年5月20日；

二等兵罗伯特·H.米尼斯（Robert H.Minnis），军需兵，军人编号：35744305，阵亡原因：空投，阵亡时间：1944年9月23日；

二等兵罗伯特·劳森（Robert Lawson），军人编号：34883872，阵亡原因：空投，阵亡时间：1944年8月18日；

二等兵约瑟夫·寇瓦利克（Joseph Kowalick），军需兵，军人编号：53361661，阵亡原因：空投，阵亡时间：1944年8月18日；

二等兵约翰·J.克拉克（John J.Clark），军人编号：56863932，阵亡原因：空投，阵亡时间：1944年8月18日；

上尉瑞普利·巴京汉姆（Ripley Buckingham），军人编号：O-419513，阵亡地点：松山，阵亡时间：1944年8月18日；

上尉约翰·W.赫斯汀（John W.Herstine），步兵，军人编

Y-FOS CASUALTIES

<u>Killed in action</u> while serving with Y-Force Operations Staff in the period of 1 Jan 44 to 24 Oct 44 were:

1st Lt. Kirk G. Schaible, Jr., Inf., 0-436603, Mamien Pass, 14 May 44.
Major William C. McMurrey, Inf., 0-288382, Tatangtzu, 21 May 44.
Pvt. Robert H. Minnis, QMC, 35744395, Air Dropping, 23 Sept 44.
Pvt. Robert Lawson, MC, 34883872, Air Dropping, 18 Aug 44.
Pfc. Joseph Kowalick, QMC, 33361661, Air Dropping, 18 Aug 44.
Pvt. John J. Clark, CE, 36863932, Air Dropping, 18 Aug 44.
Capt. Ripley Buckingham, MC, 0-419513, Sungshan, 18 Aug 44.
Capt. John W. Herstine, Inf., 0-368368, Artillery Fire, Tengchung, 12 Sept 44.
Pvt. Jerald F. Beitel, Inf., 37356329, Near Kilo 764, Burma Road, 17 Oct 44.
T/4 John W. Welsch, S.C., 36250530, Tengchung, 12 Sept 44.

<u>Wounded in action</u> during this period were:

1st Lt. John M. Major, FA., 0-1166121, Shangung Chiao, 21 May 44.
Major Edwin Owyang, MC, 0-379654, Tatangtzu, 21 May 44.
Lt. Col. Frank J. Sherman, Jr., Inf., 0-192150, Tengchung, 13 June 44.
Pfc. Steve Calambos, Jr., CAC, 3385320, Kilo 784, Burma Road, 17 Aug 44.

<u>Non-battle fatal casualties</u> included:

T/Sgt. James F. Woodcock, 32131343, killed in plane crash, 27 July 44.
Sgt. Richard E. Taylor, Cav., 20823095, typhus, 13 Aug 44.
Capt. George B. Spangler, AGD, 0-450768, killed in car wreck, 13 July 44.
Pvt. Carroll R. Curnow, 39136134, gunshot wound, 12 Oct 44.
2nd Lt. Frank H. China, Jr., Inf., 0-1318362, killed in car wreck, 10 Apr 44.
Capt. Warren L. Jorgensen, FA., 0-408017, gunshot wound, 13 Oct 44.
Sgt. Harold D. Fuller, MC, 36157032, car wreck, 23 Oct 44.

号：O-368368，阵亡原因：炮击，阵亡地点：腾冲，阵亡时间：1944年9月12日；

士兵杰拉尔德·F.贝特尔（Jerald F.Beitel），步兵，军人编号：37356329，阵亡地点：滇缅公路764公里附近，阵亡时间：1944年10月17日；

技术军士约翰·W.威尔奇（John W.Welsch），通讯兵，军人编号：56250530，阵亡地点：腾冲，阵亡时间：1944年9月12日。

在这份名单里，第一个名字是Kirk G.Schaible，其译音与腾冲国殇墓园盟军墓碑上唯一的中文名字“夏伯尔”接近，应该是同一个人。伊斯特布鲁克先生同意这个意见，他还指出在美国军事历史研究所出版的《史迪威的指挥问题》一书的第343页，也提到了夏伯尔的名字，因为他是Y部队在怒江战役中的第一位牺牲者，时间也是一致的。

戈叔亚得到消息后，告诉我们一位中国老兵讲过的故事。有一位曾在缅甸作战的老先生，名叫周德安，是中国远征军第5军军部的参谋，一直跟随杜聿明军长。1942年他们在缅甸作战失败，撤退到印度。在那段艰苦岁月里，有一些美国人跟他们在一起，其中有一位就叫夏伯尔。后来，他们回到了昆明。一次，史迪威将军给在缅甸作战的中国军队有功人员授勋的时候，他也去了。在授勋仪式上他碰到了夏伯尔，夏伯尔还上前向他祝贺，以为是他得了奖章。1944年反攻开始前夕，周德安又遇到了夏伯尔。夏伯尔告诉他：“我要打腾冲去了。”然后就走了。从此，他们再没有联系。这位美国军人与中国部队一同撤离缅甸的艰苦生活，周德安跟好多人都讲过。抗战胜利后，中国内战连连，接着是中美交恶，他认为夏伯尔是回国了。1993年云南省政协召集国民党老兵到腾冲参观，在国殇墓园里，他听到同行者在远处大声地叫他：“嗨！快来快来，你说的那个夏伯尔在这里呢！”50年后，周德安老先生终于在一块墓碑旁与他的老朋友重逢，这让他非常难过。他回到昆明后的第一件事情就是找到戈叔亚，很伤感地讲了这件事情。

胡佛研究所的窦恩文献为我们扫了几个至关重要的盲：第一，1944年发生的收复滇缅公路的战役，官方的正式称谓叫“怒江战役”，而此前大家都习惯使用“滇西抗战”。表面上也没什么不妥，但仔细想来差别蛮大的，这还真不是敌进我退、敌退我进的游击战，而是重新打通中国战场物资供应线的一次决定性战役；第二，我们第一次知道中国战区有一支部队称为“Y部队”，它特指从云南境内发起反攻、与缅北反攻部队配合驱除滇缅公路沿线日军的部队，从缅北发起反攻的部队则称“X部队”；第三，为协助Y部队的反攻，美国陆军派出了一支几千人的部队组成顾问团训练中国军队，其中包括了步兵、炮兵、地空联络、通讯、野战医院、后勤供给和兽医等，几乎涉及陆军的所有兵种。从胡佛研究所得到的Y部队伤亡名单里列出的名字，就是这支部队中的人员。

伤亡名单中，有人是因空投而牺牲的。江汶为此请教了一位老飞行员，他解释说，有时飞机会在错误时刻突然倾斜，空投人员会失去平衡从飞机中摔出去；有的时候，大体积的物品很不容易被推出，当用太大的力去推它时，如果飞机正好转弯，空投人员就有可能和空投物品同时被甩出去。空投时的伤亡很大程度上是因为飞机飞得很低，降落伞根本来不及打开。伊斯特布鲁克也听一些空投兵说，他们被称作“踢者”（Kicker），因为他们将大捆的物资踢出去的时候，一不小心人就会跟着摔出飞机。

有个疑问是显而易见的：阵亡者为什么是10人？而不是14人？

伊斯特布鲁克也来信询问：

1. 腾冲国殇墓园里墓碑上的14个美国人是否全是在腾冲阵亡的？会不会是在附近的地区，或者是指整个怒江战役？

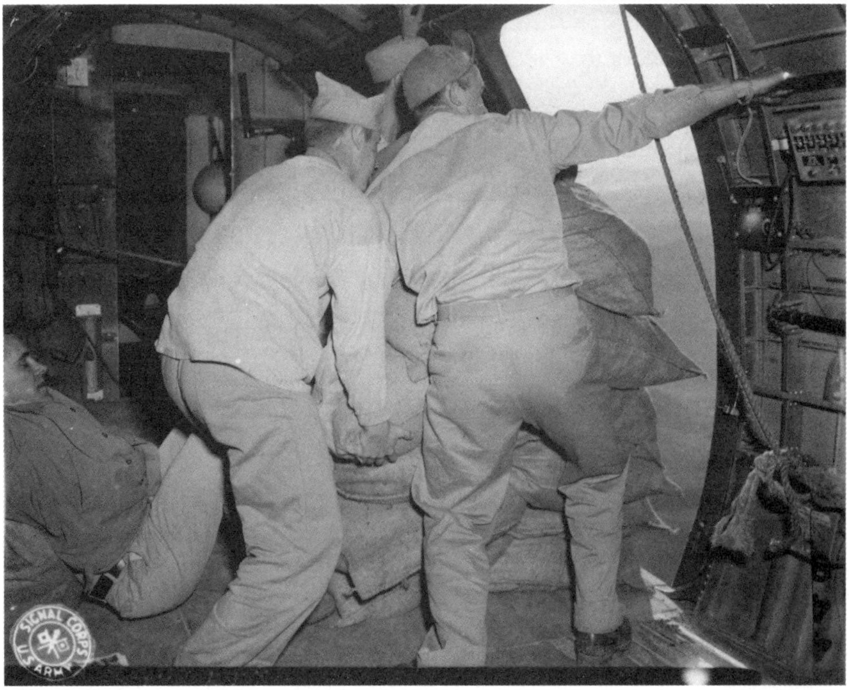

被称作“踢者”的空投兵

2. 14 这个数字对吗？这个数字是哪里来的？

3. 这是Y部队的人事资料告诉我们的信息，第10航空队或14航空队是否也有阵亡人员？

4. 是否这个文件并不完整？

他要求尽快得到反馈，并表示还会继续查询。他还向美国陆军军事历史中心提出了申请，如果他们有兴趣的话让他们帮助查询，那里有比胡佛研究所更多的资料。

伊斯特布鲁克的疑问，是腾冲盟军碑最初的疑问，也是我们从一开始就知道仅凭国内资源完全无法解开的谜。我拜访过一位记忆力超好的老先生寸希廉。1944年，他13岁，反攻期间，中国远征军预备二师第5团的团部就设在他的家里。团长方诚与他的母亲是安徽老乡，他成天就跟在方团长后面。那时发生的事情，他大多记得。他告诉我说："我记得很清楚，原来的牌位在忠烈祠正面墙上的左边，原文是'盟军（美国）阵亡将士之灵位'。"他说当年的阵亡将士灵位上就有"14"这个数字。

国殇墓园是由李根源先生倡导，地方政府和乡绅修筑的，一般来说只会针对在腾冲战役里阵亡的人员。腾冲以南的龙陵、松山、芒市、瑞丽，当年各部队都有自己的阵亡将士墓，只是后来被毁了。国殇墓园的建造，依据的应该是官方资料，只是这些资料的出处如今已经无从了解了。

我们也知道，腾冲战役里牺牲的不止地面部队，空军也有人员伤亡。这份名单很显然是Y部队的伤亡名单，没有包括第10和14航空队的阵亡人员在内。那空军的名单在哪里？伊斯特布鲁克甚至猜测，墓碑上的数字是否包括了非战斗牺牲人员。但问题是：谁被包括在这14人当中？例如，档案中有一个叫Taylor的人于1944年8月13日死于伤寒，但我们不知道发生在何处。伊斯特布鲁克在12月26日的信中说："我尽力而为吧。胡佛研究所的这份Y部队的名单应该可以确定是准确的，腾冲人是否在1944、1945年间也有这份名单，我不得而知，但是他们得出了14这个数字，想必一定有个出处。"

Y部队的阵亡者名单为我们提供了一个基础的资料，让寻找有了方向。接下来我们需要搞清楚，腾冲墓园里的数字"14"从何而来？除了档案给出的10个人的名字，另外的4人是谁？伊斯特布鲁克给陆军军事历史中心的布朗准将写了信，咨询我们到哪里可以找到完整的怒江战役中阵亡的美国军人的名单，包括地面部队和航空部队。布朗准将一直没有回复。于是他直接给研究中心拨去了电话，对方答复说，当年第10和第14航空队的所有资料都已转到空军了，让他与空军图书馆联系。

二战期间，美国空军还不是独立军种，而是隶属于陆军，称“陆军航空队”。战后，空军从陆军中独立出来，战争期间的档案就随之移交了。这就是我们最初找到的名单只有Y部队的原因。伊斯特布鲁克根据陆军军事历史中心提供的联系方式，给美国空军图书馆的研究人员去了电话。对方听上去很乐意提供帮助，他让伊斯特布鲁克用书面形式将要求寄过去，他们会试试看能否找到我们需要的东西。

2003年4月23日，美国空军图书馆回信了。他们将国防部的另一个机构介绍给了伊斯特布鲁克。信中说：“请与战俘和战斗失踪人员办公室的简·曼萨韦基博士（Dr.Jean Mansavage）联系，查询第10和第14航空队在腾冲战斗中的阵亡人员。该办公室同意帮助你，但需要你提供更多信息。”

美国战俘与战斗失踪人员办公室（Defense Prisoner of War/Missing Personnel Office，简称DPMO）隶属国防部长办公室，简·曼萨韦基博士是办公室的负责人。该机构的墙上有这样一句话“坚守承诺”，即代表美国政府向军人和他们的家庭保证，不论时间过去多久，都将会尽力寻找战争中失踪的人们，竭力提供尽可能多的军人阵亡情况、救援尝试及寻找遗骸的努力。这个办公室的职责分为两个部分：一是“人员寻找”，协助政府寻找在海外作战中失踪和被俘的人员，包括被危机所困的替国防部工作的非军人；二是“人员建档”，为在二战、韩战、“冷战”、越战期间敌对状态下失踪的军人建立尽可能完整的军人档案。这个机构的研究重点是第二次世界大战中的牺牲和失踪的人员，目前大约还有7.9万人没有下落。在残酷的战争中，不可能所有的事情都清楚，有的人就是无法找到。

2005年秋天，江汶和我们义勇军的摄影师牛子专程到纽约拜访了DPMO，感谢他们对我们提供的至关重要的帮助。简·曼萨韦基博士说，她为能够帮助到我们而感到荣幸，她作为美国公民，得知自己父辈、祖父辈在国外受到尊重，感到很欣慰。她为我们解释了这个机构的研究流程：

收到寻找请求后，第一步是确认被申请人真的失踪了，我们会通过美国政府档案馆查询可以解释军人阵亡情形的原始文献——阵亡人员人事卷宗（IDPF，Individual Deceased Personnel File）。这是最重要的一份文件，属于美国政府的资产，贮藏在马里兰州的休特兰，我们称“293卷宗”。对于飞机失事人员，我们还使用一份记录，叫做“失踪机组报告”，它始建于1943年5月。因此，任何早于这个时间的事故，记录就是不完全的。

空军目前还在试图重建档案。这个报告会列出飞机上所有的人员名单、飞机类型、在哪里服役、从哪里起飞、飞往何处等基本资料。常常还有目击者的报告，如果当时有其他部队或编队飞机，也许就会有目击者知道是否有生还者，是坠毁在水里还是在陆地……我们还有地图之类的图形信息以及当时的气象信息。此外，就是我们自己的数据库，这个数据库是我们与夏威夷的战俘和失踪人员建档部门合作建立的，拥有7.8万多名失踪人员的官方数据。资料搜集完成后就进行卷宗分析，即用后两类资源来证实第一份资料的准确性。在对所有资料进行分析后，就能得出一个事件整体的轮廓，为申请者写出总结，同时还给他们提供所有文件的复印件。我们尽量地利用现有的档案来回答整个事件，当然并不是每次都百分之百地成功，但是我们一直在挖掘。除了使用美国的档案之外，我们也寻求外国政府的帮助，查询它们的档案。这个工作让人欣慰的地方，就是在和家人见面时能够把他们从来不知的事情告诉他们。许多家庭仅仅收到一封电报，得知家人失踪的消息。多年后，他们收到另一份电报，告知他们的亲人已经阵亡。他们从来都无法得知亲人如何阵亡、在哪里阵亡或者有没有人竭尽全力寻找过，因此我们的职责帮助这些失踪人员家属医治多年的心理创伤。

DPMO会收到各类人提出的请求，有国会议员、参议员和失去亲人的普通家庭，还有一些二战老兵，他们的战友失踪了，他们希望事情有个了结，以平复牵挂一生的心灵。这事情让人倍感酸楚。我们那些荒野中的幽灵战士，除了亲人没人惦记他们，包括他们为之服务的国家。从离开家的那一刻起，家里人就不再有他们的消息，不知道他们到底经历了什么。他们年迈的妈妈至死都在盼望着儿子某一天能叩响门环。

四 第11集团军作战参谋陈宝文

那一年的春夏之间，戈叔亚告诉我，昆明有一位中国远征军老兵，名叫陈宝文，曾是第11集团军的作战参谋。晚年的寂寞里，老人翻译了窦恩将军的两部著作，一部是《跟随史迪威将军走出缅甸》，另一部是窦恩回忆录《当旗帜降下之后》里与怒江战役有关的章节。窦恩将军是中国远征军美军顾问团的总指挥，腾冲的美军阵亡者都曾是他麾下的战士。正是在胡佛研究所以他的名字列出的档案目录里，我们得以填补自己历史的空白。

五月，一个大雨到来前的闷热的午后，我在昆明的茫茫人海里费尽周折寻到了陈宝文。几十年过去了，战争的亲历者都已到了耄耋之年，更何况这批人都历尽困顿、屈辱和坎坷。这一年，老先生90岁，走路颤颤巍巍的，一双温柔和善的眼睛透着老军人的坚韧与宽容。陈

远征军老兵、第11集团军作战参谋陈宝文

宝文毕业于黄埔九期，是中国远征军第11集团军宋希濂的少校参谋。他英语很好，是参战中国军人中与美军顾问团有过密切接触的少数健在者之一。老人告诉我说："窦恩个子很高，也很英俊，他给我的名片上写的是：窦恩准将，Y部队部队长。"老人家的记忆再次令人惊叹。陈宝文个子已经很高了，老了也都还有一米八以上吧。他说窦恩的个子高，那一定比他还高。这事很有意思，远在地球另一面的权威档案馆中一个目录名称，此前对我们来说还只是一个符号，但此刻，在昆明，他变得真实起来，成了一个有中文名字的英俊的高个子。他在战后写下的回忆，让我与战争中的故乡面对面遭遇了。

自始至终，陈宝文都以一种温和平静的语气，讲他八年抗战里一天都没有离开过前线的经历。窦恩回忆录里与怒江战役有关的章节，原文是多年前一位美国的二战研究者送给陈宝文的，也只是回忆录中的一部分。没有人委托他做这事，甚至窦恩将军对他的上司宋希濂的评价他也非常不满，但他已经是第二遍翻译了。第一稿被弄丢以后，他一字一句从头再译。

老人有个小小的干干净净的书房，他艰难地扶着桌边站起来，从书柜里拿出旧报纸包裹着的手稿和复印的原文。老人家的字写得真好，老派、硬朗，像从历史中走来。我随手翻到其中一页，那文字几乎令人窒息：

> 我第一次看到了那可怕的怒江河谷，与我们科罗拉多大峡谷一样的伟岸雄峙，但更加险峻。水深约60码，平均宽为400码，岸壁之间水流湍急，流速为每小时15英里。怒涛拍岸，其声在数英里之外都可以听到。就在这里，我们将横渡十万人的部队向日军阵地进攻。几百只充满气的橡皮舟，更多的竹筏，以及原始而又不方便的来回拉绳摆渡的渡船，都在怒江峡谷无数的渡口做好了准备。一支超过十万人的部队、一万多头骡马和毛驴、两万多挑夫散布在险峻曲折的隘道上，沿着山路，走向怒吼的激流。武器装备的碰撞声和骡马的铜铃声回响在七至八千码的深谷中。
>
> ——弗兰克·窦恩《当旗帜降下之后》

这是我第一次阅读到怒江战役亲历者的描述，它来自战役的前线指挥官。在胡佛研究所复印来的官方档案，有数据，有事件的起因和结果，但却少了细节——战争中的人与事。这位将军与其说是军人，不如

上课的士兵

说更像一位诗人，他的文字真好，优美、诙谐、尖刻，也不乏严肃，对人的刻画入木三分。他描述战争期间昆明的风土民情各色人等，与地方官僚的斗智斗勇，调查陈纳德的第14航空队利用驼峰飞机走私黄金和黑市交易等。他是史迪威将军任命的云南战区参谋长，任务是训练30个师的中国部队，并说服中国高层从云南发起收复滇缅公路的攻击。因而他的回忆中满是中、美、英三国军方高层的博奕，但也不乏中国军队训练中的趣闻。昆明步兵学校教官汤米·阿姆斯创建了一门中国野战军军官们从未学习过的参谋课程，课程既要简约，又要保留美国、德国和法国参谋学校的课程精髓。但在这个过程中，他还花费了许多精力教中国军官重视人的排泄物。他盖了一间漂亮的室外厕所，安排当地农民定期来清除粪便作为田间肥料。但他忽略了中国人蹲着拉屎的习惯，大家都爬到座位上蹲下就拉。汤米失望之余，决心把这事作为参谋和步兵学校的课程。他把厕所的墙拆了，变成一个三面可见的看台。学员们都围坐在四周，他拿起盖板，脱下裤子坐到那个宝座上，从头到尾做出拉屎的样子。200多个观众聚精会神地像猫头鹰般地看着这位美国教官如此卖力地讲解如何保持室外厕所的清洁。这事让窦恩给撞上了，他躲在远处的建筑物后面爆笑了一气。

他也写了与他打过交道的中国将军们。他尊重那些正直优秀的将领，但对一些人他的笔是尖刻的。何绍周是军政部长兼参谋总长何应钦的侄子，他说："小何作为一个指挥官不值一谈，毫无希望。这位穿军装的笨蛋却有一位如火球般的副军长——李弥。李将军很机灵，办事能力强，智足多谋，毫无畏惧。"他写了正直的陈诚将军，写了受过良好教育的现实主义者、庄重而举止文雅的卫立煌将军，还有脾气暴躁却坦诚的司令长官部参谋长萧毅肃将军。在准备渡过怒江攻击时，他与他们已经达到相互信任坦诚对待的程度，这在远东地区是很少有的。

更多的时候，他是在讲战争期间重庆、昆明和印度变幻诡谲的官场人事，以及这个特殊的战争舞台上的戏剧表演。演员几乎涉及了战争期间在中缅印战区现过身的所有人，有二战中的风云人物，也有能起重要作用的小人物。在窦恩笔下看到他们真实的另一面，常常令人忍俊不禁。总之，将军的回忆录比小说不知好看多少倍。这也使得这书至今仍是手稿，从未正式出版，我想也出版不了。手稿指名道姓批评了许多人，奚落了许多人，揭了许多隐私。从罗斯福到蒋介石、丘吉尔，从蒙巴顿、陈纳德到魏德迈，他尖刻的笔触不留情面，毫不隐讳那些抬不上桌面的秘密。

窦恩将军回忆录里有这样一段话：有30多人在战斗中伤亡。这使他不得不发布一道命令，提醒他们，一个死了的英雄或失去行动能力的联

窦恩与史迪威、卫立煌在一起

络官对他们自己以及任何人都没有好处。这句话没有提时间，也没有说战场的范围。他说这事的时候，怒江战役应该尚未结束，因为他还与史迪威将军讨论了此事；从他的总指挥身份来看，战场范围应该是指整个怒江战役。从中可以断定，我们的名单只是整个怒江战役里阵亡的美军联络官的一部分，也可能只是在腾冲战役里阵亡人员的一部分。

那场发生在中国西南山地的战争真的很奇怪，每个人或者每个部队都只知道局部信息。这些信息被大山与河流阻断了，似乎没有一个人真正了解发生在滇西广袤山地间的事件的全部。在中国西南的高山峡谷间，时间是用空间来计算的，空间又是以人或马步行的速度来计算的。许多的细节甚至连当事者都不甚了了。陈宝文之所以对窦恩将军这几万字的回忆如此执着，一方面是想了解连他作为集团军作战参谋都不知道的史实，毕竟从一位指挥官的角度讲述的事件真相并不多见；另一方面他在为战时的若干错误愤愤不平，我感受到他对这种不平的表达，甚至超过了他对自己战后所受冤屈的反应。我看过他写的材料，也与他聊过不止一次，他不太讲战后几十年的困顿，那没什么好讲的，他们一生里最辉煌的就是那八年。除此而外，一切都不重要。这位留美的军校校官一直在讲战争期间信息的不对称，远征军指挥系统与顾问团的矛盾，对他的上司宋希濂的撤职的不公，以及战后诸多史实以讹传讹的混乱。

宋希濂在第11集团军渡江后没多久就被调离了。其直接原因是龙陵的得而复失，演变成了长达两个月死了数千人的大战役。陈宝文不认为是宋希濂的错，他尽职了。窦恩的回忆录中是这样描写宋希濂的："宋将军有一种引人注目的风度，是一个英雄般的职业军人，外勇内怯，有时有魄力，却像孩子般倔强。他在云南发了横财，迷恋所爱并且牵连到经营生意，作假报告掩盖自己。在军事方面不知道他在搞些什么。如果克服自己的高傲，宋可能成为一个有用的团级指挥官。"

80年代，宋希濂结束了战犯改造，出狱后写了回忆文章《远征军在滇西的整训及反攻》。以他特殊的身份印记，要显示政治正确是可以理解的，其中也能看出他与窦恩将军的关系并不亲密：

多尔准将在远征军司令部担任联络参谋组组长，可说是美国五角大楼的一个典型代表人物。他出身于美国的西点军校，具有浓厚的军国主义思想。1944年，在云南保山他就对我说：打败希特勒和日本，只是时间问题了；今后问题的重心，就是要认真对付俄国人。他又说：拿破仑和希特勒进攻俄国都失败了，要认真研究他们失败的经验，俄国的气候严寒是一个特点，在装备上必须适应这种情况。他处处表现白种人的优越性，瞧不起中国人。

恩怨归恩怨，宋希濂对历史尚属客观，他真实地讲述了美军在滇缅战场上的作用：

当时，在远征军的系统里，自远征军司令部至各集团军、军、师、团都派有美国人，都叫联络参谋组。每个步兵团有一个中尉或上尉级的军官和一至两个军士，带有无线电报话机一部。军部或师部的联络组，一般是六七个人，为首的是中、少校军官。在第11集团军和20集团军总部的联络参谋组，每组都有20多人。

对于Y部队的新武器配备，他写道：

每个军成立一个榴弹炮营，每营配备12门10.5公分的榴弹炮；每师成立一个山炮营，每营配备12门7.5公分山炮；每个步兵团成立一个战车防御炮连，配备4门战车防御炮；每个步兵营成立一个迫击炮排，配备八一迫击炮两筒两具；每个步兵营的重机枪连配备重机枪6挺；每个步兵连配9挺轻机枪，18支汤姆森式手提机枪，6门六零迫击炮，每排一个火焰放射器，每个军部和每个师部都配备设备完善的野战医院一所。自军师至每个营连都配有完整的通讯设备，还有工兵器材和运输工具……

他还提到有关美空军投送粮弹数量的统计：

20集团军，粮弹2119.5吨，11集团军，粮弹2037吨。6月11日起美军开始投送粮弹，初次试投情形不明，未列入。亦不包括火焰喷射器、黄色炸药、服装、食盐和其他器材。

美国第14航空队在滇缅战场上完全取得了制空权，美国运输机常冒恶劣气候投送粮弹；美军战斗机经常协助第一线部队的攻击，例如松山敌人的坚固据点，赖美机低飞投掷500磅乃至1000磅炸弹才得摧毁，在腾

火焰喷射器教练

通讯设备培训

美式装备讲解

枪械训练

冲、龙陵的若干据点也是如此。

在第一次见面临别时，陈宝文把窦恩手稿递给我说："这些东西你有用就拿去，对我已经没有作用了。"此后的一年里，江汶把在胡佛研究所复印的"窦恩文献"交给他，请他翻译。我们与他一道重新整理这部混乱不堪的历史，重新见证这个国家那段艰难的岁月。

从档案里，我们知道：怒江战役中，窦恩将军指挥着一支4000多人的美国陆军部队，包括步兵和炮兵、工程人员、通讯兵、后勤兵、空军人员、兽医、兵器人员、10所野战医院和各个部门的技术人员。这个部队称为"Y部队"，他们不直接指挥中国军队作战，但提供中国军队指挥官的训练，制定反攻计划，供应武器、弹药、医疗和其他装备，为美式装备提供培训，以及负责地空联络。这支部队协助了16万中国远征军在1944年5月渡过怒江，开始了我们民族历史上最伟大的一次绝地反攻。在那个应该载入史册的早晨，当太阳升起的时候，陈宝文也是"沿着山路走向怒吼的激流"的远征大军中的一员，与千千万万的从军青年一样充满了自豪。

就在他们渡过怒江之后25天，1944年6月6日，盟军在地球另一面

老兵叶进才

的法国诺曼底登陆，开始了代号为“霸王行动”的作战计划。就像怒江战役改变了中缅印战区的进程一样，诺曼底登陆决定了欧洲战场的胜败格局。它们之间的不同只在于，当胜利的旗帜降下之后，每逢诺曼底登陆纪念日到来时，盟军的老兵们一次次地接受着全世界的致礼，那样威风，那样荣耀；而每年的5月11日，怒江的两岸静悄悄的，年复一年，西南季风带来的雨季准时来临，农民赶着慢吞吞的水牛犁地耙田，准备一茬又一茬的栽种。我们民族有史以来最壮烈的远征，已经悄无声息地湮没在高黎贡山的密林之下，湮没在怒江永恒的流淌之中了。许许多多像陈宝文那样的人因渡江作战而注定了一生坎坷。为了国家和民族的尊严，这一代人的后半生却活得毫无尊严。

有一天已经很晚了，陈宝文来电话，他说儿子给他送来了《凤凰周刊》。那两年，纪念抗战的话题还蛮热闹的，时任《凤凰周刊》主编邓康延向我约了两篇怒江战役的稿件。我知道，像所有我见过的老兵一样，不论你怎么写，他们都不觉得能够写透他们在这满是纠结的历史中的艰辛。陈宝文告诉我，战后，他从陆军学校考到美国的军校，学的是炮兵。我问他：为什么回国的？他说：老婆不习惯，想昆明了。我笑了，他也笑了。难怪人说世界上有两种人日子最难过，四川人是没好吃的日子难过；昆明人是气候不好日子难过，热了不行，冷了也不行，出去十个有九个回来了，剩下一个过两年也回来了。关键是他回昆明的时机极不恰当，一个堂堂的集团军作战参谋，失掉了职业家业，靠着在昆明的大街小巷当苦力，拉板板车谋生度日、养家活口。那是城市里一份最最低贱的活儿。我又一次想起古希腊哲学家为悲剧下的定义：悲剧就是把最有价值的东西毁灭给人看。人最有价值的东西是什么？很久以来，这批人窘迫的生活总让人以为他们被剥夺了的是物质的东西。而实际上，有什么比他们失去的尊严更重要，而这尊严曾经与整个国家的尊严联系在一起。“残渣余孽”，我们词汇丰富的母语用尽了最恶毒的方式来称呼他们。这让人想到吴昌铣，那位当年的对日情报主任、滇缅公路上八面威风的江湖老大，最后沦落到在昆明街头登三轮车挨家挨户送煤炭。

每一次陈宝文来电话聊天我都发现，他提到中国军队时的说法是：“我们的部队”。尽管他的那个“部队”让他吃了大半辈子的苦头，也不能让他忘记一代人为国家和民族浴血奋战的刻骨铭心的记忆和情感。

叁 解密“293卷宗”

双虹桥

在山地占95%的云南，骡马运输是最普遍的运输方式

一　关于“293卷宗”

地球的另一面，名单的调查和研究工作交到了璀普·威尔士（Tripp Wiles）手上。这个对二战历史着迷的年轻人，很快就被遥远中国的故事吸引了。一幅旧照片，一块只有一个数字和一个中文姓氏的墓碑，让一个奇怪的组合那么努力地去寻找。这个组合涉及了两代人，有美国军人，有中国平民，有二战老兵，有将军后代，这是DPMO从来没有过的事情。这后面是一个怎样的故事？如果那位被埋葬者的遗骸没有被找回来，他所工作的部门就有责任为了这个目的去努力。

璀普有中缅印战区的研究背景，他曾在夏威夷中央鉴定实验室（U.S.Army Central Identification Laboratory，Hawaii）工作过，经手过与中国有关的几个案子的研究，甚至到过中国鉴定二战中失踪的军人遗骸。他也参加过中缅印老兵的聚会，与老兵们有过交流。江汶曾向他询问这个战区的研究状况，他有些无奈地说：人们说这是一个被遗忘的战场。很不幸，这的确是个恰如其分的定义。除了那些亲身参加过战斗的人，这个战区多多少少被忽略了。就原始资料而言，如政府文件，数量很多，但需要做大量的研究；而二手资料，即历史学家撰写的资料比其他战区的要少很多。从另一个角度来说，这让研究变得更有意思。他手上有两份相同的申请：一份是阿扎尼亚先生提交给一个负责牺牲或失踪人员信息统计、简称为“DIO”的政府部门，然后由对方转来的；另一份是从空军历史办公室（Air Force History Office）收到的，是由伊斯特布鲁克上校提交的申请。

璀普收到调查请求的时候，也收到了伊斯特布鲁克提供给他的Y部队阵亡名单。他知道他可以从美国陆军的“阵亡人员人事卷宗”里寻找答案。这是二战时开始建立的一个档案系统。当有人在战争中死亡，军队会为他建立一份卷宗，其中包括了死者的所有信息：他服役的部队的名字、在何处服役、何处作战、何处死亡或失踪、如何失踪、是否有救援努力、在哪里埋葬、遗骸是否被找到、如何寻找、如果找到了遗骸是否被移走、如果没找到最后在哪里见过他。还有紧急联系人、亲属的询问，家人的来信，他给家人的信件，政府和军方给家人的信件。如果有墓地或这个人的照片，那么就会保存在卷宗里，还有地图。有时候卷宗很详细，如一个“失踪机组报告”，就会列有飞机上的所有人的名字、发生了什么、他们最后在哪里坠毁、飞机的名字和号码等。但是也会有一个卷宗里只有寥寥几页纸的情况。如果一架飞机坠毁在水里，而不是在丛林里，卷宗里就只有最后的一个电台通话记录。尤其对海军来说，记录只有“海上失踪”几个字。

这个卷宗简称为“IDPF”（Individual Deceased Personnel File）或是“293卷宗”，是陆军所用的命名法。因为在大多数情况下，陆军负责寻找死者的遗骸，就由陆军保存这些卷宗。因此，“293卷宗”是一个开始的地方，如果卷宗里没多少内容，你就得去找其他资源。这对家人和试图寻找信息的历史研究人员来说就很困难了。

“293卷宗”贮存在美国国家档案馆（National Archives and Records Administration，简称NARA）的华盛顿国家文件中心，该中心位于马里兰州的休特兰小镇。卷宗属敏感文件，它们包含了许多死者信息。出于为家属保护隐私的原因，所有卷宗都是保密的。DPMO因工作性质的关系有权查阅和复印所需要的文件。在多数情况下，如果知道被查询者的阵亡地点，寻找起来就会容易许多。但在我们的案子中，阵亡的美国军人显然不是一个部队在独立作战，也不是很多人在作战，他们分散在中国军队里，属于不同兵种，而且处于相对隔绝的地带。搞清楚当时到底发生了什么事情并不容易，而且知道情况的人又都去世了。幸运的是，当年Y部队的记载非常严谨。璀普根据每个人的军人号码调取他们的卷宗——卷宗里包含了非常丰富的内容。

璀普有10个人的军人号码可以查到这10个人的信息，但他如何去寻找其他未知的名字？璀普说，卷宗的一个好处是它们常常会引出其他的信息。他查阅了Y部队10位阵亡人员的卷宗，发现劳森、寇瓦利克和克拉克当时是在一架C-47运输机上，而飞机坠毁时机上还有其他人。璀普再次回到休特兰，从卷宗里找到了其他4位机组人员的名字。他们是：上尉威廉姆·威廉姆森（William Williamson），中尉查尔斯·比尔邦（Charles Bierbaum），技术中士乔·曼恩（Joe T. Mann），一级上士哈诺德·霍尔姆斯（Harold Holmes）。他们是第14航空队的飞行人员。

Y部队名单中的10人加上这4名第14航空队的机组人员，是否就是被列在腾冲国殇墓园的14名美国军人？这事很难轻易下结论，因为这个过程里还不时发现有非战斗死亡人员的名字。此外，第14航空队第19联络中队的飞行员里昂·洛伽先生此前提供的4个名字还不在其中。

璀普向空军部门提出了查询的请求。9月25日。璀普转来了空军历史办公室的回复：

关于你的获得在腾冲及其附近阵亡的美国军人名字的请求，我们没有一个以名字列出的名单。通过对第10和第14航空队以及第69混合飞行大队的研究，我们得出一个列表，上有阵亡的数字，而不是名字。从第19联络中队1944年6月到10月的史料中，找到了4个名字：

伍德科克的葬礼

伍德科克在中国的坟墓

1. Sgt Kenneth M.Liames（中士凯奇·利亚姆斯）, 35553644, killed by straffing Japanese Val aircraft 09 Sep 1944, died 17 Sep 1944;

2. SSgt Raymond R. Francisco（一级上士瑞蒙德·佛朗西斯科），17091032，aircraft accident 15 Sep 1944, died 17 Sep 1944;

3. 2nd Lt. William I.Loomis（少尉威廉姆·鲁米斯），O−669892，accident 15 Sep 1944，died 20 Sep 1944;

4. TSgt James F.Woodcock（技术中士詹姆斯·伍德科克），32131343，KIA，crashed into a mountain on 27 July 1944。

在空军历史研究所给出的名单里，詹姆斯·伍德科克的名字在胡佛研究所的窦恩文献里就出现过，但是被列为"非战斗死亡"。而在空军的档案里，他的名字是与坠机事件的其他死者列在一起的。璀普循着空军历史研究所的线索查阅了第19联络中队的史料，查到了里昂·洛伽先生提供的另一位阵亡者的名字：一级上士修·奥尼尔。他牺牲于飞机坠毁，时间是1944年10月18日。此外，璀普还得到另外两个名字，但找不到非常确切的资料确认他们的死亡与腾冲战役有关。至此，根据美国陆军和空军历史资料，Y部队中的10人加上第14航空队两个机组的9位牺牲人员，阵亡者名单延长到19人，这是我们所能查询到的在腾冲战役里协助中国人作战时牺牲的所有美国军人。

自我们在中缅印老兵协会中发布消息两年后，那道厚重的历史之门正在打开，我们得到了那份名单，上面列出的名字从10人增加到了19人。我们也知道，实际的阵亡者应该不止这个数字。就如璀普说的，战争中会发生很多事情，可能还有更多的支援部队和其他的协助人员，但我们对他们的参与一无所知。这需要做更深入的研究，而很多资料还欠缺。在后来的几年里，我们陆续收到一些CBI老兵的邮件，说他们的部队也有人阵亡，而名字不在名单里。此外，这个名单也不包括至少6位非战斗死亡人员。这多少让人难以接受，如果他们不到云南，他们会得伤寒会得痢疾会遭遇车祸吗？而且，至少还有两个人的遗骸仍未找到，他们已经永远地留在了云南的土地上了。

拂去尘埃，那湮没已久的往事逐渐地清晰起来。我们正在接近那些蛮烟瘴雨的中国西部山地，那些为收复我们的国土与我们的士兵一道浴血奋战的人们。我们知道了他们的名字，也希望了解他们生命的最后时光。

二 申请《自由信息法令》

江汶与伊斯特布鲁克先生在专注一件事情：解密“293卷宗”。

如果仅是阵亡者名单的话，我们已经达到目的，19个人的名单是当时所能找到的全部，不需要解密“293卷宗”。但江汶总觉得事情并没有完结。名单上那些消失的年轻生命，会让人想到他们的亲人。他们来自哪里？是否还有家人健在？如果有，我们可以告慰生者，在遥远的中国，人们没有忘记他们的亲人。作为昆明人，她深知在云南这片土地上，那记忆是刻骨铭心的。解密“293卷宗”的目的就是为了得到阵亡人员的亲属信息。

璀普在休特兰复印回来的卷宗里为我们找到了一些非常有价值的信息。他把这些信息分析后汇集起来，得出他们是怎么牺牲的、在何处牺牲、阵亡报告、遗骸是否被找回以及他们的家庭地址和紧急联系人等。但他不能直接将卷宗交给我们，因为卷宗里的内容为机密，不能向公众公开。他需要把这些资料交由另外的部门检审，确保里头没有敏感信息，然后我们才能提出解密申请。

陆军、空军、海军和海军陆战队各有一个“阵亡人员办公室”，璀普找到陆军的阵亡人员办公室，把几个月来的研究结果交给对方。告诉他们有那么一些人需要与阵亡者家人联系，因为中国的城市要纪念他们的亲人在二战中的贡献，此事亦得到二战老兵的协助。

2003年的整个9月，伊斯特布鲁克先生都在与陆军伤亡人员办公室的文牍官僚打交道上作不懈努力。开始两个月事情毫无进展，他在给江汶的信中说：“陆军阵亡人员办公室的那位女士一直没有回我的电话，前两天我给她打了电话。她声称她从来没有与璀普交谈过，然后我给璀普打了电话，我可以感到他在摇头。他说他再试试与她的上司联络，然后再告诉我可以找谁。”

一周后，终于有消息了。伊斯特布鲁克先生被告知可与陆军阵亡人员办公室的两位女士联系，一位负责阵亡事务，一位负责失踪事务。她们中的一位可能是世界上最不愿提供帮助的人，却管着我们名单中的多数；另一位女士非常好，理解我们试图做的事情，可惜她只处理我们名单上的两个名字，她说她会和那位女士谈谈，但不保证有什么结果。她认为卷宗里的亲属信息通常是父母，但他们早已去世。她认同利用家乡的记录是一个找人的好办法，她也经常上网寻找阵亡者后人。两位女士都告知我们：如果想要解密亲属信息，必须先通过自由信息办公室。在此之前，她们需要先审阅手头的卷宗，然后再向这个办公室提出请求。等所有事情协调好了，她们会给伊斯特布鲁克打电话。

两周过去了，又没有了消息。伊斯特布鲁克先生有些生气了，他在给瑞普的信里说：“两个星期来她都没给我回音。如果下个星期还没有消息，我就给她的上司打电话。”

29日，伊斯特布鲁克先生再次打通了那位难说话的女士的电话，耐着性子跟她说好话。她终于同意从自由信息办公室取卷宗，并提供了陆军人力资源部门自由信息办公室联系人的电话。自由信息办公室的那位先生很热情，他告诉伊斯特布鲁克先生，他已经知道此事。这些文件已经超过55年，向我们公开没有问题，但他需要一份书面申请。他同时也提醒我们，也许阵亡者的后代或亲属并不愿意被联络，因为会引出一些负面的记忆。他已经碰到类似的情况了。伊斯特布鲁克提醒江汶，需要作好准备，我们的努力不见得会有结果。紧接着，他向军方正式提交了《自由信息法令》的书面申请。

《自由信息法令》（Freedom of Information Act，简称FOIA）是美国的一个行政法规，它允许公民申请从政府那里获得信息。但是，政府控制的信息太多，并不是定期的解密，你必须自己去请求获得你所需要的东西。除非出于安全原因，否则政府必须公开这些信息。但得到解密的档案并非得到一切，就像伊斯特布鲁克先生说的，这些文件并不能给我们名字、地址和电话，顶多可能查出他们的家乡，然后再看看是否还有亲戚在那里。可以尝试着找中缅印老兵协会这样的组织，请他们发布这些名字，看看是否有人能够认得出，并最终找到后人。

10月初，伊斯特布鲁克给中缅印老兵协会杂志的主编戴维·戴尔

（David Dale）去信，告诉他事情的进展，并希望在杂志上发布我们的发现。他写道："自从你在重聚会上见到璀普之后，我们的名单又增添了几个名字，现在共有19人。我认为这个是到现在为止相当全面的名单，尽管我还没有从江汶或云南那里听到他们对这此的确认。我们现在正在等待陆军阵亡人员办公室的消息，希望他们能给我们一些线索来找寻阵亡者后人，这将是一个非常大的工作！"戴维·戴尔很乐意做这件事，他回信说："我要做的还不单是把名字列出。我计划刊发一个有关腾冲之战的系列专题，因为我手头有非常好的目击者证词和照片，包括一位当年信使中队的成员，还有驾驶P-51轰炸腾冲的一位飞行员。"

10月中旬，伊斯特布鲁克先生告诉我们，他收到一份从12个卷宗里复印出来的26页文件，有亲属信息和他们原先居住的城市。只是亲属信息太陈旧，还不知有什么用处。在电话里，伊斯特布鲁克先生问江汶："要不要把这些资料寄给你？"两年苦苦的寻找，当你真的得到它们的时候，心情却复杂了起来。收到这一包军方解密的阵亡人员资料的时候，江汶心情紧张极了，很长时间都没有把它打开。这是很厚的一个邮件，她说："我打不开，这里面的东西太沉重了。"终于有一天，她鼓足勇气把它打开了，里面的资料非常详细，有姓名、兵种、军人号码、阵亡地点和时间，他们来自什么地方，埋葬在哪里，什么时候移葬的，还有军方给阵亡者家属的信，等等，一目了然。

有意思的是，和这26页纸的文件一起的，还有一张200美元的账单，是10小时的查询和复印费。江汶当即给伊斯特布鲁克先生回了邮件说：怎么会有这种事？难道他们没有看到我们在做的是一件善事？没有人付给我们报酬，我们投入许多的时间、精力和金钱，为的是那些长眠在异国土地上的美国军人，为的是中国人民没有忘记他们的这份珍贵情感。江汶请他一定要申诉。这对伊斯特布鲁克先生来说不是件难事，他让江汶放心，他会让军方免除这一收费。最后这200美元果真被免掉了。

三 阵亡者的亲人在哪里

寻找阵亡者家人的想法早在2003年得到Y部队10人名单后就有了。当江汶把她的想法告诉大家的时候，伊斯特布鲁克先生说：几十年过去了，寻找家人是件很不容易的事情。阿扎尼亚老人也认为这比找档案更困难。

伊斯特布鲁克先生建议江汶请中缅印老兵协会的刊物发消息，告诉他们为什么要找这些人的家人，请他们提供亲属信息。如果能够知道这些军人来自什么地方，那就有一线希望了。哪怕是同姓者，或者是一封信、一个电话号码都可能引出线索。因特网也是一个很好的资料来源。他给江汶打气说："尽管很费事，但也许会有转机，毕竟几个月前我们连名字也没有，而现在至少有一些名字了。"

在3亿多美国人口中，寻找十几位60年前阵亡在远东战场的军人家属，就像大海捞针，这比寻找档案的变数大多了。档案是死的，沉睡在某间仓库的某个角落，只要路径对了，不论时间过去多久，你总是能追踪到它们。而人是移动的，卷宗里提供的最后地址又是战争期间的。阿扎尼亚先生找到了一本书，叫做《如何寻找现役和退役军人》（How to Locate Anyone Who Is or Has Been in the Military）。江汶在这书里发现了另一个线索，它提到查找二战人员最好的资料是《陆军与空军二战中牺牲和失踪人员荣誉名单》（World War II Honor List of Dead and Missing Army and Army Air Forces Personnel，以下简称《名单》）。江汶到了当地公共图书馆，工作人员告诉她，《名单》是美国战争部（War Department，1949年解散）编撰的一套三卷名册。但书的数量很少，美国东北部地区只有纽约市公共图书馆才收藏。江汶给该图书馆参考书目部发去信件，希望得到帮助。

5月21日，纽约市公共图书馆给江汶回了信：

《第二次世界大战牺牲和失踪人员荣誉名单》一书分为三卷，是将二战期间牺牲和失踪人员的来源地按州、然后是县排序。我想该书对你并没有用，上面没有社会保险号码，只有军人的编号、军阶和死亡原因。如果你愿意前来查阅，可以专门为你保留。

江汶算了一下距离，她需要乘坐近两个小时的火车才能到纽约，而查阅量又很大。她想到了一位朋友，他叫斯巴基·克拉迪纳，他的父亲在二战中曾经是美国空军第20轰炸机指挥部B-29轰炸机的雷达机械师和话务员，服役于中缅印战场，多次执行轰炸日本的任务。克拉迪纳10岁时，父亲去世了。几年前，他开始寻找父亲生命中有关战争的篇章，在对父亲曾经经历过的历史有了了解后，他感到自己和父亲又重新连在了一起。此后他把寻找二战中驾驶B-29轰炸机在执行任务时牺牲和失踪的人员当作一项使命，并帮助那些在战争中失去联络的朋友建立联系。江汶与他的认识，正是源于他对1944年坠落于山西省的一架B-29轰炸机机组人员的寻找。他告诉江汶《名单》已由美国国家档案馆制作了电子版，并发来了链接地址。

与阿扎尼亚找到的那本书一样，《名单》也是通过军人号码来找人。江汶登录了美国国家档案馆网络上的《名单》，根据Y部队阵亡人员名单中的军人号码的序列，先锁定可能的3—7个州，找到具体的州，然后再找到具体的县。但很快就遭遇到一个难题：军官和士兵的军人号码不一样，士兵的军人号码中的头两个数字可以推导出他们家乡所在的州，但是，军官的军人号码是以字母O开头。当时军方的号码系统只是针对士兵的，用这个系统来推导军官的来源地没有结果，也就是说6个数字的头两个与来源地无关，也没有人知道当时军官的号码系统是什么。伊斯特布鲁克先生也没搞懂为什么“O”字母开头的军人号码没有包括在书里。他在邮件里与江汶和阿扎尼亚讨论了这个问题：“我于1962年升为军官时，编号为O-95896。后来某个时候，我记不得具体时间了，军队里的每个人改成使用社会保险号码作为他们的军人编号，我原来的号码便不再用了，开始用我的9位数的社会保险号码，当然这对原二战人员没有影响。对于那些先当兵然后被提升为军官者，我不知道他们的士兵编号跑到哪里去了。恐怕越深入探寻，冒出来的问题就越多，因此我们只能尝试用别的办法来找这些人。”

另外还有什么办法？阿扎尼亚尝试着研究家谱，从阵亡者姓氏的家谱中找到他们的来源地。他曾经很接近约翰·克拉克的家人了。约翰·克拉克在阵亡名单上第7位，他牺牲于飞机坠毁。阿扎尼亚查到了他来自密歇根，但是联系的结果只是找到他儿时的邻居。那是一位叫萝西玛丽·格林的女士，她的兄弟曾经与约翰非常要好，亲如兄弟。他们一起上学，一起在家里度过了很多时光。她告诉阿扎尼亚，约翰·克拉克是家里唯一的孩子，后来她的母亲搬走了，也就再没有了约翰家的消息。

寻找科克·夏伯尔就没那么顺利了。阿扎尼亚研究了摩门教近代圣人的家谱，他们在圣路易市郊区有一个很大的家谱中心。就是在这里，他发现了夏伯尔家族的一些内容。这个家族曾经住在俄亥俄州的克里夫兰，科克的祖父也是一名军人。科克的父亲参加了一战，在法国的时候，认识了一位叫瑞内·施罗德的法国女子，他们相爱结婚，并回到了美国生活。但是，没有科克·夏伯尔的信息。阿扎尼亚得到克里夫兰《太阳时报》（Sun Times）的编辑丹·斯蒂的帮助，后者查询了自1933年开始到战后N多年的讣告，找了他所能找到的每一位姓夏伯尔的人。阿扎尼亚根据他提供的资料给每一条线索发电子邮件、打电话，还发出了若干的信件。但是很奇怪，没人回信，一封也没有。他曾经给其中的一位夏伯尔打了电话，对方很同情地对老人说：“我知道你在做什么，这是件好事，但是不巧，我们不认识叫科克·夏伯尔的人。谢谢你的来电。”

对夏伯尔的寻找遇上了一堵无形墙，你穿不过去，而发出去的所有信息消失在墙的后面，一点点回音都没有。科克没有兄弟姐妹，他也许有叔叔婶婶，可就是找不到他们。“科克对我来说是个谜，我找不到任何与他有关系的叔叔、婶婶、堂或表兄弟姐妹以及认识他的人。他原先居住的那个地方，战后都改变了。从前互相认识的邻里也搬走了，那里再也没有姓夏伯尔的人了。我找不到任何认识他或与他有关的人。谁也找不到。”老人甚至给当地的殡仪馆写信，请他们查询是否有夏伯尔家族的资料。对方很客气，但是也无法给出更进一步的信息。这让阿扎尼亚老人一个夏天都充满沮丧。他为自己发出的信息如泥牛入海而烦恼。他在给江汶的信中说：“我在为夏伯尔的事发烧一般地工作。我打电话，发邮件，写了8封信给好几个州的威廉·夏伯尔。迄今为止，没有回应。我现在手头有122个罗伯特·夏伯尔的工作要做。你知道的，罗伯特是科克·夏伯尔的一个兄弟。我将尽我所能去做。”

5月中旬，我收到江汶的来信，她说看到阿扎尼亚老人的邮件后，十分的感动和心疼。人家是80多岁的老人了，膝盖还刚做了手术。老人信里有一句“我会拼命地去找科克·夏伯尔的亲戚。为了你，我决不放弃”。这让江汶眼泪都掉出来了。

这样的寻找对一位80多岁的老人来说并不容易，更何况一次次地在网络上面对那些他曾经亲身参与过的战争描述，对他简直是折磨。他告诉江汶：“我发现一个网站令人寒唳，我好像重新经历了一遍那场战役。作为战地医务人员，你面对的不仅仅是敌人，还有与敌人交战时的恶劣气候、地形和艰苦的条件。”中国的参战经历是他一生中不能忘却的事情。到了晚年，夜深人静的时候，他时不时还会想起中国士兵煮茶和宵夜的炭火的气味，它和那种干了的血液的气味混合在一起，一直留到今天。当年他紧跟着战斗部队走过许多村庄，那些地方都发生过惨烈的战斗。他们就在农家小院里建立起外科医院，治疗那些负伤的中国士兵。伤员的血液直接流到了泥地里，并直接被吸干。那种吸入土地中的血液有着特殊的气味，印在他的脑海中，永远都不能忘记。

他写了一篇文章，标题就叫《令人伤感的寻找》，因为他寻找的是战斗中牺牲的军人的家人。他说，这件事情让人伤感，也让人心里充满了神圣感，他的目的是要为阵亡者家人合上失去亲人的这一页，这也是对当年那场战役和牺牲的战友最好的纪念。

四 夏伯尔之死

在中国，在高黎贡山的深处，我找过夏伯尔的阵亡地点。我不知道，并不完整的卷宗记录能否与民间残存的记忆衔接起来，让我找到他年轻生命的最后轨迹。

夏伯尔的卷宗有一份死亡报告：

中国 缅甸 印度
美国陆军
Y部队作战参谋
总部
第627信箱
1944年5月21日

标题：军官死亡报告

送达：指挥将军，中缅印 美国陆军总部，第885信箱

1. 这里传送的文件是关于中尉科克·夏伯尔的死亡，步兵，军人编号：O－436603，于1944年5月14日死亡，地点为中国马面关附近（东经98°47′－北纬25°34′）。

2. 一旦获得死者的物品，就呈交总结报告。报告内将包括WD AGO表/54（物品清点）

3. 由于无法避免的情况，表52（死亡报告）尚不完全。夏伯尔中尉牺牲于激战前线的遥远地带。当时没有医务官在场，步兵少校詹姆斯·格林威，军人号码O－253000，将该军官埋葬在牺牲的地方。所有报告是通

过有限的电台设施传达的。

4. 在1944年8月1日之前，无法得到完全的总结报告。正在尽一切努力，以完善该报告以及相关的细节。

指挥官（看不清）

4份附件

1. 牧师的信
2. 长官的信
3. WD AGO表
4. WD AGO表66－1

我两次踏上北斋公房古道，一次是冬天，一次是与反攻同期的5月。这条翻越高黎贡山的古道，元明时期就是一条西去印缅的民间商道，1944年夏伯尔随中国远征军第54军198师渡江后，要歼灭山中凭险死守的顽敌，越过高黎贡山到达腾冲。卷宗说夏伯尔的阵亡地点在马面关，但阵亡时间又是在渡江后不久。从空间和时间上判断，卷宗的记录并不准确。和平环境中，从怒江边翻越丫口到达马面关，是整整三天徒步的路程。渡江开始后，反攻部队打得昏天黑地死了上千人，一个月后才到达那里。我有理由相信，Y部队报告所指的“马面关”应是指进攻北斋公房这条路线的整个战役，而非夏伯尔阵亡的地点。

腾冲县文物管理所的李正收集了一些中国军人的回忆录，其中有陶达纲写于80年代的《滇西抗日血战写实》。书中有一段记载：“在本团攻击灰坡时，有一美军中尉在灰坡阵亡，长得十分俊慧的美军中尉，为中国之抗战而牺牲，是令中国人悼念不止的。”他说的这位“俊慧的中尉”是否就是夏伯尔？李根源先生的《曲石诗录》中非常肯定地写过夏伯尔是阵亡在灰坡的。在阵亡名单里，在高黎贡山战役里阵亡的就只有两个人：一是麦姆瑞少校，一是夏伯尔中尉。麦姆瑞少校属于第53军，走的是南斋公房路线，卷宗记载的马面关，正是在陶达纲团的反攻路线上。

陶达纲是第54军198师592团团长。他在回忆录中写道：592团于1944年5月11日夜间趁着星光顺利渡过怒江，12日中午进入攻击准备位置。此时，师部指挥的重炮、山炮犹未渡江，右翼的594团亦在渡江中，但上级催促592团前进，夺取蛮云街和灰坡。他只得服从命令，凭借本团的六零炮和轻重机枪，一举攻克了蛮云街。此时夕阳西下，黄昏已经来临，他们继续向灰坡攻击。突然，一股日军用速射炮、机关枪如狂风暴雨般向592团的右翼射击，灰坡的敌人也乘机出击。一线官兵伤亡惨重，退到防御工事后面。这是一个只有微弱星光的夜晚，迫击炮、机关枪的轰击彻夜不停。5月13日清晨，陶达纲清查伤亡情况，两个营的官兵有85人伤亡。

Y部队报告《冲击马面关》里记载的与陶达纲描述的几乎一致：

马面关战斗，在那里中国军队试图从最北面地区夹击敌人，战斗在5月12日打响，右翼的198师的一个营攻击日本人的一处最前哨。取得进展后，黄昏时分这个营占领了一些日本人的地堡和防御阵地的一部分。整个夜间，日本人悄悄从附近一个山脊向中国军队的阵地靠近。拂晓，战斗打响，但是日本人感到惊讶，因为在他们得到增援前，中国人就把他们清除了。中国军队这个营的营长阵亡了，同时Y部队的联络官、中尉Kirk G.Schaible也战死了，这是Y部队牺牲的第一个美国军人。为掩护一个暴露的侧翼，我们发现了一个很好的阵地，Schaible上尉离开了掩护，旋即被一个日本步兵打死了。后来中国的增援部队夺回了这个阵地，日本人在这个地方的抵抗持续到了第二天，也就是5月13日。

还有一个人同样经历了5月12日晚间的惨烈战斗，并留下了记录。这人就是当晚在坚固的战壕里拼死抵抗的日军卫生兵吉野孝公。

吉野孝公是日军56师团驻云南遮放卫生队的卫生兵。1944年春，日军发现怒江对岸的中国军队突然变得活跃起来，中国远征军云南部队即将完成反攻准备。此时，师团主力已被调往缅北阻击中国驻印军队的反攻，于是卫生兵、担架队、行李队、车队的非作战人员全都被动员起来，组成小分队增援腾冲。2月，吉野就是在这样的情况下来到了腾冲。5月，吉野奉命到了高黎贡山，增援马鞍山阵地的148联队第2大队的原口部队。他到达的第一个阵地就是灰坡附近的马鞍山，当天晚上，就遇到了“在黑暗中怒涛般涌过来”的敌人。当时原口部队的主力下山阻击渡江部队，只剩下十几名士兵守在阵地。与吉野一道上山的60多人的小队，原本只是去管理原口部队的卫生器材、弹药和食物的，然而辎重队还在整理卸下的物资，就传来了枪声。头顶上照明弹如同白昼一般，大炮在零距离射击。随着爆炸声，飞溅起巨大的火花。五六发以后，敌从哑然无声。令人毛骨悚然的黑暗，万籁俱寂，只有时间在静静地流逝。静寂的夜色里，从炮弹击中的灌木丛里，传来敌兵细微的呻吟声，可能被炮弹打中受了伤。

那是一个地狱般的夜晚，敌我双方都拼尽了全力。黑暗之中敌我难辨，有人扔掉了手枪，展开了一场军刀对刺刀的混战。

陶达纲：炮声、手榴弹声、喊杀声、号声，汇合成巨雷般的怒吼，震耳欲聋。各种火炮大发神威，山摇地动，这个争取生死存亡的战争景况，真是热烈，凶猛到了极点。血腥味火药味混在一起。

吉野孝公：敌袭的巨大喊声刺破黄昏，传遍阵地的每一个角落。趁着暮霭从后山迂回的敌人，突然在黑暗中怒涛般地涌了过来。日军撤回战壕，小队长命令速射炮零距离发射。炮口喷火的瞬间，飞溅起巨大的火花。炮口喷着火，将几个敌人的影子抛向了空中。同时五六名战友勇敢地向前挺进。战壕里马上响起了宏亮的呐喊助威声。敌人被突发情况惊得目瞪口呆。但敌人并没有就此败退，新手一个个地接替上来继续向我轮番进攻。他们似乎连抬下同伴尸体的时间都没有。从凹洼的地方爬上来的敌人在我方重机枪的枪口下，像小山一样地在我方阵地前堆积。但我们赖以反击的重机枪，子弹已经所剩无几了。敌人立即在层层堆积的尸体上架起机枪，开始扫射。

四岭岗老村长：头天下午五点左右，炮就发射过来了。第一排炮落在四岭岗，像我们栽庄稼一样，这里一炮，那里一炮，排着出去。第二路过来又加高三几公尺，吊到黄昏它不响了，清清秀秀的什么都听不着了。到晚上五点，天暗下来，信号弹响了，白的三个，红的三个，接着机枪就扫射起来了。我们的炮在猛古上来岗塘背后的山包包那点，老美指挥着打。日本人的炮在刘家塘，有三门。飞机每天七点到八点就来了，绕了几圈出来一架，到了七架，齐了，就开始扫射。飞机在头上掩护，人在下面攻。开初倒是攻下几个阵地，最后不得了，飞机怎么打，日本人的枪炮照样响。

这位老村长70岁左右的样子，战争期间他应该很小。但熟悉了将军和士兵们的描述，你就知道他的讲述并非民间传说。他甚至分得出中国人的枪声与日本人的枪声的差别：

日本人的枪声是什么，我们的枪声是什么，这是分得清楚的。日本人的枪声相当尖，他的子弹小，步枪和轻机枪的子弹是一样，重机枪的声音像拍大簸箕，嘣嘣嘣，嘣嘣嘣！步枪是呯－咚！呯－咚 轻机枪是嗲嗲！咚咚！嗲嗲嗲！山都是照应了的。我们中国国民党的步枪是叭！叭！轻机枪是当当当！当当当！重机枪是咚咚咚咚！咚咚咚咚！这是我们的声音。手榴弹分不出来。日本人毒辣，他的手法是三五个人守一个阵地，他躲在地堡里用机枪扫射你，他又不出面。我们的军队就只认得攻，一个连上去一个钟头就不有了么。人家是躲起，炮又打不着，飞机来扫射也扫不着。这个战争也是半机械化，又是飞机又是大炮，飞机最多的是六架，炸弹就是在小松山放过一个燃烧弹，把山都烧起来了。

老乡们讨论着国军的战术，村长说了一句“我们的对策”，很快又改口说“国民党的对策怎么没想到困他呢，困死他，我们就不会死这么多人了”。说的也是呀，茫茫大山里，围困一支队伍它不出一个月就得饿死。路就那一条，逃是逃不掉的。

灰坡之战是592团过江后的第一仗，历时十天、历经三次苦战才攻克这道防线，打通前往山顶的路。第二次攻击灰坡失利后，师长叶佩高想把减员过多的592团撤下休整。团长陶达纲，这位淞沪、赣北战役中的英雄向师长要求道：“第三次攻不下灰坡，便是本人的成仁之地。”山路成了血路，染红了箐沟里的溪流。时任198师特务连长的曹英哲在战后写道：

我曾于攻占灰坡阵地之后，随同师长前往督导察看，由于前前后后数次争夺，敌我死尸杂陈，怕有数百具之多，且腐尸气味，阵阵冲鼻，白色的尸蛆，甚至从绑腿缝里、眼眶里、口腔里、鼻子里钻进钻出，爬满了脸部及全身，真是惨不忍睹。

夏伯尔在残酷的灰坡之战开始后的第三天就阵亡了。战后60年，我来到这里。灰坡一片宁静，那是主峰下的一个山麓平地，俯瞰着江东岸及上山的小路。掠过树梢的风声里，叮咚作响的牛铃让一切显得那么旷远。老乡曾告诉我：用日本人的速射炮弹壳做的牛铃声音最好。战争离你那么遥远，又是那么近。昔日的战场上满是蓝色的花朵，在风中摇曳着。花丛下是纵横交错的战壕，一直通到山岩前的炮阵地。阵地前的开阔地上弹坑累累，半个世纪的时间也没有把它们淤平。雨季到来，坑里积满水，成了牛滚塘，水牛在塘里惬意地纳凉，顺带裹个满身稀泥，可防蚊虫叮咬。

四岭岗离江边不远，距离灰坡一个多小时的路程。这个大山深处的小村庄，自开天辟地，从来没有像1942年到1944年那么喧闹过。1942年5月日军占领腾冲后，七八十个日本人一路追赶撤退的中国军队和难民到江边的猛古渡口，用机枪扫射杀死了280多个未来得及渡江的人。紧接着，第5军200师从缅北败退回国经过这里，陆陆续续过了三天三夜。再后来，两年多的时间里，预备二师、36师又从这里翻过高黎贡山到腾冲北部打游击，也引来日本人把村里的牛羊鸡猪粮食什么搜罗得干干净净。

从灰坡之战到攻克山顶的冷水沟，整整打了一个多月。等大部队打过山了，老百姓才回到家里。那个臭呵，满山遍野都是尸体。“国民党当兵的死的多了，不是死一个两个，在这个环境里，大弯子背后，上道坪子和小横沟，日本人的尸体是不见，国民党兵的尸体一眼望去，起码是五六百人。”山路成了血路，染红了箐沟里的溪流。四岭岗一位84岁的老妈妈说，阵地附近的死人密得像筛子眼，还有的死了的人甩了挂在树上。灰坡梁子打了五六天，五六夜，才把敌人打退，小横沟那个坪子上，睡满了日本人的马。

老妈妈的儿子说，他的父亲去给国军和美国人带路，走了十多天，一条路上都是死人。中国兵一满场一满场地倒起，人都跨不过去。灰坡梁子上有一股山泉水，全部是血。走累了连休息的地方都找不到一块，就在死人堆堆里睡了。他有些遗憾，说他父亲不在了。父亲活着的时候每天讲的都是这些事情：国军在猛古渡咋个过江？跑马场这个飞机场是咋个来的？那些炮弹落在哪里？炮弹箱像柴火一样码了有一公里长，怎么去找掉在江边或山里的飞机？掰块飞机铁回来磨磨整整，剃头刮胡子最好用了……还跟他讲，那些美国人，眼睛么灰灰的，白生生的一身都是毛。

他小的时候，每天上山放牛，母亲给他个布口袋，路上就捡子弹壳、破枪炮往里装。一天两三斤么随便有，拿到供销社可卖3角钱一斤。家家户户都这样，靠子弹壳换取买盐巴的钱，孩子上学的钱，过年买新衣服的钱，有人还靠子弹壳换回一条老黄牛。那个弹壳多少年都不会生锈，都不用挖，拨开树枝杂草捡就是了。跟弹壳在一起的还有人骨头，有手榴弹、炮弹和枪支。说着，他叫孙子到柴房的门背后找来了一颗六零炮炮弹，只是已经锈蚀了。他问我要不要。这东西引信还在，可是带不走。但我兜里已经有一颗子弹了，是头一天过丫口的时候，在北风坡

装卸炮弹

战壕里用小树枝撬到的。挖了好几十年，这些弹壳还没挖尽。那颗子弹我至今保存着，不因为它珍贵，而因它是另一种记忆。其实不止是灰坡下的村庄，整个高黎贡山两侧，所有打过战的地方，那千千万万的子弹壳几乎养大了一代孩子。

窦恩文献里，有一份《Y部队作战参谋1944年11月25日的历史报告》，记录的弹药分配数量，也许可以佐证当年倾泻在战场上的“弹雨”有多密集：

所有用于怒江前线供应中国远征军的物资，都是飞越驼峰空运到中国的。Y部队兵站兵工修理部门维持着15个中国师所需的武器和弹药补给。在怒江作战期间，每月分配给中国部队的弹药包括：

3 750 000发0.303英寸和7.92mm口径的弹药，

690 000发0.45英寸口径的弹药；

13 500发0.55英寸口径的弹药；

16 950发37mm口径的炮弹；

46 500发60mm口径的炮弹；

43 000发75mm口径炮弹和5 760枚火箭弹。

武器分配情况包括如下：

180门驮载榴弹炮；
60门防空炮；
270门防空枪；
810门迫击炮；
405具巴祖卡火箭发射器；
2 700挺汤普森冲锋枪；
270挺布伦轻机枪；
还有大量的通讯、军需、医疗卫生以及其他的一些装备也都补充给作战部队。

战后许多年，山里的老乡也为战争的遗物吃足了亏：有人捡到手榴弹乱拉把自己炸死了；有人把日本人的炮弹捡来，倒扑着打铁，把手给炸了；有赶马人把六零炮弹拿来做三角，支起锅来烧火做饭，饭还没煮熟，人就炸死了。

仰攻，让中国军队付出极大伤亡。灰坡三次攻击，592团阵亡了近400人。灰坡攻克之后，陶达纲写下了两篇碑文交给副官：

国军第五十四军第一九八师第五九二团第三营营长姚立功副营长郭砚田第八连连长朱国华灰坡抗战阵亡纪念碑

民国三十三年五月吉日　团长陶达纲敬立

国军第五十四军第一九八师第五九二团在高黎贡山抗战阵亡将士纪念碑

民国三十三年五月吉日　团长陶达纲敬立

（见陶达纲回忆录《滇西抗战血战写实》）

61年后，两块立在灰坡阵地前的石碑已不见踪影，墓地也早被开垦为耕地。我在四岭岗见到一位老乡，没多少文化，却一字不差背下了全部碑文。他不知道陶达纲是谁，也没有看过这位后来到了台湾的将军所写的回忆录，可他记得，在他们的家门口，美军运输机空投下来的炮弹、子弹箱，像码柴火一样堆满了整个山凹。

在如此血腥的战场故地，毫无例外地又会听到“鬼讲话”的事情。老村长说：“茶铺前后那些地方，遇到天阴下雨就会听见吹哨子集合的声音。要不是邓小平这个老者上台，大家还不敢说呢。以前是不准说，听见了都要装没听见。有个事情讲给你听，是战争落脚以后的事情。有个叫沈生惠的人，战后得了个儿子。长到16岁会犁田打坝了，有天早上他要去犁地，他说给母亲他不舒服，早点不要送了。那天回来就发高烧，昏昏迷迷的，到他要死的前面两个多小时，他讲的话完全就是国民党死了的那些人的话。这个娃娃说：他是198师第几连的连长，死在哪个地方，来投胎的。现在他们要叫他回去了。人已经不会动了，可他嘴还会吹哨子，说是集合了。在他死前一个小时，他叫把他的马轶吆来，还说要喂马料。他爹妈没办法，拿来谷子丢出去帮他喂。”村长说，这是真真实实的，是那个娃娃的爹讲给他听的。这个父亲太伤心了，后来也死了。老村长跟我说，不信你去腾冲那边去打听沈家大营，又叫水井坡，总地名叫桥头街。

他说的茶铺，正是我头一天夜宿地。海拔2690米，夜里的气温到了零下。宿营地一侧有一条极美的溪流，半夜醒来听着流水潺潺。另一侧是条石板铺就的古道。那晚围在篝火边，向导老穆还在说，直到“文革”的时候，还常有战争的死魂附体闹病的事。这几年不听说了，当年超度阵亡者的先生也都死了，只留下一部超度亡灵的祭歌。

我问老村长，有没有听说打灰坡时死了一个美国人。他说，隐约听说，不确切，但战后见过有美国军人来当地的乡绅家，不知道来干什么。“战争落脚后，（民国）三十五年在芒云街见过有美国人来。4个人，2个大子，2个小个子。每人3支枪，一支卡尔宾，2支大拉把。也不晓得他们来做什么，跟他们话又讲不通。他们抬着个本本，但不应该是传教，传教士不会带武器。这4个人去了欧地主家。他家有一人会翻译。这4个人见过两次，搞什么晓不得。”

欧地主在土改时被打死了，儿子也死了，家里已经没有后人。从时间点分析，老乡们看到的4个美国人应该是来移葬的。“293卷宗”记载，夏伯尔的遗体已于1946年移葬回美国。以下是“293卷宗”中有关科克·夏伯尔的部分内容：

死亡报告：1944年5月29日。

姓名：科克·夏伯尔。军衔：中尉。军人编号：O–436603。军种：陆军。

出生日期：1923年6月5日。

死亡地点：亚洲。

死亡原因：战斗中牺牲。

死亡日期：1944年5月14日。

服现役日期：1942年6月12日。

家庭地址：俄亥俄州克里夫兰。

紧急情况联系人：母亲，瑞尼·夏伯尔，俄亥俄州克里夫兰159街3143号。受益人：缺。

挖掘报告：1947年11月15日。

死者埋葬地点：夏威夷2号墓地，C排 18号。委托人：阿灵顿国家公墓。

……

挖掘日期：1946年11月6日。

遗骸运送准备一栏：

埋葬特征：临时棺材；遗骸情况：骨骼，不完整。

其他识别手段：军需部1042号表格3。

遗骸装棺：1947年11月5日……

装棺人、盖棺人、尸体防腐人、运送地址确认人、检察员：（略）。

年轻俊慧的夏伯尔中尉牺牲时还差21天才满21岁。

在美国，阿扎尼亚寻找夏伯尔家族的线索最终还是断了。老人很气馁："我失败了，这让我每次听到夏伯尔这个名字都感到非常难过。"

在中国，在夏伯尔阵亡的地方，线索也断了。当年的血雨腥风已经远去，只留下江水汤汤，山风浩浩。只有那夏天来临的时候，阵地上的紫色小花依然会美丽地绽放。

五 CBI老兵阿扎尼亚的故事

约翰·阿扎尼亚先生是我们义勇军里资格最老的一员。他是Y部队第40野战医院（The 40th Field Hospital）的卫生兵，跟着中国远征军作战部队翻过高黎贡山。自2002年春天以来，从寻找阵亡者名单到寻找他们的家人，老人全身心投入其中。他一生保留着他的中缅印战区臂章，他说："我为这个臂章感到骄傲，即使是我们已经离开军队很久，我们仍然为这个臂章而自豪。它非常特殊，任何佩戴它的人都很特殊。中缅印老兵关系紧密，我们知道我们是谁，我们做了什么。但是世界对美国人到过中国并不太知晓，

年轻的阿扎尼亚

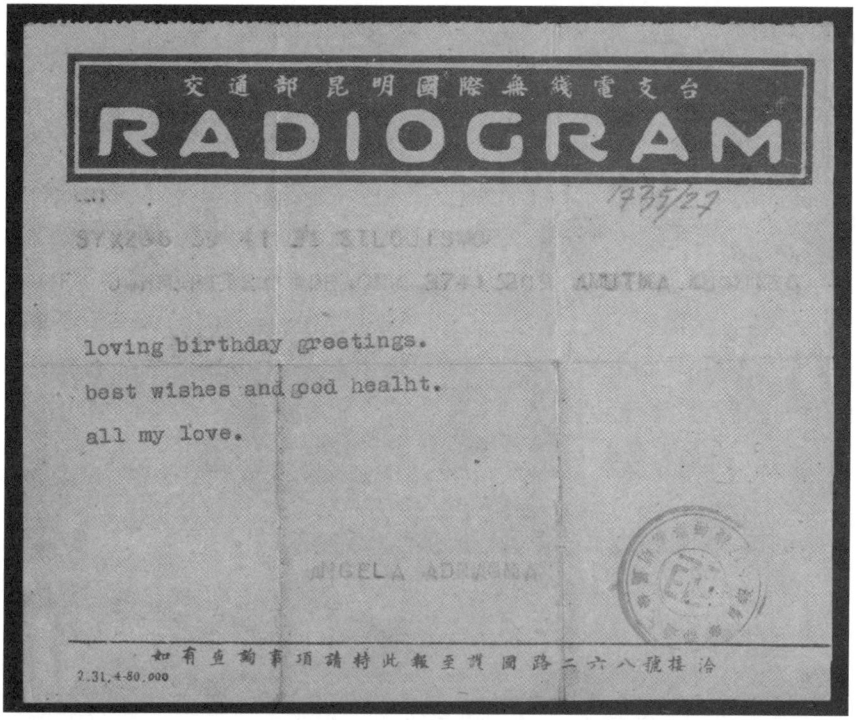

交通部昆明國際無綫電支台

RADIOGRAM

1735/27

loving birthday greetings.

best wishes and good healht.

all my love.

如有查詢事項請持此報至護國路二六八號接洽

2.31.4-80.000

阿扎尼亚在怒江前线度过了他的21岁生日，这是他收到的父母发来的生日电报

认为是开玩笑，不知道还有美国人到过中国作战。他们不知道，不知道我们到过那里，这太丢人了。”

2004年一个炎热的夏日，云南省政府邀请中缅印老兵协会的老人们到昆明和腾冲旅行，阿扎尼亚与老伴也随队伍同行。我们希望能在昆明见到他，带他到他曾经到过的地方看看。那天，政府在云南艺术剧院搞了个文艺演出欢迎他们，下了飞机就直接把这群八九十岁的老人送到剧场看表演。飞机晚点了，江汶、我和许寒甘在艺术剧院旁边的小咖啡厅吃着冰激凌等着他们的到来。等了几个小时车队终于到了，疲惫不堪的老人们一个个下了车，却没见到老两口的身影。找领队打听，原来老人刚到北京膝盖又出问题了，不能继续旅行，只好买了票返回美国了。这真是让人失望透顶。

第二年，江汶带着摄影师牛子到美国拍摄，但那时老人已被查出患了喉癌，与他的老伴住在休斯敦的宾馆里，等待医院的手术通知。他担心江汶和牛子的行程有变，也不知道手术后情况会怎样，就专门为他们录了满满两盒录音带，讲述了他在中国的经历。那年，他和老伴在离

开圣路易斯的家之前，把保存了几十年的从中国带回家的纪念品全都打包带上了。其中有他的CBI臂章、生日的时候收到的父母发来的电报、几幅云南乡村的画，以及当年的照片和中国军队发给他们的日记本，还有他在昆明买的送给母亲的一个刺绣的幔帐。那电报上真让人见识了40年代中国的电报长什么样，上面一栏印着“交通部昆明国际无线电支台”，下面有地址：护国路268号。这条路对昆明人来说亲切得不能再亲切了。他最爱的是那个小小的日记本，是他们到达昆明的时候，中国军队为欢迎他们的到来而发给所有美国士兵作纪念的。上面有蒋委员长的照片，有史迪威将军的照片，还有一行警告，是用英文写的“不要泄漏军事机密”，提醒他们在日记中不要涉及军事机密。他从没舍得用，一直保留到现在。

约翰·阿扎尼亚口述（根据录音和文字整理）

我一直在搜寻自己的记忆，我记得的一件关于怒江战役的事，是我们走过那座由绳和木板搭成的桥，它忽闪忽闪的非常不稳。跨越的是怒江还是其他河流，我记不得了。

那些山啊，我的天，我永远忘不了。山很大，长满茂密的树。当你在远处的时候，它们看起来非常美丽。但是从远处看和在山上行走是两回事。山中的小道非常难爬，必须有很好的体力才过得去。那些可怜的马匹驮满了物品，下雨之后，泥泞的小道窄得只放得下一只脚。有时候，路太滑太窄，那些可怜的马匹就会失蹄，连着物品一起摔到山下。虽然看不到，可那声音很远都听得见。我们派人到山下去找物品，那些可怜的家伙要么死了，要么腿摔断了，你不能把它留在那里受罪。我见到这些可怜的家伙的肉被吃了，所驮物品被装到另一匹马上。当时食物也非常缺乏，这真是个悲剧。但是战争中就会发生这些事，看到那景象让我很难过。

我们上到很高的山顶后，雨瓢泼般地下，很潮湿。我脱下雨衣时，我衬衣下面的水比雨衣上的水还多，我也不清楚水怎么来的，我猜那是汗吧。从很低的地方上到很高的地方，再下到很低的地方，你必须有非常好的体力才能顶得住。记得在一个过河的小道的尽头，我看到一名摄影师在拍照片。我从未在任何地方见过这个照片，但是我知道有人在那里用胶卷拍下了我们的行进，而且不是静止的照片。听说有时有好莱坞的大明星来慰问部队，在我们那里却从来没有见过，我们去的地方

在前往印度的船上

对他们来说太危险了，像鲍勃·霍普（Bob Hope，好莱坞喜剧电影明星），人们只会把他安排到安全的地方演出。

我生于密苏里州的圣路易斯，1922年11月3日出生，是圣路易斯的西西里移民区的第一代美国人，服役前我一直生活在那里，我把这叫做旧世界的生活。进入学校以后，我的生活就是美国式的，我称它为新世界的生活。我把我这一段时间的生活称为两个世界的生活。

第二次世界大战爆发后，政府在全国各地建立了征兵基地。他们的任务是把所有年龄在18岁到38岁的男性登记在册，然后根据他们的能力和健康状况分成1A到4F等级。1A是最好的等级，4F可免服兵役。我被列入1A等级，于1943年1月被送到了密苏里的杰弗逊兵营。几个星期之后，我们搭乘火车到了巴克里（Barkeley）营地，在这里我参加了基础的步兵训练，长距离行军拉练。最大的变化是军队的烹饪方式与我西西里母亲那里的传统完全不一样，军队里的食谱在一年前就已经订下来了，每个人早就知道每一天要吃什么东西。

后来我乘船到比勒（Beale）营地，在那里我被分配到了第40野战医院。我没有受到任何医疗训练，我想要成为一个“作战”人员，但是我没有选择的权利。我们被告知不会有休假，因为马上就要出发了。我们搭乘火车到了新泽西州的基尔默营地（Kilmer）。在这里我们被打了许多男性都知道的防病毒的针，以致我病了，是由于打了这么多针剂，而不是病毒本身引起的。不久，我们登上了一艘改装了的豪华船，它的名字叫“玛里波萨”（Mariposa）。我们的船孤独地行驶在大海上，没有船护航。它曲曲折折地行驶，以避免被敌人潜艇发射的鱼雷攻击。

我们的航行路线是从美国的东部港口出发，沿着南美的港口向南行进，直到非洲口岸。然后沿海岸绕过好望角，进入印度洋，向北到达孟买。这次航行历时33天。船头的一座桥上有一块木板标出我们行进了多少里程，还有多少行程，但是却没有注明我们要到什么地方去。直到靠近目的地了，喇叭里播放出印度的音乐，我们才意识到自己在什么地方。

运兵船上，睡觉的地方是一间有三排床铺的小屋，人在里头像码好的沙丁鱼罐头。小屋很热，床铺又不稳，所以我多数时间都在甲板上消磨。每天的两餐饭在厨房里吃，大家都是站着进食。食物装在浅托盘中，轮船颠簸时，食物滑到一边去。对那些饭菜许多人无法下咽，他们像疯了一样，把食物倒进厕所里或倒在甲板上，甲板上到处是他们的呕吐物。许多人都是吃自己从家乡带来的食物，或是吃点每餐都有的一点水果。在这样的生活中度过了33天后，我们就更喜欢看到陆地了。

我对孟买的第一个印象是从甲板上看到的。最先看到的是些小

运兵船的船舱里，人排得像沙丁鱼罐头

乞丐，他们在水中游泳，大声叫喊“Bakshish”表示欢迎我们。这个“Bakshish”的意思是要点“礼物”，但那些水手想当然地认为他们想要箱子，因为“Bakshish”的发音很接近“boxes”（箱子），于是他们把一些空木箱扔给孩子们。男人们都穿着甘地似的长袍，女人们穿着“莎丽”并用一块丝巾裹住头或者披在肩上，站在码头上伸出双手，讨要食物、钱币或只要我们给他们的，不管什么都要。有些妇女还带着小孩，一些小贩在售卖杂货、旅游纪念品或手工艺品。

这就是我第一眼看到的东方：可怕的疾病，比如麻风病，还有营养不良和被剥夺了的享受。每天早晨就有一些卡车行驶在街上收捡街头的尸体，他们把这些尸体堆放在卡车后面，就像一堆柴火似的。焚烧这些“灵魂”是用街上的干柴堆。圣牛在街上叫唤，猴子在庙宇间跳跃。有一个人蹲伏在地上，一只柳条编织的篮子里放着一条眼镜蛇。他手里抓住一只小狸猫，在等待人们丢出足够的“安那斯”钱币之后，他就让眼镜蛇爬出柳条篮子，松开小狸猫，让两个小动物互相打斗到死。它们并没有长时间的打斗，小狸猫很快就会把眼镜蛇咬死。

不久，我们搭乘火车到加尔各答，路上在英国陆军哨所停下来就餐、休息。我忘不了常吃的牛肉罐头，羊肉是在简易炉灶上炖熟的，还喝茶，倒茶的人都是印度本地人。他们拿了一把大茶壶，装满了热茶，在午后4点钟到各营房把热茶倒在英国人的茶杯中。这些英国人不管在任何地点都要维持着他们的习惯。

离开了加尔各答，我们乘火车到阿萨姆。我已记不起多少确切的情况了，因为我们在那里非常寂寞，甚至都不知道它是一个大大的城市或是一个小小的村庄。终于，我们到了飞机场，上了一架C-46或C-47，飞越驼峰到达了中国昆明。那是1943年的秋天，我21岁。这是我第一次搭乘飞机，我感觉到寒冷和颠簸，看不见飞机外面的情景，很不舒服。但是，飞机抵达昆明后，我的印象只能描述为喜欢，非常喜欢。这里有一种异国的美丽风光，人们也很友好。作为一个外国人，在这样一个奇异的地方，我被深深地吸引了。我感到我离开家乡已经很遥远了，我感觉自己就像我意大利老乡马可·波罗，当他第一眼看到中国时也定会与我有同样的想法和感受。

到昆明后，我又被送到桂林附近的一个野战医院，在那里接受了职业训练，学习抽血和制作涂片的基本知识。他们说要让我成为一名实验室技术员。回到云南后，我被派往云南驿的美军野战医院。我所有的器械也就是几盒显微镜用的承物玻璃片、一些消毒用品、用来取血的针管，还有一架显微镜。我给医院的中国病人抽血，他们在恢复，但是还有其他病。我用一块玻璃片取血样，分离血液，然后由医生通过显微镜来看，他们可以看出这个中国兵是否有疟疾。有时候，他（中国兵）的情况会非常糟，不得不把他的脾脏切除，这是因为他被太多的疟蚊叮咬，脾脏都肿大了，只好手术切除。

有一天，一个军官走到我们野战医院,我对他敬了个礼。他说："军士，你会开吉普车吗？"我说："是的，长官。"于是，他和他的副官坐到后座，命令我送他们到一个地方去。这位军官就是窦恩将军，而我只是一个因罢工而丢了饭碗的美国气象局前雇员。我从来没有接近过如此高级的军官，紧张得要命。我猜我是把车开得太快了，没有注意到后面的两位乘客。行驶在崎岖不平的山路上，车子颠簸得厉害。最终，窦恩将军让我把车子停了下来，严厉地责备我开得太快。我猜想我是过于紧张，只想把这个任务尽快地结束了。到达目的地后，窦恩将军和他的副官从吉普车上下来感谢我，我没有回答。他又再次感谢我，我喃喃低声说："不客气。"然后就开车走了。我能不紧张吗？窦恩将军可是史迪威将军的参谋长。Y部队就是他指挥的。

战时昆明人

我经常记起中国的老百姓，他们在那时都被称为"苦力"。在我们致力于对日作战的时候，他们铺路和修建飞机跑道，并且

战时昆明

使用一些原始工具和大而重的圆石头，建起了战斗机着陆的场地。这些石头都是又大又重的，要用75—100人才能拉着那些石头滚到那个区域，把地面压整平滑，并用准备好了的碎小石子铺好路面，使战斗机着陆的时候有个坚实的地方。我常常挂念那些穷苦的“苦力”，他们做的是艰苦的、脊背撕裂的工作，从拂晓到黄昏只吃一点点食物。我对他们的生活、他们的家庭、他们的未来感到好奇。而眼前看不见什么前途，每天只能是做些更艰苦的工作。但是，看到美国士兵他们就会笑脸相迎，大拇指向上伸出来，叫一声“顶好”！

阿扎尼亚最爱的一幅画,他们好多手术就是在这样的小院里进行

不论在什么地方，什么时候，当我们遇到中国士兵或老百姓的时候，我们都会受到对方的笑脸相迎，他们会伸出一个大拇指，叫声美国兵“顶好”！之后好长时间，我才明白“Maguo Ping”是“美国兵”，而“Ding Hao”是“顶好”的意思。我觉得我们挺受欢迎，中国人喜欢我们。

如果给家里写信，你只能说在印度或中国，但不能写具体的地址，信件是要被检查的。父母也常给我写信，生日了还发来电报。收信对大家来说是非常重要的一件事情。我还记得有个人，是纽约的，他家里给他寄来一大纸箱的肉、巧克力、奶酪等，把可怜的我眼馋得要死。

待在昆明的那段时间，我们遇到过好多次的警报。“警报”就是“空袭”的意思。警报一响，我们就跑到壕沟里躲警报。那里有“中国白兰地”，许多美国人都喜欢喝。它装在一些棕色陶罐子里，浑名叫“警报酒”，很烈，一瓶会使你熟睡一夜。一到夜间，空气中便弥漫着木炭的气味，因为中国士兵会烧火来煮食物和茶水。在野战医院我们分成组，有美国人组，中国人组，只要有机会，我们就相互来往，我们合作得很好。有时候有翻译，他们向中国士兵解释我们的目的是什么，我们要做什么。我们和国民政府的许多官员及普通人交了朋友。我想如果我能在中国待久一些的话，我们会成为终生的朋友。但是战争中人和事的变化太快了。

1944年5月，怒江战役开始了。17日，我们第40野战医院被分派支援中国第53军和第54军。我们前往怒江，搭乘卡车只走了很短的一段距离，很快就进入崎岖的山地。骡马驮着行李，它们可是一种运载我们整个医疗队的中国制造的先进物件。在那个时期，我们在任何一个地方都只是停留几天，从没超过一星期。我们的任务是配属在中国的一个步兵团，随部队进入战斗，并救治伤员。

部队和日本军队在高黎贡山交火了，那是十分可怕的血肉横飞的战斗。许多士兵受伤后被送到我们的驻地接受手术。他们中的许多人伤得很严重，有时候必须切掉他们的四肢才能保住性命。这些外科手术日以继夜地做，有的人内出血，需要有专人照料，否则这个士兵睡着了又无人看管的话，会因失血过多而死亡。有的伤员因送来太迟，以致死在手术台上。我们的外科医师不仅做外科手术，也要做内科治疗。许多人由于长期患痢疾，以致脾脏肿大，必须手术切除。更多的士兵有营养不良相关的症状，并且卫生条件也很缺乏。我们的医师对上述的疾病都给予了治疗。我们有4个医师，大约30个士兵，只是一个小型的流动医疗单位，并不是一个设备完备的医院。我们尽力救活可能救活的同盟国战士，但不幸的是我们只能尽力，无法救活那些重伤员。

我们是这个辽阔的国家的最后一条供给线，也是世界上最长的一条供给线，条件非常艰苦。战役开始不久，食物就供应不上了。开始一天两餐，后来一餐，再后来一天只有一块巧克力。有时候我们到中国农民家中，向他们要鸡蛋和米饭，慷慨友好的农民会给我们一些。我们非常感谢，因为我们没有任何东西回赠给他们。我们的盟友，中国的步兵，他们是用一条长长的蓝色布袋装米，两端都被扎紧了斜挎在肩上。米只够他自己一个人吃，但他们经常慷慨地给我们一部分，这就意味着他们自己的粮食就不够了。我对此常常念记，那些勇敢的战士具有慈爱的心肠，具有美好的精神，尽管历经许多艰苦，我们仍战斗在一起。在怒江战役结束时，我只有90磅的体重，对一个22岁的年轻人来说是少了点。但那些中国士兵的命运更糟，除了食物稀少之外，他们还被子弹击中，受伤、死亡。

随着战事的推进，情况变得越来越困难了。我们的装备不是丢失了就是用完了。由于所有设备都是要用马来驮载，当碰上雨天，我们就要

第40野战医院的士兵们（前排右一为阿扎尼亚）

失掉好多运送装备的马匹。山路崎岖险恶，骡马常常失蹄坠落到大山的深谷。有一次，在攀爬山间小道时，驮着我的器具的马匹摔下山了，我再也没见到它。我没有亲眼看见它摔下去，有人告诉我说他们又失去一匹马，我说我打赌肯定是驮着我的器具的那匹，果真是的，因为从此我再没见过这匹马。

腾冲战役中受伤的中国军人

这件事结束了我作为一个实验室技术人员的短暂事业。从此以后，我只能帮助照看伤员并做一些杂活。没多久，因为条件太差，医院院长威廉姆·本塔少校决定医疗队里有一半人必须返回后方。人们无法一天只吃一块巧克力。他说："各位，我不想这么说，但是你们中的一半人必须返回到野战医院去。"

返回的路是我所走过的最难的旅程，我们没有水了。我们中间有一名来自其他部队的上尉，他有本事从各种水源中分辨出好泉水。他找到一眼泉水，我们一头栽进去，把肚子喝得鼓鼓的，然后拿出水壶装满。在战场上，水是宝贵的物资，那位上尉发现了山泉，救了我们所有人的命。

1945年，怒江战役胜利结束了，日本人被赶出了中国西部。我们在野战医院里等待前线的人回来，第40野战医院的所有人员又聚拢在一起，然后向东方前进。到达香港不久得到日本投降的消息，我们的向东行动停止下来。大家非常高兴，因为我们知道很可能与进攻日本本土有关。我们确信，投到日本的原子弹救了我们的命，或许是100万其他美国人的生命，因为进攻日本本土将会付出高昂的生命代价。接下来，我们被送回昆明，从驼峰航线到了印度，再走原路回到孟买，在那里我们登上船并驶回美国。这一次我们的旅程短了很多，因为我们不再需要绕道，可以通过苏伊士运河到达纽约，而不是环绕世界再回国。

大战结束之后，我回到杰弗逊军营，并在感恩节那天退伍了，时间是1945年11月22日。我回到了家里，和我亲爱的妻子雯丽娜·贺尔其拉·艾得拉纳结了婚。之后我加入圣路易斯首府的公安部门工作，服务了27年。

当时我23岁。在我的一生中，我所看到的比我那些同龄人所看到的要多得多。离开家的时候，我只是一个不谙世事的幼稚的孩子，战争经历让我成为一个男人，有了更多平静的人生观。我看到了战争的邪恶，认识到生命的脆弱和珍贵。

六 “芭芭拉，有中国人在找你们”

寻找夏伯尔受阻后，江汶开始名单上第二位阵亡者少校威廉姆·麦姆瑞的查找。她在查阅《名单》的时候，还上了一个家谱网站。这一次有些出人意料。她把麦姆瑞的名字输进去，一下就出来麦姆瑞家族的详细资料。其中甚至有他的出生日期、阵亡时间，还有他的家乡，他父亲去世的时间。而且，他的阵亡时间与我们名单上的阵亡时间一致，阵亡地点就是中国。江汶马上就知道这位麦姆瑞先生就是我们要找的人。

麦姆瑞少校所获的云麾勋章

江汶把麦姆瑞少校在战争期间的地址告诉了阿扎尼亚。老人上了一个叫 anywho.com的网站。他把名字输了进去，一下子出来了一个长长的姓麦姆瑞的人的名单。我们该联系谁？他们中谁与麦姆瑞少校的家人亲缘关系最近？老人在这个长长的名单里随机挑选了一个，这个人的名字叫斯蒂文·麦姆瑞，德克萨斯州

麦姆瑞少校所获的紫心勋章（正面）

麦姆瑞少校所获的紫心勋章（背面）

人。少校来自德州，他凭直觉认为这个人应该更接近少校的家庭。5月29日，阿扎尼亚老人给斯蒂文写了一封信，告诉对方自己是谁，正在寻找二战中阵亡的威廉姆·麦姆瑞少校的家人和亲戚。

事情非常凑巧，斯蒂文正好就是麦姆瑞少校的侄儿。6月5日，斯蒂文回复了邮件："阿扎尼亚先生，我收到了你的来信，我和麦姆瑞少校是远亲。他有两个女儿和两个弟兄，我已将你的来信转给了住在德州冷泉镇的他们，他们会与你联系。"

此后的几个星期又没了消息，直到7月4日老人再去邮件询问。老人不知道，此时此刻，他的愿望已经达成。在德克萨斯州的冷泉镇，在少校的故乡，少校的两个女儿正急切地要与他交谈。

斯蒂文回信告诉他："很抱歉没有回复你的邮件，我们已经将你的来信转交给了麦姆瑞少校的一个弟兄了。我们的家族今天聚会，我得以和麦姆瑞少校的女儿贝雯丽（Beverly McMurrey）和芭芭拉（Barbara Hyde）交谈，芭芭拉明天回家后将会通过电子邮件与你联系，她们期盼着就她们父亲的事与你交谈。"原来，少校的弟弟、弟媳妇因为岁数大了，一时忘了把那封信及时地转交给少校的女儿。一直到了美国国庆节7月4号，麦姆瑞家族重聚日的那天，老婶婶才想起来把这封信给了麦姆瑞少校的女儿芭芭拉。

那是一个星期天，芭芭拉与丈夫卡尔以及妹妹贝雯丽一起回到德州的冷泉镇。原本姐妹俩是去参加她们母亲的约翰逊家族的重聚会的，芭芭拉建议大家再多逗留几天，去参加父亲家族的重聚会，也去看望一下两位老叔叔和老婶婶。每年的重聚会吃烤肉是麦姆瑞家族的传统，她们总是说要参加，却一直没有成行。这一次，芭芭拉给叔叔和婶婶打了电话，还带了父亲的勋章过来给他们看。

如果说，此前我们中的每一个人都不相信奇迹，不相信会有如此多的巧合聚集成人们称之为缘分的东西，更不相信两个世界之间会有冥冥中的感应，那么在2003年，我们对发生在这一年里的太多的事情心存感激。在无数的姓麦姆瑞的人中，阿扎尼亚选择了其中的一个发出了那封信，老人说是碰运气，可这运气碰到的正是少校的堂兄弟的儿子。这让芭芭拉都觉得意外：他们是一个大家族，人很多，但不是所有人都互相认识。感谢老天爷，斯蒂文正是她家里的一员；芭芭拉姐妹从来没有参加过父亲家族的聚会，而这一年，她们来了；老婶婶年纪大了，忘了转交信件，如果说斯蒂文那年没去冷泉镇参加聚会，信件有可能永远也到不了芭芭拉姐妹手中。

而且，几乎在同一个时期，芭芭拉开始有了认识父亲的念头。她知道父亲属于Y部队，上网也查过，但她无论如何也无法将网上结论性的

阿扎尼亚夫妇（左一、二）与芭芭拉夫妇（左三、四）、贝雯丽（右一）及江汶

信息与父亲联系起来。但就在头两天，她在母亲的抽屉里找到了一枚父亲的勋章，她想知道这枚勋章是怎么回事，便上网查询。她在亚特兰大认识了一位名叫亨利的老兵，他描述了他被授予的一枚紫心勋章，与芭芭拉父亲的一样，是由蒋介石颁发的。他告诉芭芭拉，这勋章只颁发给那些直接与中国战役有关的人。

关键是，就在7月4日这天，芭芭拉把勋章带来了，她是想带给两位叔叔看看。我们甚至希望是少校冥冥中指引着女儿回到冷泉镇，让她们与我们相遇。芭芭拉至今对这个奇迹都觉得难以置信。那一天，她的一个堂弟老远看见她就说道："嗨，芭芭拉，斯蒂文要给你一件东西。他们在找你们，有中国人在找你们。他们要找比尔（William的昵称）的家庭。"

中国！这个词像重锤在芭芭拉心头猛地一击。对于她们来说，中国只与一件事情有关，那就是父亲，是她们的妈妈以一种奇特的方式深爱着却从不言及的一个人。她3岁的时候，父亲在中国阵亡，但在她60年的生命里，这是家里讳莫如深的话题。父亲是她们姐妹从来没有真正接近，却也从来没有离开过的人。当知道有中国人在找她们的时候，她的心里一阵兴奋：一定有人知道那时发生了什么。

7月5日，聚会一结束，芭芭拉与丈夫卡尔当天就飞回亚特兰大家中，一到家就给阿扎尼亚发了去邮件：

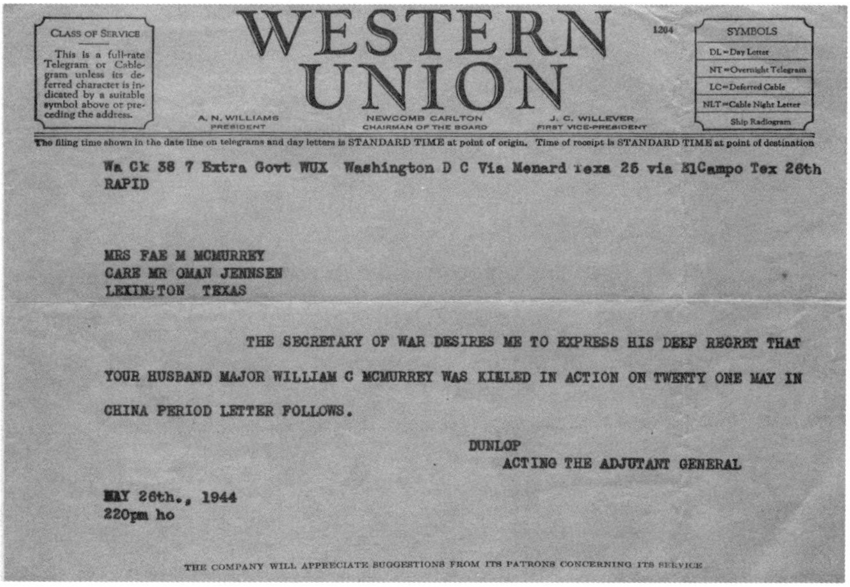
CLASS OF SERVICE
This is a full-rate Telegram or Cablegram unless its deferred character is indicated by a suitable symbol above or preceding the address.

WESTERN UNION

1204

A. N. WILLIAMS PRESIDENT
NEWCOMB CARLTON CHAIRMAN OF THE BOARD
J. C. WILLEVER FIRST VICE-PRESIDENT

SYMBOLS
DL = Day Letter
NT = Overnight Telegram
LC = Deferred Cable
NLT = Cable Night Letter
Ship Radiogram

The filing time shown in the date line on telegrams and day letters is STANDARD TIME at point of origin. Time of receipt is STANDARD TIME at point of destination

Wa Ck 38 7 Extra Govt WUX Washington D C Via Menard Texa 25 via ElCampo Tex 26th
RAPID

MRS FAE M MCMURREY
CARE MR OMAN JENNSEN
LEXINGTON TEXAS

THE SECRETARY OF WAR DESIRES ME TO EXPRESS HIS DEEP REGRET THAT YOUR HUSBAND MAJOR WILLIAM C MCMURREY WAS KILLED IN ACTION ON TWENTY ONE MAY IN CHINA PERIOD LETTER FOLLOWS.

DUNLOP
ACTING THE ADJUTANT GENERAL

MAY 26th., 1944
220pm ho

THE COMPANY WILL APPRECIATE SUGGESTIONS FROM ITS PATRONS CONCERNING ITS SERVICE

麦姆瑞少校的阵亡通知书

亲爱的J，你让我们惊喜！我们刚从德州返回，在那里得知你在试图联络我们，非常抱歉你花了这么长的时间才找到我们，我的婶婶忘了将你的信寄给我们了。我听说当我的父亲牺牲的时候，你是一位18岁的医护人员。我不知道你们是否在同一部队，你是否照料过他。我们非常急切地盼望与那位努力寻找牺牲人员家人的中国女士联系。自从互联网将很多人连接在一起之后，我曾经想过是否应该寻找那些和我父亲同一个部队并可能认识他的人。我对Y部队做了一点研究，愿意知道更多。我住在乔治亚州的亚特兰大，我的妹妹住在德州的莱克星顿，你住在哪里？你在寻找其他人的家人时成功了吗？你从哪里查询信息？非常感谢你和我们一家人联系。我们真想知道你是怎么找到我的堂兄的？

麦姆瑞的女儿芭芭拉

当芭芭拉告诉阿扎尼亚她是谁的时候，他太高兴了，简直无法相信。这是他半年来最激动人心的时刻。

第二天一大早，芭芭拉就收到了老人的回信。同时也收到江汶的来信："亲爱的芭芭拉·麦姆瑞·海德，我的名字叫江汶，来自中国云南昆明。我和JA（约翰·阿扎尼亚的缩写）一直在寻找那些在腾冲战役中英勇献身的美国军人的亲属。我们从去年11月开始，先找到了Y部队的阵亡名单。腾冲人民正在考虑明年在纪念腾冲光复60周年时举办一个仪式，将勇士们的名字重新镌刻。我非常高兴JA找到了你，我很感谢他，他不仅60年前来到中国帮助了中国人，今天他还继续参与我们为后人保存中美在二战中合作的历史的努力。我想对你的父亲有更多了解，包括他的背景、参军前的生活等。"

7月6日，芭芭拉回信告诉大家，在过去的几天之内，她所了解的父亲比任何时候都多，她代表姐妹俩感谢大家。她父亲的遗体已经运回美国，时间大约是1949年，当时在德州冷泉镇举行了一个军人葬礼。她的祖父在得到父亲阵亡消息的10天后去世。她们的母亲菲已于1996年去世，她终生没有再婚。

战争的血腥扑面而来，这后面有多少生离死别的经历呵。当初，江汶、阿扎尼亚在网站上无比困难地寻找阵亡者家人的时候，大家也曾困惑，我们为什么做这件事情？我们似乎是想通知他们腾冲人想要重新镌刻他们亲人的名字。但是，在当年这些战士已经适当地安葬了，这些人的侄辈孙辈还会在意中国的一个边境小镇要知道他们叔伯或爷爷的名字吗？我们体会不了一个在战争中失去父亲的家庭曾经经历过什么，但此时此刻，一切都是值得的。

芭芭拉还告诉大家："与我父亲的紫心勋章一起的还有一个美丽的蓝加黄的星状奖牌，背后号码为426，还有中文字。我相信这是中国政府在他牺牲后授予的奖章。非常感谢你们所做的。"

伊斯特布鲁克及时地告诉芭芭拉，她父亲部队的将军是窦恩，窦恩的文献都存放在斯坦福大学胡佛研究所。这又是另一个巧合，他们本来就计划在两天后到加州的圣荷塞，卡尔要去参加一个农产品专业会议，那里距离斯坦福大学只有50英里。他们给航空公司打电话，换乘星期五上午早一些的航班。所有事情都很顺利，星期五一早，他们飞往圣荷塞，直奔胡佛研究所，一头埋进中缅印战区的历史文档里。一个盒子接着一个盒子地翻阅文献，来不及看的就复印了带回家，其中包括弗兰克·窦恩的传记、笔记。他们集中查找和复印了5月20日父亲牺牲前后的战役资料，了解战士们那时都做了什么。但是没有任何文件里提到他的名字，没有人的名字在文件里被提及。她想知道父亲曾经效力的将军是个什么样的人。这是她有生以来第一次如此接近她的父亲，也是在那里，她第一次知道了怒江战役，了解了父亲的中国任务，以及他阵亡的那些日子，中国发生的事情。

在此之前，她从来没有听说过怒江战役。她知道父亲在Y部队作战，知道他训练中国军人如何打仗，还知道他是一名中缅印战区的中国远征军的联络官。这是她们从报纸新闻、文章和家里的物品中知道的。但除此之外，她们一无所知。于是，在接下来的日子里，她们姐妹俩要做的第一件事情就是上网，然后键入"怒江战役"。她们努力消化着那些网页上的内容，并将历史与父亲联系起来。那段时间里，姐妹俩在邮件中讨论得最多的内容就是战役的起因、进程和结局。"5月12日他们渡过了怒江，1945年1月的战役随滇缅公路的开通而结束。在我父亲牺牲后，他们打下了腾冲，那场战役非常血腥，死了很多很多的中国人和日本人。我追溯了当时的军人所做的事情。"

芭芭拉甚至很好奇约翰·阿扎尼亚是如何找到斯蒂文的。老人告诉了她方法。于是，芭芭拉登入www.anywho.com网站，键入"麦姆瑞"，再键入"德克萨斯"，沿着阿扎尼亚的路径寻找。这个过程对她们来说太重要了，是一位与父亲一样曾经前往东方的士兵的不懈努力，让她们有机会填补生命中一个巨大的缺失。那个缺失像一个黑洞，让她们的母亲始终没有合上失去亲人的那一页。姐妹俩整理了母亲的遗物，重新打开了她卧室里那个柜子的抽屉。那里有这个家庭最沉重的秘密——60年前父亲写给母亲的整整118封信件。这些信件母亲一生都没对她们说过一个字，尽管她们一直都知道信的存在。

2003年12月24日，圣诞夜，到处是浓浓的节日气氛。窗外的白雪还没有融化，又下起了雨，天色很暗，路上的车很多，人们忙着回家过节，开车的人肯定十分向往着家里此时此刻的那份温馨。突然间，江汶想到了60年前牺牲在遥远的中国滇西土地上的那些美国军人，他们自从踏上东方的土地就再没能感受这一切了，心头不禁一颤。她拨通了麦瑞姆少校的女儿芭芭拉的电话，没人在家。江汶留了言，祝她和家人圣诞节欢乐。

七 国殇墓园里该重刻谁的名字

进入2004年8月，伊斯特布鲁克先生提出了“将谁的名字重新刻回到墓碑上”的问题。首先，从胡佛研究所Y部队陆军的名单开始，我们就注意到10人名单之外，还有6位非战斗死亡的人员。他们因车祸、枪伤、伤寒和其他事件把生命留在了中国土地上。其次是时间参数。渡江是5月开始，腾冲光复是9月。Y部队阵亡报告标注的时间为1944年5月至10月。此外，重刻的名单只是腾冲战役阵亡者呢，还是整个怒江战役的阵亡者。

8月22日，伊斯特布鲁克告诉江汶：“我收到中国人一封关于将谁包括在墓碑上的回信。他们目前是想把非战斗死亡人员和阵亡者一起包括进去。我已经回复他们，说尽管我尊重他们的想法，但有些问题，他们必须准备好会碰到。比如，Y部队有人死于车祸，那是怒江战役开始之前。他们是否要把那些牺牲在战斗中的人以及那些与该战役无关之人，甚至死于云南之外的人一起包括进去？我还指出，有了空军名单之后，情形会更复杂。要不要算上那些在印度或中国的其他地方因车祸或坠机而死的、与怒江战役无关的空军人员呢？我认为他们还没有很好地考虑过这个问题，我曾建议过他们在决定标准时好好考虑。”

伊斯特布鲁克收到的意见来自腾冲县。中国人的想法是，凡死因与腾冲战役有关的人员都应得到纪念。如果不是为了滇缅公路这条供应线，他们会不远万里来到中国吗？江汶在征求腾冲人的意见时，对方也认为，只要是为中国滇西反攻献出生命的盟军士兵们，无论他们是在反攻时牺牲的，还是在这之前或之后牺牲的，当地人都把他们当作是自己的英雄。

阿扎尼亚的想法更接近中国人。他说：任何在Y部队中参加了腾冲战役的美国军人，无论他当时执行什么任务，死于腾冲或是其周边地区，都应该被授予此项荣誉。此外，任何在腾冲及周围牺牲的美国第10和第14航空队的空军人员，无论他当时驻扎在什么地方，也应同样被授予这份荣誉。因为我们必须记住，当时如果没有第10和第14航空队无数次的轰炸行动，打穿腾冲城墙，其结果可能会大不一样。老人甚至对未来的碑文提出了建议：

献给那些于1944–1945年间为帮助中国人民将日本侵略者赶出云南而贡献了生命的英勇的美国军人和空军人员。

（Dedicated to those brave American soldiers and airmen who sacrificed their lives aiding their Chinese allies in driving the Japanese invaders from Yunnan Province，1944–1945）

尽管伊斯特布鲁克先生理解和接受这些想法，但他的想法更现实：其一，非战斗死亡人员有可能发生在云南之外的地方，他们与腾冲或怒江战役的关系仅在于他们是Y部队的成员；其二，在涉及空军人员时，可能会变得更复杂。

阿扎尼亚也提出：军方资料表明，在中国的防御和进攻中，美国陆军航空队的阵亡人数比其他军种的多得多，问题是我们如何寻找这些在腾冲牺牲的应该被授予荣誉的空军人员。如果所有人都要包括进去，这块墓碑就是为整个怒江战役而建的了。而以民间之力，我们是否有这个能力找到全部的名单。想要找到或确认所有美军阵亡人员是非常困难的，因此我们应该将范围收缩到可以掌握的部分。

瓘普也提出了他的看法："中国人建议的包括所有死亡人员，我想这可能会有问题。非战斗死亡人员中有一名是自杀身亡。"

伊斯特布鲁克先生说的没错，不论是中国的寻找者还是美国的寻找者，从一开始就是一支彻头彻尾的义勇军，每个人都还有各自的工作，不论是人力还是物力，都不可能以民间之力找到全部的阵亡名单。整个怒江战役里阵亡的美国军人肯定不止19人，腾冲战役里阵亡的是否就是这19人，谁也不能肯定。约翰·米歇尔（John Mitchell）是第14航空队第51战斗机大队第25战斗机中队的飞行员，他告诉我们，他的中队至少有25人阵亡在怒江战役里。这25人的名单还得花功夫去寻找，25人中是否有在腾冲战役里阵亡的呢？我们不知道。

9月，伊斯特布鲁克先生给江汶去信说：“我想阵亡人员的名字一事已基本有个定论了。现在需要腾冲人民决定，是否只是将在战斗中牺牲人员的名字刻在墓碑上。尽管我想我们手头这份名单已经很好了，但是也可能有遗漏。我担心的是，如果要想百分之百的正确，这样的搜寻将会超出我们现有的能力和时间。如果腾冲方面说，要将非战斗死亡人员的名字也放上，那我就不知道我们可以从哪里开始去找这些名字了。我们怎样才能知道名单上的非战斗死亡或受伤的情形呢？我们又如何确定空军那些受伤人员的名字呢？所以，最好说服腾冲人民将要刻在墓碑上的名字局限在战斗牺牲人员。”

这一时期，璀普在电话中告诉伊斯特布鲁克先生，他正试图为我们寻找在腾冲附近地区牺牲者的卷宗，以及Y部队名单中“非战斗死亡人员”的信息。他已经找到一些档案了。伊斯特布鲁克问江汶，中国方面有否进一步的决定，如果有就可以缩小工作范围，我们不能让璀普花不必要的时间和努力去做无用功。他建议大家只能把精力放在窦恩文献上，尽可能在将来腾冲举行仪式时找到阵亡者亲属。

60年过去了，当腾冲墓园里那块只有一个名字的盟军碑变得有名有姓之后，人们开始希望重新刻上被遗忘的名字。在中国人的传统里，人死了要有一块碑，好人是为了流芳百世，坏人要让他遗臭万年。就像1944年建墓园

腾冲墓园里侵略者的埋骨之地

的时候，有阵亡中国将士的墓碑，有帮助我们的盟军阵亡将士碑，还有一个大大的“倭冢”。总之要让来这个世界上走过一遭的人留下点什么。只是刻这块碑的事变得复杂起来了。这边厢，还在讨论着碑上该重刻谁的名字；那边厢，名单已经刻到石碑上了，而且正在筹办一个热火朝天的建碑仪式。关键是这个仪式没有通知我们中的任何一人，没有寻找者，没有老兵，没有阵亡者家属，甚至没有发来一句感谢的话。这个功利的时代真的让人无语。不久前这历史还是禁区，没几年工夫，这个领域变得越来越古怪，它超出了研究的范畴，超出了追寻历史真相的范围，已经成了一个名利场。两年来曾经感动许多人，也曾经让我们感到崇高的努力，最终只是被当作炒作的旅游资源。这真的让人很气馁。

“我不知道该对人家说什么！我只是说腾冲人民没有忘记为他们作出贡献的美国人，就把那些八九十岁的老人感动得不遗余力地帮助我。他们还在奋力地寻找阵亡者家人，尤其是夏伯尔，这已经让我不知如何是好。我不能让人家停下来，说是腾冲方面没什么计划。”江汶很无奈。尤其是看到阿扎尼亚的信里说：“我要找到与这些可怜的阵亡者有关的人，他们可以像芭芭拉和贝雯丽那样，知道他们的亲人得到中国人的纪念，为他们建立了纪念碑。我想要让他们知道这一切，如果他们愿意，可以去出席那个为他们的亲人举办的仪式。”腾冲人民的确没有忘记，但那是在民间记忆里。也许是我们自己错位了，把民间感情移植到某些部门身上，那是我们把它们的道德标高定高了。

伊斯特布鲁克去信安慰江汶：我意识到在这个事情里你被夹在了中间，但是，你是我们和腾冲负责此事的官员联系的渠道。根据当时腾冲官员的请求，美国这边的许多人花费了大量的时间和努力在这件事上，正如你所知的，远远不止JA和芭芭拉。这是一个最值得做的事情，我们已经走出很远了。大多数美国人并不知晓中国的腾冲要给在战役中牺牲的美国军人荣誉，通过适当的宣传，在中国和美国都有增进理解并加强中美人民之间友谊的意义，对那些牺牲者的后代也有意义。

最终，我们也不知道那个热闹庆典是什么时候举行的，义勇军里谁也没有被邀请参加。虽然名单是从我电脑里发出的，我最后都不知道碑刻成什么样子。据说，有两块碑上的拼写有错。所有在场的人里，除了戈叔亚之外，没有任何一个人知道19座墓碑后面的故事，他们也不想知道。一直与江汶联系的那位腾冲人也委屈，他说他只是普通工作人员，他不能左右县领导们的意见。这也是寻找阵亡者名单以来，一直在发生着的事情。沽名钓誉者、剽窃者、借资料不还者，什么样的人没有。随他们去吧，从另一个角度看，如果能让更多的人记起曾经发生的故事，这算幸事。

这类事情虽然令人不快，但总有新的重要事情在发生。奇迹出现在芭芭拉母亲的遗物中，姐妹俩看到了一封信，它与那118封信件放在一起，同样来自云南前线，只不过是父亲阵亡的噩耗。那是父亲阵亡后，他的上司写给她们的妈妈的。芭芭拉想象不出这封信有多重要，它把那些散落在时空中的许多片断连接了起来，指引着地球另一面的寻找者，在高黎贡山深处找到了少校的埋葬地。

肆　云南前线寄往德州的118封家书

德州农工大学是美国在二战中阵亡人数最多的一所大学，
麦姆瑞少校的名字亦刻在母校的墙壁上

中国远征军第53军美军联络组组长斯多德上校

芭芭拉发来那封信是一个转折性的时刻。信件署名是“斯多德上校”。信件有两份：一份是斯多德上校的手稿原件，一份是芭芭拉母亲重新打印的副本。这是一封长长的信，描述了少校的阵亡过程、葬礼、埋葬地点和遗物处理情况。菲打这封信的心情已经很难猜测了，那一字一句，真像一刀一刀，会让心头出血。这是她一生都没放下的伤痛。

信中有一段话让人眼珠子都要掉出来了：

亲爱的麦姆瑞夫人：您的丈夫在一场战役中牺牲了。他的牺牲增强了这个师的中美军人之间的团结。这份团结对争取获得战后世界的长期和平是必须的……将军设法找到了一口棺材。他的埋藏地点是一个美丽的山间台地，旁边有一棵高大的菩提树。在没有牧师的情况下，我主持了葬礼。我同您一同致哀。

棺材，菩提树，美丽的山间台地，军人主持的葬礼。这封信真的令人难以置信，几乎就是在描述张孝仲家保存的那幅葬礼照片！我再一次找出那幅照片，那照片仿佛不再是静默的了，我感觉我们正在无限可能地接近那个瞬间发生的事情。

麦姆瑞少校的卷宗有如下记录：

报告日期：1944年6月10日。

姓名：威廉姆·麦姆瑞。军衔：少校。军人编号：O-288382。军种：陆军。出生日期：1910年6月20日。

死亡地点：中国腾冲。

死亡原因：战斗中牺牲。

死亡日期：1944年5月21日。

服现役日期：1937年8月5日。

紧急情况联系人：妻子，菲·麦姆瑞 德克萨斯州，科罗拉多镇。

受益人：妻子菲·麦姆瑞，女儿芭芭拉·麦姆瑞，父亲威廉姆·麦姆瑞，姐姐A·E·毕斯理。

尚未找到或确认的遗骸数据。

姓名：威廉姆·C·麦姆瑞。军衔：少校。部队：陆军，Y部队，作战人员。身高：70英寸。体重：165磅。牙科纪录：（略）。

附加信息：34岁。牺牲于敌方炮火，中国大塘子。东经98°49′；北纬25°18′。在中国的SHINLA单独埋葬，中国MENGPRIG东南5英里。

遗骸收据：1949年4月29日。

接收者：克里夫兰镇，德克萨斯州，XXX殡仪馆。军队将护送少校威廉姆·麦姆瑞的遗骸，于5月5日上午8点45分到达车站。请做好相应安排，并告知家人。

这就是一位美国军人在海外阵亡后国家为他所做的一切。然而，对于亲人来说，这里头有多少生离死别的痛。一封阵亡通知书，改变了一个家庭两代人的命运。少校的父亲在得到儿子阵亡消息10天后去世了，少校的妻子从此关闭了记忆的大门。

2002年以来，我三次翻过高黎贡山，两次走北斋公房，一次走南斋公房。这是反攻开始后中国远征军第20集团军渡过怒江向腾冲进发的两条路线。确认少校走的是南斋公房路线，是根据第20集团军第53军116师的战斗详报。战报有时间记载，但描述却不详细，只说是：5月20日116师348团在攻击黄顶山的过程中，阵地得而复失，战斗惨酷，美方联络组美军官麦姆瑞阵亡，第二营营长王福林阵亡，第一营伤亡营长各一，以下官兵百余员名。

问题是——大塘子在哪里？在滇西被称作大塘子的地方不少，但凡一个水塘子，一个牛滚塘都有可能被叫做大塘子。地图上唯一标注的一个大塘子是在腾冲北部的高黎贡山西坡，但那里似乎与反攻线路上的主战场无关。怒江河谷海拔700多米，榕树生长在海拔1000米以下的地带，这让人一看到大榕树就会本能地与葬礼照片上的那棵大榕树作对比。

我始终相信中国民间一定会有一份“293卷宗”，只要那代人还在，记忆中的“293卷宗”就还在。在战役发生的土地上，民众会记住那些帮助过他们的人。不论经历了多少世事的荡涤，不论这个卷宗是传说还是演绎故事，也不论有多少个流传版本，它们总会折射出史实的影子。

南斋公房路线当地人一天翻过，像我这样的人得走两天，路程比北斋公房短，路况也好很多。保存完好的路段是石头镶砌，路边还有排水沟，是明清以来最重要的官马大道，算得上是旧时的高速公路了。斋公房是设在山顶丫口下的小房子，是历史上一些善心人修建的。他们会在那里备一些姜、红糖和大米，提供给生病的行旅商客。盘旋而上的古道两边，不断有保存完好的沟壕和散兵坑出现。上到3100米的山顶，一眼望去是绵延到地平线的重峦叠嶂。那风，那远山，那蓝天和白云令人心旷神怡。小杜鹃和苦竹林淹没了昔日的战场，脚下的沟壕像一道道的等高线，蜿蜒着穿过苦竹林，连接着无数个居高临下的阵地。

高黎贡山顶上的昔日战壕

每一次站在山顶，都会为当年死守这里的日军感到绝望。往东，是远得不能再远的日本本土，隔着千山万水，隔着整整一个中国战场，那里发生着激烈和难以预料的战斗；往西，腾冲边界以外是缅甸广袤的土地，5月间，缅北战役正节节胜利，密支那已经被驻印军和盟军收复，想从原路回家已是来世的梦。他们像被远远地抛在世界尽头的沙粒，这个疯狂的岛国最终将以无数士兵的生命为它一手制造的惨剧付出代价。

走在战壕里，枯枝残叶夹杂着小雪粒，踩上去咔嚓咔嚓地响，这让人想到白骨的声音。我从山下走到丫口只是一天时间，但是在当年，这足足经历了一个月的苦战。在昆明，一位第36师106团第3营的老兵告诉我：大塘子战役打得非常艰苦，敌人也非常顽强，一个多月的激战才突破那个防线。部队往南斋公房推进的时候，沿途都是死尸。路两边、山谷上下到处是人的尸体，马的尸体，那个时候也分不出中国兵日本兵了，那个恶臭呵，一辈子都忘不掉。眼下，清风明月，和平原来如此的美丽。

几次进怒江都会选择在百花岭下榻。百花岭海拔1500米，比闷热的怒江河谷舒服太多。而我每次去都住在吴朝明家。认识老吴是在1999年，那一次是为潞江坝傣族土司的历史而去的。晚上住在高黎贡山自然保护区百花岭保护站，闲来无事，保护站的人带我到了旁边一户农家小院。小院的主人就是吴朝明，那年他70岁，开朗健谈，有着标志性的周星驰式的笑声。关键是他总有些村里其他人不会发生的想法，这也是保护站的动植物学家们喜欢去他家去的原因。老头儿很自得，“我这个果园来过的人不少，联合国的教授都来过，左边瓜果熟，右边马铃响，农民的乐趣”。

小院有一种特别的魔力，那魔力来自它与历史的联系。那时老吴家还是老房子，1963年盖的。原来的房子日本人烧了，战后一直住篾笆房。引人注目的是右侧的厢房。塌了一半边，剩下的一半满是枪炮打出的洞洞眼，下半部还能遮风挡雨的地方关着他们家的两条大水牛。老吴说，那是日本人烧的，后来也没经济能力重盖，就一直将就着使用，关牲口还是可以的。战争期间他十一二岁。战后，他一直在战壕边放牛，让老水牛把弹坑当作牛滚塘；他用远征军的战刀割猪草，在不断挖出白骨的山坡上种庄稼。那骨头有中国人的，也有日本人的。我问他，都成骨头了怎么分中国人日本人？“嗨，日本人么穿皮鞋，我们中国兵的草鞋么早化了嘛。”他还急：你怎么那么无知，连中国兵没鞋穿都不知道。

战争似乎在吴朝明的生活里从未离开。他跟我讲，远征军渡江后的第一仗，就是在他家门口发生。那时他们躲在高高的山里，远远看着战斗的进行。年纪渐渐大了，他开始搜集散落在山里和各家各户的弹壳枪刺。从前这些东西多得要命没人在意，现在越来越少了，他很想做一个二战博物馆。说着，老吴从床底下拉出一个子弹箱，他全部的藏品就装

百花岭农民吴朝明的回忆让我们找到了少校的墓地

在里面。子弹箱是纽约制造，但装的是中国规格的7.92毫米口径的步枪弹，估计是专门为中国制造的。这一发现让一个自诩是二战军品专家的小子眼红得要命。眼下他的全部藏品也就是以个位数计算，这大概是世界上最小的博物馆了。老吴还想做个沙盘，这样，在给来家里的客人讲解时要直观一些。

老吴有一份手稿，是他从长辈和流落当地的老兵那里听到的故事，还有他的记忆和感想。他敬佩段培东写出了外面的大学者大作家都没有写过的历史——他们的历史。他说是看了段培东的《剑扫风烟》才知道，他家门口发生的这场大战是周福成军长打的。他把《剑扫风烟》当教科书，有不明白的事情就从里头找答案。这让人对这部写在小学生小楷本上的回忆不以为然，它缺了太多的信息和准确性。但每次来我都会草草地翻阅一下，记得当时我用数码相机拍过，存在电脑里但从来就没看过。

后来的几年，为怒江战役的调查我又到过他家几次，每次去都会请他把小本子拿出来介绍给朋友们。2003年再去的时候，塌了半边的牛厩拆了，盖成了两层的小楼，楼上是他的博物馆。楼梯口贴了一个纸条：民间小博物馆，自愿交费。早先这些东西满山遍野都是，捡了卖给赶马的古宗人（指西藏人），一角钱一颗。现在难找了，他得出钱去买，或者拿果园里的水果小菜去换。藏品又多了几件，其中包括李正打印给他

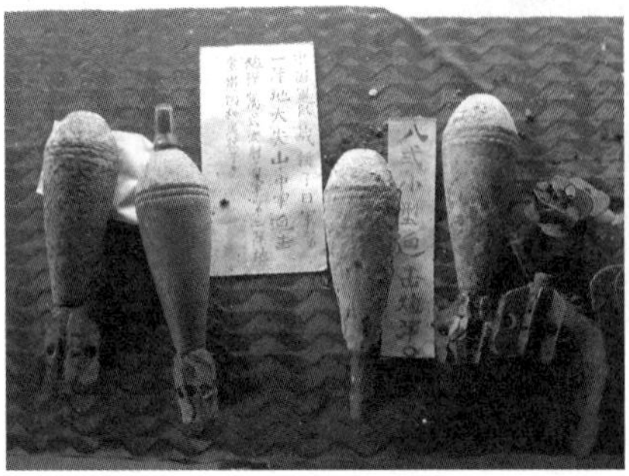

老吴的藏品都是在昔日战场上捡的

的张孝仲家的老照片。

“这是日本钢盔，我们中国兵咋个会有，太残酷了，国家穷兵也穷。这是日本的速射炮弹，这是美国的山炮炮弹。这是摸敌人夜螺蛳的刀，53军的步兵用的。哎！中国癞子兵，最惨的兵了，单衣单裤，草鞋都是用我们的烂破布和秧草、玉米壳打来穿！”老吴一边清扫灰尘，一边感叹。

“这是日本小钢炮弹，它是装式发射。这里有个洞，拴着两包白生生的炸药，延程（射程的民间说法）不够还可以加一包。我们也抽开瞧过，老兵也说过。这个炮是支在江东村背后那个松岩上的，直射江这边的三个阵地，是从我家亲戚家找来的，还提去了两包芙蓉糕，7块钱。”老吴越来越专业了，军史专家似的。“这个就叫火箭炮，我100块一个买来的。从敢顶下面缅嘎渡的山上打过来，打到马崩坡上的日本阵地，爆炸燃烧敌人。这个是炸剩的，没有撞火了，那两个是它的撞火，20块钱。这是它的壳，10块钱买的。”

我相信，老吴的讲解在中国博物馆讲解体系中独一无二。也许他的知识并不准确，但它带着草根的气息和亲历者的情感，直接带你走进赤裸裸的历史。

第一次，老吴的愿望是做个沙盘；第二次，他希望有一幅空中俯拍的照片。2003年再去的时候，前两个愿望没实现，他请人把战场画到了山墙上。画家是村里人，“100块钱一幅，花了我200块钱。这是最重要的三山阵地了”。两幅画有点意思，一转头，透过小窗户，那画上的战场正是窗外的那座大尖山，渡江后的第一场硬仗。有人开玩笑说：吴老伯，您应该把这面墙做成玻璃的。你只用在玻璃上画上飞机炸弹就行了。老吴很高兴，有人喜欢他的壁画。

“第一阵地大尖山，第二阵地金刚岩，防风山是第三阵地，第四阵地马鹿塘。马鹿塘上面有个特大的炸弹坑。我们望着丢下来的，炸在空处，没炸到日本人。我们是望着他们从战壕里逃出来，滚下山坡的。那一下要是炸在麻栗园，日本人一个也跑不脱。80多公尺的大坑，睡得下百十个老水牛。飞机像雄鹰展翅，像燕子戏水，将炮弹火力打向日军。”老头儿蛮有诗意的。

老吴说话的时候怎么是作俯视状？“是的嘛，我们在山头，飞机像条大鱼一样在我们脚底下飞过。打大尖山，4架轰炸机从东边过来，瞧着不大，它是贴着山旋转着飞，直到把炸弹丢完。那炸弹像点豆一样掉在日本阵地上。炮一路地打到大尖山，这里一炮，那里一炮，一来就是三炮。那边是发炮响，这边是炸开响。看打仗的人说：呵，日本人咋个那么狡猾，国军打三炮，他还三炮。别人告诉他说：‘不是的，是落响。’还有人开玩笑：‘什么锣响，是鼓响。’老百姓高兴呢，又还是中国人胜了。逃难的人哪个不想国家得胜呵？逃难的日子难过的呀，头尾是三年。民国三十一年（1942）从缅甸回来的军队和难民过这里，日本人一直追到江边；三十二年预备二师、36师过江来打游击，来来去去；直到民国三十三年正儿八经地反攻。那时候高兴啦，弹片乱飞都不怕，只要打胜了。日本人用步枪打飞机，他们的枪声分得出来，是‘咔—咚，咔—咚’。我们在高高处，立夏那几天，天气晴朗，风不有，雨也不有，好瞧得很。还见双身子飞机（P-38战斗机），从保山飞来，飞过雪山去。飞机空投粮食弹药，有一次还见一个空投的包裹连降落伞都没打开。在防风山，中国军队与日本军队混进，大炮和飞机不好炸，只能用人力去硬攻，死了一个营。日本人是挖好交通壕、战壕、机枪壕、速射炮台、高炮台，我们中国兵一无钢盔二无战壕，更是用肉身去抵着拼，抵着当日本人的枪靶呢。人家日本人是躲在战壕里扣扳机，我们的士兵是什么都不有地硬攻哪。中国还是有点勇敢呢，人也多嘎！阵地上的口号是‘要地不要人’，你说惨不惨？死的人太多太多。战后，我们上去时还常见，人脑壳是四五个一堆，五六个一堆，衣裳裤子还包着骨头呢，只是肉不有了，上面覆盖着一层草。都是我们亲眼见。”

“中国兵日本兵都没埋吗？”

“不有埋，从我们这里下去五条通道由担架排抬伤兵，都是摞着就抬走，血滴了一路，滴成五条血路。那6天激战，一天一条路要抬一百人多人下山，五条路要抬多少！还只是受伤的，打死的不算！箐沟里流的都是旺子（民间称血为旺子）。日本兵少，他们被打死后都拖到背阴处藏着。我们就见到那6个日本兵，6个脑壳6双皮鞋，他们的皮鞋是到这里的（指高帮鞋）。”

“有没有人捡回来？”

“不有，怕鬼咬！战后山上常听到喊喊嘎嘎的声音，腾冲开了水陆大法会后，才不听见的。”

“日本人在我们这里打败了才退到高黎贡山上守着。”老吴指着壁画上的最高峰：“后面就是南斋公房丫口，日本人被打得像树叶子飘，那里沟凹大，1943年预备二师打游击战时，毛营长、张连长在那里建碉堡，还驮死了我家的两匹骡子。”

老吴讲他们家门口的战争，我听过好多遍了，但每次还是愿意听。这个农家小院的魔力其实就在他身上。壁画也好、破刀破枪也好，都只是他的道具。杨绛先生说，历史给地理染上了颜色。老吴就像是历史的使者，死拽着记忆，一遍遍地讲述着高黎贡山每一个山峰和溪流间发生的故事，执着地把被遗忘的一切带给今天。

怒江在壁画的最下方，细细一条红线，老吴惦记着一件重要的事情，他要为怒江向政府请功。“我跟乡政府说了，这条江，抗日有功，要求政府立碑表彰这条江。要是敌人过江的话，中国亡掉了。”

记忆的力量不可低估，历史总是会以它的方式记录着教科书中被遗忘的章节。

老吴家的战场壁画

二 墓地的红叶

每次见老吴，总是忽略了一个重要的事情，就是向他打听大塘子在哪里。他信息量太大，会给人一个错觉，仿佛他知道的事情都会自己说出来。然而，正是这一疏漏，让大塘子与我无数次地擦肩而过。直到2003年的冬天，那一次从北斋公房下来，途中又到了他家。老吴的回忆录再一次被拿了出来，与往次不同的是，有人把它翻到了最后一页。在这一页上，发现了我们踏破铁鞋无觅处的事情——在南斋公房路线上阵亡的美国军人。

“你怎么知道这件事？”

“当时我们就晓得了。教我们的戴本惠老师是我们的亲戚，又当保长，是他讲出来的。他的寨子就在幸拉，他给远征军带路攻击锅底塘，打了两天两夜，无法打下。他就把当地老百姓找回来，带着部队从两边的高山绕小路绕到日本人的后面，三面夹攻，才把锅底塘拿下来。戴本惠这个人，我6岁读书时唱的那个打日本的歌，就是他教的了。”

幸拉？是不是少校阵亡报告里写过的SHINLA？报告说，麦姆瑞少校“**在中国的SHINLA单独埋葬**”。

“美国人是埋在那里吗？”

“不是的，埋在田头寨空广村的大青树下。树不在了，庙也不在了。叫田头寨寺院，人就埋在寺院门前。本地人的红漆棺材，一个中国团长，一个营长，一个美国官。他们是死在芒宽乡锅底塘，不是大塘子，是日本人的第四阵地。他们来拿尸骨时，大青树不在了，墓前还插着标签。”

老吴几乎一口气概括了麦姆瑞少校在中国民间的“293卷宗”。

“美国人的报告说，那位美国人是在大塘子牺牲的。”

“不是的，是在锅底塘，日本人的第四阵地。离这里还有两个多小时的路。”

每一个字老吴都说得毫不迟疑。我相信，我找到了少校在中国民间的“293卷宗”。

“那大塘子在哪里？”

“下面嘛！从那个坎绕过去就是。”

真是让人顿足捶胸，大塘子居然近在咫尺，1999年我第一次来的时候就到过那里。只是它的名字有一点点差别，民间叫塘子、大鱼塘，偶尔也叫大塘子，是高黎贡山山麓间的一片湿地。“你去问我大哥。战后美国人来找墓地的时候就住在他家。”

战史中的“大塘子”是指攻克高黎贡山东坡的整个作战范围，而确切地点只是一个几十米见方的小水塘，一群鸭子悠然地游着，不时地把头闷到水下找小鱼儿吃。5分钟后我已经在老吴大哥家了。老吴大哥有句话：“抗战最危险的就在我们地方了。你们虽然年轻，逛的地方多，历史记载也看得广泛，但在那个战役里，那种苦难你们没有尝着过，没有尝着过。”这个深山里的小村庄遍地是记忆，只是没来得及与老人家慢慢聊，便直奔主题。他告诉我们：战争落脚后，美国人来了两次找墓地。第一次没找到，第二次再来时，他们先找知情者，找40岁以上的人了解情况，然后才找到墓地。他让我们到田头寨找他的亲家。

一个小时后，我找到了田头寨。到了村口，有村民坐在那儿聊天。停车打听有没有一座美国人的墓，结果让人惊讶不已——这不是秘密，全村都知道。一位中年人站起来带我们去找老吴大哥的亲家，路上他说了一句话：“美国人来移坟时，帮忙的三个老倌都死了，最后一个是今年春天才死的。”那就是他的父亲。

老亲家87岁了，他知道全村人人都知道的故事。墓地上原来有棵大青树，有五尺多的过心（直径），美国人来找墓地的时候都还在，后来烧了。墓旁边有个土主庙，塑着土主和山神。庙的上半埋的是三个中国兵，庙下埋的是美国人。埋了三年多了才移走。

反攻前夕，国军便衣队的陈排长在村里住过，老亲家给他们带过路。“去了十多天，我说好多天了，家里情况认不得，得回去看看，他说不要去了，明天早早的大军就要来了。我说你们就是大军了，天天穿条烂裤子么还打呢。结果，那天半夜枪就响了，日本人在烫习的山头上打枪，我们听得出中国枪和日本枪的声音，日本人的枪是‘咔—咚，咔—咚’，隔一下‘呼呼呼’中国枪的声音就响了。天亮了，中国兵从洼子上来，一直打了十多天，才打到大鱼塘。开始中央军被打退了，他们的长官说：只能前进，不能后退，他们就是这样打上去的呀！冲锋声、喊杀声，一夜一夜地听着呢。”

反攻时，家里人躲在山里，年轻力壮的就被征去做民夫、抬弹药，两根棍棍担块板板抬伤兵。他知道美国人阵亡的事情，也知道埋在土主庙前面，但那时天天都有死亡在发生，埋葬时他不知道具体情况。老人说：“美国人死是很重视的。中国兵死了没有人埋，任由他在地上腐烂。死的人太多太多，这条大路上，路上是死人，路下也是死人。我们抬子弹抬伤兵都是踩着尸水过。人就化在大路上，不当子啦。有的衣裳也没有，光着身子扔在那儿。可怜得很。”

正是农忙的季节，全村人都扔下农活赶来看照片，他们想知道埋在他们村里的美国人长什么样，还有人在帮忙找知情者。不一会儿，一位73岁的老头儿来了，移葬的时候，他还小，是看热闹的孩子中的一个。在金色的夕阳照耀下,老人径直把我们带到了墓地前。

我终于来到了斯多德上校描述的那个美丽的山间台地，虽然眼前的情景让人有些失望，小庙已经片瓦无存，大榕树也没了，光溜溜一片红土地。当年的“旁观少年”在一片虚空中演示着：“就是这儿了。上面是一个寺庙，这里是寺庙的院场，这是院场脚，那里砌了三道坎，从三道坎走过来么就在这里了。”他记得每一个在场的人的位置：他们来一个美国人，一个通司（翻译），乡上有一个人。美国人骑着马，他的通司背着枪，抬着个小箱子，抬着个照相机，四周还有士兵抬着枪守着，不让这帮小孩子靠得太近。

老头很有意思，他问：“下头这个姓什么？”

“下头这个是美国人，叫麦姆瑞。”

“上头那两个呢？”

“上头那两个，一个姓王，叫王福林。”

“还有一个呢？”

“不知道叫什么名字。”

“那一个是姓苗，你讲的姓王的这个是一个营长，那个是个连长。”

差点让人笑了喷饭，他不是询问，而是在考人。

老人的话无从考证了，中国军队的战报没有提到。王福林与麦姆瑞少校在同一场战斗里阵亡是有记载的，王福林是348团二营营长，但一同埋葬的还有谁，我们并不知道。战报语焉不详，虽提到那一天伤亡官兵百余名，但都没说名字。我无从知道他说的姓苗的连长是谁。

我打开电脑让他看少校的照片，他一眼认定就是这个人。“他就是穿着这样的军装，胸前的徽章跟照片上一样的。”老人接下来说的话，是这个大山里的小村庄几十年里的神话：“我说给你，盖子打开的时候，人还好好地在着，戴着帽子，穿着双黑皮鞋，戴着一块手表和一个金戒指。这里还戴着胸章。我们望清楚了，戒指、手表、领章他们拿下来擦了擦，给美国人拿去了。骨头装在两个大口袋里，又放在小木箱里。那个小棺材还是在我家里做的，是我的老人做的，他们给了3万块钱。”

“3万块是什么钱？”

“3万块是国币，新币。”

“可以买多少大米？”

“一万块钱可以买几百斤大米。”

我不知道他说的是否准确，但他说少校的手表在棺材里，那肯定错了。少校的翻译姚元先生在回忆录里专门讲过少校手表的去处，是斯多德上校留给

棺材主人罕家六少爷

了一位需要它的人。

都已经是第三年了，人还好好的。村民认定了这块风水宝地，在后来的日子里，连留在地下的杉木棺材都被人一小片一小片地挖出来做药吃了。“如果埋的不是美国人，而是那两个中国人的话，那两家一定会出大人物的。”村民说。

人世间有什么故事，能过了几十年还如此惊心动魄，除了战争。

老吴的老亲家说，棺材主人还在，是傣族罕老爷家的。罕老爷死在国外了，七少爷也死了，六少爷还活着，可能记得，住在洼子寨。根据他的指点，我们到了洼子寨，一直等到太阳落山，等到六少爷从山里放牛回来。一个精瘦的眉目清爽的老头儿，当年傣族头人的后代，他知道田头寨埋的美国人是个大长官，他们家的那口棺材是很珍贵的杉木棺材，那时就值500大洋。

与少校一同埋葬的中国军人到底是两位还是三位，老乡搞不清楚，我也找不到记录。总之，连墓地都没了痕迹，上面栽种庄稼已经有好多个年头。我想那一定是很肥沃。少校的阵亡在民间也有不同说法，最常见的一个说法是说，阵地打下来了，少校去检查，草丛里一个日本兵受了伤没死，扔出了一颗手榴弹。民间版的“293卷宗”就是这样，细节虽不准确，指向却是真实的。

墓地旁，有一大片无比茂盛的红叶子灌木，红得深沉，就像刚刚流出的血。我摘下三片树叶。在后来的时间里，那三片红色的树叶跟随我们走完了中国远征军光复滇西国土的全部旅程，那是麦姆瑞少校要走但没能走完的旅程。在畹町的国境线上，在1840年鸦片战争以来，我们民族第一次将侵略者赶出国门的地方，我再一次打开了红叶。此时，它的颜色已经由鲜红变成了暗红，就像凝固的血液。再后来，三片红叶被摄影师杨延康带到深圳，用有机玻璃密封了装饰成一个美丽的镜框，寄给了少校的女儿芭芭拉。只是邮寄过程中镜框被人撬了一道裂缝，不知道是中国还是美国的海关干的。估计是他们不相信几片干枯的普通树叶子会被人大动干戈，做那么精致，邮寄半个地球，树叶子后面一定藏着什么重大秘密。

一年半之后的2005年，我在昆明见到腾冲人寸希廉老先生，他跟我讲了这个故事的另一部分。“1946年初，美国派了美军公益救护队到腾冲来寻找这些人的尸体。我第一次看见装尸体的裹尸袋，就在我们腾冲的华胜荣大药房前面。四具遗骸就摆在那边。那家人的房子很大很讲究，我们的老师毕牧师和高医生就住在那个院子的后面。他们也是美国人。我去看他们时就看见这四个袋子，我问是什么，毕牧师说，是美军公益救护队来寻找他们尸体的裹尸袋。听说他们每一个人手上有一个链子，链子写着他们的番号、军衔和名字。尸体上要有这个东西，核实了才把尸体装进袋子。那些公益救护队的人，戴草绿色的帽子，穿草绿色的军服。那些尸袋也是美军雨衣的那种料子，外面是草绿色的布，里面刷一层胶。我亲眼见过的是四条。他们连续来了三次，第一次找了一批回去，第二次又派人来找，第三次又再找，硬是不漏一个地来寻找了带回去。”

老吴大哥也说过，移坟的人去过两次，有一次还住在他们家。这与少校的卷宗记载是一致的。报告里夹有一份“尚未找到或确认的遗骸数据”。战争结束仅仅一年多的时间，少校的埋葬地就已经隐没在茫茫大山中了。尽管移葬者拥有详细的报告，但是寻找埋葬地的经历并不比我们的容易。他们找到了大塘子战役的发生地，找到了这个叫大塘子的村庄，却没有找到那片美丽的山间台地。卷宗里虽然都有埋葬地的经纬度记录，但到了现场你就知道了，靠那个数据找墓地是几乎不可能的。以夏伯尔的埋葬地为例，地理坐标记载是东经98°47′，北纬25°34′。那是好大一个范畴，如果都以0′计，那个地点想都不用想肯定是错的，因为它在小横沟以上海拔2300米的地方，战斗至少是在夏伯尔阵亡后10余天，经过死亡数百人的激战后才到达那个海拔高度。

战后，少校终于回家了，但活着的亲人却从此关上了记忆的大门。

三 找回失去的父亲

在美国，芭芭拉姐妹沿用江汶的方法，在网上联系参加过怒江战役的老人，像着了魔似的追踪着与父亲相关的人和事。芭芭拉研究了胡佛研究所复印来的窦恩传记，知道他在中国生活过，上西点军校前他曾经是旧金山地区艺术学院的艺术家。这让她在网上找到了一幅窦恩的画，售价不便宜，3500美元。当时她还想，能有这幅画多好。没多久，她居然在亚特兰大的一个寄售店里看到了同一幅画，而且价格比网上合理很多，她毫不犹疑就把它买了下来。有一位CBI老兵给她们提供了很多在中国拍摄的照片，住在伊利诺州的奥斯汀·戴森（Austin Dyson）也给了芭芭拉发来一些照片，并帮助她们与住在俄亥俄州哥伦布市的罗素·辛普森（Russell Simpson）取得了联系。辛普森是派到53军的通讯教官，曾与麦姆瑞少校一道工作，少校阵亡的时候他就在现场。从这些八九十岁的老兵那里，她们得以将怒江战役的片断连在一起。

她们开始做一件非常重要的事情，那就是整理那一抽屉父亲写给母亲的信件。整整118封，是母亲和父亲在通信期间约定的编号。信件放在德州老家的房子里，母亲的卧室里有一个衣柜，信就放在最下面的两个抽屉。抽屉里还有母亲年轻时的照片和父亲的奖章、相册。

“它们一直就在最下面的抽屉里。”芭芭拉说。还是小孩子的时候她就知道这些信了，也知道那是妈妈从不跟她们说的秘密。她很好奇，会等妈妈外出的时候悄悄拿出来，一次一两封，看完再放回去。她甚至也没有跟妹妹讨论过。妈妈在家的时候这事绝不能提，她认为会让妈妈难过。这样的情况从小学一直持续到上高中，她每次读信只是随机抽出，从来没有完整地读过。信对她似乎没有什么特殊的意义，仿佛只是一个陌生人总是说他在哪里吃饭，吃了什么。没有事件的场景，不知道战争发生的地点和环境，也不知道这场战争是怎么回事。但是她总是在读。虽然什么也没想，只是想知道信里说了什么。成年了，离开了家，可有机会回家时，趁妈妈不在偶尔又会看一眼。

贝雯丽也是这样的感觉。她说："它们一直就放在这个衣柜抽屉里，母亲也从来不关门，我可以在任何时候打开最下面的那个抽屉，我知道它们的确切位置。父亲从中国带回来的那些小饰物也放在那儿。但我从来没有感到它们对我的生命有什么帮助。你不会说：哦，我想知道他是个什么样的人，我来读读这些信吧。不会的，这从来没有发生过。一片空白。"

"没有感觉。"这是姐妹俩此前读信的感受。她们感受不到父亲的信与她们有什么的关系。贝雯丽说："我对自己以前没有这种感觉而感到震惊，本来这是与我的生命关系很大的事情，但就是没感觉。有一阵子，它们也许让我认识到有这个人存在的现实，但或许是我并不想要，因为他从没有为我而真实地存在过。他在信里说战争会延长一段时间，我都不明白他说的战争是什么。"

从小到大，一直到妈妈去世，女儿们在整个人生过程里从来没有机会与母亲谈论父亲。"那个时候在美国，至少在我们家，人们不谈论不在世的人，也许别的文化有所不同，但是至少在我的家庭里是如此，这太悲伤了。"芭芭拉说。她的舅舅沃恩也认为，这也许是对待悲伤的一种方式。"我们不谈战争或死亡，菲也从来不提这事儿，她在内心受苦。我们尊重她，也没有向她提起，仿佛什么也没有发生，非常奇怪。"

菲不是用语言，只是用行动在谈论罢了。她把丈夫的照片放大了装在镜框里，挂在姐妹俩的卧室里，挂在两张床中间的墙上。她要确保女儿知道自己的父亲是谁，只是从来不用语言讨论。此外，她要女儿与父亲的家庭保持密切联系。"过节的时候，我们在麦姆瑞家和妈妈家花的时间是同样的。父亲的家人也在感情上照顾我们，然而，父亲依然给我一种神秘感，我很想在梦里梦到他，我很想走进那份神秘，我想去接近，但是不知道怎样才办得到。"贝雯丽说。

如今再次打开这些信件的时候，情况已经不一样了。她们要重新找回失去的父亲。

威廉姆·麦姆瑞于1910年6月20日出生在德克萨斯州的冷泉镇，他的

少校的家书（部分）

父亲威廉姆·密尔顿·麦姆瑞是一名律师，还担任小镇的法官和学校校长。他有5个兄弟姐妹，他毕业的德州农工大学是美国牺牲于第二次世界大战的人数最多的一所学校。在一封家信中，他对父亲说：“你给了我们比金钱更珍贵的东西，哪怕在最困难的时候，你也在尽力。当生活那么拮据，你仍然供我读书，你教会我什么是自我牺牲、诚实，怎样做个好公民、精力充沛、坚强、无私，虽然我们比不上你，但我们有你做榜样。金钱也许能带来一些舒适，但是带不来成功。你给予我们的财富不是金钱，而是可以留给后代的优秀品质。我们不会让你失望，也许有一天你会看到你的努力的结果。”

“1941年7月，你父亲接到了转入现役的通知，那时你母亲刚刚生下你，你父亲拿着通知急忙地跑进来，为将成为军事学院的教官而兴奋。当时他兴奋得竟然忘了他刚刚得了一个女儿。”这是沃恩舅舅告诉芭芭拉的。她最近对麦姆瑞家族的研究发现：家族传统造就了父亲的军事背景，他的曾祖父是美国独立战争中的一名上校，来自弗吉尼亚，曾是美国首届总统乔治·华盛顿的好朋友，华盛顿还教过他测量技术。他的爷爷参加过南北战争，父亲很早就对军事感兴趣。

芭芭拉一直在说："我们无法告诉你，这对我们来说意味着什么。"

贝雯丽对着摄像机有一段长长的讲述。江汶与我，我与芭芭拉姐妹，江汶与伊斯特布鲁克以及与阿扎尼亚，我们在两个国家、6个不同城市，隔着半个地球，N多个时差，相互间的交流和信息交换，从昂贵的越洋电话开始到电子邮件，从早期的MSN到后来的微信，从录音笔到录像带，这个时代所有的新技术媒介都用过了。这使得电脑保存的资料千头万绪，无数的文件夹里有无数的文件夹，甚至有2002年复制下来的无数次的MSN聊天记录。那都是一个个关键性的事件进展。贝雯丽的讲述，就是这些年里无数次记录中的一次。

贝雯丽说：

我61岁了才开始研究这些信件，我终于有理由走进信里来认识写信的这个人，去了解他和我母亲的浪漫关系。这对我来说十分欣慰。他不再神秘，只是成了一个我所不知的父亲，我只是不认识他。

他生前的最后时光一直和中国人在一起，他谈到中国人很有礼貌，节日里中国的将军们用战时能够找到的美食请他吃饭，与他们一道看几个小时的地方戏剧，逛中国乡村的集市，他还为母亲买了一块美丽的手工刺绣。他们朝怒江方向开去的时候，中国军队派给他一个勤务兵，勤务兵年纪很轻，很害羞。我很感激。想到他的最后几个月和好人们在一起，你知道这对我们很重要。我感激他在帮助别人时也得到了照顾，这真好。父亲的信里从未写过丝毫的压抑，从来都只报平安，不让家人为他担心。他所有的信里只有一次说'景色不再美丽，有的只是障碍'。那是5月6日，他们已经开往前线，情况变得艰苦了。这是唯一一封很严肃的信。到最后一封信他依然乐观。5月19日，他阵亡前的两天，战斗已经进行了好多天了。他说他们是睡在地上，还洗了一个钢盔澡。他为自己能够用自然的能力来做所需要做的事情而感到自豪。他的语气是那么的向上，真让人吃惊。他一定是一个乐观的人。我叔叔说过，姓麦姆瑞都是个性很强的人。我舅舅也说过他是个优秀的人，性格很好。但我从来没有像现在这样近距离地认识他。4月28日，他们准备出发上怒江前线那天，是我母亲的生日，他还吹嘘了一通和大家一起分享妈妈做的水果饼。他说过中国人在食物里不放糖，我母亲就开始给他寄巧克力寄水果饼，芭芭拉和我甚至都不知道她会做水果饼。

那些年，我回到父亲的家乡，与他年龄相仿的很多人都还健在。

他们会谈论他的风趣和英俊。他一直是一个出众的年轻人，人们喜欢把他的冒险经历告诉我。玛瑞奥表姐还告诉我女人们都想认识他，说不定还有人幻想和他结婚。这让我想到我妈妈一定很特别。他们之间的信都非常浪漫，我们发现了我妈妈写的信的副本，没有多少，但是，可以看出他们的浪漫。我以前没有这种感受，也许是因为父亲的牺牲和抚养我们，让她变得实际了。这个发现是一件大事。过去，我对他们的关系没有太深的感受，甚至没有建立起他们有浪漫关系的感觉。

现在坐下来读这些信，真是件好事。我最喜欢其中的两封：一封是关于我的出生的，另一封是关于那只叫阿尔伯特的猫的。不知怎么回事，在我过去的印象里，我一直以为他离开美国的时候并不知道我的存在。但是这个星期里，叔叔纠正了我，叔叔说他是知道的，他为此非常高兴。那封信是讲他收到了我出生的电报，军官们都来了，还开了个聚会，我还喜欢他们试图给我取名叫伯玛（Burma，缅甸旧称）。我真的喜欢这封给我的信。

我也喜欢那封关于猫的信。他把一只猫带回驻地，给它取了名字叫阿尔伯特，指望着猫帮他捉老鼠。可是那只猫白天在父亲的床上睡觉，晚上倒去别人的屋里抓老鼠。我喜欢猫，姐姐无所谓，母亲不喜欢宠物，可她允许我在6岁时就养猫了。我搬到这里时，有一只小流浪猫在哭泣，我收养了它，后来又养几只，邻

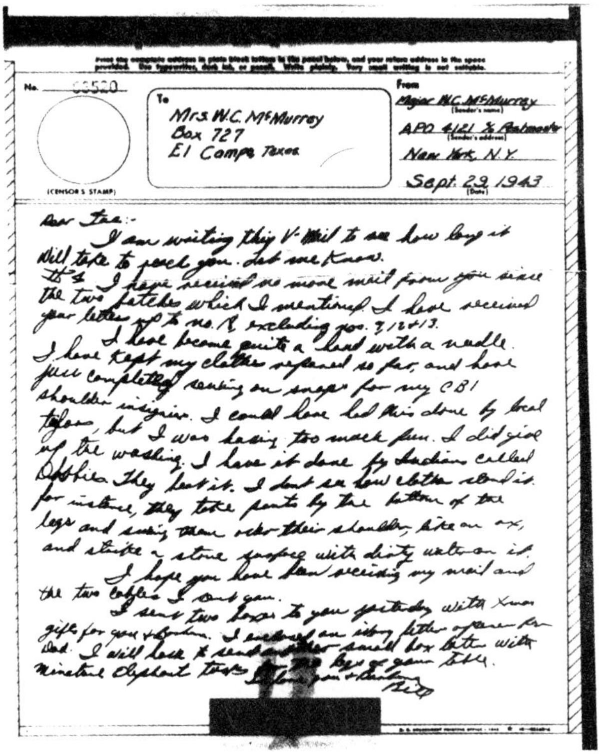
No. [illegible]520

To
Mrs W.C. McMurray
Box 727
El Campo Texas

From
Major W.C. McMurray
(Sender's name)
APO 4121 % Postmaster
(Sender's address)
New York, N.Y.
Sept. 29 1943
(Date)

(CENSOR'S STAMP)

Dear [illegible]:-
I am writing this V-Mail to see how long it will take to reach you. Let me know.
I have received no more mail from you since the two batches which I mentioned. I have received your letters up to no. [illegible] excluding nos. 7, 12 & 13.
I have become quite a hand with a needle. I have kept my clothes repaired so far, and have just completed sewing on snaps for my CBI shoulder insignia. I could have had this done by local tailors, but I was having too much fun. I did give up the washing. I have it done by Indians called [illegible]. They beat it. I don't see how clothes stand it. For instance, they take pants by the bottom of the legs and swing them over their shoulder, like an ax, and strike a stone [illegible] with dirty water on it.
I hope you have been receiving my mail and the two cables I sent you.
I sent two boxes to you yesterday with Xmas gifts for you & [illegible]. I enclosed an ivory letter opener for Dad. I will have to send another small box later with miniature elephant tusks [illegible] of your table.
[illegible]
Bill

少校的信

居们都知道我喜欢猫。我很高兴知道父亲也喜欢猫。

他从来不写艰苦的事情，他有一种开拓者的精神，这也是我母亲的精神，他们俩真的很像，我姐姐和我都认为他们两人很般配，他工作努力，她也一样。

少校的家书（部分）

从前，信在她们眼里是一片空白，如今读起来，她们已经能够感受到写信人的心态和语调，这令贝雯丽惊讶。再加上几个月里她们阅读了许多的Y部队文献，她们正在试图了解每一封信与战争进程之间的关系。但是，最最重要的是，她们第一次发现，有一个深爱着她们的父亲，也是第一次发现她们的父亲深爱着她们的妈妈。从前的那个陌生人原来与她们的生命有如此亲密的关系，她们明白了母亲一生为什么没有再婚。

118封从云南怒江前线寄回来的战地家书，凝固着动荡年代的亲情，像一条纽带，重新连接起她们与父亲之间的联系，也让她们释放了积压了一生的缺失的伤痛。

四 菲·詹森·麦姆瑞的一生

不像电影情节那么戏剧化，菲收到丈夫的阵亡通知的那一刻非常平静。我们永远也不可能理解，一位前线军人的妻子远远看到军队邮差向她走来时的心境，那是何等的恐惧和黑暗。当时的情景是芭芭拉姐妹的一个表姐最近告诉她们的。那时她们住在外婆的家里，那一天，电报送到的时候，菲正在门廊前扫地。军队邮差把电报交给她，她读了电报，放在衣服口袋里，然后继续扫地，没有一句话。但到了晚上，她把所有的悲伤全部爆发了

少校的妻子菲

出来。从那天开始，她的天空有一部分永远地坍塌了。

菲的弟弟沃恩当年20岁，在大学读书，接到家里的电报后赶了回来。但他回到家也只是陪陪姐姐而已，表面上她很正常，不过他知道她的内心在受苦，可她一字不提，仿佛什么都没有发生。大家尊重她，也没人提起此事。2005年，江汶见到了芭芭拉姐妹80岁的沃恩舅舅，他说："这非常奇怪，也许是她对待悲伤的一种方式。这可不是我的方式，我要是悲伤了，那我要让大家都悲伤。我要是不高兴，我要让人人跟我一起不高兴。我们都为这个消息而感到非常悲伤。但是，那是战时，人们知道会有人在战争中死亡。她是非常坚强的女性，我想她是努力地要保护我。"

接下来的生活是严峻的。芭芭拉说，母亲没有时间悲伤或者坐在那里哀怨，她要工作，要抚养两个孩子。这事发生了，你无能力为，你只能坚持下去。她靠工作来处理情感问题。

菲是在农庄里长大的，她有8个兄弟姐妹。父母是非常好的人，他们自己种庄稼、养牲畜，自给自足。外婆的一个小副业就是到镇上卖鸡蛋，星期六去卖。家里的孩子每个人都有自己的职责，有人负责做饭，有人负责缝纫，芭芭拉姐妹不清楚母亲的才能是什么，只知道她总是完成自己的活计，然后去地里帮助其他的兄弟。她在中学11年级后到了镇上的中学上12年级。在那里的一年里，她成了班上的"维多利亚女王"。中学毕业后，她上了圣马库斯大学，也就是约翰逊总统的母校。她有一次告诉芭芭拉，在大学里如果想家了，就下楼洗衣服，感觉就好多了。芭芭拉猜想，原来母亲用努力工作来排解悲伤是有历史的。大学毕业后，菲在家乡当了一年的老师，后来到了德州的章克申。就是在这里，她遇上了比尔。那时她住在姑姑家里，在学校里教速记打字和商业课。章克申是德州的山区，风景非常美丽。菲的姑父在那里建桥，而当时比尔在高速公路部门工作，是姑父手下的土木工程师。于是，姑父把他漂亮的侄女介绍给了英俊的工程师。他们相爱了，1940年10月9日结婚。婚后不久搬到了休斯敦。

在女儿们心里，只有一个词可以用来形容母亲，那就是"刻苦"。她是个工作狂，总是在工作，而且每一份工作都干得非常出色。她喜欢的是工作、旅行和取得成就，并为此自得。

丈夫阵亡时，芭芭拉3岁，贝雯丽7个月。菲带着她们搬到了德州的贝腾，住得离自己姐姐近些。她在那里找到一份律师事务所秘书的工作。两年后，她在休斯敦买了她们的第一栋房子。为了照顾孩子，她在一家石油公司找到一份工作，可以半天在办公室，剩下的工作带回家晚上做。这样她可以照顾孩子，可以参加孩子学校里的活动，这让芭芭拉姐妹俩很怀念那段时光。休斯敦有许多石油公司，菲的事业最有成就的阶段是在威塞弗德石油工具公司工作。60年代，她是这家石油工具公司的审计官的秘书，管理公司的数据。审计官离开公司后，没有派人来接替，菲接手了他的工作。后来公司副总裁也离开了，也没派人接手，菲又接手了他的工作。总裁生病了，她又替总裁完成日常的事务。她基本上是在运作这个公司。她在欧洲设立了该公司的办事处，常常出差。女儿们都想不出，在那个时代一位女性承担责任如此重大的工作，是件多不寻常的事。况且，她在工作之余还去上学，拿到了秘书证书。贝雯丽记得，上高中的时候，妈妈不能来参加她的毕业晚会，是由妈妈的一位表妹代替。但她不介意，她很高兴母亲去做重要的工作。她们在母亲的公司里总是很受欢迎，与大家一起吃中饭，就像其中的一员。

不论多忙，菲总是争取回家做晚饭，她爱做德州乡村口味，女儿们负责烤鸡，把切成一半的鸡抹上奶油、盐和柠檬汁再烤。她在厨房里忙着，女儿就站在厨房的门槛边与她聊一天发生的事情，这是她们一天里最重要的交流时光。因为一旦她坐下来休息或做未完成的公务的时候，她就不容易接近了。她总是静悄悄的，喜欢独处一隅。

菲工作到1981年65岁退休。退休后，她在德州的莱克星顿买了房子，一幢1948年重修过的老房子。花了两年的时候翻修，她指挥着装修工换了全部的窗户，自己设计家居装饰。这让她有事可做。然后，把这个家变成了家庭的中心。她回到了她生长的乡村，这让她很高兴。

菲一生都没有再婚。贝雯丽说，她是非常漂亮的女人，男人总是被她所吸引，她却不需要这些浪漫。她有5英尺8英寸高，总是很苗条，她可以像任何人一样吃三块饼，却不会长胖。她有好多机会，贝雯丽认为至少有3个人非常想跟她结婚，其中至少有两个人是合适人选，但她没有选择他们。

贝雯丽问沃恩舅舅知不知道原因，舅舅告诉她：菲曾跟他讲，她不想让别人管教自己的孩子。记得30岁的时候，她曾听见婶婶问母亲："菲，我一直很好奇，你为什么不再结婚？是不是因为比尔是如此的杰出？"母亲说，孩子还小，不想在抚养她们时有干扰。贝雯丽在一旁想，这个借口已经过时了吧，我都已经30岁了。除此之外，女儿们不知道她有过其他的理由。

菲把两个女儿抚养着很好，供她们上了大学。芭芭拉说，我们的财务状况和多数家庭一样，不富有但也不贫穷，属于中上阶层。家里没有了父亲，但物质上我们什么都不缺。在那个年代，你也不会开口要你不需要的东西，但我总是在我朋友当中穿得最漂亮。母亲确保我们上最好的商店，穿最好看的衣服。

2004年，江汶来信说，芭芭拉在邮件里告诉她："表姐提到一件事，她的母亲大约在1961年或者1962年前后到过中国的怒江，甚至到了她父亲阵亡的地方。表姐与母亲年纪相差不大，曾经是同事，她们关系非常好。我不知道她如何找到埋葬地点的，但是我知道母亲的性格。那大约是1961或1962年，我不知道那棵大菩提树是否还在那里。"

我认为这事的可能性极小，50年代以来，怒江以西都属戒备森严的边境地带，即使是中国人，也需要有充足的理由、完备的出境手续，才有可能到达怒江以西。对外国人的开放更是90年代末的事情。在此之前，芭芭拉的母亲要到怒江是不可能的，找到墓地的可能性几乎为零。更何况60年代那是铁幕下的冷战年代。江汶再次去信落实，不久，芭芭拉回信说，表姐年纪大了，记忆有些错了，她母亲应该是到了缅甸，在那个年代，那已经是中缅印战区的地域里最接近少校阵亡地点的地方了。

表面上，菲是个女强人，但在她人生的片断里，你不时能感到她是压抑着自己，把悲伤严严实实地密封了起来。这就是心理学家说的创伤后心理障碍吧。但是压抑得再紧，她也需要释放压力，只是以她自己的方式。贝雯丽记得，她已经长大成年了，才尽量小心翼翼地对母亲说，对父亲的了解太少。母亲一如既往地不交谈，只是把她的记事本和父亲的照片寄了来，其中就有斯多德上校的那封信。她记得在她结婚的前一年，她听到母亲在另一个屋里跟她的未婚夫谈话，告诉他，父亲是在哪里是如何牺牲的，而她只是"顺便听到"。这让贝雯丽认为，母亲就是不想面对面地跟她讲这个故事。

以后的几年里，她慢慢感到，父亲的事情，母亲只能与刚认识的人讲，即使是陌生人。有一次，她与母亲上了一辆公交车，中途有一些年轻的军人上车了，他们中的一个就坐在母亲旁边。那个小伙子很年轻，脸上长着痘痘，一副孩子样。几位军人的偶然出现触动了她心里的密封仓，接下来的事情让贝雯丽很意外。菲自顾自地跟她旁边的痘痘大兵聊了起来，告诉他，她的丈夫曾在乔治亚州的本宁基地受训，还讲了他们从前住在那里的许多事。贝雯丽极其惊讶地发现，从来没有见过母亲眉飞色舞滔滔不绝地讲话，而且，她说的关于她与父亲的故事自己从来都没有听说过。那个举止文雅的娃娃兵坐在那里，不知如何是好。虽然贝雯丽说，她很喜欢看到母亲谈到这件事，但却让人心里很酸楚。

有些事情女儿们也难琢磨。她们知道父母结婚后就搬到了休斯敦，父亲死后，母亲带着她们搬回老家与外公外婆住在一起。两年之后，又搬回休斯敦，并在那里买了房子，一直住到她们姐妹长大成人。2003年9月，芭芭拉回到休斯敦，找到了父母最早住过的地方。她惊讶地发现，那个地方竟然与她以前的高中就隔了两个街区，就是说母亲买房的时候刻意选定了一个与父亲最初生活过的地方。实际上，母亲一直都知道她们的家离她曾经的幸福很近很近。她不知道母亲是否常常回到这个地方，也难以想象曾经离她们遥不可及的父亲，实际上一直在不远处守护着她们。

我始终觉得，菲一生都没有接受失去挚爱的事实，直到1996年2月去世。贝雯丽说的对，菲是没有将旧的篇章合上重新开始她的生活。

五

“义勇军”的新成员

少校的女儿们，要为母亲合上她一生都没有合上的那一页。

芭芭拉和贝雯丽加入了我们的义勇军，与阿扎亚尼、伊斯特布鲁克、江汶一道，寻找与她们有着共同记忆的人们，她们要为这些家庭合上失去亲人的那一页。芭芭拉总是在说：你们找到我这件事对我们意义重大，我想，我也能够让其他家人知道他们的亲人得到了感激。

芭芭拉和贝雯丽开始与其他的老兵建立联系，她们在网上也对科克·夏伯尔中尉做了一番侦探般地搜寻，但与阿扎尼亚一样，没什么结果。贝雯丽购买了一个付费的家族网站软件，找到一些可能的线索，并已经与6个家庭有了联系。

芭芭拉以阿扎尼亚、伊斯特布鲁克和江汶的名义，向一些有可能是阵亡人员家属的人寄出了一封信：

亲爱的XXX：

我现在写这封信，希望你与二战中曾经服役于中缅印战区并于1944年X月X日在那里牺牲的XXX有亲戚关系。我的父亲威廉姆·C·麦姆瑞少校服役于Y部队，1944年5月21日牺牲于中国的腾冲。

我和几位人士试图寻找当时牺牲于中国怒江战役的美国军人的亲属。1944年，腾冲战役结束不久，当地人民为战役中捐躯的军人包括美国人修建了一座陵园。然而，作为当时老百姓唯一的资料来源的报纸，只登出了盟军阵亡人员中科克·夏伯尔中尉一个人的名字。当地人民立了一块碑，上面有对夏伯尔中尉等14名盟军官兵的贡献的简要描述。

最近，腾冲人民想将那些盟军阵亡军人的名字重新刻回墓碑，为的是使这块墓碑更加有意义，也告诉看到它的人们：美国军人曾经在二战中帮助过中国人民，为争取自由作出过贡献。

几位美国人和中国人为这件事在努力，包括中缅印战区总指挥史迪威将军的外孙伊斯特布鲁克先生，他亲自前往位于斯坦福大学的胡佛研究所查找到Y部队在怒江战役中的伤亡人员名单，并与中缅印老兵协会、国防部办公室、陆军阵亡人员办公室等处联系，还找到了当年陆军部空军在怒江战役中牺牲的人员名单。现在，将被刻回墓碑上的人数共为19人。腾冲人民对找寻到名单十分高兴，并计划在不久后举行一个仪式，将盟军牺牲人员的名字郑重地镌刻到墓碑上。这块墓碑竖立在腾冲国殇墓园的一个显著位置，今年是怒江战役胜利的60周年。

写这封信的目的是试图联络那些阵亡军人的家属，告知他们中国人民的感激之情，让他们知道在美国军人的帮助下，人们得以重新夺回家园。我们想将正在计划中的仪式告诉你。

如果你是XXX的亲属，我们特别要感谢你的家人曾经作出的贡献，也希望你回复我们，以便将有关仪式的消息通知你。和你同姓的人很多，我们尽力地争取不要找错了。如果你不是这位军人的亲属，也希望你告诉我们，以便我们修改记录。

我们在此先感谢你花时间回复这封信。

你的诚挚的
芭芭拉·麦姆瑞·海德
江汶
约翰·阿扎尼亚
约翰·伊斯特布鲁克（退伍上校）

芭芭拉把信寄出之后，就开始盼望着邮件的到来，那心情就像小的时候给电影明星写信，然后盼着回音一样。“当我是个小女孩时，电影明星是我们生活中的大事，给他们写信，请求获得他们的签名，巴望着回信里有点什么内容是件很好玩的事情。我现在还有40年代的电影明星罗纳德·里根、贝蒂·格瑞芙、鲍勃·霍普等人的照片，包括玛丽莲·梦露。我在给他们的信封上贴的是紫心邮票，我的回信地址上有美国国旗。我希望引起他们足够的注意，给我写回信。我们得到大约10人的回音，这让我们非常高兴，希望有朝一日能够经互联网与其余所有人联系上。”

第一个回信是杰瑞·贝特尔。他是士兵吉瑞尔德·贝特尔的侄子，他的父亲是牺牲者的堂兄弟。他在信里说：“谢谢你的有关中国怒江战役的信件，它对我来说十分有意义，因为家里大多数人从不愿意提起当年的痛苦，我想也是因为没有人真正知道发生了什么。吉瑞尔德是我的伯父，他的父亲早已过世。我和家族里的其他人关系紧密，会把这一消息告诉他们。非常感谢你所做的努力。”

吉瑞尔德·贝特尔在阵亡名单里是第9位。“293卷宗”中的记录是：

死亡报告：1944年10月31日。

姓名：吉瑞尔德·贝特尔。军衔：士兵。军人编号：37356529。军种：陆军。出生日期：1925年3月12日。

死亡地点：亚洲。死亡原因：战斗中牺牲。死亡日期：1944年10月14日。

服现役日期：1943年6月2日。家庭地址：内布拉斯加州巴牙德镇。

紧急情况联系人：父亲佛朗西斯·贝特尔。受益人：父亲佛朗西斯·贝特尔，母亲蓓艾尔·贝特尔。

卷宗里有一封信，是1947年6月30日军需总部纪念事务办公室的一位少校给吉瑞尔德·贝特尔的父母的回信。

亲爱的贝特尔先生和夫人：

我们收到了由内布拉斯加州官员以你们的名义写的、有关你们故去的儿子吉瑞尔德·贝特尔的信。官方埋葬报告表明，你们儿子的遗骸最初是埋葬在中国保山，但是后来被挖掘出来并移到一个更适宜的地点，由我们在战场上的军人给予悉心管理。

埋葬报告还进一步表明，你们的儿子现在埋葬在位于中国昆明的美国军事墓园中第1区、第7排、第636号墓地。

我们很遗憾没有能够及时告知你们儿子的最初埋葬地，希望这没有给你们造成焦虑和不安。

……

你的忠诚的 理查德·（看不清）

信的日期让人困惑，1947年贝特尔的遗骸还埋葬在昆明，为什么还没有移葬回国，后来又发生了什么？杰瑞·贝特尔说他不知道，也无法相信，因为他们家从来不谈论这件事。这让芭芭拉很遗憾：这些人从来没有得到关于他们的亲人如何牺牲的信息，也从不知道当时发生了什么。芭芭拉问他能否提供一点照片或信件什么的，可对方说，什么也没有，全家人就不愿意谈论此事，因此什么信息都没有留下。这让芭芭拉想到自己的家庭，尽管也是不谈论，至少她们的妈妈保存了信件，保留了父亲的照片。

寻找约翰·威尔奇的亲人的过程曾让芭芭拉失望，她曾经认为那应该是最早得到回音的一位。因为姓这个姓的人仍然住威斯康星州的一个小镇上，虽然名字的拼写不完全一样。可是9个月后才收到一封信，写信人是约翰·威尔奇的侄子，他母亲是约翰·威尔奇的弟媳。因为正在搬家，他为没有及早回信而道歉。他说他的母亲为收到这一信息而非常高兴，她是威尔奇家唯一在世的家庭成员。

士兵约翰·威尔奇是我们名单上的第10位，根据“293卷宗”中的挖掘报告，他已于1948年7月28日葬于夏威夷2号墓地，C排81号墓。

几个月之后，芭芭拉姐妹通过互联网幸运地找到了一些阵亡者的家人，大约有10个家庭与他们保持着联系。她们研究了战争部从1946年起的记录，把她们的所知告诉这些家人，并让他们知道腾冲已经新建了纪念碑，他们的亲人的名字已经重刻在碑上了。这个过程让她们感到安慰，她们的父亲与这些家庭的父辈都经历了同一场战役，一样地把年轻生命留在了遥远的异国土地上，他们的家庭也同样地把失去亲人的伤痛深深地埋在了记忆里，60年来从不提及。她们的寻找，会让这些家庭与她们一样，放下昔日的忧伤。芭芭拉说：如果母亲还在，她会很高兴的，或许她也会参与这件事的。

查询过程中，有一件事情令芭芭拉非常意外。她发现历史与人们的联系并非是你不说它就不存在，它们存在于你的身边，如果能及时地发现，它们也许会改变你的生活。芭芭拉在查询“怒江战役”时，在《Ex-CBI》杂志上看到“一位上校领导了爆破松山日军阵地的行动，他的名字叫卡洛斯·斯贝德”。这让她十分惊讶。芭芭拉在路易斯安那的律师事务所工作时，他曾是她的上司。那时，她对他在战争中服役的事情毫无所知，也不知道自己父亲在战争中服役的事情。她遗憾得无以复加，当时哪怕稍微知道一点点，她就能让母亲与他联系上。杂志上说，当年炸松山，是上校卡洛斯·斯贝德的主意。那时松山打得非常艰难，中国军队死得都堆成了山。一天，他随口对大家说了句：“干嘛不把山头给炸了呢？”其他的工程人员认为这是个好主意：我们干吧！于是，他们在日军阵地的地底下挖了个地道，运进了很多的炸药。这是非常非常危险的事，如果日本人发现的话，一根火柴就会把他们的努力毁于一旦。

芭芭拉与卡洛斯·斯贝德上校的儿子联系上了，他讲了与芭芭拉在杂志上读到的同样的故事。芭芭拉说：“斯贝德法官是个非常好的人，无法想象他会做炸山头这样的事情，他给我的印象就是律师的形象。但是在战争中，每个人都会做他该做的事。”她非常遗憾，如果时光可以倒转，也许会让母亲放下一直没有放下的负担。

六 斯多德上校的女儿

斯多德上校是麦姆瑞少校葬礼的主持者。他给菲·麦姆瑞写的那封长长的信，让我们在高黎贡山下找到了少校的中国墓地。芭芭拉一直想知道斯多德上校的家人在哪里，如果能够找到他们，她想感激上校在战场上写了那封感人的信。

芭芭拉登录“社会生活保障索引”网站和“家谱”网站，找到了约翰·斯多德，再以那封信的时间估算出他的年龄。不出所料，真有这么个人，他的居住地是弗吉尼亚州。芭芭拉说：“我敢打赌，他一定有个女儿，因为所有男人在晚年总是与女儿住在一起，因为女儿会照顾好他们。”于是，她登录“anywho.com”网站，正是通过这个网站阿扎尼亚找到了她们姐妹俩。芭芭拉键入“斯多德”及其在弗吉尼亚州居住的城镇的名字，于是找到了山·斯多德。

芭芭拉找到山·斯多德，是这个故事里的另一个奇迹。几年前，山在离婚之后，重新使用父亲的姓氏斯多德，否则，她们永远也不可能在网络上相遇。芭芭拉不知道山是男是女，而且这个名字听起来怪怪的，从没见过有人会取这样的名字。于是，她先给对方写了一封信。

山收到一位陌生人的来信后有些难以想象，对方在寻找她，要告诉她，她们有一封父亲在几十年前写的信。父亲晚年一直与她生活在一起，她了解父亲，熟悉他的字迹，如果能够看到信的话，她能分辨得出来。不久，山在芭芭拉发来的邮件里看到了父亲在信中的签名，拼写是正确的，除了父亲，不会有其他人这样拼写。况且，还有在中国服过役，她几乎就是听着父亲的中国故事长大的。如果是对方找错人的话，绝不会有那么多巧合的因素。她花了一些时间来消化发生的一切，开始相信这一切都是真的了。虽然难以置信，但却激动人心。这让许多的感情涌上心头。

她给芭芭拉拨通了电话，无人接听。几天后，芭芭拉回到家看到来电显示，她回了电话，两人仅凭声音就喜欢上了对方。山说：“和芭芭拉的通话令人兴奋，我立即喜欢上了她的声音，她的声音友好、喜悦，听上去充满热情。她把我父亲的信寄给了我，虽然无法看出是否是我父亲手写的，但是当我读到它的时候，我知道，那是我所不知道的父亲的内心。那4页纸的信对于想了解牺牲在国外的亲人的人来说，是难以置信的丰富。他见证了当时所发生的事情，以非常细致、非常善良的方式说出。我想，听到这些善意的词语，听到当时所发生的事情，对她们来说肯定帮助很大。”

对于中国，对于战争，她所知的就是幼时临睡前父亲讲的中国故事。那些故事似乎非常遥远，非常异域，与别的孩子临睡前的故事很不一样。这些故事不是作家写的，而是他的亲身经历。他没有让山感到战斗的惨烈，却又时时让她为他的安危担心。这些故事让女儿如此深刻地

斯多德在怒江前线

山·斯多德收藏的锦旗是中国远征军第116师师长赵镇藩将军在腾冲战役结束后送给她父亲的

了解他，知道他对自己的军旅生涯感到自豪。那些小故事包含了中国的美丽和他的喜爱，已经内化为山自己的感受，后来当她读到父亲写的文章的时候，才知道那些小故事后面的异常艰苦和惨烈。他说中国人是他所见过的最勇敢的人，他亲眼见到很多牺牲的人就是沿小道躺着。他与史迪威的所有部下一样，对中国军队地面作战寄予很大的希望。

斯多德上校对一个年幼的孩子讲战争故事，然而又没有吓着她。他是怎么做到的？甚至让她一生都记住这场战争最严肃的核心："是中国人自己打赢的这场战争。"

"我记忆中的父亲就像是上辈子的事了。他有过三个家庭，当我成为家庭一员的时候，他的战争经历已是很久以前的事。后来想想他讲的那些故事，他似乎身在其中，却又像另外一世的事情。我知道他怀念在中国的日子。到了晚年，当他谈到如何帮助中国军队5个团的时候，那神情非常非常的自豪。但是，我想在他心里一定感到很悲哀，因为这一切似乎没有人记得，历史将他们忘了。此刻，我希望他从天堂里往下看时，会高兴地看到，还有人记得他们为和平作出的努力。"山说。

斯多德与前一任妻子佩吉·拉姆斯在1939年结婚。1941年太平洋战争爆发后，斯多德被派往中缅印战区。1945年佩吉因心脏病去世。

一年后，斯多德在上海遇到了山的母亲芭芭拉·约翰逊。那时候，芭芭拉·约翰逊作为国务院的译码员被派到中国战区。斯多德见到她的那一天，她正带着一队日本战俘从院子里经过。之后，他们结婚了。山像她的妈妈，也是一头金发。

“在我出生前，父亲说要给孩子起个名字来纪念他们的相遇，于是给我取名苏珊·山·斯多德。父亲说如果是男孩，就是高山的意思；如果是女孩，就是甜味或康乃馨之类的意思。没准他是哄我的，我不知道。但是我知道是大山的意思。”这就是山的奇怪的名字的来源。在她的成长过程中，父亲一直是严厉的权威。他疼爱女儿，但又不知如何解释，是典型的不常显露情感的男人的形象。山很少见他动感情，也不知道他的感情有多深。因此，当看到芭芭拉寄来的信，她颇为吃惊，从来没有看到父亲充满情感的一面。每次说到这一点，山的眼睛里都充满泪水，她感激这封信让她对父亲有更多的了解。

“这是一封多么感人的信，给一位刚刚失去丈夫的女人的信。我从没见过他的这一面。他一一回答了所有在那个情况下你会问到的问题，他尽可能地描述了事情经过：人是如何牺牲的，墓地的大榕树，将军能够找到的棺材，他们尽其所能给少校举行的全套军事葬礼等，非常周到的细节，展现了我从未见过或是我从未了解的父亲。所以这封信弥足珍贵。当父亲躺在我的双臂里去世时，我曾为父亲担忧。我担忧，我不知道父亲是否上了天堂，是否正往下看着我？他是否和上帝在一起？我现在知道他在

江汶（左）和山（右）在阿灵顿国家公墓的斯多德上校墓地

天堂里，我感到这一切是上帝指引的，上帝的手就放在这里。”

斯多德上校热爱中国，在他的晚年，山曾为他安排到中国旅行，但由于他的身体原因未能成行。那年，中国的兵马俑到美国展览，山带他专程到了佛罗里达，了却了他的一点点心愿。

约翰·斯多德上校于1990年去世。有的人专为波澜壮阔的历史而活着，他就是。

2004年春天，从保山回昆明途中，接到一个美国女孩子的电话，她是斯多德上校的孙女、山的弟弟的女儿。回昆明后，我找到了她。小姑娘是到云南来做志愿者的，要去楚雄的学校教英语。当时，她还有别的选择，但一听到云南，她马上就做出了决定。与她的姑姑山一样，她也是在爷爷的中国故事里睡着的，那时爷爷已经82岁了。爷爷在她9岁的时候去世，他是她心中的英雄，她也一直认为他是她们家族中的英雄。

伍　家书，来自前线的声音

昆明的护国门是为纪念护国运动而建的

在怒江前线写家书的美国军人

一 前往中国的旅程

怒江，云南西部那条湍急的河流，在今天，因建坝充斥着环境议题的争议而显得疲惫和混浊。在它最后的尚能自由流淌的日子里，人们或许已经忘记了这条伟大河流在我们民族命悬一线的时刻，守住了残破的半壁江山。战后出生的人们已经想象不出，它在国家历史上曾经拥有过的辉煌。

1942年的5月，日军占领缅甸后长驱直入云南西部。陈纳德曾说，除怒江上的一座断桥和一支飞虎队，日本人打到重庆已经没有什么障碍了。第二次世界大战中，她的得失关系着中缅印战区各参战国的利益格局，因而频繁出现在国军、美军和日军的战报中。在战后的岁月里，她像一座执着的时钟，不时地敲击着CBI老兵们的回忆，包括他们对手的。腾冲战役里出逃的日本士兵吉野孝公曾写道："滇缅战场纷飞的炮火、青青的水田、默默牛耕的农民的沉重脚步，这一切都已深深地烙印在脑海。悲惨地倒在田里的士兵的身影覆盖在上面，构成了一幅重叠的画面。"2003年，在战争结束接近60年的那个夏天，这条遥远的东方河流也出现在了芭芭拉姐妹的生命词典里。当她们在斯坦福大学胡佛研究所档案馆的"窦恩文献"里，第一眼看到"Salween Campaign（怒江战役）"这个词的时候，她们知道了母亲一生不可言及的伤痛，她们大半生的生活正是因为这个战役，她们的父亲也因之变得如此的遥远和可望不可及。

窦恩将军在回忆录里把"怒江"译作Angry River——愤怒的河流。"我第一次看到了那可怕的怒江河谷，与我们科罗拉多大峡谷一样的伟岸雄峙，但更加险峻。水深约60码，平均宽为400码，岸壁之间水流湍急，流速为每小时15英里。怒涛拍岸，其声在数英里之外都可以听到。就在这里，我们将横渡十万人的部队向日军阵地发起进攻。”我理解窦恩将军为何望文生义把怒江译作“愤怒的河流”，我见过怒江最迅疾的河段，沸腾的江水咆哮着，淹没了两岸的一切声息。站在吊桥上扔一根木棍下去，眨眼之间就冲到几十米之外。

CBI战区第40野战医院的老兵泰德·道尔（Ted Dale），战后把自己的汽车牌照登记为“CBI40”。2005年，与这位80多岁的老人提到怒江，他把

泰德·道尔的车牌是为了纪念他在CBI战区第40野战医院的经历

视线转向窗外的某处，像是穿越回到40年代炎热的怒江河谷。但他没有讲战时的硝烟，而是说：“怒江，真美，让人想到瓦格纳的音乐。”CBI战区有无数个值得镌刻历史的不朽地名，怒江便是其中之一。泰德·道尔眼里闪动着某种迷离的神色，半个多世纪前，他们乘船横渡浩瀚无边的大西洋，飞越险恶的驼峰航线，异国他乡的那条河流对岸，便是他们将要投入的生死未卜的战场。他们不知道会遭遇到什么？能否活着回家？高黎贡山危机四伏的密林深处，哪里潜伏着传说中的凶残对手——日军148联队？每一个投入中缅印战区的年轻人，在当时都经历着各自平凡得不能再平凡的故事。泰德·道尔忘不了他的上尉说过的一句话：“嗨，伙计们，将来当你回顾今天的时候，你会发现这是你生命里最伟大的事件之一。”上尉是这座流动野战医院的第二大长官，那时他们已经疲惫不堪，没有多少可吃的，还得白天黑夜地做手术。战后很多年，泰德·道尔慢慢理解了上尉的

那句话。“你想，在战争中你能为那些受伤的人做手术，让他们活下来，你真是幸运的。”泰德说。那时候，每个人每日每夜经历着的平凡故事，构成了战争不可分割的一部分，成了历史的一部分，也成了他们每个人生命里刻骨铭心的一块纪念碑。当战争的恐惧淡去之后，只留下远东那条大江的浪漫回忆。在他们的记忆里，怒江的激流犹如瓦格纳的音乐，那持续不断的节奏几乎不给人喘息的机会，激昂澎湃，像《尼伯龙根的指环》那恢弘的管弦乐队传达出的无尽旋律，不间断地流动着，演绎着北欧不朽的神话，狂放而激情，一如怒江携着地球之巅的融雪奔流南下，演绎着东方史诗般的野性和壮阔。

1943年初秋，派往中缅印战区的Y部队美军顾问团成员，陆续从美国本土出发了。他们的目的地是云南西部的怒江，任务是协助中国远征军云南部队打过怒江去，收复滇缅公路。纽约港的码头上，麦姆瑞少校与Y部队的其他成员登上了由客轮改装的运兵船——战争期间，美国派往海外的部队大都由这样的客轮来运输。妻子菲带着女儿芭芭拉在满是依依不舍的人群里向他告别，看着满载军人的轮船消失在远方的地平线。此时，菲已经怀孕，她带着两岁的芭芭拉住到了姐姐家里，等待

泰德·道尔在昆明

着贝雯丽的出生。

2014年10月，江汉向芭芭拉询问少校家书中提到的照片，她回了信，并在邮件里发来了父亲在中国军队中的名片。名片是白色的普通卡纸，与今天的名片一样大小。

一面是横排的英文：

WILLIAM C. MC MURREY

MAJOR. INFANTRY

UNITED STATES ARMY

另一面是竖排的中文：

美军驻中印缅总司令部驻滇办事处参谋

中国远征军军干训班巡回教育组

步兵少校 麦梅瑞

大概在Y部队或X部队的美军顾问都有一个写着中文译名的名片，这是我第一次看到少校的中文译名。但几年来，大家已经接受了“麦姆瑞”的译法，因此，我没有改用他当年名片上的中文名字。

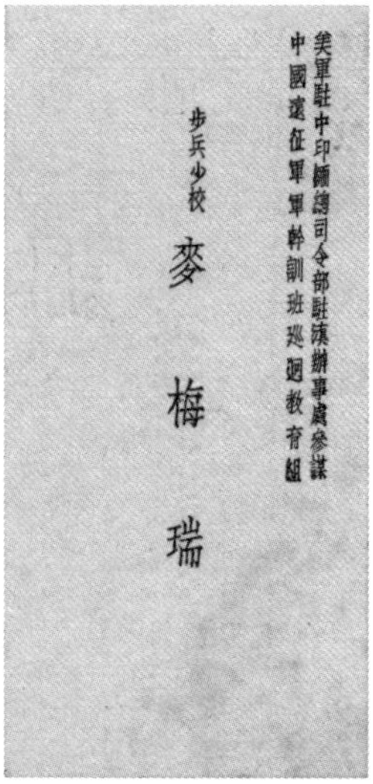

麦姆瑞少校名片英文/中文

少校的弟弟说：“战争打起来了，那些年里，我们都知道他在本宁（Benning）军营，但当他接到奔赴海外的命令时，我们还是有几分震动，我们很担心。全家人在他赴海外之前举行了一个送别聚会，家里的人全都来了。没有人知道这是最后的见面，虽然总是怀着希望，但是他没有能够回来。”

从CBI老兵的讲述里得知，他们前往中国的路线大致相同，都是从纽约乘船出发，都是客轮改装的运兵船。从大西洋顺南美南下，沿着非洲海岸绕过好望角，进入印度洋，然后在印度的孟买上岸。在海上的航行时间约一个月零几天。他们记得，船头有一块木板标示出他们行进了多少里程，还有多少里程，但是没有标示要去的地方。直到接近目的地，喇叭里播放出印度音乐的时候，他们才知道已经到达印度了。

1943年9月21日，麦姆瑞少校从印度寄回了他与妻子开始给家书编号的第一封信。

亲爱的菲：

昨天给你写完信之后，就收到一大沓信。你从1号到8号的信都到了，除了7号的，它应该很快会到的。这是我第一次收到信件，当然非常高兴了。你的给信件标号码的主意非常好，我将从这封信开始也把我的信编上号。昨天以前，我不知道你在埃尔坎坡（El Campo，麦姆瑞少校在海外时，菲和芭芭拉在菲的妹妹妹夫家住了一段时间——作者注）的邮箱号码，但是我想你收我的信没问题。

赴中国前的麦姆瑞少校

很高兴知道芭芭拉会说话了。我想她肯定现在很喜欢埃尔坎坡了。你没有提及她的膝盖，现在是否好了？（芭芭拉穿着菲的高跟鞋蹦跶，摔了一跤。——芭芭拉注）。

我很想知道你的生活怎么样？告诉我你的医生是谁，那件事什么时候发生（指贝雯丽的出生。——作者注）？

我在这里过得不错，今天开始为你和芭芭拉寻找圣诞礼物，时间有点早，但是我离你们很远。不要期待贵重的东西，因为我到这里的时间不长，还没有对昂贵的东西着迷。在这里购物对于美国人来说是个既简单易行又不错的消遣方式。

爱你和芭芭拉

比尔

麦姆瑞少校离家赴中国前线后的书信往来，从这一封信开始了。他的妻子菲为每一封信件编了号，这就是我们所知道的118封战地家书。它们记录了一位赴海外参战的美国军人，从离开妻女、父母和兄弟，到在怒江西岸的密林里阵亡前的生活，那是他生命里最后的10个月。他的妻子菲也从他离家的第一天开始，在地图上标注圆点，再把点连成线，那是丈夫前往东方的旅程。那条线越来越远，穿越大西洋，横跨印度洋，直到终止在中国西南山地的某个地方。在此期间，家书连接他们全部的生命和情感。

实际上，我并不确切地知道战争中的家书应该是怎样的。一千多年前，杜甫的诗句“烽火连三月，家书抵万金”几乎是中国人对战争家书的全部概念。我曾试图寻找怒江战役里中国军人的家书，哪怕只是一封，但始终没有得到。2004年在保山与张子文老先生聊到中国军人是否写信，他是黄埔13期的毕业生，战时在保山任中国远征军司令长官部卫立煌将军的少校参谋。他说：“中国军队没邮政系统，出来当兵就是当兵，与家人的消息就全部隔绝掉了。信件这个概念非常淡漠，非常淡漠。”我注意到他用了“全部隔绝”这个词，听多了怒江的故事，就知道这个词对那些死去士兵的亲人有多残忍。

战时的中国军人与亲人传递信息的渠道，只能通过古老的传统——捎口信，委托可能幸存的战友带信回家。口信的送达时间是不确定的，能否送达也是不确定的。我见过一封带给情人的口信，抵达时间是在半个世纪之后。1997年，戈叔亚接到马来西亚一位名叫姚拓的华人作家的来信，请求他帮助寻找怒江东岸一个叫做五里凹的村庄里，一个叫做杨老五的女人。战后几十年，一封始终没有送达的“信件”，成了他的一块心病，让他愧对九泉的袍泽。1944年他在云南参战，5月渡江以后，他的部队为了守住腾龙桥、阻止龙陵守敌增援腾冲，与日军发生了激战。一位姓杨的战友

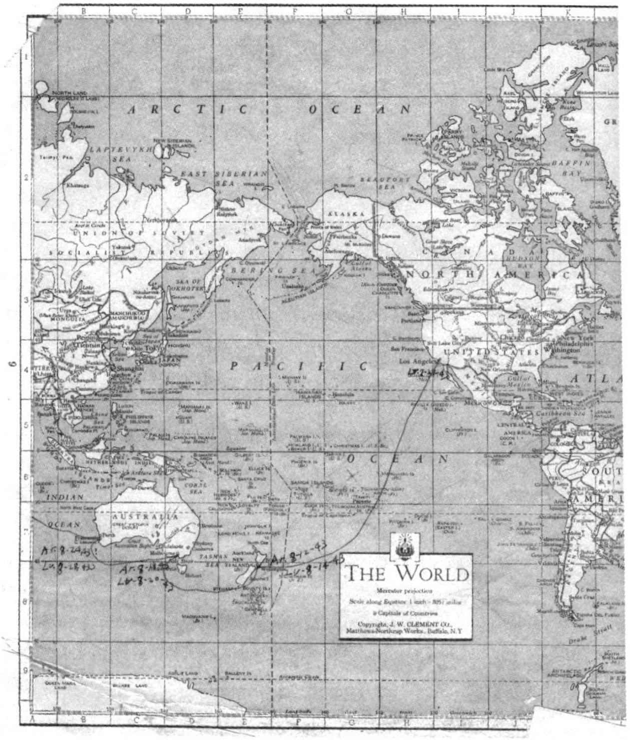

少校离家远赴东方的那天，菲开始在地图上标注路线

在战斗中负伤了，临死前托姚拓捎一封口信给心爱的女人杨老五，那是他的未婚妻。战友临终前只说了怒江东岸一个叫做五里凹村庄，但不知道这个村庄属于哪个县哪个乡。没多久，姚拓负重伤被送到大后方。战争结束后内战又起，姚拓流落他乡，再也没有机会重返云南。

多年的研究经历让戈叔亚对滇西战场和战役中的各个部队了若指掌。他在怒江东岸找到了那个叫做五里凹的村庄，再循着线索找到了那个小名叫做杨老五的女人。她的大名叫杨菊兰，早已不住在那个让她伤心一生的五里凹了。戈叔亚把姚拓寄来的钱交给了她，连同50年前的口信。几十年来，乡亲们都说“杨连长骑着大马在松山被日本人打死了”，但是杨菊兰不相信，她一直痴情地等了整整10年，等到不能再等。由于爱上了一个“死掉的国民党军官”，她后来的命运特别悲惨。为了生存，她匆忙嫁了人，婚后丈夫又得病死去。从此她有了“克夫”的恶名，不得不孤身一人远走他乡。当戈叔亚跟她说到她的“杨连长”的时候，老人沧桑的脸上露出了些许羞涩，那一瞬间，50年的苦难荡然无存。

在滇西听到许多的故事，故事里的主人公早已在战争中死去，而他们的家人却一直在苦苦等待和寻找，甚至延续三代人的时间。中国远征军第2军第9师第27团第3营一位叫刘昌顺的连长就是这样的。2002年在保山，他的战友刘志声跟我讲了1945年元旦刘昌顺阵亡的那个黎明，那是胜利到来之前在国门前的最后一仗。1945年的第一天，太阳升起之前，刘昌顺阵亡了，刘志声奉命将他的遗体从边境的畹町运送到100公里外的芒市埋葬。多年过去，家里人不知他的下落，他们还是一年年地打听。他的父母死后，他的妻子和姐姐继续寻找，姐姐的孩子再继续找，延续了整整三代人的时间。这就是中国军人在战争期间与家人的联系。从告别的那一刻起，他们就天各一方了，除非活着回家，否则亲人永远不知道他们是否安好。

第一次读到麦姆瑞少校的家信，多少有些失望，有时间但没有具体地点，也缺少了我们认为的重要“事件”，如战争中军人的特定角色、对进行中的事件的描述，还有英雄主义气概，等等。或许是“向我开炮”之类的国产片看多了，我们总以为战争家书里必不可少的一部分应该是战争。但是少校的家书里恰恰没有，一丁点儿都没有。他会讲在印度遇到了熟人，相约出去骑马；星期天进到城里，在一家英国人开的茶室喝杯茶，发现好吃的糕点；讲他们每周能得到3瓶啤酒、一盒香烟，可以看3场演出；极其无聊的时候就找报纸上的漫画来看，当看到《至尊神探狄克·屈西》（Dick Tracy）的漫画时大家都笑得不行，等等等等。对家人的思念，对成长中的女儿的牵挂，对家庭未来的安排构成了少校全部家书里的主体内容。伊斯特布鲁克先生曾说，战争期间对个人信件有检查制度，不能在信里提到驻地等与军队相关的事情。当年他的父亲写回家的信也是这样，对战争进程，对军队的信息只字不提。他认为“这是一种了不起的人格，因为前线军人不想让他们远在美国的家人为他们是否能在战争中坚持下来而担心。我在我父亲的信里看到了同样的东西，他从来不讲他真正在做什么，一方面是因为通信检查的原因，但更是不想让在美国的家人担心”。

2005年剪辑纪录片《寻找少校》的时候，有人介绍了一位美国留学生帮忙配音。或许是太年轻，也或许是生长在和平时期，没办法感受奔赴前线的一位军人对家庭的牵挂，小伙子的喉音很重，但依然感觉轻飘飘。一边录音我一边想，少校的声音应该是怎样的？他的信好黏乎，每一封都像装满了爱意的蜜罐子。他会说：“我每天思念你，想念你给我的可爱的家。跟你在一起的几年将补偿我在这里的孤独，只要想着你和芭芭拉，我就会很高兴。”离圣诞节还差三个月，他就给菲和芭芭拉买好了圣诞节的礼物，而且准备每到一个国家就给芭芭拉买一个玩具娃娃。芭芭拉姐妹2004年到中国的时候，她们带来了父亲在云南买的礼物：小小的绣花鞋和绣满了五彩花朵的绸缎小衣服。少校喜欢菲的来信里讲可爱的小女儿的故事，很高兴菲找到了一个有围栏的不错的房子，可以让芭芭拉自由地在院子里玩耍。他自己也很会享受生活，他跟菲说：“有点钱在战争结束后会是件好事，我们可能要付一些收入税（等我回来再付），但是不要为了攒钱而受罪。想办法过一种舒适的生活，哪怕要花费所有的钱，也要得到最好的医疗照顾。”家书里的少校绝不是好莱坞片子里的英雄，他只是一个普通人，一个美国40年代的彻头彻尾的居家好男人。

1943年10月9日，少校在信中写道：

最亲爱的菲：

我一天都在想找个理由来纪念什么事情。我先是想到了“哥伦比亚日”，但是这不符合我的心情。然后，我想到我的生日，但这也不是个重要的日子。经过仔细地回顾我的生命历程，我发现今天是个值得纪念的一天，是我跟你结婚的日子。

我回家后的第一个10月9日，我们一定要好好地庆祝。只有你和我，以及我们的孩子。这是我生命当中最重要的一天，我打算让它重新得到应有的重视。

有时，我会想我做得很不错的事情和做不好的事情。我总能得出结论，就是我做得最棒的一件事就是给自己找了一个妻子。你美丽而甜蜜，我想我跟你生活几年之后，我也会变成不错的人。

我非常高兴你有信心，能够在我不在的时候把生活过好。我从来不为你和芭芭拉担忧，因为我知道你会把所有事情办好的。

希望你依旧健康和快乐。一有可能，我会尽快回家，再不离开，因为我永远爱你。

爱你和芭芭拉

比尔

从9月中旬到达印度以来，少校和他的部队一直在等待前往中国的旅程。一个月过去还没有出发的迹象，少校开始抱怨生活的乏味了，“除了等待什么也做不了”。这让他更期待家里的来信：“仍然没有收到你更多的信。我知道我的好多信在印度飘着，但我就是抓不到它们。我的信肯定显得很乏味，因为不允许我说任何在这里发生的事情。就我而言，我有些厌倦在这儿打仗了。我还没有进入最好的状态，自然就感到有几分无聊。”

这仿佛是少校所要参与的那场战争的现实：等待，推进，再等待，再缓慢推进。他的部队在印度等待着，等待中国局势的不确定的变化。他们的总指挥——中缅印战区美军司令、东南亚盟军最高副司令史迪威将军，也在“不耐烦地等待着行动的开始”。

二 步履维艰的中缅印战区

我们见过的CBI老兵们一生都珍藏着他们的CBI臂章。阿扎尼亚老人说："CBI战区的徽章是窦恩将军设计的，在这个战区参战的美国人员袖子上都佩戴着这枚盾牌形状的徽章，我们以这枚徽章为骄傲。"而在历史学家那里，这枚徽章的背后有着更加复杂的关系。《史迪威与美国在华经验：1911—1945》（Sand Against the Wind: Stilwell And the American Experience In China, 1911—1945）一书的作者芭芭拉·图齐曼（Barbara W. Tuchman）说："徽章的图案是美国的星条，顶部是印度的星，中国的青天白日。这种徽章是用来区分美国人和英国人的，表明他们这些美国人是作为盟友到亚洲来击败日军的，不是来复活英帝国的。徽章由三个国家的图案组成，人们也未同心协力。由于在别的地区能得到荣誉或者提拔，由于人们心怀不满、丑闻百出、心灰意懒，存在着各种错综复杂的怨恨，中缅印战区成了令人不快的战区，它们的内部意见不合。"

这个交织着中美英三国错综复杂的历史纠葛的战场，曾让日军抛尸18万多，留下三个全军覆灭的"玉碎阵地"，却让"滇缅公路""驼峰航线""怒江战役""史迪威公路和中印输油管道"这些伟大的传奇，成了隐入历史暗夜里的呢喃低语，让各方的史料散落在某个档案馆的角落里滋养书蠹。只有在与老兵们的交谈里，在他们惆怅的目光中，在与他们苍老的手握在一起的时候，才能感受到历史的震颤。

这就是CBI战区的宿命，它注定是一个要被遗忘的战场。不论在战时还是在战后，在这个战区作战的所有国家似乎都在刻意回避战时的难言之隐。

老牌殖民者英国人诡计多多，欧战爆发后，为了确保印缅殖民地的利益，它对日本采取绥靖政策。1940年6月24日，日本外务次官谷正之照会英国驻日大使圣·罗伯特·克莱琪，要求英国停止经由缅甸路线及香港运输援蒋物资。英国驻日大使于7月12日回复日本外务大臣有田八郎，承诺封锁缅甸路线三个月。为了监督英国人兑现承诺，日本派出渡边三郎大佐、平冈润造大佐等5名陆军军官以及海军大野善隆大佐等进驻仰光总领事馆。英国驻日大使在7月17日发表的声明中说：

一、早在1939年1月以后，已禁止香港向中国运输武器弹药，现在并无由该地区输出任何日本政府所重视的军事物资，将来也不输出。

二、英国政府自本年7月18日起三个月期间，禁止通过缅甸输送武器、弹药、汽油、卡车以及铁路器材。

三、驻香港及仰光的日本领事馆官员为使本项禁运有效所采取之措施，可与英国官方保持联系。

英国政府应日本政府要求切断滇缅公路的当天，美国国务卿赫尔（Cordell Hull）就发表声明表示反对。英国人辩称，封闭滇缅公路的协定是英国政府为远东带来均衡的和平所做的努力，为和平解决国家间争端而提供的一个空间。日本人也不满意，封闭滇缅公路的这三个月正值缅甸和云南西部雨季，而这一地区的降雨量居世界之首。因而这不过是英国政府的一个姿态罢了。但“日本政府因之获得了为对中国发动新的进攻及向印度支那运送军队的方便”（日本战史语）。

在此期间，日本与轴心国签订政治、军事和经济协定，英国宣布协定失效，10月17日滇缅公路重新开放。1942年初，日军轰炸仰光，战火迫近英国在远东的大本营印度，英国人匆忙与国民政府签订了《中英共同防御滇缅路协定》，成立中英军事同盟。国民政府调集三个军和一个独立师的精锐部队，组建了第一次中国远征军，其中第5军为中国唯一的机械化部队，拥有独立的装甲兵团、炮兵团及汽车兵团。但中国远征军第200师先头部队进入缅甸腊戍后，英国政府却拒绝他们继续入缅，唯恐中国军队长期留驻缅甸。集结在保山、畹町一带的部队无法动弹，直到日军攻占仰光港，英印军队退守同古及仁安羌后，才急忙要求中国政府出兵，然后把远征军扔在战场上自己跑路了。再后来，英国人又阻挠史迪威在印度训练中国军队，甚至参与了赶走史迪威的阴谋。云南人讨厌英国人不是没有道理的。自从缅甸成了英国殖民地，英国人便用英国护照替换了大清政府颁发给边境一线土司头人的执照，“中缅未定界”也从此成了导致边境摩擦的因素。晚清以来发生的“片马事件”“马嘉理事件”让云南人记忆犹新。

宋希濂在回忆文章中写过一件事情：1942年，第11集团军的司令部还设在大理，英国大使馆征得国民政府同意在大理设立了一个联络站，目的是与中方交换缅甸日军的活动情报。常驻负责人端纳少校（William Henry Donald），原先是腾冲海关的税务人员，极其熟悉中缅边境状况。半年之后，宋希濂发现，这位端纳少校的主要工作并不是收集日军情报，而是在进行间谍活动。他企图收买司令部的一个缅语翻译，让他联络司令部的其他参谋，了解国军在缅甸的行动以及滇缅边境各土司的情况。1943年反攻前夕，使馆的副武官柯勒克上校来到大理，知会宋希濂，说英国驻印军总司令部派了一个旅约2000人，空投到缅北进行游击战，希望中国军队给予配合。不久才发现，这支部队的目的是尽力防止中国军队与缅甸人之间的联系，担心在战后动摇英国在缅甸的殖民统治。

美国的战略中需要中国，为了减轻太平洋战场的压力，也为了不让亚洲这个最大的国家屈服，美国倾其全力援助中国。罗斯福决心让中国成为战后世界秩序中的四块基石之一。然而，正如那些深深了解中国的外交官所预言的，这个国家在战后将陷入内战而无法自拔。第二次世界大战中确立的罗斯福的对华政策结局蛮惨痛的，最终以不堪回首的韩战告终。

如果不是这么多年浸润在上百个小时的幸存老兵的录音里，逡巡在繁杂而来之不易的史料中，都无法相信靠着破衣烂衫、食不裹腹的草鞋兵，一盘散沙的中国能成为战胜国。老蒋不容易，除了直接掌控的10个军，他都无法调动各地军队。一边要对付强大的日军，一边要与西方盟国保持着步步为营的策略，一边还要守住虚弱大国残存的尊严。此后随着政权更迭，蒋介石去了台湾，这段历史也从此变得讳莫如深。

1942年2月，史迪威将军以美国援华物资负责人的身份被罗斯福总统派到中国。途经印度新德里的时候，他到盟军总司令部参加了英军召开的一个会议。英国人有些幸灾乐祸：美国派一位三星将军承担这个使命，手下却无一兵一卒。蒋介石曾承诺让他指挥中国派往缅甸的两个军，但实情如杜聿明向缅甸总督解释的那样：“那位美国将军只当是让他指挥军队，而我们认为，让美国人继续参战的唯一办法是给他们一些名义上的指挥权。”史迪威将军也很快发现，英国除军需官外其他人对缅甸战况一无所知，没有自己的作战计划，也没有制定与中国军队配合作战的战略，对日本人的兵力和意图全然不知。这与日本人老谋深算的刚好相反。英国人并不想守住缅甸，再加上指挥权的混乱，1942年5月，中美英三国阻止日军占领缅甸的作战败得一塌糊涂。

5月20日，史迪威将军带着唯一一支不曾死亡一个人的队伍走出缅北，到达印度。在记者招待会上，他说：“我们从缅甸逃了出来，这是奇耻大辱。我们必须找出失败的原因，然后打回去，收复缅甸。”这段话成了缅甸战役史上的一段名言。1990年，马绍尔群岛邮政局曾为纪念第二次世界大战50周年发行过系列套票，其中有一枚为“滇缅公路战役”。邮票票面一分为二，分别是行进在丛林里的两支军队：右边是日军，左边是跟随着史迪威将军的中国军队。票面下方的英文就是史迪威将军的这段名言：

We got run out of Burma and it is humiliating...We ought to find out what caused it, go back and retake it.

Lt. General Joseph Stilwell

今天，在网上很容易就能搜到这枚邮票，6块钱一枚，加快递费22块，估计是山寨版，因为史迪威将军的这段话不见了。

就在同一个月，史迪威给陆军部发出一封电报：“我坚信中国在战略上具有重要意义，因此我认为美国不向这一战区派遣作战部队是犯了个严重错误。”由于盟军正忙于在欧洲开辟第二战场，他没能说服马歇尔抽调兵力派往亚洲，只能下决心实施他先前的设想。

史迪威在被派往中国之前曾呈交给马歇尔一份计划：训练中国30个师，在中国发动攻势，“使日本本土处于我们的打击距离之内”。缅甸战役失败后，他坚信训练中国军队，从缅甸北部和云南发起反攻，可以清除滇缅公路沿线的日军，恢复援华物资的陆路通道。美国政府不打算派本国步兵部队到中缅印战区作战，因而支持史迪威的计划。陆军部决定利用积压在印度无法运往中国的45000吨租借物资，重新打通滇缅公路，这个进攻缅甸的方案被称为“X－Y计划”。云南的Y部队从东线攻击滇缅公路沿线的日军，X部队是从印度发动进攻的中国驻印军。

1942年7月，史迪威提出了两路夹攻缅甸的设想，并向蒋介石递交了一份备忘录，要中国方面挑选30个师参加收复缅甸的作战，滇缅公路打通之后，美国陆军就能连续半年每月拨给中国3万吨物资。在盟军从陆路发动进攻的同时，英军重新在孟加拉湾确立制海权，收复安达曼群岛，进而从仰光登陆。罗斯福派特使威尔基（Wendell Lewis Willkie）到重庆敦促此事。立法院长孙科致函何应钦，提议中国应向英美请求向缅甸进攻，打通中印交通。同年9月，国民政府军令部提出“中英美联合反攻缅甸方案大纲”，阐明反攻缅甸的意义：

第一，建立反攻日本的基地，使盟国尔后攻势作战容易；第二，巩固印度，击破轴心国会师远东的企图；第三，打通中印交通，使美国援华物资大量输入，及早完成中国总反攻的准备；第四，牵制日本陆海空军，使其不能再行增辟战场，如对苏、对奥、或袭击美国。

1942年11月28日，军令部再次颁布《关于部署联合英美反攻缅甸作战计划及训令》，打算在英美联军及中国驻印军从印度发动攻势时，由国军先行攻掠腾冲、龙陵，尔后向密支那、八莫、腊戍、景东之线进击，保持主力于滇缅公路，与印度盟军协力歼灭缅北之敌，会师曼德勒（Mandalay）。

然而，史迪威的计划没有像看上去那么容易，似乎除了他之外谁也不想打。英国人一直在唱衰这条路，说史迪威收复缅北的主意并不明智。但史迪威认为，如果没有其他办法能够保证中国的全部补给物资的供应，那么就得修筑一条路。单靠驼峰航线的运输是远远不够的。当时运送一吨物资到中国就得耗费一吨汽油，而且损失惨重。美国战略情报局所辖部队在1943年共营救了125名空军运输队的机组人员，而这个数字还不到被击落的飞机上的人数的三分之一。

史迪威努力了很长时间才说服印度英军总司令韦维尔（Archibald Percival Wavell），把离加尔各答200英里的兰姆伽拨给他作为训练中国军队的基地。英国人只希望夺回它在东南亚的殖民地，并不想卷入中国的战事。丘吉尔宣称，可以从日本周边发动进攻打败日本，中国在战争中的作用毫无意义。他甚至对美国在中国问题上过分关注而感到恼火。如果不是1944年春日本人发动英帕尔战役，英国人绝不愿意为了中国而返回缅甸战场。“公理计划”的海上战略是所有反对史迪威陆路战略的人的一次步调一致的努力，为了摆脱在缅甸的危险、困难以及在十分讨厌的条件下作战。

美国内部也有不同意见。缅甸北部无疑是世界上最困难的作战地区，因此史迪威的反对者提出了海上战略。陈纳德所代表的观点也认为，集中力量支援空中的军事行动可以在中国大陆取得优势。但史迪威认为，必须在中国建立强有力的地面部队来打击日本人，然后才可以达成轰炸日本的目的。没有地面公路的支持，驼峰航线就失去了强大的后备力量。

近年来对中国抗战史的研究不少，有一些言之凿凿的说法是：美国援助中国是为了自保，让中国拖住日军的100万兵力，以减轻美国在太平洋战场上的压力。这话不假，但是说这话的人藏着些不太阳光的心理。所谓历史，在于你以什么样的角度来看利益格局中不同国家的角色，从来就没有什么国际主义战士，参战各方总是以自己国家利益的最大化来与其他国家结盟。轴心国是这样，同盟国也是这样。史迪威当年评价罗斯福总统的特使柯里，说他“低估了中国利用想利用它的人达到自己目的的本领”。

于中国来说，美国参战对中国是有利的。中国已是命悬一线，从1938年以来，一个国家的全部家当，从东部搬迁到西部，包括政府、轻重工业、大学科研机构，林林总总搬到武汉，再搬到重庆和昆明。2002年，在三峡的瞿塘峡口，与一位92岁的老江湖聊起1938年。那一年，他驾着小木船为中华书局从武汉往重庆运送物资，两岸是蚂蚁般步行的人流，江面上是各式各样的船只。政府动员了峡江上所有能动用的船只，3个月的时间就转移了大半个国家。日军飞机轰炸的时候，他把船撑到岩厦下躲避。老人说：“老子连那狗日的飞行员的模样都看得到。”有人把这称作“长江上的敦克尔克大撤退”。法国的敦克尔克撤退的只是一支军队，而长江上大撤退的却是一个国家可以成其为国家的政府机构、教育卫生单位和仅存的轻重工业。重庆政府靠着西部的大山与江河，艰难地守住了中国的半壁江山。尤其是进入1944年，第二次世界大战正处于高潮。北非战场的反攻已经结束，盟军正准备在欧洲登陆；苏德战场上，库尔斯克战役消耗了德军精锐部队，德国人正在走向劣势；但中国战场前景暗淡，靠着驼峰航线苦苦地支撑。中国已经持续了七年的抗战，比第二次大战里任何一个国家坚持的时间都要长久，而且前四年多的时间里都是孤独地应对着强大的敌人。尽管一直处在处处挨打、被封锁、被占领、经济崩溃、政府腐败的状态，但这个国家没有与日本媾和，还在艰难地支撑。

于美国政府来说，欧洲战场优先是肯定的，但在太平洋战场上它也不能两面受敌。《史迪威与美国在华经验：1911—1945》中写道：“如果代表远东最后一个自由国家的重庆政府瓦解、投降或同日本媾和，都将导致亚洲其他国家向日本妥协。”从长远来看战争的结果，也需要让中国继续同日本作战，以便以中国为基地空袭日本的海上航线，最后以中国为跳板进攻日本本土。美国陆军部为此制订了计划，就叫“使中国继续作战”。

为了打赢这场战争，也为了中国，史迪威需要进行军队改革。不论在当时或此后几十年，这都让人感到是一件异想天开的事情。史迪威认为，蒋介石是中国军界错综复杂的私利关系的俘虏，他根本不能自由处置各战区司令官指挥的军队。中国的300个师平均缺员40%，而指挥官们却吃空饷；许多士兵营养不良，染上疟疾、痢疾或霍乱等各种疾病。蒋介石从不视察他的部队，老是一个劲地谈论卡车、飞机和大炮，对训练、补充兵员及领导、医疗和后勤供应等工作的必要性一无所知。《史迪威与美国在华经验：1911－1945》一书写道：“起初，蒋介石不相信生病挨饿的新兵在重庆闹市转运站奄奄一息的消息，他亲自到重庆街头视察，发现情况确如所报，墙角有两具饿死的新兵尸体，顿时火冒三丈。整个8月间共有138个士兵倒毙于昆明街头。”

如果说美国人的记述一些人不愿相信的话，那么战争亲历者们的口述历史是不容置疑的。2004年春，我与一位中国远征军老兵坐在曼德勒的伊洛瓦底江边，聊他的云南经历。他叫张家长，广东海丰人。他说，一到部队就发三颗子弹、两个手榴弹，会打枪、会扔手榴弹就到云南了。在怒江边，要过江了，但肚子还在饿着。他寻思着要死也不能当个饿死鬼，于是跑出去找老乡家要吃的。连长找不见他，发火要把他找回来枪毙了。“我找了一包饭回来，连长骂我：小鬼跑哪里去？说要枪毙我。我说我去找饭。他说，有饭呵？大家吃，大家吃。两三个人吃了饭，要枪毙的话也不说了。”也是在曼德勒，一位坐在轮椅上的韩姓老兵告诉我，8年抗战里他们几乎就没吃过一顿饱饭。广西的昆仑关战役后，他的部队一路调防到云南，唯一吃饱饭的地方是在腾冲。腾冲战役里，老百姓都往前线送饭，这一拨刚走另一拨又来了。这一辈子最记得的就是猪肉煮包心菜，想忘掉都难。多年以后，我都不能忘记他说这事的时候脸上的笑容。有什么比长期的饥饿之后能吃上美味更幸福、记忆更深刻的了？

史迪威不是不知道改革的艰难，但他始终相信，中国军人所具备的生气、欢乐和内心的自信，如果经过训练，可以与世界上任何一支军队媲美。进入1943年3月，中国军队的训练在磕磕碰碰中艰难地推进，中国远征军美军作战参谋团的司令部亦在昆明设立。美国政府派遣了大批高级军官奔赴云南和兰姆伽，对中国的军事援助和物资援助也在增加。同年7月12日，经过无休止的谈判和讨价还价，蒋介石终于在同意参加缅甸战役的书面答复上签了字。

昆明的训练机构在中国官方的准确称谓叫“昆明干训团”。昆明近郊的黑林铺、北校场和干海子都开设有步兵训练班、工兵训练班、炮兵训练班、通讯训练班和参谋训练班。训练对象为营、连、排级干部。不仅驻印军队的干部轮流在兰姆伽学校受训，中国境内受美械装备的12个军的军、师、团级干部，都要到此受训。他们先到昆明干训团报到，然后分批搭乘美国的飞机越过喜马拉雅山到达印度的利多（Ledo），再乘火车前往兰姆伽。受训时间是6周，训练内容和方法与昆明的步兵训练班基本一致。美国《Y部队1944年5月至7月的战斗报告》记载：“中国远征军的训练和装备是在美国Y部队作战参谋的监督下进行的，这对美国来说，是一项前所未有的军事任务。所有的美国军官和士兵以及在Y部队所属后勤部门工作的人员，都与中国军队在一起，为这一战役共同训练。”

然而，当Y部队的训练和装备进入到实质阶段，史迪威才发现事情没那么简单。他以为建立一支组织严密、富有战斗力和有用的军队，符合现政权的利益。从美国人的角度来看，有了租借物资的支持，中国人应该指哪打哪。但史迪威这个在中国生活了十几年的人还真不了解中国，他低估了这个古老的东方国度的复杂性。他在向美国陆军部长史汀生（Henry Lewis Stimson）的汇报中说：中国方面曾承诺使Y部队作好准备，但全都没有兑现。《史迪威与美国在华经验：1911-1945》一书写道：原来保证绝对会在5月份补充给Y部队的几个师迟迟不见踪影，到了7月才见到1200人。在兰姆伽的训练也是这样，3月份答应派去4500人，到了7月还不见一个人影；答应派去接受重炮操作训练的200人，经中国医生检查退回了65人，美国医生又退回30人，到达兰姆伽的只有35人。后来在催促下派去了一批12到14岁的孩子作替补。蒋介石对东南亚司令部作战计划的短期目标也不满意，对依据这个计划投入Y部队的问题踌躇不决。何应钦越来越强烈地反对派部队到兰姆伽受训，罗斯福又不愿用租借法案援助作为讨价还价的筹码。史迪威则受不了中国军队的官僚们的无能和腐败，他的性格决定了他与各利益方的关系。此时，日军为

CBI老兵所画的漫画

了牵制和阻挠云南Y部队的集结，逆长江发动新的攻势，史迪威提出了一项牵涉到共产党人的计划，即与八路军合作在北方联合采取军事行动的可能性，以阻止日军的企图。这极大地触动了蒋介石的敏感神经。宋子文、何应钦开始向美国建议召回史迪威，把租借物资的分配权交到中国人手里。英国人因极力反对在缅北作战，也想把史迪威赶出东南亚盟军司令部。这场风波直到11月才暂时消停下来。

三　云南：中国战场的后方，怒江战役的前线

1943年11月上旬，麦姆瑞少校的部队终于从印度启程了，他们乘火车到达阿萨姆邦，经喜马拉雅航线飞往昆明。

最亲爱的菲：

现在，我在中国的某个地方，我很高兴来到这里，因为一直在旅途中。如果允许的话，我真想告诉你我此行的最后一段旅程，但我却很难充分地描述，那儿有非常壮观的景色。

在现在这个地方，生活很不错，但是持续不了几天。信的开头是我的新地址。

我以为到了之后能收到许多信，但是我只得到第9号和第10号信，是你在章克申（Junction）写的。

爱

比尔

这是麦姆瑞少校到达中国后写的第一封信，编号19，时间是1943年11月15日。信中，他很想充分描述的到达中国的最后一段旅程，沿途正是驼峰航线的壮丽景色。这是世界上最危险的一条航线，是无数的青年人用鲜血和勇气开辟的一条穿越东喜马拉雅山脉和缅甸森林的航线。这条525英里长的空中通道中，3年里共损失了607架飞机和2000多名机组人员。以至于在坠机最集中的地段，散落的飞机残骸连绵100多公里。飞行员们为它取了一个名字叫“铝谷”。天气晴朗的时候，飞机残片反射着

阳光，形成一条长长的导航线。

少校到达中国后发出的第一封信是一封“V邮件（Via Air Mail，V-mail）”。V邮件是美军在第二次世界大战期间使用的一种航空军事邮件，供派遣到海外作战的军人与本土亲人之间免费通信。发信人在专用的信纸上书写内容，交由有关部门审核盖检查章后，通讯站将寄往同一地区的邮件集中制成缩微胶卷，然后将胶卷空运到目的地。当地的美军通讯机构再把缩微胶卷还原成原信件大小的一半，装入专用信封送达收信人。

阿扎尼亚最喜欢的一张V-mail

对于远离家乡的美国军人来说，最鼓舞士气的事情莫过于收到家信。二战中的信件数量惊人，根据战时军方31个月的记录，将近4亿封信件从美国寄往中缅印战区，而战区的士兵们则寄回了3亿多封信。他们往家中寄回纪念品，但是却收到了4倍多的来自家人的包裹。从到达当年的冬天起，中缅印战区的美军士兵们就开始往家寄信，在春天这个多情的季节中，邮递量达到最高，而到夏天就降了下来。邮件的非正式投递方式千奇百怪，最奇特的是用炸弹丢。那是在缅甸的一个机场，当时季风雨一下就是3个星期，在没有降落伞和空投设备的情况下，人们将练习用的炸弹塞满刨花，把信件用防水纸包好捆绑在炸弹上，再把炸弹捆到飞机的尾巴上，然后让一位战斗机驾驶员将它丢到地面。

V邮件的优势在于节省空间，缓解空运压力，一份V邮件的重量仅有普通邮件的1/65。网上有研究者称，二战期间有1亿多封V邮件被投送。由于美国航空缩微邮件的底部都印有“V-mail”字样，“V”与“胜利（Victory）”的首字母相同，人们更习惯称它“胜利邮件”。如今，二战军人家庭保存下来的V邮件在集邮市场上颇受欢迎，尤其是有发信者手绘图画的信件。

第40野战医院的老兵泰德·道尔说：V邮件从来不准时，有时他发出的信是5页，妻子那边今天收到第3页，明天收到第2页，下个星期收到第1页，常常一两个星期才能把5页信都收到。2005年见到泰德·道尔老俩口的时候，他们已经80多岁了，老太太掏出钱包，里头还夹着一封老头儿62年前寄给她的V邮件。她说：“我从美国给他寄的信是普通航空邮件，我什么都给他寄过，甚至还把拔下来的智齿寄给他。我那时是个疯姑娘，给他寄过各种乱七八糟的东西，他想要一个烟斗，我就给他寄了一个烟斗，还有巧克力、香烟等等。”

詹姆斯·莱德（James Lide）是美国陆军总部邮政人员，负责收发前线军人的邮件。他说，在怒江西岸的高黎贡山，窦恩将军和他的联络官们正在帮助中国人将日本人赶出滇缅公路。人们并不指望能收到邮件，但是它们偏偏定期到达，或者是由联络飞机运来，或是由骡子驮来。有时候，人们宁愿信件晚些到来。当时，有个军官即将开始长途艰难的行

位于昆明西站的十四冶办公大楼曾是飞虎队的驻地，1943年后成为顾问团的驻地

漫画来自中缅印老兵杂志的网站，作者是CBI老兵

军，正在为把什么东西扔掉以减少重量而犹豫不定。就在他刚刚做好决定时，一匹驮着邮件的骡子来了，在他的帐篷门口放下了从家里寄来的25块肥皂。

这位陆军总部邮政人员工作的地方就在昆明的美军第一招待所。那几乎是一座二战历史的地标式建筑，美国参战前，那里是陈纳德航空志愿队飞虎队的驻地，窦恩来了之后又成了地面部队的指挥中心；战后成了昆明十四冶的办公楼。整个20世纪90年代和21世纪初的那几年，所有到昆明来的美国研究者、学生、老兵都会去那里。那个地方离我家不远，于是一次又一次陪着别人去看日渐衰败的大楼。后来因要拆迁，许多人又与十四冶“战斗”了很久。

詹姆斯·莱德说：邮件是大家最关心的事情，邮件到来后，他们负责将邮件分发到云南驿、保山等地，那里的邮件站再往下发。整个Y部

战时昆明一瞥

战时昆明人的日常生活1

队的美国军人分散在很多地方，他们必须知道每个人在哪里，地址如果改变，还要随时更新记录。记录是一沓3×5英寸的卡片，有所有进入云南的美军联络官的地址。如果有人到印度治病去，他们就要替他保存信件。信件两个星期才能到美国，同样，两个星期才回得来。不是每天都能有邮件，驼峰气候不好的时候，飞机就来不了。通常，一周当中接收三四次邮件。此外，他们还要保证官方通讯的通畅。信使飞机几乎天天在昆明到重庆之间来回飞，两三天内再将文件运往华盛顿。

战时昆明人的日常生活2

他们住在招待所主

战时昆明人的日常生活3

楼后面的那一栋楼上。有一队中国和美国的护士也住在那里，她们是在为中国军队建立血站。詹姆斯·莱德居然知道其中有一位是林语堂的女儿。军方要求他们在与中国人交往时，举止要有礼貌，还给他们开设了中文口语课。上课的老师中就有杨振宁。“他的英语讲得很好，他告诉我们他与其他50人参加了一个考试，竞争到美国读书的奖学金。考完后等得很心焦，6个月之后才知道他得了第一名，拿到了一份芝加哥大学的奖学金。我们问他要去美国学什么，他说核物理。于是大家都说这大概没有什么前途吧。在战争情况下，他缺乏旅行物品，我坚持送给他一块手表。当我离开时，他说‘等等，告诉我怎样上弦’。我还给杨振宁写过推荐信呢。如果我知道我的朋友能够在1957年成为诺贝尔物理奖获奖者，当时我就会把推荐信写得更好。”

战时的昆明在美国大兵眼里是什么样子？麦姆瑞少校没有写，但与他同期到达并幸运返家的老兵们却是难忘的。美国大兵喜欢昆明，窦恩将军说：“这里气候近乎完美，是我从未见到过的，阳光充沛，空气明亮，令人心旷神怡。”

我没有与阿扎尼亚老人见过面，但对他录音带和录像带里的声音却已经非常熟悉，沙哑而轻柔，充满了深深的怀念：“终于，我们乘坐一架C-46或C-47到了昆明。那是1943年的秋天，就在这一天，昆明把我深深地吸引住了。我对中国的印象只能描述为欢喜。有着美丽的异国风光，人民也很友好。那种异国他乡的气味，让人感到离开家乡已经很遥远了。这里有完全不同的文化，就像我的意大利老乡马可·波罗，当他第一眼看到中国的时候，一定也与我有同样的想法和感受。”

泰德·道尔说：“美丽，真的很美丽。我现在还能想起那些景色，这让我想到中国画。中国画把山的美夸张了些，但是我在山上行走时常常会想，要是有乐队来演奏贝多芬的交响乐就好了，就是这种感觉。有一次，魏德迈将军（Albert Coady Wedemeyer）来到我们部队，当时我们只有6到8个人，我不知道我们在哪里，但肯定离滇缅公路不远。我们都立正站好，没有人让我们稍息。他说了几句话之后，我觉得我应该说点什么，于是脱口而出：‘中国是个美丽的国家。’其实我应该说的是要他增加食品供给之类的。”

宋希濂在回忆录中写道：“1943年，美国人来得更多了，有大批的后勤人员，有修路的工程队，有派到各集团军担任联络的参谋人员，有派到昆明干训团任教的大批教官，有派到各军、野战医院的大批医务人员，还有美国的外交人员、新闻记者、电影摄制人员……形形色色，各种各样的人都有。东自沾益，西至保山，美国的卡车、吉普车川流不息地奔驰着。昆明的金碧路、正义路、南屏街等几条大街，开设了些专供美国人吃喝玩乐的舞厅、咖啡厅、电影院、西餐厅。在几条主要的街

江汶与辛普森以及中国远征军第53军送给他的锦旗

道上，许多商店里都是美国货，各种衣料、化妆品、玻璃丝袜、尼龙手提包、香烟、牙膏、牙刷、巧克力、口香糖、白兰地酒，真是应有尽有。”自滇越铁路1910年通车以来，昆明这个远离主流文化的城市就已经蛮国际化的了。

先期到达昆明的通讯教官罗素·辛普森上尉是第53军联络组的通讯组长。他说：“我们在距昆明大约2英里处有一个训练中心，接着他们将我派到通讯学校，训练中国军官架设电线、使用和修理电话、交换机等等。我手下有4－5名非常优秀的技术修理大兵，我们从一个中国团到另一个团，帮助他们修理任何坏了的通讯设备。”辛普森一直保存着第53军送给他们6人小队的一面锦旗，上面写着“热心教育，五十三军通信训练队教员学员全体同赠”。那是他在中国参战的最荣耀的记忆。在昆明的时候，他们跟中国军人学中文，他居然记得bing的平声、去声和入声分别是“兵、饼、病”，兵是士兵的意思。他还会用昆明话说“马马虎虎”，意思是“没关系，还好吧”。老人在我们访问他之后一个月去世了，他的女儿来信说，这次访问是老人晚年最high的一次经历。他没想过在

中国军人送给美国大兵做纪念的中国钱币

美国军人在中国货币上写字纪念

他生命即将逝去的时候，会有来自遥远的云南的年轻朋友与他一道回忆他一生中最荣耀的经历。

昆明虽是后方，但危险一直都有。日本飞机不时地轰炸昆明，尽管没有1939年到1941年那么频繁。阿扎尼亚说："在飞机抵达昆明后的一天，我们暂时住到靠近机场的帐篷里，突然响起了敌机空袭的警报声，于是我们跑到一条L形的壕沟里，看到有25架日本轰炸机在战斗机掩护下轰炸巫家坝机场。我们所在的壕沟正好在一片坟场内，壕沟的尽头靠近一个坟墓。炸弹震垮了泥土露出了棺材，一个头颅从棺材里滚了出来。我不相信地注视了它一下，在心里念叨'欢迎来到中国'。"

麦姆瑞少校信里的此类见闻不多，但写到了昆明的日常生活。他说"这里真是很舒适"，是他离开美国后生活得最好的地方，甚至还吃到了冰激凌。在前往滇西比较了西部的城镇之后，他在信里说"大的城市里有欧洲的影响"。我知道他说的"大的城市"指的是昆明。这里曾经是一个奇特的地方，20世纪初随着滇越铁路进来的西方文明，影响着这个城市的方方面面，她有坚实的城墙和古老的四合院，但也有一些四合院已经不再那么"传统"，融进了西洋的情调。从前的金碧路就是一条美丽的街道，金马坊和碧鸡坊讲述着这个城市数千年前的传说。今天这些美丽都没有了，拆了又拆的昆明成了名副其实的土里巴叽的"边疆"。

在编号21的信件里，他写到了昆明的通货膨胀："战争之前，3至4元兑换1美元，但是现在要用好多钱才能买一点点东西。那天晚上，我给朋友和我自己买了一瓶酒，花了160元。我注意到橙子150元一个。尽管这是中国钱，兑换成美元后，价格仍然很高。幸运的是，我不需要花什么钱，因为我需要的东西都有了，而且吃的不错。这里有好多花生酱，我非常喜欢，就是没有糖果，你如果能够时不时地给我寄一些就好了。"

在编号22（1943年11月20日）的信里，他谈到了他第一次接触到的中国人，是军队派给他的勤务兵。

最亲爱的菲：

这里的一切都非常好，尽管前几天天气跟本宁基地一样冷。

我不敢期待这个情形会持续下去，但是我过得不错。食物是我离开美国后吃到的最好的，尽管并没有什么特别的东西，但是非常多。肉总是很嫩，虽然质量不是最好的。我们有很多鸡蛋和大米。

我蛮喜欢中国的勤务兵，我刚到这里的头号勤务兵的英文讲得不错，很爱笑，总是高高兴兴的，但是却什么也不会做，所以他被降为苦力。第二号勤务兵现在成了头号，干得更好。他为我们收拾房间、生火、打杂等等。当然啦，他还有3名帮手。第三号勤务兵还只是个男孩，他的脸部有缺陷，很不好看，但是当你跟他说点什么，他会认为那是天下最滑稽的事情而笑，尽管他一个英文单词也不会。还有其他男孩给我们烧水、提水、收拾外面，只是我不认识他们。

这些中国人根本不乞讨，他们有非常好的举止。任何时候，他们的社会生活中总有很多规矩。今晚，我给头号勤务兵一个小礼物，他不接受，我再次给他，他还是不接受，但最后还是收下了。他们就是这样的。他表现出很礼貌的举止，不接受礼物，但是如果我非要给他，我就不停地尝试，直到他不得不收下，使我免于难堪。非常复杂，但是很有意思。

当地人真的很善于携带东西。有时他们放在背上背着，有时他们用一根棍子挑在肩膀上，棍子两头担着东西。他们还有很小的马，用来拉小车。

我很想听你讲点新闻，自上个月后就没有听到什么了，我知道你在照顾着我们的家。

爱你和芭芭拉

比尔

在绝大多数情况下，少校总一如既往地向菲汇报生活琐事，与菲讨论在战后如何经营他们的小家庭，他还真是一个“计划经济”的高手。刚到印度，他就告诉菲他每个月的薪水有多少，每个月花掉多少，花在哪里，汇了多少回家。他说战后多有点儿钱是件好事。在到昆明后的第21号信里他写道：“到今天为止，我可以将我10月和11月的薪水拿出来给家里寄280美元。大概30天后才能到，到了之后一定要告诉我。你是否拿到了我不久前寄去的战争债券的收据？寄完钱后，我手头还有足够的钱。我不需要有很多钱。我每个月要付21美元的食物钱，还能剩下大约145美元。我想，明天开始每天有出差津贴拿，就可以省下这21美元。”

从信件的编号看，少校在昆明停留的时间大约两周。在11月30日的第29号信里，他含蓄地写道：“我可能会几天内不给你写信，因为寄信可能会很困难。我要去工作了。”他说的工作应该是指部队要出发了，目的地是昆明以西、怒江以东的某个地方。

四　在滇缅公路的前方

战时的昆明，是世界上最长的运输线的终端。军用物资从美国启程跨越大西洋到达仰光港，由火车运送到腊戌，再经滇缅公路到昆明、到重庆。日本防卫厅在战后出版的《缅甸作战》一书中这样记载："缅甸这一地名给日本造成深刻的印象，恐怕是从它作为援蒋路线之一突然引起世人关注的时候开始的。"防卫厅的战史专家把战争爆发后，国际援助中国的每一条路线都研究了个透。据日本军方的统计，在以德军入侵波兰为标志的欧洲大战爆发前，国际援助中国的物资通过四条路线进入中国，在西北路线、香港路线、滇越铁路和滇缅公路四条路线里，滇越铁路的运输量最大，每月约12500吨，滇缅公路是2000吨。欧洲大战爆发后至1940年6月，滇越铁路的运输量上升到15000吨，滇缅公路则增加到5倍，每月的运输量达到10000吨。对此，《缅甸作战》的解释是："日本政府及大本营为了完成中国事变，倾注一切力量企图切断法属印支、缅甸、香港各条路线。"卢沟桥事变后，西北公路中断；日军1939年占领香港，封锁沿海运输线；1940年占领越南，切断滇越铁路，中国所有接受外援的途径全部被封锁。1938年9月建成的滇缅公路成了中国抗战最后的生命线。从1938年9月至1942年4月，在中国抗战最黑暗的时期，滇缅公路独自支撑着整个国家的外援运输。国家已经没有了退路。中国官方的统计数字为：从1939年到1942年的三年中，滇缅公路共抢运50多万吨军需物资，15000多辆汽车以及其他无法统计的各类物资。

史迪威在中国的责任，麦姆瑞少校与他的战友们抛妻别子远赴异国他乡的任务，就是围绕着重新打通滇缅公路、向中国提供物资这一使命

1945年1月滇西反攻及缅北反攻胜利，滇缅公路全线收复

而进行的。但是，这个使命从哪个角度看都不容易。历史学家说，向中国的空军和地面部队提供军需品的工作，是这场战争中最艰巨的后勤任务，大概也是任何战争中从未有过的艰巨的后勤供应问题。

1943年12月，云南最冷的季节，少校随部队踏上了滇缅公路，向怒江方向出发了。西去滇西大地，遥远而蛮荒，在中国主流史记中，那是诸夷杂处、声教未通的化外之地。断裂与褶皱交替，高山与深谷相间，山中有哑泉，江边有毒瘴。滇缅公路修筑之前，地方史记载：昆明至永昌1200里，经27个驿站，骡马走22天。即使在80年代，沿着老滇缅公路从昆明到保山，坐客车也得走整整3天。这是一条险不可测的路。古代的西征将士刚出昆明城西，就已经有“西出阳关无故人”的感觉了。乾隆年间，广州知府赵翼奉旨随大学士博恒西征时，有《碧鸡关》诗曰：“苴兰城外又青山，一道风烟入百蛮。勒马云端重回首，夕阳人在碧鸡关。”

麦姆瑞少校没有写他们怎么走，但是西去的路自古就只有一条，从蜀身毒道到汉武帝拓边，从元明时代的官马大道到滇缅公路，一代又一代的商旅过客、谪边罪人或西征将士都沿着这条路前往绝域荒外的滇西大地，或是中印半岛陌生的国度。历朝历代，不论古道有何变化，大多不离左右，连名字都不曾改变。1998年，我在高黎贡山古道打听一个古

反攻开始前，为保障后勤供给，美军后勤司令部接替美军野战司令部对公路全线进行拓宽改造

战场，徐霞客曾在那里驻足，悼念了在他之前的靖边英雄。在他极少发感慨的日记里，磨盘石之夜是最有感情色彩的一段：“其夜倚峰而栖，

险峻的滇缅公路

月色当空，此即高黎贡山之东峰。忆诸葛武侯、王威宁骥之前后开疆，方威远政之独战身死，往事如看镜，浮生独倚岩，慨然者久之。”问路的时候我把地名说错了一个字，结果一路不得其果。直到一位老农困惑地反问我：不是磨盘山，是磨盘石吧？

12月9日，少校在踏上滇缅公路后的第一个驻地发出了他的第32号信件。

最亲爱的菲：

昨天到了一些邮件，我收到了Pat于10月15日写的一封信。明天大概还能再收到一些，我希望能收到你的信。

可以工作是一件让人高兴的事情。但是，这里真的是就只有工作，我大概得花几天时间来适应它，因为我闲散的时间太长了。我们早上6点起床，7点10分出门，下午5点半回来。白天的时间很长，行走很艰难，但是我做得还不错。

我住的地方很舒适，我有一个帐篷。墙是用竹棍扎成的，用泥土填缝。地上铺有竹垫子，我有一个军用帆布床和一个在加州买的睡袋，加上4条军用毯子，睡得又舒服又暖和。

我有一个中国的木炭炉子，是用泥土做的，有两层，大小跟做饭的锅子差不多，这个炉子很不错。我的灯是用竹子做的，我的钢盔可以用来刮胡子……我们还可以洗温泉浴，这个国家的温泉很多，我们这里就有一个，是一个大约2英尺见方和1英尺半深的石头池子，里面一直有热水。

我们吃的是简单的中国食物，每餐都有一碗米饭。早点是麦片，我们碗里会有些蔬菜，通常还有汤，也就是把肉切了在水里煮。我们用筷子来吃它，对我来说可是件难事。我们有时也有鸡蛋，有一次还吃到鸡，是切好的中国式的，还不错。还有类似面包的面食，也挺好的。烤花生大概是我吃到的最无味的东西，但那是好东西，我会适应它的。这里仍然比在本宁基地要好。

管理这个地方的人大概是真正的军人，他们很认真，大概知道我们正在打仗。

有可能的话，给我寄一罐果酱、饼干、奶酪或者别的。我会很高兴收到它，但是别太多，我真的不缺什么。

爱你们的

比尔

这是少校离开昆明后的第一个驻军地，一个有温泉的地方。住的虽是竹篱笆房，但肯定不是民房，因为地上铺有竹垫，是精心准备过的。这是一个有规模的军事基地，人很多，后勤供应也不错，还有军人在管理。离驻地半天路程的地方有一个小镇，可以买到花生糖，80块钱一块，约有1.5磅重。少校认为这个地方比他在乔治亚州的本宁基地还要舒适。

少校到达的第三天，即1943年12月10日，向妻子描述了一餐中饭。从正式程度上看，应该是一位中国将军为他接风的午宴。

最亲爱的菲：

今天，我和一位中国将军及他的参谋一起吃中饭，这是一个很有意思的经历。中国人很讲礼貌，在我们进去后，就有4名中尉陪着我。有很多的鞠躬作揖，我们有两个翻译，所以可以很好地对话。我们喝了茶，用杯子盛的，不放糖（我很快就适应它了），然后我们开始吃饭。每个人面前有一个碗，就跟我们吃麦片的碗一样，两只筷子和一个取菜的勺子。端上来的第一样东西是两碗酱油，而且是两种不一样的酱油，将军拿起来闻一闻，然后让他的一名军官尝了尝。接着是几盘蔬菜，再有一碗有点像意大利方馄饨的东西，是把肉和蔬菜包在面团里再煮熟的。把所有东西放进自己碗里，然后用筷子吃，味道还真不错。最后端了一盆汤来放在桌子中间，大家用勺子同时从里面盛出来吃。

中国人吃饭的时候兴致勃勃，用筷子把食物放到嘴里时搞出很大的声音。在饭桌上打嗝是很有礼貌的事情，我知道这听起来很糟糕，一开始我们很不喜欢，但是我想我们肯定也有让他们感到很古怪的习惯，所以也就很快接受了。

在整个吃饭的过程中，一个侍者一直把每个盘子旁边的小杯子斟满米酒，这种酒有点像绿玉米酒，味道是一样的烈。你可以请客人一起喝，他们说“干杯”。因为我是这里的军官，我得跟中国将军干杯，还得跟他的每个参谋干杯，一顿饭要干很多次杯。我很高兴我们在一定时候就得去工作。没有吃米饭，让我很感激。

中饭之后，我们到另外一个房间，吃了一个橙子，有人给我们每个人一块湿布。然后我向将军致谢，说这顿中饭非常好，他回答说这不是正式的中餐，也没有什么像样的食物，然后我们互相鞠躬好几次，敬了一两次礼，就离开了。

爱你们的

比尔

一切都那么新奇，遥远的东方向大洋彼岸来的年轻人掀开了她神秘陌生的面纱，少校第一次离开营地，走向滇西的原野。他在12月14日的信中写道：

最亲爱的菲：

昨天，我到了一个偏远的地方，这才让我意识到我真的是在异国他乡了。在大城市里，你还能感受到欧洲的影响，而这里实在是太遥远太偏僻了。

就像这个国家的许多城市一样，这里也有城墙。城墙大约围有半平方英里，城里的人非常拥挤，人口大约有四五千。街道很窄，路是石子铺的。街上没有任何的车辆，店铺里很昏暗，也没有什么物品可卖。有一个铺子卖马掌，隔壁的铺子卖鞋子，再隔壁是卖食品的。基本上，卖东西的地方就是制造这些东西的地方，也是整个家庭居住的地方。相比印度人，他们没有什么饰品可卖，而且印度人是在街上追着你叫卖，中国人你得要求他们把东西卖给你。

整个城里，没有任何受美国或欧洲影响的地方。如果在这里呆上一整天，我怀疑自己是否能碰上一个讲英文的人。孩子们都很友善，还会说“顶好！”，但是大人很沉默，好像没注意到你似的。

我来到城外他们赶集的地方，集市上有好几百人。他们卖盐，一开始我还以为是岩石；他们还卖豆腐、花生、衣服、鞋子和其他东西。我买了一双小鞋子，我会在找到邮寄的东西时寄出。鞋子是布做的，脚趾部位还绣着花。它们不算特别，但是我想你可能会对它们有兴趣，因为它们是为中国孩子而不是美国的饰品淘家制作的，并且是手工的。

我希望能够得到你们的消息，当然，我相信你们一切都好。

爱你们的

比尔

如果不是在战争状态下，这样的生活蛮惬意。少校花了好多的笔墨写每天吃了什么，怎么吃，这让他自己都感到惊讶：“我不明白自己为什么花这么长时间说食物，但是自从我到东方以来，这成了一个有意思的话题。”他学会了喝不放糖的茶，学会了用筷子，适应了吃米饭，在中国将军的派对上喝“警报酒”——昆明在1939年到1941年间遭遇日军系统性的轰炸，昆明人每天例行公事般躲警报，为消磨时间喝的白酒就叫“警报酒”。与“顶好”一样，“警报酒”也是当年到过昆明的老兵们熟悉的中国话之一，在英文里是根据中文发音拼写的。在第34号信里，少校说：“在这里，陆军不管我们的伙食。我们自己在当地买食品，自己做饭。我们的食堂每天花销是10块钱，在能够买到美国食品时，我们还时不时花上10美元。今天我们吃到一些苹果酱，我很喜欢它。你还记得吗，我在家的时候是根本不碰这个东西的。我们早上还有咖啡。这10元钱够买奶油、喝咖啡用的罐头牛奶。陆军给我们一天3美元的伙食费，足够了。”

写得最热闹的是圣诞夜中国的将军们为顾问团所有成员举行的活动。那一餐晚宴是在乡下的一个土坯房里举办的，桌上铺有桌布，上了约10道菜，还有冬天里最热乎的一道菜：“一个看起来是铜制的容器，下面有火，容器里是沸腾的水（大约是高汤），这时蔬菜和猪肉可以放进去煮。”云南的火锅让少校第一次开了眼界。席间，大家嗑着瓜子，剥着橘子，一位中国将军在二胡伴奏下唱了一段戏曲。在场唯一的一位女性，据说是一位少校的妻子唱了一首歌，是关于一位军官上战场待了18年的歌。

五

少校的中国翻译

少校的所有信件都没有提及地名，没有写他的“工作”是什么，更不会涉及任何与军队相关的信息。在第40号信里，菲曾问他，他的地址里那些字母“Hq. Y FOS APO 627”是什么意思。他回信说：“我只能告诉你我们有时候把Force写作FOS，其他的不能说。”今天，我们知道了Y-FOS是指云南参与收复缅甸的Y部队，但那时候少校不能透露。

云南有温泉的地方不少。滇西纵谷区上千里的广袤山野，到处有来自大地深处的热泉。那个有城墙的、半平方英里大的小县城是哪里？少校在这个驻地的“工作”是什么？如果不是因为一个偶然的机会找到了少校的中国翻译，我们永远也不会知道那个比美国本宁基地还舒适的驻地在哪里。

1943年春，昆明训练中心刚建立就开始为顾问团征招翻译了。西南联大在昆明，人才不缺，但军队训练的翻译与普通翻译有区别，况且对于离冷兵器历史不远、素养不高的中国军队来说，翻译这些闻所未闻的军事术语难度蛮大的。顾问团在昆明成立后，窦恩将军开办了一个中国译员培训班。他的方法很特别，只要求学生能使用800至900个单词，而把重点放在“英语基础知识”上。他说的英语基础知识，估计指的是英语语法吧。他甚至创造了一种特殊表达方式，用他的话说是“军队英语”，一种简单化的英语。教学员们在中国官员和美国官员之间做翻译，不论在战场上还是在课堂上，窦恩曾说，“这种课程都很有效果。在我们司令部大约就训练了1500多名年轻的译员，以后在兰姆伽和阿萨姆邦也训练过不少”。

麦姆瑞少校从昆明出发后就有了一位翻译。这位翻译除了保证他与中国部队的沟通，在军队训练时讲解翻译，还陪他看戏，翻译剧情，跟他一道逛寺庙，讲解中国的神灵。在第39封信里他写道："我今天进去的一个庙。它看上去非常古老，大约有500年的历史，周围有围墙。任何东西都有墙壁相围，看上去没有印度的庙那么丰富和具有艺术性，但是很有意思。那是一个没有房顶的封闭亭廊，墙上有真人大小的塑像。我有一个翻译，他给我读说明，解释每一个塑像是什么样的神。左边和右边的头一个塑像要比其他的大一倍，并且立在笼子里，一个是生命之神，一个是死亡之神。两边各有18个神，掌管包括商业、庄稼、生育、繁荣、重病等几乎所有事情。无论你需要什么或不需要什么，都有一个对应的神灵。"

战争环境里，所有人都像匆匆过客，不过是为了应对一场波及全人类的劫难而汇集到一起。有的人会活着离开，而有的人则永远地留在这里。这位中国翻译是谁？少校的故事如果不是因为那幅葬礼照而偶然进入我们的视线，当年那些在前线为顾问团工作的学生兵的经历恐怕就不为人知了。寻找少校的翻译官姚元与寻找少校一样充满了偶然之中的必然。

2005年，战争结束65年了，戈叔亚为一家电视台采访西南联大从军的学生。在北京，他找到了联大1944级的何宇老先生，从他们编辑的联大1944级同学的回忆录——《国立西南联合大学八百学子从军回忆》中看到这样一段文字：

1944年5月初，53军渡江，向高黎贡山的日军反攻。5月19日在大塘子战役中，我随营长、McMurrey少校和一个美国空军通讯兵，携带电台指挥美机对敌扫射和远征军进攻时，被敌迫击炮击中。美少校阵亡；营长重伤在赴医院途中死亡；我被弹片击中背部。McMurrey是个约50岁的老军官，工作认真，待人和蔼，经常深入前线。去世后，以中国国旗覆盖，就地深葬在大树下。

写下这段文字的人名叫姚元。这个名字在远征军第53军大塘子战役的战报里出现过，说他在美军顾问麦姆瑞少校阵亡的战斗中受伤；此外，斯多德上校在写给麦姆瑞夫人的信里也有提及："他（麦姆瑞少校）带到战场的个人物品很少，我想少归还您一件——他的军衔徽章，因为与他同在此次炮火中受伤的他的中国翻译想要。这位翻译是YOW先生，他将很快康复。”

这是很久以来，我们第一次发现与少校阵亡之事关系如此密切的消息。但是，戈叔亚与何宇的沟通并不顺利，老先生对媒体有一种本能的抗拒。这段历史湮没已久，好不容易重见天日，却不断地被扭曲、被戏说、被编造和混淆。这些年近古稀的亲历者写过多少文字澄清史实，媒体却不理睬。戈叔亚跟他讲了自己的经历和寻找少校的过程，希望他能提供姚元的消息。如果能够找到姚元，他将是少校阵亡时最重要的见证者。老先生后来在信里告诉戈叔亚，姚元到美国去了，他会在北京的联大同学里寻找姚元的广州通讯地址。戈叔亚把消息转给了江汶，并帮她与何宇取得了联系。

姚元不在美国，而是在加拿大，退休后他就搬到了温哥华的女儿家。我们得到他的消息是在两年之后。在中国古老的纪年法里，60年，一个甲子，一个轮回，我相信很多发生了又湮没了的历史也会在冥冥之中轮回，到了某一个时刻，会因某种机缘而被重新唤醒。在不同空间的同一时间里，姚元不知道国内有人在找他，有他的同学，还有一些晚辈，但大家都在追溯着同一件往事，那就是1944年怒江西岸发生的战事。到了晚年，姚元常常回想起高黎贡山的密林下，他受伤后被抬下战场时看到的最后一个场景：少校的遗体覆盖着一面国旗，放在一棵大树下面。一直令他不安的事情是，他不知道少校有没有回家。1995年以后，他陆续写下了自己从西南联大应征到顾问团做翻译的经历——《一个远征军翻译官的轶事》。

2004年9月23日的早晨，他像往常一样随手翻开《星岛日报》，一条新闻跳了出来：“二战滇西盟军抗战纪念碑落成”。文中称在中国腾冲阵亡的19名美军官兵身份、阵亡原因、时间、地点终于得到确认。他很快提笔给云南保山市的市长写了一封信，询问19名阵亡者中有没有一位名叫McMurrey的美军少校，他是第20集团军53军116师348团美军联络组组长，1944年5月中旬在高黎贡山大塘子战区遭敌迫击炮弹击中阵亡。不久，保山方面正式给他回了信，信里说：“您提到的McMurrey，经核实已在19名阵亡人员当中。”

2005年的春天，我们在寻找姚元。北京大学校园里有一块“国立西南联合大学纪念碑”，碑上刻有当年从军的学生兵的名字，姚元名列其中。但是人海茫茫，他在哪里？他是否还能为我们提供战争期间的记忆？何宇向联大的同学写信求助，向姚元的广州地址发了信，并呼吁任何拆信者务必将消息转给姚元。其他的同学也在向姚元可能的地址发信。江汶在向姚元发信的同时，还给他寄去了在寻找少校的过程中拍摄的纪录片，并把姚元的消息告诉了芭芭拉。2005年6月21日，在未得到姚元确切地址的情况下，芭芭拉已迫不及待地发出了第一封信。然而，所有的信件两年之后才辗转送到姚元手中。

2007年，老先生收到芭芭拉、江汶和他的若干联大校友在两年前寄给他的信件时，感到非常意外。他从保山方面得到了消息，确认国殇墓园已为少校建了碑，但不确定少校是“回家”了，还是长眠在高黎贡山的那棵大树下。在中国人的观念里，回家、立碑——这是人死后的两件大事。芭芭拉告诉他，父亲的遗体已经回国，埋葬在家乡的家族墓地。他很快给江汶回了信：“数十年以来，由于麦少校遗体事而深感不安，现已圆满结论，令人心安。”他在信里还提到：如果你们要去保山，请代为问候某某市长。

老先生的最后一句话让我们倍感意外。2005年我们辛辛苦苦满世界找他的时候，曾经与他近距离擦肩而过。那年5月，芭芭拉、贝雯丽姐妹和斯多德上校的女儿山到中国，我们沿老滇缅公路一路到保山，与姚元信中提到的那个市长座谈了整整一个早上。那位老兄好沉得住气，居然一字不提。当时，他给姚老先生的信发出还不到20天！信里称：“六十年来，我们从未忘记您们，更没有忘记那些长眠在这块土地上的抗日将士和美国友人。”在笑眯眯地跟芭芭拉姐妹说着套话的时候，心里却隐藏着一个大秘密。回想起来，那笑容真的好残忍。嘴里说着“没有忘记”之类的话，但对什么是历史他根本不在意。两年时间，绕了地球一圈，找到一位年近90的老人，历史再一次眷顾我们，让老先生有机会把他的故事告诉我们。

姚老先生对我们寄去的少校照片有点惊讶，他从没见过少校如此正式的样子。他说：“那张麦少校的相片，年纪很轻，可能是刚进军校时照的，比我和他在一起时看来相差好几岁。”他在不同时期写的回忆有不同，他先说少校是一个40多岁的军人，后来又写50多岁。实际上少校当年33岁，照片是离开美国前往中国之前拍摄的。也许是在前线大家都不修边幅的缘故吧，所以显得苍老。少校信里说，他寄回家一张照片，是在怒江以东的某个驻地拍的，但芭芭拉和贝雯丽认真翻了家里的所有收藏，始终没找到。

姚元在1944年春节后被分配到348团美军联络组，直到少校阵亡，他都在少校身边。他答应芭芭拉会尽量告诉她少校生前的情况。老人年纪大了，那年他已87岁，眼睛不好，不会用电脑，只能慢慢写了之后，让女儿帮忙扫描了发给我们，江汶再翻译成英文给芭芭拉姐妹发去。他在信里写了他与少校的关系：

我和少校因工作关系，俩人住在一间民房内。每晚临睡前，少校总在口袋内掏出他的亲人相片，深有感情的凝视着，还喃喃的对着照片自言自语，我在一旁看着深受感动。一天，他问我，他这样做会否感到可笑？我说一点也不，我非常的羡慕你，也因此引起伤感，他要我讲讲什么原因，我告诉少校，我的家在中国沿海的大城市——上海。上海沦陷后，我因不甘心当敌占区的顺民，曾参加秘密的抗日反伪政权的学生爱国组织，也曾先后被伪政权特务机关及敌宪兵司令部逮捕关了几个月。家里人东求人西托人，用尽我父亲毕生储蓄才保释出来。两年前我离开家乡，远奔大后方昆明，并考进了大学。但是由于人地生疏，无亲无友，与家里两年来无法通讯，又无经济来源，靠假期里打工，变卖行李，无法维持生活。每逢过节，有家的同学欢欢喜喜的回家过年过节，有钱的同学高高兴兴的上馆子吃一顿，而我却躺在床上，在昏暗的灯光下，流着泪想家。我也没有家里人的相片，只能在脑海中想念着父母亲及兄弟姊妹们。后来政府征招大学生从军，我坦白讲我是为了生活所迫而参加的，也知道会上前线作战，希望以后能活着回家团聚。

少校听了我的诉说，紧紧的抱着我说："年轻人，勇敢些，我会关心你的。"当年他大约不到四十岁，仅比我大十几岁，却以长辈的身份一直关切我，我也非常尊敬他。我因学科不是外语，所以英语的基础并不高，在与军方的对话或对战士讲课时，常常会对有些词句不明白，听不懂，他经常安慰我不要慌张，由浅入深或用其他词句比拟给我听，给我解围。后来，他在头一天晚上将次日要与军方对话的内容或要上课的内容预先告知我，明白清楚，特别是一些武器的零件名称，对号入座似的记得其英文名词，也使我有空间预先想好其合适的中文名词，给我在工作上极大的方便，这使我内心非常感激他。

不久，我们就收到了姚元发来的他在1995年写的回忆录《一个远征军翻译官的轶事》，也是一份手稿扫描的文件，足足有近100页。

1943年11月9日，昆明西南联合大学校长原清华大学校长梅贻琦先生来到工学院作动员报告。那些年代教授生活甚是艰苦，梅校长和其他教授一样身穿旧长褂，脖子上围着围巾，站在迤西会馆庭院中央的一把椅子上，对站在四周的同学作了动员学生参加译员工作的报告。他介绍了国内外有利形势，盟国已经由退却转向全面反攻，中国战场也将扭转挨打局面。新组建的中国远征军配合盟军反攻滇缅，美国已空运来大量军械，并派来大批教官来华培训中国军队。仅在昆明一地，就集中了有五千多名美军官兵，其中许多人已到达数月之久，只是缺乏翻译人员，以致无法开展工作。他还气愤地说：我国大学每年都培养出许多外语人才，竟然发生这种情况，实在是中国人的耻辱，也是中国大学的耻辱。梅校长号召同学们踊跃报名，参加译员工作，并宣布校务会的一项决定："凡是应届毕业班的学生，参加任译员的，四年级下学期的课程一律免修，一年后即可发给毕业文凭。非毕业班的学生可保留学籍。"

梅校长的动员报告在工学院学生中引起了巨大的反应，使得多年来埋在青年学生中的爱国热情像火山一样地爆发出来。一时间，在宿舍、食堂内谈论的无一不是这个话题。那时我在机械系二年级，我们班上大部分同学的老家都在沦陷区，有的在抗战爆发时随着家庭撤退到内地，有的和我一样由沦陷区只身来内地升学。由于班上有不少同学原系重庆南开中学的同学，经互相串联后相邀，全班五十余名同学报名参加者竟有三十余人，其中有梅校长的独子梅祖彦、冯友兰教授的独子冯钟辽、资源委员会主任后曾任行政院长翁文灏的幼子翁心钧等同学。以后陆续又有好几批学生充任译员，以及到印度参加新组建的汽车兵团，先后共计800余人。

昆明译员训练班位于西南联大校本部新校舍以西的黑林铺，原为昆明农校校舍。昆明的各中学由于频繁的空袭，均迁出市区，该校舍成为美军驻昆明的总部。译训班的前身原为军事委员会战地服务团的一个干训班，后由联大经办易名昆明译员训练班。班主任由励志社主任、战地服务团团长黄仁霖兼任。具体班务由几位联大教授负责，他们是社会系教授吴泽霖、经济系教授戴世光、地理系教授鲍学民和政治系教授樊纪昌等，都是英美的留学生。我们是第一期译训班，全班学员110余名，其中20余名是珍珠港事件后从马来西亚、新加坡、香港等地流亡来的知识青年，其余的都为联大同学，并且全部老家均在沦陷区。由于大家和自己老家的信息中断，也就没有什么牵挂顾虑了。

通讯培训是为了帮助怒江战役中的地面部队及时取得空中支援

译训班的生活管理和大学一年级时差不多，由教官负责集体生活。每人发给一套灰棉军装，学员们编成十余人的小组，清晨起床整理内务，盥洗后集合，由教官带队到公路上跑步后上课。每天上午两节英语课，每人发给一本英译对照的军事术语小册子。以小组自学为主，熟读背诵，由一位联大外语系助教辅导。另有一位英籍贝克小姐经常发给我们一些油印讲义教材，内容有各种有关军事词汇。美联社或路透社发布的战事新闻，有时做些词句分析，或用英语提问。还邀请美国军官向我们介绍美军的兵种和组织情况，讲解有关步炮协同对空联络等要点，主要为培养我们的外语听力。下午的课程由联大教授讲外国地理和西洋史，主要讲的是美国方面的。也邀请过几位联大教授、民主人士作报告，有潘光旦、张印堂、葛邦福等教授，主要分析国内外形势，赞扬我们的爱国行为，鼓励我们积极抗日。但有一位教授，记不得他的名字了，却大唱反调，批评政府的无能，最后以“你们是受政府欺骗，上前线送死”而结束。大家为之瞠目惊讶，会场主持人也异常尴尬。

当时在昆明有步兵、炮兵及通讯兵等训练中心，专门培养远征军基层干部，班里也组织我们全体学员到各中心参观学习，主要听取步枪、机枪、迫击炮、野战炮、火箭炮筒、火焰喷射器以及无线电通讯设备的功能介绍。由一位美国军官讲解，美国士兵示范，一个中国译员翻译，用挂图和实物讲述武器的结构功能，零部件的拆卸组装等，作为我们以后任译员工作的示范学习。另外还进行了一次步枪打靶实习。有一天突然紧急集合，由班主任陪同译训班主任黄仁霖进来。黄仁霖说了一些勉励的话之后匆匆地离去，后来才知道他那次是陪同蒋委员长去参加开罗会议，途经昆明特来看望学员。在那次开罗会议上，中国正式被列入四强。这一消息在当时确实振奋人心。

译训班的训练为期六周，通过口试后结束。在最后一天，黄仁霖专程来到班里，向我们开讲“社交礼节”课程，全部用英语讲述。黄生得仪表堂堂，胖胖的，穿着一身笔挺的西装，声音宏亮，吐字清晰，英语水平极高，比较容易听懂每句话的内容。但他讲的全属上流社会的范畴，不但在中国无此条件，就是在美军中，从我以后差不多两年的译员经历也完全用不上。那天恰巧是圣诞节，他别开生面地请大家吃了次西餐，还讲了些进餐时的注意点，边讲述边示范边用餐，给大家一个很深刻的印象。餐毕，译训班的学习也告结束，全体一起在大礼堂外拍了团

通讯培训

体照，准备第二天由外事局昆明办事处派人接收。

军事委员会外事局（FAB）昆明办事处主任姚锴亲自来译训班接收毕业的学员。经过简短的训话后，每人填写表格，然后领取一套用罗斯福布面料做的大盖帽式的薄棉军装，一块佩在左胸前写有“同上尉”级的布胸章和一个月的薪饷。这样我们就正式成为外事局属下编制的三级译员。外事局当时的局长是上将衔的商震，昆明办事处主任的军衔是少将，据说是中国军队中不多的曾在美国军校毕业者之一。

中国人的姓名，外国人很难搞得清楚，所以每个译员都有一个外事局的编号，写在胸章上。译员和外事局之间只是一种单纯的行政隶属关系，自从领取军装和胸章后就再没有和它直接发生过接触。以后我们的工作安排、调动、日常生活均直接由美军总部管理，每个月转发由外事局给我们的薪饷。

由于是第一次从老百姓变成现役军官，大家得意非凡，上街买了三颗星一条杠的上尉衔领章斜三角皮带，穿戴起来俨然像年轻军官，纷纷上照相馆摄影留念。

中国军人

译员的工作由美军总部的一位尉官级副官分配，每人有一张带编号和姓名的卡片。我们去报到时，发给我们每人一张领物单到美军供应站领取六样用品，计有行军床、军用蚊帐、军用毛毯各一件、军用水壶及配有折拢式水杯连保温套一副、饭具一副、腰带一条。又安排我们住在总部招待所等待分配工作。美军军队中的官、兵阶级很严，食堂和澡堂都分别有军官和士兵专用。我们属军官，也在军官食堂用膳。一天三餐自己去领用，也无人过问。全班100余名译员中，除了4名联大工学院同学首先被分配到印度兰姆伽训练中心外，其余的都留在国内分配。大家都希望能分配到前线。每天总有几辆中吉普开来，叫到编号姓名的就急急忙忙提着行囊向同学告别后随车而去。一天，来了一辆军用卡车，副官叫了十几名包括我在内的译员，分配到距离昆明400多公里的弥渡县的美军教育巡回团第二组，从此开始我的译员生涯。

从姚元的回忆录里，我们知道了弥渡训练中心设在距离县城4公里的温泉，它是两座小山间的一块狭长平地，原有几栋小洋房是先前滇缅铁路筹备处的驻地，后来成为训练中心的办公室。四周搭了很多的大军用帐篷作为住宿和食堂，小山坡上并列砌有两座水池，一个为地下冒出的温度很高的温泉水，另一个为凉水，各经水沟流至下面的两个澡堂。澡池用大块石头砌成，水的温度可通过出水量调节，泉水清澈终日流动不已。这就是少校在信里写到的有温泉的地方。

弥渡训练中心原先是用来训练第20集团军所辖的53和54军的，但由于54军第198师长期驻守在怒江沿岸，另外两个师又调到兰姆伽，因此只有53军所辖116师和130师在此训练。那时基地有六七十名美军官兵，20名译员。加上军部派来的一些勤务兵和站岗哨兵，温泉像个小市镇热闹得很。伙食很是丰盛，除军用罐头食品外，每天还从市场购回大量的鸡、肉及各种蔬菜。后来我们知道，这里是按前线伙食标准，士兵不用掏钱，军官也只要缴很少的伙食费。

这里分别有步兵、炮兵、通讯及兽医4个训练中心，以步兵中心为主，受训人员多为尉级军官和军士，分成若干小组，每组20名学员，由一名在昆明训练中心结业的干部对军械的结构性能、操作保养以及分解组合的讲解和示范。每组配备美军官兵和译员各一人，目的是让远征军学会使用美援装备，掌握各种新式步兵火器及其部件名称、性能和分解结合的方法等。除了上理论课外，还有实弹射击训练以及小部队演习，以期提高部队的作战能力。姚元在文中写道：

53军全军原来的陈旧落后的武器全部更新为新式武器。348团按规定配备了一个战车防御炮（平射炮）连，4门防御炮。每个营配备一个火箭筒

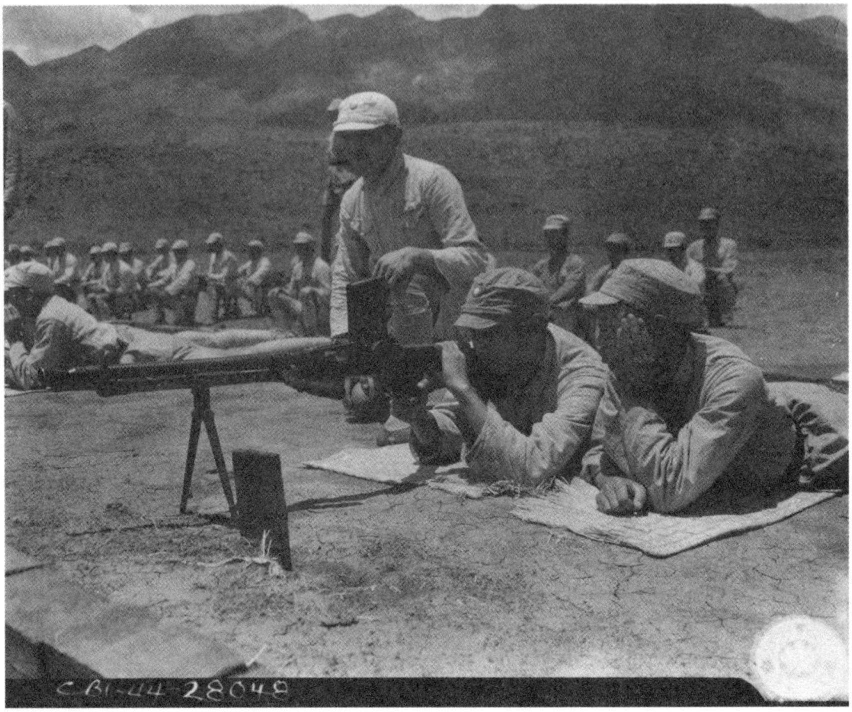

机枪训练

排，2枚“伯楚克”火箭炮；一个迫击炮排，2门“八二”毫米迫击炮；一个重机枪连，配以“马克星”式重机枪6挺。每个连配备“比灵”式轻机枪9挺，“汤姆森”式手提冲锋枪18支，“六零”毫米迫击炮6门，火焰喷射器1具。步枪仍为中国制造的“三八”式步枪和木柄手榴弹。

经过清点无误，符合美援规定。各级人员编制也按花名册逐一叫名清点无误。348团各兵种的基层干部，都曾经在昆明的炮兵、步兵、通讯等训练中心严格的培训，由一个美国军官讲解武器的性能、结构、拆装、保养等技术课，一个美国士兵作示范，中国译员翻译，然后进行大规模的演习。除枪支是实弹射击外，炮兵打靶是将炮弹中的火药换成同等重量的砂子，使其着地时不发生爆炸。“火焰喷射器”和“伯楚克”火箭炮未经培训。据了解，这两项武器的弹药是一次性使用，当时缺乏备用弹药，因而未能实习，可能是因新式武器待上前线时才供应备件吧。因此这两种武器的射击手对其结构及使用性能不十分了解，特别是火焰喷射器曾发生意外事故，一个士兵因好奇心扳动喷射器的按钮，以致突然喷出火焰，幸及时制止，才避免酿成火灾。这也令射击手神经紧张，以为随时会发生意外，而将它高高挂起。火箭炮的射击手也担心炮弹失手掉地时，炮头会撞到雷管而爆炸。少校知道此情况后大为紧张，临战前竟然有此不正常情况，于是立即召集这两项武器的人员进行讲解补课，将这两种武器的结构、性能、使用及功效作了详细的讲解，让战士们心底踏实。由于没有备用弹药，少校带领战士们背上武器，伏在地上，循不同地形爬行作模拟攻击，强调“熟能生巧”（practice makes perfect）。这两种武器后来在围攻腾冲城时起了极大的作用。

姚元并非是译训班结业后就直接派到麦姆瑞少校所在的116师348团的，而是在1944年春节后才跟随斯多德上校一同派到了116师。姚元第一次见到少校时，说他是一位正牌军人。他们这个组还有一名少尉和4名士兵，其中两名无线电通讯下士，携带手摇式无线电收发报机一台，一名卫生兵和一名列兵。团部派来两名中国勤务兵负责全组人员的生活。姚元写道：“少校的责任是秉持美军Y部队在中国《增强中国军队的作战效率》的使命和原则，核实348团武器装备，清点团、营、连、排、班各级的人员编制，落实全团各兵种的培训计划。”

训练间隙，顾问团的教官教中国士兵打橄榄球

世界上许多国家的军队都有刺刀对刺刀的肉搏训练，但真正用于战场的恐怕只有中国和日本军队

与姚元一年多的来往通信，实际上也一直是我们自我质疑和证实的过程。他始终存有疑惑，在翻越高黎贡山的战斗中，有两位美国军人阵亡，在几百平方公里的茫茫群山中，凭什么证明我们找到的那片山坡就是少校的埋葬地？凭什么证明战后移葬的遗骸就是麦姆瑞少校的？墓地没有了封土堆、没有了那棵高大的榕树，也没有了那座小庙，所有可以用来做地理标志的东西都不存在了。他希望百分百地确定我们找到的墓地是麦姆瑞少校的。他甚至提出会不会与夏伯尔中尉的墓地混淆了。我们反复向他解释，墓地是在53军的进攻路线上，地点就是战史中记载的大塘子，也是少校阵亡报告里记载的大塘子。虽然老乡们对少校的阵亡过程有不同的传说，但那只是民间野史，战争期间老百姓都躲在山里，他们不会知道真实的情况。夏伯尔中尉所在的198师的进攻路线是北斋公房，距离大塘子所处的南斋公房有好几十公里的路程。但姚元还是不放心，对那张葬礼照片看了又看，对寄去的纪录片反复研究。他在信中说："我刚写完此信，今天接到麦少校女儿给我的信，日期是2007年2月11日，以及一些相片。信中主要说明每张相片的情况，其中一张是安葬仪式的相片。因距离太远看不清楚，如今我较详细地看了，还用放大

镜看，相片中的主持人不像是斯多德上校，其他的美军也都面不熟悉，我想最好由斯上校的女儿认认看。今年正月初一是我87足岁的生日，全家为我祝福，我不知道你从事何种工作，我以前给你的资料对你有否用处，如果你没来过温哥华，我希望你来此一游，大家见见面，我这里有地方给你住，可以提供你更多以往的资料。我曾担心战后挖掘的麦少校的遗体是夏伯尔中尉的遗体……”

江汶后来在信里告诉我：“姚元老先生来邮件说，他现在已经接受找到的是少校的墓地这一情况了，但有一种息事宁人的感觉。我想他的心理很复杂，他内心当然希望是，但是他又要从各方面包括反向来证明是，他才心安，任何一点让他有疑问的地方，他都会质疑。所以，跟他探讨的过程也是寻找的一部分。”

六

女儿出生了，大家为她取名叫Burma

自从离开美国赴海外参战以来，少校就在等待着一个重要事情的发生，那就是小女儿的出生。圣诞节过后，在接近妻子预产期的那段时间里，几乎每封信他都会写到他的担忧。“我在焦急地等待着听到你的消息。”“我什么都做不了，能做的只是坐等消息。”孩子还没出生，他就在设想孩子的教育问题了。在第48号信里，他写道：“一旦我知道这是个男孩或女孩，我就会给你写一套培养他或她的方法，这样你就可以顺顺当当地养育这个孩子了，如同我带芭芭拉那样。我知道，培养孩子这件事真的不易啊。”

1944年1月13日，少校终于等来了盼望已久的消息。

最亲爱的菲：

昨晚大约8点时来了一些邮件，一名中尉把我的信带来给我。我收到好几封信，包括你寄来的5封，其中包括一封通知我的小女儿出世的电报，这真是一个美好的夜晚。所有的军官都来到我的帐篷，我打开了一瓶价值90美元的白兰地，你和小女儿是我们欢乐的缘由，我差点喝醉了。

我不知道这事是何时发生的，我在等待你分娩之后给我写信，还有寄包裹。

我们有了一对宝贝女儿，我很满意。我盼望能够及时返家，那时贝雯丽就和我离开时的芭芭拉一样大了。当然，如果这是她的名字的话。昨晚我们这里还有些人给她取名叫Burma（缅甸）呢。

你得找人来帮你照看小孩，不要怕花钱，想办法找一个有水平的护士。

你的信都是最近的，最后一封是第49号，可是第34、35和36号还没有收到。

我想我们的小女儿会对她出生时爸爸没有在场而不高兴，但是芭芭拉可以加以解释。

我收到的信里有一封来自鲍伯·哈特森，他人在这里，和Nebel在一起。

我非常想见到你和两个女儿，我非常爱你们。

爱你们的

比尔

小女儿的出生让少校兴奋不已。在第52号信里，他说："一两天之内，我想我就能够从升级为一个拥有大家庭的男人的震惊中恢复过来。我希望你能知道，我有多么感激你，你有多么了不起，还有我多么爱你和我们的两个女儿。"

对这封信感到震惊的是贝雯丽。贝雯丽的名字来自她父亲的一个梦境，叔叔们最近告诉她，父亲还没出国的时候曾对母亲说，他梦见未出生的孩子是个女儿，名叫贝雯丽。因此，他的信里不确定妻子是否为女儿取了这个名字。令贝雯丽震惊的另一件事情是，她居然还有另外一个名字，是父亲的战友们开玩笑取的。她说："我直到几个星期之前才知道这件事，我很高兴，我还有个新名字，就叫Burma。而且他有我的照片，所以，他见过我了。知道他知道了我的存在真好，对我是件非常好的事。"

这似乎有些不可思议，一个人到了62岁才第一次了解父亲知道自己的存在，而且是那样地爱她。在贝雯丽的人生经历中，父亲只是家里的陌生人。从少年时代起，他的照片就一直挂在床头，桌子上有他从陌生的东方寄来的礼物，还有母亲抽屉里那一扎圣物般的信件，但是所有关于他的话题都讳莫如深。虽然她与姐姐一直都可以私底下读这些信，但就是感受不到信里的人和事件与自己有什么关系。自从父亲的话题不再是家里的忌讳，叔叔告诉她：她的父亲在离开美国之前就知道她即将出生。

贝雯丽说："父亲对我来说是一片空白。有一阵子，这些信也许帮我感受到了这个人存在的事实，但是不容易，或者是我并不想要，因为他从没有为我而真实地存在过；也许我是不想留住他，我不知道，这让我很惊讶。芭芭拉说她有同样的感受。我以前是仰望着想象中的父亲，当我33岁时，正好是他牺牲的年龄。在那之后，没有年岁更大的人可以仰望了，只能把这个想法深深埋在心底。我知道我有父亲，我听说过他，但他只是在我的想象里。这对我是非常私密的事情，不必与任何人分享。现在我62岁了，离开想象中的父亲好些年了，所以对现在发生的事情并不震惊或者有太大的心态变化，虽然我年幼的时候，曾经有很长一段时间特别地希望有父亲的陪伴。”

我花了很长时间才理解了贝雯丽的这段讲述。我无法装出很在行的样子来表达对她们晚年找回父亲的心情的理解——她们没有震惊，没有兴奋，也没有因揭开尘封已久的家庭秘密而激动。贝雯丽4岁的时候，妈妈某天与一位老朋友约会，晚上回来，她已经睡着了。那位老朋友把她抱到床上，这个过程中，贝雯丽似乎醒了，她紧紧地抱着他，很久很久不放手。她没有哭，也没有发出任何声息。这让人听了很难受，那是一个幼小的孩子对想象中的父亲的下意识的渴望。每一个在完整家庭里长大、有爱自己的父母陪伴的人，真的很难理解这种人生的困惑，以至于我有一阵子会产生某种迷茫——我们是否搅动了别人平静的生活？自从姐妹俩重新阅读那一扎尘封已久的云南来信，她们开始感受到了父亲的真实存在，他为她们而存在过，虽然很短暂。这也让她们理解了自己的妈妈，为什么终生守着一份旷世之恋而没有放下。

七 你梦见本·米兰姆旅馆了吗？

老滇缅公路很险却真的很美，即使是在几十年之后，新的高速公路已经远远地绕开了它蜿蜒的身影。但站在高高的山上，远望峡谷中细若游丝的红色砂石路面在绿色的山峦盘旋，沿着长蛇般的河流蜿蜒，孤寂而苍凉。夕阳里，车子跟在羊群牛群的后面，任你怎么催促它们都不紧不慢。当年，联大诗人杜运燮有一首著名的诗《滇缅公路》：

看它，风一样有力，航过绿色的田野，
蛇一样轻灵，从茂密的草木间
盘上高山的背脊，飘行在云流中，
俨然在飞机的座舱里，发现新的世界，
而又鹰一样敏捷，画几个优美的圆弧。

少校在被允许的范围内尽可能地描述了滇缅公路。他在第45号信里说：“新年当天，我经历了一次不平凡的行车。在家的时候就听说过在那种一侧是几百英尺深的悬崖的山路上开车的事情。这里的山路可不是我们家乡那种为伟大的汽车时代所修建的。然而，我还是蛮喜欢它的，景色非常美。”

在弥渡的温泉训练基地之后，我无法考证少校的下一个营地在哪里。他住过一个古老的庙宇，住过一个小镇的中心；乘车经过险峻的滇缅公路，骑马越过高高的山巅。他说吃过云南本地的某种奶酪，我知道这应该是大理的羊奶制作的乳饼或者牛奶做的乳扇。江汶来信说，姚元老先生有三四年没消息了，他走了就再没有人能告诉我们，在70年前的战争中这支队伍向怒江边推进的轨迹。然而，这似乎又不那么重要。在第二次世界大战这场人类史上最大规模的战争劫难里，无数被卷入其中的男男女女，为了国家和荣誉担负起了生于那个时代便要承担的责任。可是当战争的硝烟散去，历史只会留下将军、统帅和政客们，还有各路谋士、说客指点江山的“宏大叙事”，以及无数的电文、战略计划、作战命令、战报和浩如烟海的会议文档。而成千上万的普通士兵在战争中所经历的勇气与责任、爱与思念、孤独与恐惧，都将随着他们的死去或者回归和平生活而消逝在历史尘埃之中。

“你梦见本·米兰姆旅馆了？真有意思，因为我也一直在想着同样的事情。那是个约会吗？”——第50号信。

即使一代人的生命已经过去，但是每读到这句话，你依然能感受到揪心的疼痛，那是两个远隔重洋的人对彼此的魂牵梦萦。上个月，江汶给芭芭拉去信，询问她是否知道她的父母与本·米兰姆旅馆的渊源。芭芭拉回信说：本·米兰姆旅馆在休斯顿，建于1926年，1932年时安装了空调，据说它是三四十年代休斯顿最好的有空调的旅馆。在她出生的时候父亲和母亲就住在那里。我相信有的词汇被创造出来不是给诗人抒情用的，这样刻骨铭心的爱足以让一个女人铭记一生。少校和妻子与本·米兰姆旅馆有一段怎样的罗曼蒂克的故事，他们的女儿已无从知晓。但在1944年那些个春寒料峭的夜晚，在摇曳的煤油灯下，一位普通的美国军人在遥远的东方书写着对家乡和亲人的思念。这是来自前线的声音，在那条史诗般的公路上，在滇西的崇山峻岭中的某一片荒野里，少校以及无数的军人在前线的生活与感受，就是通过这样的普通家书，把战争的真实定格在那个特殊的时间与空间里。

想家——那种痛彻心扉的感觉，是许多普通士兵除战争之外每一天都在经历的事情。60年之后，曾与少校身在同一战场的泰德·道尔给我们讲了他在云南前线的故事。

“渡过怒江后，我们一直呆在山脚下的一个地方。有一次，上校派我回到怒江对岸去见一位联络官。我来到江边，一个中国士兵用一条橡皮船把我划过江去。来到说好的见面地点，我等啊等，对方却一直没出现。天已经晚了，回去还有一段路程，我只好离开了。一位中国士兵用筏子把我渡过江去。过江的时候，水流很急，将我们冲向很远的下游。上岸的地方我从来没有到过，只是感觉我所在位置很靠南了。那是在山道的一个岔路口，我选择往北走。再一个岔路口，再往北走。在山上很高的地方，看着太阳突然就落下去了，天很快就暗了下来。此时，我们已经在战场上有一段时间了，眼睛逐渐习惯了黑暗，我在山路上看东西比平时要好。总之，在每一个岔路口，我都选择往北走。慢慢地，我开始疑惑是不是迷路了？会不会与部队走散了？是否往北走得太远了？会不会遭遇日本人？我带着枪，但枪里只有一颗子弹，上了膛。我不知道自己在什么地方，非常担心。突然间，我听见远处有人叫我：'嘿！道尔，是你吗？'那是上校！你真不知道心里有多轻松。从那时起，虽然我还是非常想家，但感觉好多了。我不知道在战场上还要呆多久，1个月，10个月，还是2年，但是从那时起，我与医院和工作之间的关系更紧密了，不再那么担忧自己吃不到汉堡包，见不到妻子和家人了。这里就是我的家，虽然想家的思绪还在那儿，但在这件事之后减轻了。"

自从1943年12月初离开昆明之后，两个多月过去了，麦姆瑞少校和他的部队再次陷入了等待、推进、再等待、再缓慢推进的状态。渡过怒江的战役一再拖延，最初的计划是1943年11月，如今已经进入1944年春天了，还迟迟不见动静。少校和他的战友们如何打发闲暇时间的无聊呢？少校在信里说："我们有一台收音机，大家时不时收听，但是只有一两次我听到美国台，日本电台倒是很容易收到，所以我也就懒得去听了。昨晚，我看了场电影。那是一个流动小队放的露天电影，我们只能站着看。天气有点冷，但是我挺高兴，那是弗兰克·摩根（Frank Morgan）演的《镇上的陌生人》（A Stranger in Town，1943）。今晚，一位牧师会来这里举行礼拜。我本来想去的，但是收到一摞信，我想主不会因为读信迟到而责骂我的。这个地方变得越来越文明了，如果有人想让我住进房子里，我可不干，我会搬得更远点儿。"两个多月，少校已经习惯了长时间的野外露营，他在3月29日寄回家的信里夹了一张照片，说："我寄的照片背景是办公室和我的住处，还不错，是吧？"他们还会打扑克，筹码是5分钱，每次输赢不超过5至10美元，大约两个星期来一次"小刺激"。遇到节庆活动，他也会作为贵宾与许多中国军人一道嗑着葵花子，剥着橙子，喝着"警报酒"，观看长达7个半小时的地方戏。然后，就是去逛云南每周一次的"乡街子"，琢磨集市上的风土人情，搜罗可以寄回家的小礼物，那都是当地穷人做的手工制品。他买过古老的中国钱币制作的纽扣，银质的耳环和手镯，没有柄的陶管，还有刻着中文的石印章。他给父亲寄过一些画有中国画的筷子，说是一位中国老友送他的，让他送给父亲。这位中国老友认为长辈更能理解异邦的传统文化。他还给菲的妈妈寄过一块美丽的民间刺绣，那是他在小镇上能找到的唯一一块。他专门买了一个木头盒子，等把他搜罗到的东西装满了一道寄出。

在等待渡江的日子里，与所有的人一样，少校每天盼望的事情就是收邮件、寄邮件，再收邮件、再寄邮件，靠着远方来信排遣远在异国他乡的孤寂。有时候满怀希望地看到一个巨大的邮袋到了，"但到了每个人手上只是一个'小雨滴'，加点盐就可以把它一口吃了"。他告诉妻子："你无法知道在这个国家通讯有多难，要靠马匹来往那些人口在一万到一万五的城镇，而且一半路途要靠人牵着马步行。"从少校收信的日期看，渡江以前，从美国寄到云南的信件大约50到60天，要经历三次或四次飞机的起起落落：从美国到印度，从印度经驼峰航线到昆明，再从昆明到各前线机场。滇缅公路沿线驻军的信件可以汽车送达，偏僻地带就得飞机空投，之后再由骡马队送达，尤其是在"反攻"开始之后。

西德尼·格林博格（Sydney Greenberg）是美国照相部队164连的战地摄影师，战时被分配到怒江前线。他说："妻子每隔一天就给我写一封信，诉说家里发生的各种琐事。我每个月总能收到一个包裹，妻子尽量地给我寄好多东西，包括美国香烟、巧克力和一些可以存得住的东西。我每次执行任务之前就将一个月的家信写好，然后请军方每星期发一封。家里大约在 3 个星期后可以收到我的信，收到信，妻子总是很高兴，她知道我还活着。"西德尼·格林博格的任务本身决定了他有通讯的便利，因为他拍摄后的胶卷要通过飞机交给军方带走。

给前线军人寄食品，可能是他们的亲人最重要的事情之一了。少校收到的包裹里有葡萄酒、单独包装的雀巢牌可可粉，还有做梦都在想的好时牌（Hershey's）棒棒糖。其实美国军队把它的士兵照顾得很好，少校说他们有米饭、蔬菜、猪肉、茶，有时一天3个鸡蛋，能够得到C型口粮（单兵作战干粮），因此每天或隔天晚上总能够有个小小的聚餐。每10天还能得到有限的美国配给，"包括一包香烟、一盒棒棒糖和一块肥皂，我想用我的肥皂跟人换棒棒糖，但是谁也不傻。我在这里过得不错，不需要什么东西了，除了我的家庭"。他们只是还不习惯中国的食物，中国的饮食里没有糖，没有乳制品，"中国的食物富含维他命，很

美军从云南寄回家的圣诞贺卡，封面是滇池上的帆船，那是昆明最令人难忘的景色

多蔬菜和大米，但是没有多少热量，你很快就饱了，但过不了几个小时又饿了。我听说这个地方产某种奶酪，能得到一点点就好了”。

2004年，我在保山见过一位老厨师，战争期间他在司令长官部给卫立煌做过饭，也为美军顾问团做过饭。老厨师叫杨万明，那年91岁，老家在云南玉溪。那天，保山的朋友帮忙去找他，老人家蛮幽默的，刚从麻将桌上被找回来，兴致未消，但提到战争期间的经历他可来劲了。他说自己16岁的时候可是个穿得干干净净的“漂白小伙”，到了昆明做学徒，学的是西餐。刚开始是当堂倌，那可是见识了好多场面。那些法国人会在公共场合亲嘴，让一个乡下来的毛头小伙眼睛都不知道往哪看。老爷子一口浓重的玉溪口音，边说还噘着嘴模仿亲吻发出啧啧声，笑倒了一干人。

那个时代的昆明是滇越铁路的起点，好多法国人在昆明，有法国的医院、修道院、一个阴暗潮湿的半哥特式的石砌大教堂，还有法国银行、商店和学校，以及一间法国妓院。如今已经被拆光了的金碧路东段，当年就是一条建筑风格中西合璧的街道。记得有一家朝南的阳光暖暖的老店“南来顺”，卖咖啡和法式面包。即使在50年代被公私合营后，还常有一些老派的人会低调地坐在那进深长长的店里，喝着咖啡怀念昔日的时光。直到90年代，那香香的咸味面包才消失在昆明的拆迁运动中。

战争爆发后，滇缅公路成了中国抗战仅存的供给线，随着美国航空志愿队的到来，又多了许多的美国人，昆明成了更有国际范儿的城市。之后，老厨师跟着南洋机工队沿滇缅公路到了保山，在这个抗战运输线的咽喉要道上度过了几年快乐时光。反攻前，中国远征军司令长官部和美军顾问团总部迁到保山，保山城顿时热闹了许多。他给卫立煌司令做过饭，给美国大兵做过牛羊肉，做过鸡扒、法国牛排和蛋炒饭。闲下来的时候，老人家会坐在远处，饶有兴致地研究不会用筷子的美国人怎么把又小又圆的豌豆粒吃到嘴里。结果让他很失望："唉，美国人那么聪明，飞机大炮都会造，就是不会用筷子夹豌豆。他用叉子来叉么，那个豌豆会从叉子缝里掉下去的嘛。"事隔几十年，老人家还在为美国人遗憾。

40年代以前，除了传教士之类的特殊人物，普通人对东方文化的了解是有限的，尤其是东方的食物。茶里不放糖，主食没有面包，没有乳制品，吃肉称作"打牙祭"，盐巴像肉一样金贵。一个人要在短时间内改变饮食习惯比想象中的困难，就像昆明人，离家再久也会在味觉的某个角落给米线和烧饵块保留一个位置。因而这些远在异国他乡的年轻人对军队配发的战时军用干粮充满了期待，味蕾能够让他们回味家乡的滋味。

时间就这样一天天过去，何时渡江依然没有一点儿消息。等待的日子让人倍感无聊，从睁眼到睡觉，所有的生活琐事都写过了，少校又开始琢磨一只名叫阿尔伯特的猫。阿尔伯特曾经是少校帐篷里的常客，但时间久了这只猫便有些忘乎所以。它白天在少校的床上酣睡，晚上却去帮别人捉老鼠。少校很生气，拎着耳朵把它赶走了，决定从此不再与它做朋友。

最亲爱的菲：

我几乎没有什么可以写的内容了，我一个多星期没出这个院子，不知道有什么可以说的。如果我能够像你一样，身边时时有两个小女孩，那我可写的就太多了。

现在是星期六晚上，正在下雨，这倒是个很好的喝一通酒的夜晚。但是当地的警报酒对美国人来说太烈了，我们只好喝茶！

今天，阿尔伯特回来看望我，我们俩做了一番心灵交谈。看起来，阿尔伯特对我的不尊敬是因为它原来的名字是"格特"，后来来了一个兽医，把她的名字改成了“阿尔伯特”。我一直称她为“阿尔伯特”，所以她很不高兴。公平地讲，我想阿尔伯特有几分道理，我承认我与她绝交是因为她在我床上睡午觉、晚上又把别人的耗子赶到我屋子里。我想我太敏感了，没有和阿尔伯特这样一只猫维护好友谊。

爱你们的

比尔

进入3月底，少校的信里透出更多的无聊之感。在等待中生活让前线的战士开始感到了战争的疲惫。

陆　渡过愤怒之河

士兵站在坦克上

渡江

一 漫长等待中的怒江之役像个万花筒

Y部队总部 陆军邮政信箱627号

纽约转

1944年4月4日

最亲爱的菲：

我时不时会感到几分“战争疲惫”，很难一直保持一种高昂的状态，有时我会感到低落，但是通常第二天就好了。我就是太想念你们了，当我回家后，我希望你要提醒我这一点。

我们的食物改善得很快，一个军士接管了做饭的事，还教中国人做炸面圈，他做了很多种菜，有中国菜，还有一些美式的，挺不错。我们的早餐仍然是花生。这里的苍蝇比过去少了，这可是一大进步。

你对芭芭拉和贝雯丽的描述，让我感到好像自己就在家里似的，她们太完美了。

爱你们的

比尔

中国远征军从云南方向反攻的时间表一变再变。早在1942年军令部就颁布了《部署联合英美反攻缅甸作战计划》，准备于1943年11月发起反攻，但计划一再拖延。到了1944年春天，反攻日期仍未确定，而西南季风带来的雨季眼看就要到来。

作为中国远征军美军顾问团总指挥的窦恩将军也很焦虑，他的责任是推动蒋介石及其将领们尽快批准渡江作战，但是进展缓慢。他在回忆录中写道：“从1943年到1944年的春天，长期等待的怒江战役像一个万花筒，人员、地点、牲畜和各种事件千变万化。”窦恩将军的中国谚语用得蛮地道：“你可以把一匹马拉到水边，但你不能强迫它喝水。”这个谚语用在云南Y部队上挺合适的。远征军司令长官部此时已搬到保山，陈诚辞去总司令之后由卫立煌接任。美军顾问团也从昆明迁到保山，在板桥附近的丘岭地带建起了指挥部。但窦恩只能无奈地看着停滞在滇缅公路沿线的浩浩大军。

蒋介石为何按兵不动？在没有获得更多的民国史料前，我们不知道他究竟怎么想的，但背后的原因可能比想象的复杂。中国自身的历史背景不是西方人所能理解的，从政府到军队的贪污腐败严重侵蚀着这个国家，地方军阀和各派政治力量不相统属，互相拆台，借着国难积蓄自己的力量。即使在昆明，蒋先生也玩不转云南省主席龙云，更不用说1942年缅甸惨败的噩梦还没远去，成千上万的远征军官兵尸骨未寒。但凡涉及英国的事情，中国人不得不多个心眼，这是一百多年来各种事件留下的教训。

在CBI战场上，作为盟国的三个国家从来没有一个共同目标。1943年11月的开罗会议不论在当时还是在若干年之后，都被参与者给予很高评价，尤其是中国的史学家们。但窦恩说，这次会议只不过是那些表演明星——罗斯福、斯大林、丘吉尔和蒋介石的一次欢宴，没有实质性的成就。丘吉尔哭着喊着地要发动一次大反攻，向欧洲腹地的软肋进攻。他的目的只是想恢复已经衰败的大英帝国昔日的辉煌，不管战争延长多久。丘吉尔说中国不是他的目的地。斯大林对中国的胜败更没兴趣。“斯大林和丘吉尔把中国看成是一件肮脏的衬衣，一只没有羽毛的信天翁，他们在军事方面落了空。但是罗斯福‘知道那些中国人’，并且对他们所做的一切仍寄予很大希望。”窦恩自跟随史迪威将军撤离缅甸以来，始终维护着将军的中国立场。

窦恩将军的文笔很好，甚至非常好，作为读者，我更愿意看到历史被这样书写，我相信历史学家也会这样想。他几乎是像写日记一样写书，作为那个时代重要的历史见证人，他直接陈述他所经历的事件，阐述自己的见解，毫不隐晦地发表评论。当历史被真正地展开来阅读的时候，你会发现它从来就不会只有一种真实。不同的人阐述不同的部分，有他自己的立场和见解。强调光鲜的那部分，而把丑陋和阴暗咽回到肚里，这似乎是一种本能。但历史正是这样，不同的亲历者讲述他们认知的那一面，不同的面便组成了历史的全貌。

经历了1942年撤离缅甸的绝望，人们把希望寄托于1943年的反攻。

来自中缅印老兵网站的漫画，一群普通士兵在战争中的平凡瞬间却书写着一部伟大历史的重要细节

史迪威认准了中国是太平洋战场胜败的关键，只有支持中国坚持下去，才能打通通往东京的胜利之路。很多研究中缅印战区的人手头都有一幅老照片：利多公路上的一块指示牌，上面写着“通往东京之路”。牌子上有两个箭头，一头指向利多，一头指向东京。军人们在路牌前留影，有中国士兵，也有美国士兵。照片中的年轻人快乐而阳光，那是一条结束战争让他们回家的路。

虽然渡江命令尚无着落，但反攻缅甸的云南部队还是在拖延和互相指责中不断往怒江方向集结。作为史迪威将军的助手，窦恩的任务是组建顾问团指挥部，促成国民政府军事委员会尽快批准云南部队向怒江西岸发起的进攻。1943年4月底，窦恩到达昆明，司令部设在昆明西郊的农业学校，那是一幢中西合璧的建筑。陈纳德的志愿队进入昆明的时候就是住在这里，称第一招待所。美国参战以后，志愿队扩建为“第14航空队”，迁到了巫家坝机场附近，第一招待所成为史迪威和顾问团的驻地。距农校不远的小红山，从前是昆明的刑场。第一次到中国的美国大兵对这个刑场充满好奇，只要一有消息传来，所有人就提着相机往外冲，第一招待所瞬间空无一人。可结果让他们很失望，刀起头落血溅一地的中世纪情景并没有出现。窦恩自己更喜欢昆明那些寺院，喜欢筇竹寺的五百罗汉和花朵硕大的山茶。他经常在星期天下午去拜会一位留有短须的老和尚，在那个群山和森林间的孤寂小屋里与老和尚讨论宗教与人种。他笑这位特别的老人对人类的关怀已被简化为自我的满足。窦恩还喜欢沿着好多个世纪以来僧人们修筑的石阶，登上西山顶上的龙门石窟，滇池西岸的西山绝壁是从驼峰航线飞临昆明降落前的显著地标。

在绝大多数情况下窦恩是忙碌的。昆明附近的几间步兵学校、炮兵学校和参谋学校，在1943年早些时候就已经展开训练，他需要敦促何应钦调集计划中的部队按时到位，分配给云南Y部队的物资也得及时运送下去，还有大批赴印度训练的部队也要到昆明干训团报到后，再经驼峰前往兰姆伽。此外，不断增多的顾问团成员也在陆续到达昆明。窦恩在第一招待所又加盖了两幢办公楼和士兵的宿舍、一间新闻图片图书馆、一个小仓库、一个译员培训学校，还有红十字会的护士们的宿舍。他还把农校的体育馆改建成可以放电影的娱乐场所，入口处搭了一个拱形门，用电灯泡拼成了它的名字“红粉宫”（Pink Palace）。麦姆瑞少校到达昆明的时候就是住在这里，但在信里他只字未提。到了1944年渡江前夕，整个顾问团已有1800多名军官、4000多名士兵和1500名翻译人员。这是美军在中国最大的一支地面部队。

古话说，云南“地险不可用众，客兵不可久淹”。山高谷深的滇西纵谷地带，接纳如此庞大的军队不是件容易的事情。那时候的滇缅公路上，军队调动和物资运输异常繁忙，沿线的老乡记得，最繁忙的时候车多得连路面都看不到。云南历史上，每一次大规模的军队集结都付出过惨重代价。唐天宝十年（751）和十三年（754），唐玄宗两次远征南诏国，20余万大军全军覆灭于沧洱之滨。明正统年间（1436—1449）王骥三征麓川（今云南德宏瑞丽），9年出兵31万，死者十之七八，白居易在诗里称“皆云前后征蛮者，千万人行无有回”。即使是现代战争，在高山峡谷相间的云南山地大规模集结军队，后勤供给面临的困难与一千年前的唐代并没有多少差别。李宓征南诏时率领战卒10万，负责粮草辎重运送的兵士也是10万，相当于一比一，最终也都全军覆没。窦恩将军在回忆录中写道：“为了15万远征军部队渡江作战的后勤供应，就要越过那些深谷和崎岖的山道。我们必须使用成千的驮骡和马匹、牲畜，募集

用鸦片换骡子

大量夫役。我们可以弄到牲畜，在云南西部使用牲畜运输是很普遍的，但要征集到我们需要的数目是要付出代价的。”在经过反复的讨论，用算盘珠子打、用钢笔计算之后，窦恩与中国远征军司令长官部参谋长萧毅肃确定了所需骡马和夫役的数量。牲畜每匹能驮载130磅至165磅，夫役每人65磅，总共需要骡马22000头，夫役2万人。每到一次前线，约能运送2800吨物资。

最困难的是骡马和毛驴来源。云南的骡马和小毛驴的体质不够强壮，他们只能到康定的骡马市场去购买。康定是茶马古道上的重要驿站，藏地与汉地的行旅商客在这里以马易茶，或交换其他生活物资。但是骡马的主人们拒收中国纸币，用黄金交换也不行。在边远山区携带金子太重，唯一有价值的通货是鸦片烟。窦恩将军写道：“大约经过5个月，在战地兽医和官员们的努力下，这批骡马被运到了云南，美军成了中国西南部最大的鸦片烟走私集团。我并不知道要多少这东西才能够买回一头牲口，因为我们有目的地不记账。但有一件事情是确实的——美国的纳税人在1943年冬到1944年春买了一大批鸦片烟来换骡马。”

军队训练和后勤保障的困难都可以解决，最麻烦的恐怕是对付关系错综复杂的地方军阀了。第9军关麟徵属下的一个团就曾公然抢劫了Y部队到蒙自的供应车队。还有就是龙云。窦恩特别地不喜欢龙云，很多人都不喜欢他，还有他那三个邪恶的公子。龙云对打通陆上通道和建设输油管完全没有兴趣，他只是把滇缅公路、驼峰航线、西南联大和大批的军队进入云南当作一个空前的商机。窦恩试图向他解释打通一条陆地通道的近切需要，他都听不进去，最后，他似乎恍然大悟：“唉，对了，现在我明白了，史迪威企图夺回玉石、钻石和宝石矿。当然，就是为了这些。他将会是最富的人，非常富有。”

运送炮弹的夫役

龙云，滇东北土匪出身，凡事肯定是从发财的角度来想。窦恩写过一件拯救法国修道院的事情。1940年日军占领越南时，一位牧师下令把一大批现金转移到昆明的修道院保管。1944年春天，龙云打听到这笔钱锁在修道院的保险柜里，价值几百万美元，就派人给修道院的女总管送去一封信，说因为法国维希政府同德国结盟，与中国已处在战争状态，因此要搜查修道院。女总管情急之下向美军顾问团求救。在预定搜查的那一天，龙云派了一个装备落后的连包围了修道院。当沉重的大木门打开的时候，省主席的士兵傻眼了，他们面对着四挺30毫米口径的机关枪和准备射击的美国士兵。这些士兵接到的命令是，只要对方向大门迈近一步就开枪。修道院的钱保住了，窦恩很高兴帮了这个忙，他早就想找机会打击那个臭名昭著的老家伙了。此前，他受够了龙云的贪得无厌。Y部队司令部刚组建的时候，需要建一些营房、仓库和飞机跑道，还要增添办公室和营房的家具。但建筑尚未开始，他就发现物资和技工的要价就像天文数字似的飞涨，木材、瓦片的价格也涨得非常严重，家具的价格更涨得不能容忍。这是因为龙云预计到美军在中国有这些工程的需要，他垄断了窑场，下令提高砖瓦价格。窦恩不想给龙云任何好处，于是建起了自己的窑场，付给工人优厚的工资，然后和制造商合资办了一两个工厂制造家具。他们用印第安人的方式做砖，随军牧师用未干的皮条编织在床的木框架上，干了之后，皮条就绷紧了，并有了弹性。

还有龙云那三个儿子，每一个都为他家捞取大量财富——鸦片烟、妓院和在昆明周边的贸易。有一个儿子竟劫持了14航空队和Y部队的吉普车及汽油。窦恩没说是哪一个儿子干的，但那三个儿子一个都不是省油的灯，而腾冲的老一代人可是牢牢地记住了龙三公子龙纯武。1942年4月，中国远征军出国作战失败，日军日进百里在后面追赶，溃军、难民像潮水一般沿滇缅公路涌向国内。5月3日，畹町失守，龙陵失守；5日，日军直逼怒江边的惠通桥，守桥部队在最后时刻炸断吊桥，日军被阻在怒江西岸后转向腾冲。此时的腾冲一片混乱，从缅甸撤回来的军队、伤员和难民堵塞了各个路口。7日上午，身为腾龙边区行政监督的龙纯武借口因公赴昆明，用特务营的兵力保护着他搜刮来的上百驮烟土、玉石、象牙和珠宝，翻越高黎贡山逃走了。大敌当前，他拒绝了腾冲士绅要他留下抵抗日军的请求，还调用军队强征了不少夫役和马匹。在劫持吉普车这件事情上，窦恩下了最后通牒，要求龙云在规定的期限内完整归还所有被掳走的车辆，否则，他就要揭露龙家的不法行为，公诸于美国新闻界，包括贩卖童工在钨矿和锡矿做奴隶等等，并通过史迪威将军把这些详情写成报告送给蒋委员长。最终，所有吉普车在规定的时间都交回来了。

对于这个从贫穷的土匪一步步通过谋杀篡权爬到如此高的权力位置的人，窦恩几乎动用了最尖刻的文字来表达他的厌恶。他说龙云是一个“样子滑稽的矮个子，斜眼睛，一只极像宾·托品（Ben Turpin，美国喜剧明星）的斜眼睛，另一只像演戏般地在转动，嘴皮松弛好像要滑到另一侧似的。走起路来脚掌往外像查理·卓别林，他的军服看起来比他本人要大了四到五个尺码。他从来不能把他帽子遮阳的部分指向正确的方向”。他写了龙云的一幅画像：“打着白领带，剃光的头上不稳定地放着一顶小了至少五个尺码的丝质高帽子。他的表情像个白痴，嘴张着，眼睛斜视着，耳朵向外像手一样扇动。整个人就像一个卡通演员，已经装扮完毕了，就是没有地方去演出。第一次看到这张像时，我他妈的捧腹大笑。”在云南的军阀里，窦恩也有朋友，如第60军军长卢汉，他与卢汉成了朋友，并找到了通过卢汉将军给那个老混蛋点颜色的办法。

无论怎样忙碌，在安静的日子里，窦恩将军这个尖刻和嘴不饶人的人，总会想起“那些瘦弱、患病、半饥饿的中国补充兵，踉踉跄跄地走在昆明到云南驿的公路上，被绳子拴着脖子一个连一个地捆到一起，以防止他们逃跑。有几个人还牵着几只瘦狗，以备最后为活命而宰了它们填肚子”。这是中国抗战时期的现实。

二

我们从未听说过的人
真正的英雄是那些

在百度上搜索“龙云”两个字，得到的结果是“著名抗日将领”。事实上，要考证谁是否真是抗日将领并不难，他们的目标大，正史野史都漏不了。但是，找寻抗日的士卒就是另外一件事了。他们平凡得像尘埃，像空气，以至于都不值得史家们动笔去探究这是一个怎样的群体。一场伟大的战争落幕之后，它的参与者都将回归平凡生活，只是怒江西岸的战役结束之后，那些参战者们就没那么幸运了，他们中的大多数都是带着纠缠一生的战时经历而孤独地离去。在茫茫人海里，你与他们擦肩而过，却不知道他们是谁——也许是村庄里最贫困的那个家庭，也许是城市底层干着最低贱活计的一个卑微身影。战后，他们被自动归为一个特殊的类别，因而不再提及那惨烈的过往，他们的家人更不愿意去碰那个话题。2004年在腾冲，我拜访了第20集团军少校军医路珍楼，他是总司令霍揆彰的私人医生。老先生的儿子自打知道我们的话题，就一直在粗暴地打断我们：“遭那么多的罪，给全家带来厄运的破事有什么好讲的！还不汲取教训！”直到父亲以旧式军人的威严发火了，他才摔门而去。我不记得与多少战争中的普通士兵聊过，从一个村庄到另一个村庄，从一场谈话引出下一场谈话。1998年到2006年期间，我见到的那些老人已经是幸存者中的长寿者，或者是第二个年龄层次的人了，戈叔亚、李正最早调查的那些更老的老兵早已过世，我只是在他们的转述里知道了那些人的故事。2001年，我与戈叔亚以及孙立人部下的学生兵揭均先生来到潞江坝的一家小餐馆，戈叔亚说，前些年他在这里常常见到两个身带残疾的要饭老者。他们一来，餐馆老板都会盛上热饭热菜。老板说他父亲去世前交待过，这两个老人是怒江战役的老兵，不论什么时候都要给他们吃的。两个一瘸一拐的身影早已消逝在怒江边的蛮烟瘴雨里，没人听说过他们的生平，也不知道他们的老家在哪里，是否还有家人活着。

但不是他们中每个人的故事你都想知道，尤其当他们是你最亲近的人的时候。2010年的寒冬，春节就要到了，昆明一家医院的重症病房里，并列的两张病床上是两位年过八旬的老人，其中的一位在氧气面罩下艰难地呼吸。他们很相似，都是曾经的国民党员后来的共产党员。坐在病床的床尾，我交替着设想他们的人生。比起我见过的那些老兵，他们够幸运，在恰当的时间加入了恰当的阵营，因而得以平安度过一生。临近生命的终点，他们一生中该尽的责任大到国家小到家庭都已尽了，我却有一件事始终没做。我用录音笔对着无数的老兵听他们讲述，但对眼前即将油枯灯尽的老人却无法做到。他们中的一位是我的老师杨毓骧，1944年加入驻印军，没来得及上前线，缅甸战役就结束了，于是回到国内接着读书。另一位是我的父亲，滇军第60军的老兵。我从来没有跟他聊过他怎么从云南走出去，又经历过什么，他也绝口不提。记得少年时代的反抗期，只要与父亲有冲突我就会点他的痛处，就知道接下来他会暴怒不已。父亲最终没熬到那年的春节。直到他永远地离去，我都没有勇气请他讲述前线的经历。虽然心里带着深深的愧疚，但如果重新来过，我依然打不开录音笔。这里头有太多说不清楚的东西，有少不更事的羞愧，更重要的是我实际上知道那个时代的“他们”大约是什么样子——破衣烂衫像牲口一样被驱赶。他是不情愿地被抓了丁，稀里糊涂地上了前线，又稀里糊涂地混进了共产党阵营。

翻开美军作战参谋1944年11月的报告，开篇就是中国的一句老话：好男不当兵，好铁不打钉。“我们Y部队的许多作战参谋，1943年到达中国昆明的时候，都曾听到过这个谚语，这在当时是让人有些泄气的。”宋代来到中国的西方传教士曾取笑中国军队是“世界上最大的仪仗队”。不管好不好使，至少几百年前的中国军队是光鲜的。晚清以后，国力迅速衰落，光绪二十年清廷开始以西式武器和方法训练新军，但为时已晚。辛亥革命后各省军阀割据的现实，让中国军队失掉了现代化的机会。那个时代，立志从军拯救国家民族的人基本上是选择到日本到美国读军校。30年代早期，我的外公在与龙云的那场较量失利后，就是希望到日本读军校，到了上海因中日战争已箭在弦上而未成行。

普通军人的社会地位可以从一个动词“抓”来体现。民间有各种称呼：新兵叫壮丁，老兵叫兵油子，还有叫老总的。美国人描写二战中的中国普通士兵：新兵被绳子拴成一串，押往兵营，他们只接受三周基本训练就上前线了。穿的是草鞋，脖子上挂着一条蓝色粮袋，里面装着大米，那是他们在战场上的唯一口粮，定量是每人每天25盎司（708.75克），外加一些盐水或红辣椒腌的咸菜，其营养价值甚至比想象的还要低，因为咸菜的腌制过程把维生素全部破坏掉了。大米都是两三年的陈粮，维生素和蛋白质已所剩无几。士兵的月饷平均为16到18块钱，伙食费扣掉8到10块钱。由于不断通货膨胀，剩下的钱根本没什么价值，士兵们不能像过去那样买点豆腐、油脂、青菜或偶尔买点鱼肉改善自己的伙食了。一个月挣140到175块钱的上尉和少校也买不起足够的营养品。士兵们每天吃两顿饭，大伙用一个锅吃，吃饭的时间往往只有三分钟。食物不经咀嚼就囫囵吞下，很难消化，即使是当初身强力壮的“壮丁”，进入军队不久也羸弱不堪了。顾问团发现运输连的死亡率很高，都是饿死的。部队调动的时候，沿途的公路上都会有扔下的一具具尸体。

2005年春天，我们访问中国远征军第53军顾问团通讯教官辛普森中尉。他记得，当年走在滇缅公路上，“一个卡车车队开过来，司机都是黑人。与我们一起的中国兵问道：美国人？我们说是的。因为他们从来没有见过黑人，无法相信他们是美国人。这些黑人司机探出头来说：嘿！伙计们，这可真是个穷国！”

实际上，“好男不当兵”与国家穷不穷没关系。中国人的这个观念由来已久，几乎是我们文化遗产的一部分。当人们为五千年不间断的文明史自豪的时候，我们对普通生命的尊重在五千年间并没有多少进步。唐代诗人白居易的《新丰折臂翁》、杜甫的《兵车行》都在讲普通百姓对应征当兵的恐惧。新丰老翁为了逃避远征南诏，宁可用石头砸断右臂，也不愿做云南望乡鬼。中学教科书通常把这类乐府诗用阶级压迫来解读，但文化不过是历史的投影。普通平民百姓是没多少国家荣誉感的，因为他们本质上就少有国的概念。报国只是为忠君，国是皇帝自己家的，军队只是朝廷用来维护皇权世袭无碍的工具。百姓有的只是家，家才是自己的。应征当兵是强制服役，有义务而没权利，他们的生命一文不值。千百年来，中国人如果不是被抓丁或强行派夫，只有走投无路混口饭吃才会为军队服务。窦恩为渡江战役筹备后勤运输的时候，与萧毅肃有一场争论。他写道：“我试图说服萧毅肃，我们把骡马集中到一

小兵

起使用，让人们留在家种他们的农田。他用中国现实观点反对，‘我们不付出任何代价就可以得到人，而马和牲畜要花很多的钱。’我争辩说，如果牲畜在那些隘道中累死或受伤，部队可以吃它们。萧是一个不容易放弃个人主见的人，他说如果一个人因累病而死或因伤而死，我们不会有经济损失；如果一匹马死了，不管我们吃与不吃，都是有经济损失的。”这也是我们在地方档案中会看到有如此多的夫役伤亡数字的原因。多年的调查，让人最无奈的是中国战报里永远也找不到一个统一的伤亡数字，“死伤无算”是最标准的官方语言。但在缅甸的任何一个旮旯，只要发生过战役的地方，都有日本人建造的慰灵碑、慰灵塔，上面都有准确的人数、名字，乃至为军队服务的马匹数量。

但不论怎样，40年代国难当头的时候，全中国最有血性的青年都集结在了西部，不论是知识青年还是抓来的壮丁，尽管缺吃少穿，但都一腔热血。取中国官方N个数字的一个中间值，渡江作战的部队人数在16万人左右。大军集结在怒江东岸蓄势待发，准备着向西岸的日军发起反攻，夺回中国抗战的生命线——滇缅公路。“真正的英雄是那些我们从未听说过的人们。”这句话是史迪威传记的作者芭芭拉·图齐曼在书中引用的。读到这句话的时候我想到的正是中国的那些老兵们。

2004年在中缅边境的芒市，吴昌铣跟我说：“我给共产党的军队做过一次报告。我跟他们讲，你可以骂国民党，但你们不可以骂当兵的。他们比你们可怜，他们没鞋，他们偷东西，但是为国家偷，为打日本偷。有人抱怨说破衣服被偷了，那是他们第二天就要上火线了还没有鞋穿，没有材料偷件破衣服晚上在油灯下跟草一道打成草鞋。没吃的，一天就发老秤的二两米，饿了，红薯地里挖一点吃的。我们军长枪毙了一个兵，后来后悔了。原来那个兵恰好不是偷红薯吃，而是在红薯地里拉屎，军长王凌云的车从那里经过，减速，一枪把他打死了。让人去检查，结果发现他在拉屎。我现在想到那些兵都会想掉泪。”

老吴是中国远征军第2军33师97团的谍报队少校，他说国民党贪污腐败是实情，军饷被层层卡油，但战总是要打的。当年他与一帮同学从北京赶到河南，加入军校，再到了云南，为的就是上前线打日本。他讲他是怎么靠着可怜兮兮的那点军饷“经营”他的一个连的。到后方接新兵，谁都挑好兵，别人不要的病兵他要。要了一堆连路都走不动的病兵怎么办？他就到大理的黄埔军校班去找他的校友，大家都是军校生，不论相识不相识套近乎就行，他的目的是跟人家要车把士兵运到云县。别的部队都是步行，他不走路是为了把粮食节约下来，再把粮卖给粮站。粮站的人问他是不是在吃兵血，他说是要花钱雇骡子把兵拉到昌宁，找美国医院把病兵收治了。医生可以治病，但解决不了营养问题，于是每天一大早他就派兵到田埂上打狗，

中国远征军第2军33师97团的谍报队少校吴昌铣

把狗杀了煮给病兵吃。为了这件事，乡长把他告到师长那里。他跟师长说：我打的是野狗，我的士兵连命都要牺牲了，老百姓牺牲几只狗算什么！因打狗事件，他反而与老乡关系好了，老乡说，为了打日本，我们再牵几只狗来。

我一直搞不明白，美国人为什么总在指责蒋介石，说他不愿意训练驻印军，不遵守从云南出兵的协议。缅北反攻固然是为了恢复援华物资的陆路运输，但在很大程度也帮了英国人的忙。滇西反攻的目的是为中国收复自己的失地，但是正好相反，驻印军的兵源、装备都是最好的，而云南部队的兵源却是驻印军挑剩了的。2006年，我在密支那见到了新38师的老兵杨子臣，84岁，成都三台县人。1943年，他们一路从成都坐车到昆明，在巫家坝休息了一个礼拜就乘飞机到了印度。到了昆明先检查身体，合格的一边，不合格的一边。合格的去印度，不合格的补充国内的部队。当时的学生兵大部分合格，农村子弟本来都不差，主要是抓兵关在一起，皮肤病癞子病很快就传染了。

老吴还有一招就是杀猪卖。他买活猪来杀，猪肉卖了发军饷，猪内脏送到医院里煮稀饭给病兵吃——中国人相信吃什么补什么。人家不敢收这些穿黄裤子的人的税，他就是靠这点税钱和差价养着一个连的士兵。怒江前线逃兵多，听说第二天要打仗了，有人连夜就逃了。前线和后方隔着一道天堑——怒江，桥头有部队守着，他们逃不到内地，只能从一个部队逃到另一个部队。老吴说，“逃兵都逃到我连里，我连里的兵从200多打到300多。”战后，美军的史料记载了中国军队的状况：“营养不良和疾病造成的减员数字很高，有时一年高达40%，甚至超过40%。因此约7000人的一个师每年要补充3000名新兵。由于饷钱少而且不按时发，军官开小差也屡见不鲜”。

老爷子还真像他自诩的有山东“响马”的味道，临走，86岁的老人家噔噔噔上楼去，一会儿下楼来，递上他的临别礼物——几张不同面额的日本军票，那是他们打下芒市日军第56师团驻地时的战利品。

保山东边的马王屯空寂而寥落，高高的杨树在风中呼啦啦地响，像从前滇缅公路上运输车队经过一样。落叶飘进黑洞洞的没了窗棂的窗户，在蜘蛛网上引起一阵无声的躁动。滇缅公路开通后，马王屯是一个物资中转站，几个大仓库用来存储腊戍运过来的物资。公路中断以后，仓库也就空闲下来，直到反攻开始前，被用来做中国远征军的司令长官部。空旷无人的小路上有两个孤零零的身影，那是张子文和他的老

等待吃饭的中国士兵

伴儿。他有些感叹，马王屯已经没有从前的气势了，树也砍没了。以前有茂密的松树林，从外面甚至从空中都看不到树林里的房子。几个大仓库，美军顾问团住一个，他们参谋人员住一个，剩下的是卫立煌和指挥部的。那天他是特意陪我去的，否则这个地方他绝不想再次踏足。他的家离马王屯直线距离不超过10公里，但战争结束后他一次也没有回来过，之前是忙于生存，之后是不能来，来了就有“反攻倒算”的嫌疑了。因为这个地方，他人生里最重要的21年在劳改营里度过。60岁出狱后，在保山的中学教英语，直到74岁退休。马王屯是他半生苦难的根源，也是他最值得荣耀的时光。想当年，就是在这里，司令长官卫立煌接见他的时候说了四个字：“少年英俊”。从侥幸留下来的一幅老照片，能看出老人家年轻时代可是英气逼人。

张子文所属的第71军是最早驻防怒江东岸的部队。惠通桥刚被炸断之后，他们就到保山了。他是黄埔13期的毕业生，学的是炮兵。他们的炮兵营有三个连，一个连只有四门炮，三四一十二门炮沿着250多公里长的怒江东岸布防，二十来公里才有一门炮。大炮破烂而且炮弹稀缺，一个连就只有五发炮弹。张子文说，五发炮弹四门炮，这战怎么打？还好有怒江天堑，日本人在两年多的时间里没有继续东进的企图。

他在黄埔军校学的是德国造的匍匐式山炮和日本造的野战炮，两种炮都是用马拉的。我问他，跟日本人比起来就火炮没多少差距嘛。他说，他们的大炮不见得比我们好，但是数量多，炮兵也多，我们一个团配备一个连的炮兵就不错了。他的部队一直在等待配备新的美式大炮，左等右等等不来，他也就调到了长官部，做了卫立煌的作战参谋。那时候，他的连里也有美军顾问，一个文质彬彬的年轻少尉，他们相处有一年多。他英语很好，可以用英语交谈，大女儿过生日还请少尉到家里做客，但他们一直不知道对方的名字，见了面对方称他少校，他称对方少尉。平时，他们派一个士兵为少尉和他的翻译做饭。张子文说："他们过不了我们的生活，抗战时候当兵的也好，当官的也好，生活的艰苦难以言尽。每天发24两大米（老秤16两为一市斤），24两还是对远征军特别的优待，一般的国军只是21两。每天三钱盐，大概有一匙这个样子。有钱时可以买一点小菜，没钱就不吃，顶多有煮的干蚕豆，如果能炸炸煎煎就已经是了不起的好菜了。"

窦恩写过第53军军长周福成请他吃的一顿饭："周福成将军宴请我午餐，在落后的保山这已是美味佳肴。有一个汤，里头用了一些短短的、白白的、管状的切片。它们漂浮在汤里，让人莫名其妙。我以前从

预备二师老兵陆朝茂，名字刻在国殇墓园，墓碑下埋的是穿了他衣服的战友

未吃过，就我问身边的少校这是什么东西，我们用英语开玩笑说，这些切片看起来像鸡屁股。之后，我请我的译员去问个究竟。他和宴会主人的那些参谋人员讨论了好一阵子，然后转向我，用他学到的‘军队英语’说：是的，将军，他们说是鸡屁股。”

饥饿的时候鸡屁股也是蛋白质脂肪啦，比起中国军队清汤寡水的食物来说，这已经是打牙祭了。张子文说，大部队到来之前他们还比较空闲，可以开点菜地补充蔬菜。军队发的装备不包括鞋子，大家都是自己打草鞋穿。在黄埔军校的时候，学生都是穿长筒马靴，但是到了战区连鞋都没有了。他的家在保山，所以有布鞋穿，遇到下雨就把鞋脱了提在手上，赤脚走路。2007年在腾冲遇到一个电视剧组在拍戏，我特别关注了一下演员穿的什么鞋，结果是人人一双大皮靴。高黎贡山下的老乡们记得：那时的部队都是草鞋兵，一住下，第一件事就是撕自己的烂衣服打草鞋穿。

艰苦归艰苦，国难当头，物质条件已经不重要了。闲暇的时候，所有人会在操场上唱京戏拉二胡，度过晚上的闲暇时光。卫立煌也来看，给他一个小板凳，与大家一起乐。美国人听不懂京戏，就放着手摇留声机，听音乐跳舞。跟谁跳呵？我问张子文。他说都是男的，自己跳。

战后在怒江两岸定居下来的老兵里，军校生不少，都是一腔热血从中国各地奔赴云南前线的。刘志声是大理的黄埔分校14期毕业，傅正之是黄埔11期，南京大屠杀发生的前夜，渡过寒冷的长江一路向西而来。难怪张子文说，在保山的劳改队里，一半以上的人参加过怒江战役，其中有不少黄埔毕业生。如果说，这些有知识的年轻人深知国家责任、民族大义，那成千上万的“壮丁”们又是为何？他们中大多数人的爱国主义教育几乎是到了军队里才开始的。杨子臣说，他们在印度的时候部队要放很多电影，看到日本人把中国人装在口袋里用汽油烧、活埋，把小婴儿丢到空中然后用刺刀去接，大家都很气愤。尤其是印度人，在街上做点小生意，英国人一来，都把桔子摆着人往后退，跪在地上眼睛都不敢看。英国人把好桔子都拣走了，还不给钱。当亡国奴好可怜。预备2师的老兵陆朝茂是真正的壮丁，老人家没读过书，家住高黎贡山下，战后就在他打过仗的地方耕田种地，结婚生子。他的记性极好，2003年见到他的时候，他居然记得60年前跟着顾葆裕师长喊过的口号。那是1944年4月15日，他的部队从凤仪调到云龙县的槽涧。“顾葆裕师长在漕涧后面的那个坡上，领着我们呼了多少口号：德意支持日本侵犯中国，我们要

离开弥渡开往前线的士兵

打败德意日！打败日本鬼子！不怕死！不怕苦！不怕饿！坚决收复我们的国土，保卫我们的人民！我们师长领着呼的口号，还要举手呢。”

“不怕饿”也进入了战前动员口号，这在第二次世界大战的参战国里也许是绝无仅有的了。如果是他记错了的话，至少说明饥饿留给这些普通士兵的记忆刻骨铭心。这是世界上最有韧性的一个民族，她的军队也是世界上最能吃苦的一支军队。这给与他们一道作战的美国军人留下深深的印象。龙陵战役打得最艰苦的时候，双方阵地数度发生白刃拼搏，当时在场的第11集团军联络参谋组组长伍德

2004年拜访田乐时，老人92岁

上校（Walter S. Wood）非常感叹，他对宋希濂说："中国军队忍受困苦的精神和作战的勇敢，都是世界上少有的。"

普通的美国军人也记得那时的中国士兵。阿扎尼亚老人说：我知道他们缺乏训练，缺乏日军那样的装备、供应、武器和战术，但他们能够接受我们的训练并能够勇敢地与日本士兵交战，虽然有的时候我们会接受不了他们与日军作战的伤亡数字。他们的学习能力和接受能力很好，能够尽力地学习武器和装备的使用。而且他们还高高兴兴的，不管在什么时候，遇到我们都会笑脸相迎，会伸出大拇指，叫一声"Maguo ping，Ding Hao！"。阿扎尼亚记得，渡江以后有一段时间后勤补给跟不上，大家吃完了所有的干粮，每天就只有一块巧克力。他们经常到农民家里要吃的，"慷慨友好的农民会给些鸡蛋和米饭，我们非常感谢，因为我们没有东西回赠他们。我们被分派给我们的盟友，中国的步兵部队，我们是他们的配属。他们用一个蓝色的圆形长布袋子装米，袋子两端扎紧了，横跨在两肩和一支臂膀下面，米只够自己一个人吃，但他们会慷慨地给我们一部分，这就意味着他们之中的一两人自己的粮食少了。我常常会想起那些勇敢而富有善心的部队，忆起他们美好的精神，尽管受许多苦，但我们战斗在一起。"

泰德·道尔也说："我对中国军人称赞有加，我非常钦佩他们。我们从来没有收到过一例背上受伤的伤兵，也就是说他们总是往前冲。怒江战役开始于热带季风雨到来之时，日本人以为中国人不敢在雨季的山地作战，但是中国人真就是这么做了。"

这支军队军纪如何？多少年里所受的教育，让我第一次听到滇西的老乡们描述这支军队的时候惊讶不已。怒江边的八罗田是一个小村庄，在第54军198师的进攻路线上。民国六年（1917）出生的田乐，读过私塾，有些文化，局势最紧张的1942年被委任为甲长。经过两年多预备2师、36师的游击战，以及日本人的反复扫荡之后，终于等来了1944年5月的反攻。用老人家的话说是"蒋介石一声令下，全中国一起动手"。他的任务是动员百姓为军队带路、送弹药、运伤员。老人家是地方领袖，与军队打交道的事情通常得经过他。他记得关连长那个连有一个办伙食的特务长，下山采买食物的时候拉了老百姓的母黄牛没付钱。回去后检查采买单，他拿不出来。于是被关连长抓了起来，要枪毙他。"蒋介石是规定过了的，军队不许拉百姓的耕牛，拉着要枪毙的，大军来到的时候就宣传过了。那时，腾冲的县长张问德与师长（指叶佩高）在一起，他劝叶师长，要打腾冲了，正是需要人的时候，给他一个机会，让他下山去请老百姓保人。特务长来到我家，哭了一整夜，说他错了。第二天早上，我上山去找师长说情，把他的命保了下来。师长叫我把牛牵回来，我说：这是条老母牛了，你们也是来帮助老百姓的。后来师部付了钱，我又把钱交给了老母牛的主人杨兴文。”田乐说。

这件事不是特例，也不是因为有叶佩高师长的干预才有这个结果。虽然不同的部队军纪有差别，但在民间，普通百姓的记忆是不会错的。怒江边的四岭岗有位老太太，她躲在山里养了两头猪，躲过了日本人，反攻的时候却被两个当兵的给抢走了，还用枪托打了她。老太太跑到小横沟找到他们连长告状。连长是好人，帮她包扎了伤口，还把猪找回来，让她拉回去。老太太看他们没什么吃的，就让他们把猪杀了。连长砍了一块肉让她带回家，但在路上肉又被一个当兵的给拿走了。有意思的是，老太太讲这些往事，没有一点我们教科书中的阶级仇民族恨，反而充满了怜悯。她说：“那时候的中央军，粮食不多，菜也没有，他们到村里找我们买菜的时候，我们不要他们的钱，他们说不行，一定要给呢。”

我在昆明见过一位祖籍湖南的老兵，他在和顺安了家，后来读书到了昆明。他告诉我：“那个时候，我们的军纪相当严格，在腾冲，在和顺乡，老百姓对我们都非常好。不论我们来自哪里，不论是哪个省的人，腾冲人见到我们都好像是亲人一样。”他知道有一个班长，提着一只鸡与李志鹏师长相遇了。那班长知道师长相当严格，见到师长心一虚马上就跪下了。师长一看就知道这个鸡是抓来的，拔出手枪就给他打了。李志鹏是远征军第36师的师长。今天的人们不会赞同未经审判的处决，但这件事从另一个角度告诉我们，后来的教科书并没有说明那支艰困而复杂的军队的真实状况。

战争结束后，定居在滇西各县的远征军老兵不计其数。当地人怜悯他们，也接纳了他们，让他们在自己的土地上耕田种地，娶妻生子。而更重要的是，这些为这片土地流过血舍过命的人，滇西的百姓视他们为英雄。

三 大战到来之前的等待和焦虑

自头一年初冬时节从昆明出发后，麦姆瑞少校与中国军队就一直处在等待，推进，再等待，再推进的状态中。眼看春天过去雨季即将来临，渡江命令依然遥遥无期，信件里也透着他的郁闷和无聊。

最亲爱的菲：

昨天，我看到中国军人在几英里之外抓到的一只黑熊，它个头很大但不凶狠，已经被关进笼子一阵子了，我想芭芭拉大概会喜欢它。

我不常看见野生动物，有很多很像乌鸦的鸟，但是个头很小。我从来没有见过蛇或野兔。但是，离这里两三天路程的地方有很多野物，有鹿，有野鸡，等等。

我跟你讲过这里的吹鼓手和乐队了吗？他们下午4点到晚上10点排练，是我所听到过的最悲伤的喇叭声，他们只是吹，没有调子，什么也不是。

我们正在变得更文明，这是我乐见的。我们现在有一套锡盘子和银器，坐吉普车，有不错的汽灯照明阅读，还能淋浴。我想我很快就要往前线开拔了。

爱你们的比尔

（信件编号102，1944年4月6日）

此前的信里，少校还很克制，他会尽可能地不让妻子为他担心。但进入4月，他已经流露出了他的焦虑和“战争疲惫”了。

最亲爱的菲：

有人刚刚将我们的6封信带了来，一封也不是给我的。这样的日子真不好过。

我想我写的信变得索然无味了，但是这些日子里我自己也挺索然无味的。我失去了动力，不顺心的事开始牵动我的神经，但是这毫无理由。迄今为止，天气都是非常好的，食物也好并且充足，我喜欢我的同伴们，而且我在这里的时间还没有长到产生“战争疲惫”，但是我就是觉得不开心。

联合通讯社有个名叫兰道尔的人写了篇有关中国的东西，挺好的。在你收到这封信之前，就会见报了。他把这个地方的事情写得不错。

你知道中国的计算器是什么吗？那是一个架子，上面有几排扣子，然后你可以操作加减乘除等等。我有一个，还会用了。

我真想见到你和两个小女儿。

爱你们的

比尔

（信件编号103，1944年4月7日）

不止是他们，怒江西岸的对手也在焦虑。日军南方军司令部深知怒江之役不可避免，只是不知道何时何地打响。是在北部的腾冲，还是南部的龙陵，抑或是两个方向同时进攻？在这条长长的路线上，日军估计有9条可能的进攻路线。他们最担心的是，远征军不是选择一个点，而是全线发起攻击。

1942年5月，日军的缅甸作战进展大大超出了预期，他们扫荡全缅，将中美英联军击退到了印缅边境。这让南方军司令部野心勃勃，向大本营提出了进攻印度东部、通过地面作战攻占阿萨姆邦（Assam）和吉大港（Chittagong），切断“援蒋空路”的设想。大本营批准了这一计划，称作“21号作战”，即后来的英帕尔战役（Battle of Imphal）。按照原计划，“21号作战”将在1942年10月中旬启动。后因南太平洋战局突变，瓜达尔卡纳尔岛（Guadalcanal）争夺战激烈，“21号作战”被无限延期。进入1943年，中国驻印军与云南方面的远征军形成夹击缅北的态势，让日军以切断驼峰运输为目的的“21号作战”又添新的变数。

1943年9月，日军方面不断收到中国军队向云南移动的情报。战后出版的日军战史《缅甸作战》一书中写道：“第56师团竭尽全力判断远征军主攻方向。在广阔地域迎击绝对优势之敌，尤应准确地判断敌之主攻方向。芒市的监听、破译机关，也一直在着力判断敌方主要反攻方向和时机。”

南北走向的怒江在云南绵延300多公里，日军控制着西岸北到片马、南到中缅边境的广大地带，皆交通不便的崇山峻岭，他们不可能把兵力分散在如此广阔的作战困难地区。况且，谋划中的“21号作战”虽遭质疑，但南方军司令部始终没有否决，也就是说迟早要打。因此日本人得消除东岸的威胁。《缅甸作战》一书写道：“在此期间，第15军司令部正在策划于即将到来的英帕尔作战之前，给云南方面的重庆军以闪电式的打击，将其击破，消除后顾之忧，以便专心致志地进行英帕尔作战。方案如下：一个是越过怒江，急袭毁敌反攻基地保山，彻底粉碎敌之反攻意志；另一个则是将作战地域限定于怒江西岸，击破其反攻据点，将敌封锁在怒江东岸。”

这就是代号为“甲号讨伐”的作战计划。日军当然想东渡怒江打到保山去，但如果这样，它就得将第15军主力调到云南，还要把即将开始的英帕尔作战的渡江器材、军直辖炮兵、工兵和后勤部队也调到云南。而中国驻印军的反攻即将进入胡康谷地，配合第56师团进行“甲号讨伐”的第18师团得在反攻开始前赶回缅北地区。日军已首尾难顾，最终选择了第二个方案，死守西岸，把在腾冲北部地区打游击的第36师赶回东岸。10月初，日军第56师团投入了除拉孟守备队外的全部兵力，从龙陵开始，一举推进到高黎贡山东坡的大塘子。第18师团这支攻克新加坡的日军劲旅，分成数个纵队突破山岳重叠的中缅边境，山炮兵第2大队指挥步兵第114联队组成铃木讨伐队，沿途扫荡被第56师团击溃的国军，一直进入到腾冲北部的固东一带。10月底，日军宣布云南扫荡战结束。

被日军严重挫败的是远征军第36师及新编第28师。此前，日军在腾冲的活动主要集中在城里，并没有控制乡下，尤其是高黎贡山东坡的广大地区。那些地区连接着怒江东岸的国控区。预备2师的小部队一直在这些地区打游击、杀汉奸、骚扰敌军，成果不小。第36师换防后，进入腾冲不久就遇到了日军“甲号讨伐”。他们初来乍到，人地生疏，不像预备2师大多是本地人。我查不到第36师的损失情况，但据日军战史记载：“至11月末，师团以全力讨伐管区内的战果及损失是——敌遗尸体达1200具，我方战死12名，战伤39名。”几乎没有史料记载这次阵亡率达100:1的惨败，近年来的研究者们关注的都是几个大战役，对反攻前日军的一次扫荡几乎没人在意。我听腾北老乡无数次地讲起过那次扫荡，但从来没想过死去的1200人是怎样的命运。

“讨伐”结束后，第18师团撤回密支那，准备应对新一军对胡康谷地的反攻。第56师团留下第148联队，开始在高黎贡山东、西坡及各垭口经营防御工事。从2002年到2005年，我三次经南斋公房和北斋公房翻越高黎贡山，沿途的战壕、交通壕、炮阵地和暗堡遗迹清晰可见，几十年的风霜雨雪也没有完全侵蚀它们。从那些尚有半米多深的沟壕走过，踏在厚厚的枯叶上，咔嚓咔嚓的声音在冷风中响起，像是踩在死去士兵的枯骨上发出的声响。

日本人等待着的是一场绝望的战役。进入1944年，日军已意识到战争的走向。1月，南方军司令官河边中将在视察第18师团后告之师团长田中：“大东亚战争全面战况不容乐观，未来令人感到悲运重重。”与头一年的扫荡不同的是，他们面对的已不是一个师的游击战，而是两个集团军十多个师的正面攻击。3月，新一军和美军第5307混成团（代号“加拉哈德部队”）在胡康谷地重创第18师团，将其围困在孟拱一带。4月，英军第4军团摆脱险境，在英帕尔平原转入对第15军的反击。史迪威将军派出加拉哈德部队，计划在4月攻占密支那。此时，如果云南远征军开始渡江作战，日军第15军已无力增援，只得靠第56师团以一已之力守住长长的怒江防线。因此，日军拼了命地猜测云南方面的反攻日期。情报部门根据季节判断，认为可能会在进入雨季前一个月，即4月中旬开始。

腾冲战役里幸存的日军卫生兵吉野孝公，就是在这个焦虑期从芒市调到腾冲的。他在回忆录《腾越玉碎记》中写道：“怒江对岸，敌人的行动突然变得活跃起来。重庆军打着夺回云南的口号，已渐渐开始了反攻的准备。迫于这种严峻的形势，我们驻遮放卫生队也因被编组到前线部队里而开始忙碌起来。我被编到最前线的腾冲守备队的附属部队里。昭和十九年二月（1944年2月），我们告别遮放驻地向最前线的阵地腾冲开进。我们是一支由卫生兵、担架队、车辆中队、大小行李队、本部及后勤等各队人员集中起来后组成的小分队，有五六十人，基本上属非作战部队。”

然而，“进入4月中旬并无反攻征兆，师团甚为焦虑”。日军既不敢无视云南方面的威胁去增援胡康谷地和密支那的第18师团，又担心即将到来的雨季让后勤供给在这条长长的战线上困难无比。怒江以西到缅甸北部的广大地带是世界上降雨量最高的地区之一，与今天日益干燥的全球大部分地区不太一样，这里的雨季是没完没了的、裹挟着各类蚊虫疾病的、湿淋淋的漫长日子。森林里的植物像是魔法世界中的怪物，无休止地生长，像要绞杀它遇到的一切生命。雨季是东南亚的生存现实，也是战争条件的一部分。我见过好几位从缅北撤回国的老兵，他们一生都忘不了野人山里雨水打在树叶上发出的声音，滴达滴达，忧伤而令人绝望，人吃的没有，吃人的到处都是。对军队作战来说，这个地区的雨季更像一场噩梦，饥饿、泥泞、供应中断，人与装备都泡在泥水里。1943年底的开罗会议上，蒋介石对东南亚司令部作战计划的短期目标不满意，对依据这个计划投入Y部队的问题踌躇不决，同时又坚持增加535架运输机，保证每月1万吨空运物资。罗斯福派蒙巴顿（L.Louis Mountbatten）去说明情况，争取蒋介石答应派中国军队越过怒江。蒙巴顿努力向蒋介石说明，在兼顾亚欧战场的同时，即使能搞到那么多飞机，满足驼峰航线的运输量，同时又要在雨季前发动向曼德勒的空降袭击，这是无法办到的。争论很久，直到蒙巴顿不耐烦地瞪眼睛了，宋美龄才转过脸对蒋介石说："不管你信不信，反正他不懂雨季的事。"

1943年底以来，日军密切关注着云南部队和驻印军的集结，以及阿萨姆空军基地日益增多的活动，盟军方面的进攻意图愈来愈明显。为了牵制盟军的行动，主张发动英帕尔战役的将领们的意见占了上风。1944年3月，英帕尔战役打响了。第一个月攻势骇人。不到一星期，日军驻缅甸第15军军长牟田口将军的部队便渡过了钦敦江，第二个星期就到达距离英帕尔35英里的乌克鲁尔（Ukhrul）的郊外。第三个星期，3月29日，日军切断了英帕尔通往科希马（Kohima）的公路，使英帕尔成了一座孤城。东京电台宣布了这次进军行动，并称即将攻克印度。

史迪威担心万一英军撤退，日军就会切断阿萨姆—孟加拉铁路，北部战区的部队就会在缅甸陷入孤立无援的境地，所有的努力和希望都会化为乌有，除了经喜马拉雅航线败退回中国以外，别无其他办法。他发电报给马歇尔（George C.Marshall），说他需要帮助，必须让蒋介石投入Y部队。此时的蒙巴顿也像韦维尔（Archibald Percival Wavell）1942年认识到自己的困境一样，突然向他一贯瞧不起的中国人求援，他要求罗斯福和丘吉尔火速向蒋介石发出呼吁。

3月17日，罗斯福致电蒋介石，请他关注新一军正对日军第18师团进行沉重打击。日军缅甸方面军主力已被拖在英帕尔和阿恰布（Akyab）方面，温盖特（Orde Wingate）英国空挺部队威胁着第18师团的背后，盟军倘若失此良机，日军将重整旗鼓再度进攻。罗斯福希望云南远征军尽快发起攻势。3月27日，蒋介石回电拒绝了罗斯福的请求，理由是：日军正在为京汉作战移动兵力，恐有发动大攻势的征兆，而中国在过去长达七年之久的对日战争中所征兵力和物资已达到最大限度，若再向缅甸方向投入，已超乎中国国力。因此，如需保持中国战区作为将来大规模轰炸日本本土的唯一地面基地，唯有中国战区得到适当加强，方能策划自云南发起攻势。蒋介石同时重申其在开罗会议上的态度：只有英国在缅甸沿海展开大规模登陆作战，中国主力部队才会对缅甸采取攻势。

4月3日，为敦促云南远征军开始反攻，罗斯福再次致电蒋介石：日军目前对英帕尔发动的进攻，总的目的在于切断印中联系。倘若攻势得手，日军下一个进攻目标无疑为胡康之新编第一军，继而是阁下之云南军。当前，缅甸西部和缅甸西南沿海战事正酣，而怒江前线平静，其结果，日军得以抽调第56师团之一部，对付英空挺部队和新一军之威胁。我无法想象，你的美式装备的Y部队无法向目前已经力量衰竭的日军第56师团进击。我认为进击时机已经成熟……不要再作任何拖延。我们一年来装备和训练你的Y部队，就是为了利用这样一个有利的时机。如果不把Y部队投入到这个我们的共同事业中，我们付出的巨大努力空运装备和提供教练人员就毫无必要了。

这份电报语气强硬。4月4日，罗斯福再次致函，要求“中国应迅即渡过怒江开始攻势”。蒋介石对此未作任何答复。罗斯福和马歇尔对蒋介石的一再拖延失去了耐心，他们发布命令要求停止所有对中国远征军的供应，包括弹药和训练，直到蒋介石同意Y部队投入作战，否则每月经驼峰航线运输的物资就将转给第14航空队。

窦恩在回忆录里说，蒋夫人从政治和军事上理解从云南发动攻势的意义，她愿意帮助窦恩推动事情的进展。她建议窦恩请一次客，还为他列出了一份应该出席的人员的名单。1944年4月12日，重庆，在各种斡旋下，国民政府军事委员会的中国将军们与中国战区的美国将军们把酒聊天，在大家心知肚明的欢愉气氛里协商了一件事情，何应钦最终同意说服蒋介石做出有利的决定。用窦恩的话说，这次宴会是第二次世界大战中美国陆军官方宴请历史上最成功的一次，是在正确的时间用正确的办法达到了正确的目的。

第二天，4月13日举行的军事会议上，窦恩通报说蒋委员长已经同意作战。何应钦随即提出了以下条件，要求美国共同承担责任：五万部队横渡怒江，这在中国过去一千年历史上从未有过；作战中要求空军支援；要求协调使用美国训练的炮兵营；中美双方共同负担卫立煌将军指挥的中国远征军的粮食和弹药供应。

“我两眼盯着何应钦将军，立即同意了他的所有条件。这在长桌周边掀起了一阵小小的骚动。”窦恩没有给何应钦犹疑的时间，马上接着说，他将在他所指挥的美国军官和士兵中组成一支先遣部队，战斗在中国部队的前头。窦恩并没有得到这样的授权，按照约定，美国军顾问团只提供技术支持，并不指挥远征军，亦不直接参战，仅以顾问的立场提供援助。窦恩知道，如果美国真的派出先遣部队作战的话，中国军队将大大地丢了面子。何应钦屈服了，他要求中国的将军们在攻击命令上盖了章。窦恩在回忆录中说，如果他迟疑了或要求时间考虑何应钦提出的条件的话，对方会以此为借口，反攻时间至少又要推迟至少6个月。

那一天，窦恩说他手中还有一张王牌没有打出来，就是一份罗斯福和马歇尔的最后通牒。此前，窦恩找到赫恩（Tom Hearn），要他暂且别把那份最后通牒公开，等与何应钦及军事委员会的会谈有结果后再说。他知道，如果中国人感觉到他们受到威胁的话，他们可能会退回去的。这次会议的结果证明没有必要递交最后通牒了。实际上，援助物资已经停运了一天，第二天又悄悄地恢复了。几天后，窦恩告诉萧毅肃关于那份通牒和他推迟公开的情况，萧毅肃笑了，说他比大多数中国人的想法更像中国人。

四　渡江在即

军政部长兼参谋总长签署“怒江攻势命令”的当天，1944年的4月14日，怒江前线的麦姆瑞少校，在汽灯下给妻子写了他的第106号信。

最亲爱的菲：

我已经将三月份的薪水165元寄回家了，从银行收到后请告诉我，我便可以将单据销毁了。

今天早上，一名中国上尉到我这里，给了我大约一品脱的蜂蜜，这是含糖的，但很干净，而且味道很好。我一直想找点蜂蜜，但是可以买到的看上去很脏，我们都没买。

附近有一位卫理公会的牧师，他会于星期日到这里。这个地方如同家一样，有刀叉盘子，每天都有好吃的，有淋浴（由汽油桶和竹管制成的），有一台收音机听听新闻，还有一只捉耗子的猫。

我觉得可能会有一阵子收不到邮件，我给你的信件也会比较慢。但是没关系。

我想此时你已回到莱克星顿（Lexington，菲的老家）了，而且每个人给贝雯丽带上一个蓝丝带。

爱你们的

比尔

少校还在等待，不知道何时渡江，他一如往常地与妻子聊着家常，想念着两个年幼的孩子。他的信里充满温柔和爱恋，平静得像湖水一般，仿佛与炮火连天的战争相隔十万八千里。

最亲爱的菲：

这个战争从某种意义上来说还算好，但是我强烈地希望能有些变化，最重要的是战士应该每个星期六晚上回家。今天是星期六，我想回家，只是周末就够了，非常思念你。

如果我回家，我会向你大献殷勤，比如穿戴整齐，把每件事做得出色。我如此地思念你，我甚至可以向你保证，如果我能见到你，一定做个好孩子。在这里的日子，使我意识到自从见到你后，我一直多么的幸运，你给了我无尽的善良、关怀和爱。无论这个地方发生了什么，我都在想着你，我每天每夜都在思念你。

当你心里充满浪漫时，给我写一封长信，告诉我你的感受，因为我爱你。

比尔

（信件编号107，4月15日）

少校惦记着菲一个人带着两个孩子出远门，担心如果车子出了毛病怎么办，轮胎破了谁能帮她换。他说："我知道我们约好了，我只操心打日本人的事，而你操心家里的事，这里我请求给我这个例外。"

直到4月18日的第109号信，依然看不出少校接到出发的命令——

最亲爱的菲：

今天，你的两封失踪的信到了，但它们是最近的，是你在莱克星顿时写的。我很高兴你见到了瑞。我想，是否拿到佣金对他来说无所谓，因为他不是那种会被此类事情所伤害的人。看起来他享受生活的本事很大，大约比别人都会从军队里找到乐趣。

你知道吗，那天我们得到一点点PX干粮，也就是巧克力，这是我第一次吃这种东西。我们还得到了一听牛奶，买了点糖和核桃，有人做了我所吃过的最好的软糖。我在这里打仗的日子真挺不好意思的，每顿饭我们不是鸡肉就是猪肉、蔬菜及所有找得到的当地食品。最近我吃到巧克力了，有地方洗澡，有一张舒服的吊床，甚至还把咔叽衣服给熨烫了一番。每周能够收到两到三次信件，有一盏不错的阅读灯，也不用骑马或是再行军了，有电波时还可以听电台新闻。这里天气非常好，好得连度假区都会羡慕。

当然，情况并不总是这样的。我刚刚到这里时，米饭和富含水分的蔬菜难以顶饱。条件也不会总是这么好，雨季的到来将改变这一切。但是，就像中国人说的那样：没关系。

爱你们的

比尔

一头是两个国家的元首在无休止地争执较劲，CBI战区的风云诡谲地变幻着；另一头是一位前线军人在滇西的荒野中无奈地等待着。少校的信平静如常，但却能让人感到平静中的焦虑。在编号110的信里，少校跟妻子说："也许你会以为我得战争疲劳症了，但是我没有。"这个否认更像一个无奈的肯定。此时，少校有了一名勤务兵。

最亲爱的菲：

昨晚收到你的第57号来信，以及装有水果蛋糕和糖果等的包裹。糖果不如其他东西保存得好，但是水果蛋糕的情况却不错。今天晚餐时，我会拿出一盒来。现在，邮件来的不多。

从现在起，你会一次收到我的两封或三封信，因为我将不能经常给你写信了。当然，我一有机会就会给你写信和寄信，所以要是几个星期收不到一封信，你知道那是邮递员的错，不是我的错。

现在，我对所有事情的感觉都很好。抱歉，除了我的好胃口和可以享受洗澡之类的事情外，我不能把什么都告诉你。我今天得到了一个新勤务兵，他的名字也叫"Shung"，他个子矮，还是个小孩子，很腼腆。我给他买了一双新鞋子，给了他点肥皂和其他物品，让他打扫自己的个人卫生，那他就是个相当不错的小兵了。然而，我认为将是我来照顾他，而不是他照顾我。

我知道芭芭拉她说起话来很可爱，在莱克星顿很讨人喜欢，当然贝雯丽也是很棒的。

爱你们的

比尔

（信件编号113，1944年4月25日）

我在这些信件里来回地读着，琢磨着少校在什么时候得到了渡江作战的命令。第115号信应该是少校在得到作战命令之后发出的，虽然只字未提，但与接下来的第116号信相距有一周时间，这是与家人通信以来从未有过的。这封信很长，他也许知道投入战斗之后就没时间写信，也不方便寄出了。他在信里做了一个好军人好丈夫在奔赴前线之前所能做的一切：叮嘱妻子照顾好自己，处理了银行事务，给妻子汇出了他的最后一笔薪资。信里还提到一个重要的事件，他收到了妻子和两个小女儿的一张照片。

最亲爱的菲：

这个星期我运气太好了，今天我收到你的装有第1和第2盒巧克力的包裹、安妮·克鲁斯寄来的包裹、你的4封信及我的3位美人照片的夹子。这次邮件来得很快，因为照片夹是4月15日寄的。这个夹子正是我所需要的，因为我可以把它带在衬衣口袋里。“老”贝雯丽的照片是你拍得最好的一张，她完美而自然。“老”芭芭拉看上去不高兴了。你看起来似乎在巴望那个人动作快点。但是我非常喜欢这张照片，谢谢你寄给我。

我把从银行寄的钱算一下，你就有个数了。10月至11月共280元，1月165元，2月160元，3月165元。你可以去买债券，因为我不知道其他的投资项目，但是我会留出足够的钱购买想买的东西。你只要看着东西合适，花钱时不要犹豫。如果你对投资很精明，那你就投吧。在任何时候，要想着给你自己买好东西，享受生活。

在我从战场返回之前，你大概得买些家具，或是家居物品。我的建议是，你先计划一下自己拥有房子后想要的东西，然后再去购买。对于怎么花这些钱，简言之，就是听从你自己的意愿。我还在打仗，所以就把这类事情都托付给你的判断力了。

不要担心我在床上喝茶的事，那只持续了两三天，我不是那样的人。我都有两三天没见到我的新勤务兵“Shung”了，我教他搞了个人卫生之后，就把他借给别人去学习如何照顾我了，现在我还不需要他。

我收到的你最近的一封信是4月13日的，有相当一部分的信还没有到，因而我不知道你是否收到了复活节的花？但是我猜那时你不在家。你收到这封信时，你也许收到母亲节的花了，那是我可以寄的。我希望你也收到了生日祝贺，总之，我祝你生日非常快乐（4月25日这一天是菲的生日——作者注），希望很快我就能和你一起庆贺生日了。

我非常喜欢你讲的芭芭拉和贝雯丽的故事，她们是非常好的孩子，这并不是什么偶然的事，是你将她们带成了好孩子。我今天收到一封玛丽的信，她说因为她对芭芭拉的偏爱，所以她还没有觉得贝雯丽其实更可爱。她认为你非常了不起。

谢谢你寄来的好东西和你定期写给我的信。

爱你们的

比尔

（信件编号115，1944年4月28日）

妻子与两个女儿的照片直到少校阵亡，一直揣在他的上衣口袋里

我看到信中提到的那张“三位美人”的照片的时候，是在这封信从云南寄出之后60年。芭芭拉把它通过邮件发给了我们大家，这张照片再一次跨过重洋来到云南。此前，她并不觉得家庭相册里的这幅缺了父亲的照片有多少特别之处。从记事起，她们一家就是这样生活过来的。但是，自从2003年的7月14日，她们姐妹回到家乡参加家族聚会的那一天起，一切都改变了。她发现，一直以来，家里从来都不只是三个女人，还有一位在冥冥之中始终陪伴着她们的父亲。只是父亲没有在现实生活里，而是在妈妈从不言及的记忆深处。这也是伴随妈妈一生最幸福的回忆，以及她始终没有摆脱的刻骨铭心的痛苦。

少校阵亡的时候，那张照片就在他的上衣口袋里。斯多德上校在给菲的信中提到：“他深深地爱着你和你们的孩子，他在和朋友的交谈中常常说到你们。他阵亡时，胸前的口袋里还有你和孩子们的照片。”

少校揣着照片，也揣着回家与他的三位美人团圆的希望，向怒江方向出发了。

柒　1944年5月，那个浸着鲜血的早晨

一位顾问团军人和他的中国卫兵在遥望怒江对岸

怒江前线战壕里的中美军人

一 向着神话般的怒江前进

像嗜血动物嗅到猎物的气味一样，美国的记者们集合在我的司令部搜寻新闻。第六感告诉他们，新闻正在酝酿当中。

——窦恩《当旗帜降下之后》

1944年4月下旬，窦恩的司令部从昆明迁到保山，建在卫立煌司令长官部附近的一道山脊上。作为怒江战役最前线的美国陆军最高指挥官，大战前的新闻发布会在所难免。此前，他已经在一些记者的追问下，被迫虚构了一些进展给他们，但他知道，如果把点点滴滴的细节汇集起来就可能发现真正的故事，而这非常危险。关键时刻不能有丝毫消息泄露，否则，日军一旦封锁翻越高黎贡山的几条仅有的隘道，就会给渡江部队造成极大的威胁。在渡江作战开始的前两天，他把新闻记者集中了起来，向他们宣布了渡江计划和渡江后的攻击目标。并告诉他们可以到任何他们想去的地方采访，不受限制。

《纽约时报》的记者布鲁克斯·阿特金逊（Brooks Atkinson）举手发问："既然这个作战计划如此机密，你怎么会把一切详情都告诉我们呢？"他怀疑窦恩将军跟此前一样，讲的并非全是实话。

窦恩回答他："正如我所说的，渡江时间定于后天，在此之前，你们中的任何一个人不能走漏任何消息，包括你们的报道、电报、信件都不能传送，直到我公布消息。扣发一切消息的命令，已经通知了所有的通讯及交通机构了。发往渡江前线的是例外。实际上，你们都被我扣留了，要等到机密的渡江行动完成后才能自由行动。我这样做，是不想让日本人在我们渡江时攻击我们。我的参谋人员将给你们提供报道所需要的一切背景资料，如果你们愿意，我们将用我们的发报机尽快为你们发送你们所写的报道。如果你们要报道亲历的情况，可以到渡江前线。如果希望渡过江去，你们每人都将有一个向导。”

马上有记者提出抗议：“请说明有两件事：你扣留我们两天是否合法？中国的新闻检查又有什么手续？”

“我扣留你们并无法律依据，这一点你我都清楚。但这将帮助你们获得更多更好的资料，并能更快地传送出去。至于中国的新闻检查，不要去管它，它远在重庆。在这里，卫立煌将军和我有协议，建立了一个更好的制度，他的司令长官部检查中国新闻记者的报道，我的司令部检查你们大家的报道，把你们报道的副本交给我们的情报官科里夫兰德（Cleveland）上校，这是必需的手续。一旦我们的电台有空，就会把你们的稿子送出去。唯一的限制是，在这时候你们不能泄露中国部队的情况。你们可以提到卫将军的名字，也可以提到萧将军的名字，也可以提到‘中国远征军’这个名称，日本的情报部门早就熟知他们了。”

有人问：“可以提到你的名字吗？”

“我想这没有什么，日本人也是知道我的。事实上，他们还悬赏我的人头呢。我们要让这些杂种知道，我的头没什么，他们暂时还不需要付什么代价，那些中国军人才是关键。我要你们把这次作战任务的希望都寄托在中国军队身上。”

1944年4月14日，国民政府军政部长何应钦签署了“怒江攻势命令”，等待在怒江以东滇缅公路沿线的中国远征军，终于开始向怒江出击了。

此时，少校也从被他称作“度假地”的驻地往怒江边出发了。5月3日，在途中某个还设有通讯机构的地方，他发出了第116号信。

最亲爱的菲：

现在我远离原先那个度假地点，没有热水澡，没有美食，没有房子，没有帐篷，什么也没有，但是我还是蛮喜欢的。我们有一点点配给肉，给米饭增添了些味道，吃起来不错。人肚子饿时，米饭真是好吃。要是有点肉、洋葱什么的加进去，也很不错。我还有些你寄来的巧克力，它让我觉得自己是个大富翁。

我真希望能够告诉你我在做什么，这样能使我的信更有意思，但是我不能这么做。总之，我过得很好。

我肯定这封信是可以寄出去的，但是，如果几个星期收不到一封信的话，别胡思乱想，只是邮政服务差劲罢了。

我非常爱你和芭芭拉、贝雯丽
比尔

相比上一封，这封信隔了一周时间，这在少校离开家之后是没有过的。他知道，过了江就进入了战争状态，在翻过高黎贡山之前，所有的私人通信都可能中断。这座大山可是第二次世界大战中海拔最高的战场，山中还有日军最精锐的山地部队第148联队守备。少校预计的时间是几个星期，不幸被他言中，翻越高黎贡山的战斗持续了一个月之久。

少校的翻译官姚元说，开赴前线的命令下达后，部队更换了露宿的用具，因为部队将在雨季的山地作战，每人发了一个能防雨防蚊的吊床，但睡这个吊床还要点技术。辛普森说，吊床上方橡皮顶有个拉链，如果你翻转下去，你的压力在拉链上，你就出不来了。好多次，斯多德上校在夜里被转了几圈，早晨出不来，于是他就大喊：辛普森！过来把我从这个该死的东西里拉出来！他们还发了雨衣、餐具、保暖水壶、弯头手电筒和钢盔等。美军军官每人发一支0.5英寸的手枪及一支卡宾枪，士兵发一支自

准备出发的116师

为渡江部队分发胶鞋

动步枪。译员不配备武器，少校将他的卡宾枪给了姚元，还教他使用和拆卸保养。大家整理了自己的个人物品，把多余的行李寄存在美军仓库。出

为渡江部队分发雨布

1944年4月24日，53军接到反攻命令后开赴前线

发前，还注射了疟疾、霍乱、破伤风、天花的预防针。

姚元在给芭芭拉的信里告诉她：

几天后，来了几十辆军用卡车，接载部队上前线。团长邀少校坐驾驶室，而他却喜欢与士兵一起坐在敞篷车厢内。一路上士兵们又唱歌又说笑，高兴异常，像出去旅游似的。这引起了少校的好奇。他说，上前线是性命攸关的事，心里总有点忧虑吧，为什么他们如此的高兴？我告诉少校，这支部队原是中国东三省一个军阀的部队，这个军阀被炸死在行驶的火车中。他的少帅儿子率领了十余万人的部队归顺中央政府。十多年前的"九·一八"，日军进攻东北，东北军奉命不作抵抗撤进关内，日军不费一弹就占领了东北三省。十年来这个部队经改编，缩小为5万人的一个军。妻离子散，家破人亡，又遭国人唾骂，受尽委屈，天天嚷着要"打回老家去"，可是实力又不似敌军。吃了几次败仗，一直怨天怨地。如今被编为远征军，抛掉全部落后陈旧的装备，全部按美援配备新型武器，又经过严格的培训，实力大大地加强，他们充满信心要与敌军拼一战，不惜牺牲，痛报旧仇、新恨。再说，过去头上飞的尽是敌机，不得不晚上行军。如今不用抬头，听到机声就知道准是盟军飞机。而且还第一次乘汽车上前线，怎么不令他们高兴。少校听后非常感动，他说，他本来也知道敌军战斗力很强，还担心中国军队不是他们的对手。如今见到士兵有强大的报仇雪耻精神及舍命拼搏的斗志，相信这支军队一定会打胜仗。

“出发的那天早上，他们说：‘我们走了，要去打仗了，如果能活着回来，就再来看你们。’”2003年的夏天，在距卫立煌司令长官部几公里的光尊寺，一位70多岁的老婆婆与我聊起了反攻开始的那些日子。

保山人见证和参与了这一中国近代史上最重要的时刻。1938年底滇缅公路通车后，保山是重要枢纽，前线的每一颗子弹、每一滴汽油都要经过这里运往前线，这里也为此付出了惨重代价。日军为切断滇缅公路无数次地轰炸，1942年的“五四大轰炸”让整个保山尸横遍野。这个古城送走过第一次远征缅甸的十万大军，不久戴安澜将军遗体回国，全城百姓又在路边为将军送灵。两年之后，保山再次成为收复滇缅公路的前进基地，又一次送走16万远征大军。两万多向前线运送弹药粮食的民夫基本是保山人，腾冲国殇墓园里两千多运粮夫役死难者的名字，就是这个边地重镇为此付出的代价。近些年到保山了解历史的人多了起来，这让老婆婆又叨念起她年轻时的往事：第36师的部队就住在他们村里，炮兵连的连长、班长和号兵就住在她家。有个广州游客曾问她：那些国民党兵打不打麻将？老婆婆有些生气：他们工资都发不起，打什么麻将！告诉我这些话的时候，她说她心里很酸楚：“那些当兵的可怜呢，吃的饭里都掺着沙子。他们出发要去前线的时候，全村都去村口送。他们说：我们走了，打不死么又回来看你们，打死掉就算了。”驻扎在板桥的第200师，士兵们出发的头一天还把那条长长的石板铺就的“官马大道”打扫得干干净净。

滇缅公路到了保山的瓦窑便一路南下，少校的部队从这里便得下车步行，翻越怒山到达怒江峡谷。反攻计划中，中国远征军第20集团军为攻击部队，从上游的栗柴坝、双虹桥和惠仁桥附近渡过怒江，逾高黎贡山向腾冲进攻。

姚元写道：

我们在滇缅公路一个叫瓦窑的地方下车，前面是座大山。部队要翻过山，沿山岭到指定的地段抢渡怒江。当天，我们就在山脚下露宿，天空中有嗡嗡的飞机声，那是敌侦察机。我们刚到敌机就来侦察，说明奸细特务多么猖狂。我们第一次使用军用吊铺，它的底层是双层防水布，也可用作地铺。两边各有一根绳索，拴在两棵树干上，顶部是较宽的防水油布，四角用细绳拉直，拴在树枝上。中层的两端为防水布，两侧为蚊帐，其中一侧有一条长拉链，人就睡在其中。第二天开始上山，每人发给一块浓缩巧克力作为午餐，据说营养远超过一餐饭。我们是轻装行军，所有的行囊和给养全部由部队的运输兵担挑。可是我腰带上挂着水壶、饭盒、手电、子弹夹和雨衣，还有一个美国兵送给我的一把带套猎刀，头上戴着沉重的钢盔，肩上背着卡宾枪，也有好几十公斤。上山途中我们休息了几次，喘着气，又是喝水，又是啃巧克力，就是不见部队停下休息。路上，遇到两个重机枪手抬着竹子编的担架，上面架着一挺重机枪，精神饱满地从我们面前走过。大家友好地伸出大拇指叫声“顶好”，亲切地招呼。有的士兵身上挂满了行囊、米袋、子弹袋，胸前挂着一排手榴弹，有的肩上扛着两三支步枪。那些老美盛赞中国军人能如此的吃苦耐劳。第三天继续行军，沿着怒山山顶走向指定地点。怒江夹峙在怒山与高黎贡山之间，怒山一侧多危岩峭壁，上下曲折，险阻异常，水势汹涌，江中怪石嶙峋，不能行舟。对岸为绵延千里、巍峨险峻的高黎贡山，是进入滇西重镇腾冲的咽喉之地。据军用地图标志，其最高点为4000公尺以上。山上各要隘均筑有坚固的工事，日寇将其作为盘据腾冲的天然屏障。沿岸平坦处有些村落，敌军未在江边重点设防，仅布了些哨点。晚上我们在山顶露宿，可以清晰地听

行军中的部队经过怒江东岸的大板箐

到怒江的急流声和先头部队在山脚下的嘈杂声。

泰德·道尔说：

从保山起我们开始徒步了，要去的地方再没有公路，只有山里的小道。开始的时候很难，因为一直往高山上爬，我们不习惯。我忘了确切是多少天，三四天之后吧，我们来到怒江边。把丛林吊床挂起来，当晚就露营在悬崖畔俯瞰怒江的一个沟壑里。信不信由你，让我们进入梦乡的是江那边的机枪声、迫击炮声。这是我第一次听到战场上的枪声，我听到过炮弹声和轰炸声，但是从来没有听到过地面炮火的声音。不过还没有感到有危险，因为还隔着怒江。

5月6日，少校发出了他渡江前的最后一封信。

亲爱的菲：

我想邮件很快就会被送出，你不用等很久就会收到这封信了。希望你能够对没有收到我的信有耐心。我现在没时间经常寄信，有的时候也不方便写。

我又住进了一个庙里，这倒不坏，因为天气很潮湿。我还从没有如此彻底地远离文明，我现在离哪里都很远，完全靠步行。今天我爬上了一座高山，来到一条山道，和一个人见面谈事情。高山现在对我来说不再是风景，而是障碍。

现在，我的生活还算不错，我还有几听干粮罐头，拿它就米饭，就是不错的一餐，而且还能顶一阵子饿。我们的米倒是挺多的，我的这支顽强的小队找到了一只用来煮饭的铁锅和一个烧水的壶。昨天晚上，我还组织了一个晚会，大家分享了你寄来的糖果中的第二盒。今晚，我们吃了我几天前收到的安寄来的水果饼。我们还想办法买到了几个鸡蛋和一只鸡，但是没有蔬菜。必要时，我可以好几天只吃白饭，我倒是蛮喜欢的。

你和我的宝贝女儿们是我的动力

爱你们的

比尔

几天之后，麦姆瑞少校随中国远征军第53军116师第348团的官兵，渡过了神话般的怒江。

二　5月11日清晨，渡江开始了

“那是一个月明之夜。”

“那是一个很黑的夜晚，都看不清对岸。”

我不知道为何不同的人对5月11日黎明前的那个黑夜会有截然不同的记忆。准确的记载是美国新闻处编辑的《怒江战役述要》：“1944年5月10日之夜，浮云蔽月，中国远征军分两路（指第53军和第54军分别攻打南、北斋公房的两条路线）大举强渡怒江。”

等待渡江的部队

渡江

怒江河谷深切，对岸的高黎贡山从西藏境内一直延伸到保山、龙陵，像一座巨大的屏障矗立在江西岸。自古以来，山中有三条隘道——元、明以来的重要官道，引导人们翻越群山到达龙川江河谷及迤西的腾冲。两年前，为了阻止日军过江，怒江上所有的桥梁全被炸断了。大军渡江使用了393艘美制橡皮艇，其余是竹子和汽油桶做的筏子。

跟随在少校身旁的中国翻译官姚元说：

5月11日拂晓，53军开始强渡怒江。在预定的渡江点，用一百多只军用橡皮舟更番强渡。先是山炮向对岸轰击一番，没有遭到回击。347团和348团作为师的先头部队最先过江。军用橡皮舟每次只能渡载十余人或一匹骡马。由两名工兵划桨，顺着急流划向对岸。回程要先逆流沿着江边划向上游，然后再顺流划向对岸。渡江进度缓慢，又极危险。幸亏江边的敌军已向高黎贡山撤离，否则会遭到敌炮轰击，后果不堪设想。

窦恩写道：

在1944年5月11日太阳升起的时刻，三万两千部队由五个渡河点渡过了险恶的怒江，出其不意向敌第56师团发起攻击。黄昏前，我们爬到了敌阵地前的一些制高点，并控制了三个北方隘道。两天之后，八万人的部队又继续过江，整个渡江过程中只牺牲了一个中尉。这个笨家伙一直站在筏子前头，当筏子进入漩流，他摔出筏子被急流冲走了。”

陈宝文老先生翻译这段文字的时候，专门用小字在手稿上作了注释：“按，此事应是87师的通讯连长”。

通讯教官辛普森和第40野战医院的卫生兵泰德·道尔及麦姆瑞少校都是从双虹桥附近的渡口过江的。辛普森说：“我们被告知不能下到水里，因为里面有水蛭。过了江之后是一片较为平坦的地方，接着就是另外一个山脉——高黎贡山。过江的时候，我们听到了炮火声，一开始我还以为是打雷，哇哦，不是打雷。”

泰德·道尔所属的野战医院是第二批渡江的。他说：“第二天早晨起床后，我们一路下山到了怒江边。那里已经聚集了很多中国人和各种各样的疯狂的船。怒江的宽度大约和曼哈顿附近的哈德逊河差不多，是一条急速流淌的河。我们和我们的牲口一起上了一个大大的橡皮船。那些牲口跳来跳去，船就这么歪来歪去，这可把岸边的中国人逗乐了。他们笑啊笑，可开心了。有意思的是，那些中国人他们什么都没有，只有一支枪、一个弹药袋、一只长长的米袋，有的人脚上穿着草鞋，但是他们总是很高兴，见到我们总是说‘顶好’。真的了不起，我非常佩服他们。”

渡江过程出奇的顺利。西岸的日军沉默着，除了打过一两发炮弹，很快就撤往更险要的隘口。然而，日军并非毫无防备，他们深知这一仗的重要性。日军战史对反攻前的局势作过分析：

预计将于最近发动进攻的云南远征军作战，与以前的扫荡战不同，将是一场防卫缅甸生死攸关的重大战役。师团的防卫地区，北起片马以南的中缅边境，南至滚弄以南，约达400公里的广阔正面。而且其中预料有敌九条作战路线，即：指向腾越方面的四条，指向龙陵和芒市地区的四条，由滚弄向新维的一条。倘若中国军队在上述作战路线上分别布置一两个师，然后全线同时发起攻势，将是师团的最大痛苦。对师团来说，唯有以一部预先扼守前述各作战路线，阻滞敌军进入，并在此期间指导主力进行果断的内线作战，将敌各个击破，此外别无良策。问题在于，北方的腾越方面和南方的龙陵方面究竟是同时进攻而来，还是在不同的反攻时机攻来？这直接影响着师团的作战指导。

日军第56师团是著名的能适应特殊地形的山地部队，知道在兵力悬殊的情况下什么地形最有利。实际上，如果日军真把第一道防线设在江边，我相信无人可以过江。第56师团在这方面并非没有教训。两年前的5月，他们一路追击溃败回国的中国远征军到了怒江边。惠通桥炸断后，日军被大江隔在对岸，成千辆坦克、卡车和士兵挤在从江边到峡谷上方的盘山公路上，等待着工兵架设过江浮桥。美国航空志愿队的8架P－40奉命从昆明起飞，阻击日军的过江企图。飞行员在峡谷上空以60度角往下俯冲，瞄准峡谷顶部和蜿蜒的公路扔下俄制巨型炸弹。炸弹炸塌了山崖，崩塌的岩石砸向公路上的车队，爆炸的卡车翻滚着掉下山崖。公路一边是绝壁，一边是江水，无处藏身的日本兵束手无策，嚎叫着被埋在砸扁的车辆之间。飞机沿着峡谷一次次来回扫射还在挣扎的敌人，直到把子弹打光。

当天，4架P－40再次从昆明起飞，携带燃烧弹，把怒江西岸滇缅公路上排得长长的敌军车辆变成了一片火海。怒江上游的峡谷更狭窄，山崖更陡峻，没有公路，能立足的平地有限，数万人的军队也更密集，更容易成为目标。渡江工具除了少量的军用橡皮筏外，都是原始的用汽油桶和竹子捆绑的竹筏。阻击这样的渡江部队，即使没有飞机，大炮也能轻而易举地办到。只是今非昔比了，缅甸战场上一年多的激战，日军的战斗力已降到极限。英帕尔战役牵制了第15军主力，第18师团陷入胡康谷地的混战，第56师团有限的兵力不允许其将防线设在江边，更何况不是一两个渡口，而是长长的一条河谷以及长长的一座山脉。

大战前的宁静后面隐藏着更大的危机。日军的先期撤离并非是对反攻一无所知。就在窦恩召开新闻发布会、限制记者发稿的前三天，日本人就已经知晓中国远征军准确的反攻计划，包括兵力部署。“师团长迅即（5月5日）召集各团队长到芒市的师团司令部，指示反击方针，并通过图上战术研究（兵棋作业）做了具体指导。”——《缅甸作战》第五章“中国远征军开始反攻与第56师团的反击作战”写道。

这个事情有些诡异，真相简单得有如秃子头上的虱子，只是没人顾得上去追究。抗战结束后，中国内战连连，亲历此事的人里，最高层的卫立煌去了台湾，宋希濂进大牢做了战犯，中下层如陈宝文等辈对历史已是讳莫如深。2004年见到陈宝文老先生的时候，他提到了此事。当年他是第11集团军的作战参谋，驻在保山的板桥镇，反攻开始后发生的事件他都亲身经历。4月下旬，卫立煌来到板桥镇第11集团军前进指挥所，召开了攻击前的军事会议，传达了统帅部的作战计划：第20集团军霍揆彰部为攻击军，向高黎贡山当面之敌攻击，尔后直取腾冲；第11集团军为防守军，沿怒江防守，并要求组编二至三个加强团渡江攻击当面之敌，牵制敌人并掩护全军侧背安全。这一切都是在极为保密的情况下进行的。

5月11日清晨，新39师加强团搜索连从惠仁桥渡口渡过怒江，黄昏前向红木树守敌发起了进攻。战斗打得很激烈，当天夜里，搜索连占领红木树，日军趁夜色撤入高黎贡山中。第二天一早，第11集团军司令部的电话铃响了，是第88师师长胡家骥打来的电话。宋希濂接完电话后表情凝重，他对在场的人说："胡师长报告，新39师搜索连占领红木树据点后，缴获了敌第56师团的作战命令。我统帅部下达的反攻计划已被全文载入敌作战命令。"这消息在指挥部掀起不小的震动。副参谋长陶晋说，下达给我们的命令都是口述传达的，一定是上面出了大汉奸才有泄密的可能。宋希濂说，他已让第88师派人尽快把敌军文件送来，等看了再研究对策。

前线把缴获的敌军文件连夜派人送来了。打开一看，果然在作战命令的第一条就全文抄录了我方最高统帅的反攻计划。他们对照地图查看了敌第56师团的兵力部署，发现敌人已经在高黎贡山各垭口编织了强大火网，反而在龙陵、镇安街及松山、平戛、象达等地只配置了少数守备部队。宋希濂很愤怒，连声大骂"该杀的汉奸！""民族败类！"。他要通了长官部的电话，向卫立煌报告："我们被汉奸出卖了，我们的反攻计划已被泄密，敌人针对我军反攻计划作了部署，战不能这样打下去了。"他建议变更部署，趁第56师团主力调到腾冲，出其不意夺取龙陵。卫立煌马上飞重庆请示蒋介石，在获得同意之后，第11集团军于6月3日全部渡江，向龙陵地区发起了总攻击。

戈叔亚很早就听陈宝文讲过这件事情，在得到天津政协编译出版的日军战史《缅甸作战》后，他就告诉了陈宝文老先生实情：没有汉奸，是我军的密码被破译了。陈宝文半信半疑，2004年见到我时，他又重提往事。他一直心存疑惑：那个高层的大汉奸是谁？如此重大的泄密案，居然就这样悄无声息地过去了。我把复印来的《缅甸作战》第五章"中国远征军开始反攻与第56师团的反击作战”给了他。书中写道：

对企图果敢地各个击破绝对优势的远征军的第56师团来说，必须预先彻底掌握敌情。当时，师团根据芒市机关（监听破译敌方通讯的机关）的积极活动，努力监听云南方面中国军队的无线电通讯，特别是从敌通讯系统的增减、移动或通讯联络次数的变化、通讯量的增减等，判断中国军队的动向。能够破译出的电文仅占大约三分之一。然而，1944年2月，中国一架军用机因浓雾迷航，在腾越迫降。当时捕获中国军官一名（少校），并缴获了新密码本和云南军的人员编制表。此后，破译密码颇为容易，对作战指导亦大有裨益。收报范围已远达昆明、重庆。

该书还提到：“关于反攻时机，当初根据雨季判断，可能在进入雨季前一个月，即4月中旬左右开始。”“但进入4月中旬并无反攻征兆，师团甚为焦虑，幸而5月初通过破译中国军队的密码，判明远征军将于5月10日开始反攻，主攻方向大致在惠仁桥以北，六库渡以南地区。”

老人家非常非常遗憾，拍着大腿大声说：“哎呀呀，哎呀呀，这件事情怎么会是这样？几十年了，我都坚定地相信只有高层出了汉奸，才会发生那样的情况。”

滇西大地的屏障高黎贡山

80年代末期，日本福岗和千叶县的第56师团老兵及遗属访问团来到云南，在昆明与滇西战役老兵座谈。陈宝文还专门询问了他们：日军是用什么方法把我统帅部的作战计划弄到手的？木下昌巳——松山奉命出逃唯一生还的日本兵，云南关注这段历史的人都称他“老鬼子”——只是普通士兵，他无法回答。他能做的就是回日本后给陈宝文寄来一张滇西腾龙地区五万分之一的军用地图，上面标志着第56师团兵力部署的情况，还有一张伤亡统计表。

我只能为国军的情报部门遗憾，一架飞机在昆明飞往印度的途中失联，机上有关乎十几万大军性命的密码本，竟然没人追究。当时，人们也许估计飞机掉进了喜马拉雅群山的深处，但为何没有估计到落入日本人手中呢？这件事居然就瞒住了前线指挥官卫立煌，瞒住了窦恩。蒋先生的情报机构就是如此奇葩，这让高黎贡山陡增了成百上千的冤魂。而且，这情景也好生奇怪，应该是历史事件的当事人去对这个谜案追根究底，把真相告诉后人。可实情却相反，几十年之后，是我们这样的后来者东一点西一点把历史的缺漏拼接起来，再转述给他们。相同的情况屡屡发生，刘志声的故事也是这样，他们在战后已经失去了寻找真相的可能，只能把疑问埋藏在心里，任由它们慢慢掉入历史的黑洞之中。

就在日军获得国军密码的那个月，吉野孝公随着他的增援部队从芒市调到腾冲。5月初，日军破译了国军的情报，知道远征军的渡江日期之后，他又被调往高黎贡山。《缅甸作战》记载：“师团为迎接即将到来的反击战，推进了如下战备：1. 增强筑城设施。在加固拉孟、平戛、滚弄的设施的同时，在腾越方面，除腾越外，还加强了瓦甸和高黎贡山脉（冷水沟、大塘子）等地可利用的设施。……”其中强调日军加固了这些支持阵地和工事，“阵地的枢纽已能承受中口径火炮直接命中，阵地内储存了作战物资，可坚持至少三个月的战斗”。

2004年过北斋公房，我们的赶马人老穆说：反攻开始前，日本人派了他们村里20多个夫役驮弹药到垭口。驮了好多天，但有一天这些人去了之后就再没回来，他们被日本人打死在山上了，因为他们知道弹药库的位置。这些人里只有一个人幸存，这人姓黄，患有甲状腺肿大症，日本人嫌他走得慢，第一天都没走完就不要他了。他后来告诉村里人说，弹药库的地点在山垭口附近的滴溜水。村里人何以对此事特别在意，一是死了那么多人，再一个是50年代以来，因饥饿和生活困难，昔日战场上的弹壳可以卖钱换食物，很多人便上山去找那个传说中的弹药库，但一直没有找到。持续一个月的战斗估计也不会留下什么了。

十几万渡江大军面对的是一支早有防备、富有特种地形之战斗经验、凭险固守的强大敌人。用《缅甸作战》里的话说：在这里，日军第56师团的精锐部队正以邀击态势扼守着各个山顶。

三 二战中海拔最高的战场

这是个糟糕的季节，谁也不愿意在这时进行一场如此艰难的战役，不论对中国军队还是日本军队都是如此。日本人没想到，那些衣着单薄、总吃败仗的中国“老兵”会在最糟糕的雨季进入世界上气候和地理条件最恶劣的地区。他们把这一地区称作“东方的毒药”。中国军队也不知道，他们将在怎样的环境里迎战敌人。

这将是在世界上海拔最高、最崎岖不平的战场进行的进攻战。数万大军从栗柴坝、双虹桥和惠仁桥三个渡口渡过怒江，进入了高不可测的山岳地带。窦恩写道：“这一地区第一次大规模的战斗是在云层覆盖、海拔11000码高的冰天雪地之中进行的。这是第二次世界大战中一次最高海拔的陆上作战，称作‘白云之战’。”

《陆军第五十三军由怒江至腾冲会战战斗详报》称：“怒江西岸缺乏适应交通线，仅有寥寥少数之骡马难行之大道横穿高黎贡山，因之大军补给供应实难圆活。而况交通梗阻，道路盘旋曲折，越高岭、历危崖间，复际盛夏雨季，泥泞湿滑，步履维艰，坎坷崎岖，夙称险恶。”这样狭窄的地带，易守难攻，不利于大兵团作战。日军居高临下，在隘口、悬崖等战略要地修筑了坚固的防御工事，凭险死守。攻击部队则是背绝地以攻天险，历来为兵家所忌。

据第116师战斗详报记载：麦姆瑞少校所在的部队——第116师348团于13日从双虹桥渡口渡过怒江，目标是攻击由大塘子一线通往南斋公房古道的守敌。但他们的第一仗蛮乌龙的，那是在他们渡江的次日，一大早，第348团左翼的第36师联络组的几名美军官慌慌张张地跑到他们驻地，紧随其后的是第36师师长。原来第36师比第116师早一天过江，由于渡江未遭遇抵抗便有些轻敌，急急忙忙往山里推进。不料，半夜日军绕道偷袭，包围了师部。在特务连掩护下，师部撤到了山下。第36师师长请求第348团毛团长出兵解围，毛团长派了一营前去支援。日军受到腹背夹击，大败而退，遗下30多具尸体。刚出师就打了个胜仗，只有几名士兵轻伤，大家带着不少战利品兴高采烈地归来。有的头戴日军钢盔，有的披着日军大衣，高兴得很，说要等随军记者来的时候照张相片寄回家。姚元还专门向他们要了一面“武运长久”的太阳旗送给麦姆瑞少校。然而，大家高兴得过了头。当他们沿江边继续行军，正准备转入高黎贡山的时候，几架美军飞机从头顶飞过，突然就向他们扫射过来。这是姚元告诉我们的，他说：“大家伏在地上。美军少尉对着上空大骂，几乎把所有的脏话都骂尽了。什么操你的、狗养的、开杀的、狗屎！等等。有些骂人的话我也不懂。后来美军司令部复电解释说，飞行员见到头戴日本钢盔身穿敌军大衣的，以为是敌军，幸亏发现得早，没有伤到人。”

好运很快就过去了。几天后，西南季风便裹挟着大雨倾盆而下，滇西的雨季降临了。天上乌云翻滚，溪谷化为奔流，小路成了水道，山地泥泞。《陆军第五十三军由怒江至腾冲会战战斗详报》写道：“我军此次反攻，恰逢滇缅之雨季，非惟云雾之笼罩，即为淫雨连绵，加以山洪暴发，倾泻而下之雨水与融解流化之积雪混成交流，使各大河及沟渠之水流，势如万马奔腾，难以津渡。”第53军美军联络组的报告也称：“随着雨季的到来，天气逐渐恶化。在如此高地上，而变成雪花，形成浓雾，淋湿了粗糙的中国军服，视野一片朦胧。”第14航空队为此专门空投了一万件雨衣给中国军队御寒。

高黎贡山的雨季蛮恐怖的。一个冬春的干燥之后，森林里的一切在雨水滋润下互相绞缠着疯长，淹没了一切。绿野茫茫，到处是蚂蝗和各种蚊虫，唯一能安全插足的是那条古老的石板铺就的古道。可谁又敢大摇大摆走过去？古道的两侧可是最危险的陷阱。如今古道后面的那些沟壕阵地历经半个多世纪的泥沙冲填，依旧有半米多深。

我三次走过第116师的战场故地，听过无数的老乡讲渡江后的战役，但从来没有找到一位曾真正在这片艰难的山地上作过战的军人。况且从第20集团军到第11集团军有着长达一百多公里的战线，重峦叠嶂的群山阻断了各个战场之间的消息传递，再加上不断减员又不断补充，战后即天各一方，从来就没有可能留下一部完整的历史。我一直希望在半文半白的国军战报里了解更多的细节，但往往要为我们的文化缺乏叙述传统

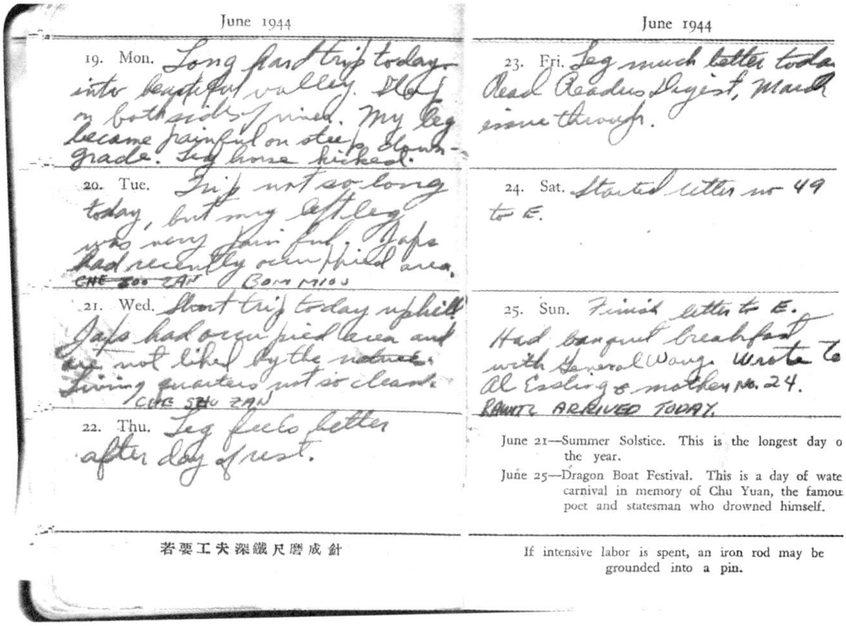

米歇尔的日记

兵来了，他们拿着一个罐头问我要不要吃肉。我说什么肉？他们说是狗肉。我说不要，谢谢你们。但如果他们晚几天给我，那我肯定要了。有一天，我们沿着一条道往上走时，看到一队中国军人，他们的工作是担米，是给作战部队的，但他们自己在得到食物的顺序上是排在最后的。其中一个中国兵在我旁边坐下来，接着就倒下死去了。他是饿死的。”

2005年我从高黎贡山的北斋公房下山来，路过怒江边的芒宽，听说那里有位老兵，于是就顺路找去了。老人是一位黄埔军人，是第20集团军后勤部队运输12团的团部中尉军需官，他们部队是美国人的记录中死亡率最高的中国部队。我们之间有一段对话令人难忘：

“汽车怎么过江啊？”

“汽车？不是不是，走路。”

“用骡马运啊？”

“不是不是，用扁担挑。”

“没有骡马？”

“运输10团有骡马，我们12团没有。用扁担挑的挑，扛的扛。一个连只有几条枪。”

“整个集团军的弹药、粮食都是扁担挑上去的？”

高黎贡山古道，即使在和平环境里，即使在大晴天也不好走

“哦，扁担随时带着，大多数是扛，子弹和武器是扛上去的，粮食才挑，没办法。79步枪、轻重机枪都是美国装备。原来我们有点六零炮，没有高射炮。八年抗战要不是美国支持，我们打什么小米加步枪。”

老头儿是山东人，那年86岁。那天刚从地里回来，一件泛黄的破破的白汗衫套在他精瘦精瘦的驼了背的身子骨上。与此前见过的太多的黄埔老兵一样，他打过仗，坐过牢，靠着一亩三分地度晚年，他的儿女们也一样地烦我的话题。因此等我离开了才记起，都没来得及问老人的名字，他的籍贯还是听口音猜的。后来看过保山一位摄影师拍的老兵人像，100幅黑白大头照，只有光溜溜一个面部，下巴以下什么都没有，连衣领都没有。感觉挺奇怪的，仿佛他们长得都一个样，一样的苦难，一样的沧桑。他们或是黄埔军人，或是抓来的壮丁，叫什么名字，老家在哪里，谁在乎？都是十几万渡江大军中的一员，相同的命运，相同的结局。

热带季风季节里，小道非常泥泞，辛普森上尉与话务员及一个小队牵着两匹小马和最后剩下的两箱C型干粮，一路追赶斯多德上校。突然间，士兵们把马打死了，原因是他们没有东西喂马。马不是可以吃草吗？遍地青草人不能吃，马是没问题的。辛普森上尉曾经让一名士兵和一个翻译下山去买他们能找到的任何食物。他们带回来一大口袋豆子，然后大家坐下来拣豆子，有虫眼的给马吃，没有虫眼的人吃。在那个士兵的概念里，豆子之类的才是马的食物，草不算。最后，话务员扛一箱C型干粮，他扛另一箱，直到追上斯多德上校。辛普森说："你知道吗，陆军的膳食标准是一天3个C型干粮罐头，而我们一天只有三分之一罐，和米饭掺在一起吃，我们又瘦又凶。就在日本人撤出后没两天，我们来到一片树林里，正值热带季风季节，又潮湿，还下着小雨。我把火点着了，把钢盔放在火上煮饭。我们找到一些村民留下来的糖块。我把糖块削到米里，钢盔带子着火了，烟灰飞了饭里。我从地上捡了一根棍子把它们都给搅合在一起。啊，味道好极了！"

以他的幸福标准来看，难怪Y部队作战参谋在1944年11月25日的报告会有这样的记录："中国士兵要行军还得要和粮食作斗争，他们吃的那点粮食会把美国人饿死。"英国人早就知道中国士兵即使是吃一点点东西也要打仗，因此在反攻前讨论中国军队的空中补给时，盟军东南亚司令部总指挥蒙巴顿认为：中国军人所需的空运量可以远低于英美军人的所需量，故约定每日按4个师的最低补给量进行空运。"当时，中国远征军的编组为两个集团军6个军15个师。即使存在饱受诟病的不满员情况，以60%计，也有整整9个师的兵力。

寒冷与饥饿即使是对早有防备的日军也同样艰难。天晴的时候，中国军队能得到空投，得不到空投时，还可以去挖野菜，找苦竹笋充饥。而被铁桶一样围着的日本人，根本就不可能走出掩体一步。

古道上的赶马人

吉野孝公所在的北斋公房离南斋公房战场有几十公里的距离，但两个战场遭遇的情况一模一样。日军的防御再坚固，但大势已去，下山阻击渡江部队的原口主力再也没有回来，马鞍山的日军也弹尽粮绝。24日，吉野与剩下的人员杀死了军马，给无法行走的重伤员每人留下一颗手榴弹，然后冲出重围，往腾冲方向撤退。雨不停地下，越往山顶走越冷，雨雾渐渐凝成刺骨的冻雨，寒冷像魔鬼一样死缠着这些滴水未进的人。吉野写到身边一个冻死的士兵：在海拔4000米的冷水沟附近，“寒气刺骨，冻得手脚发麻。这时我身后的一名士兵突然将手中的枪扔下飘满浓雾的山谷，小声地骂道：‘狗日的混蛋！’他苍白的脸开始不停地抽搐起来。在他旁边的战友见状，急忙拍他的脸颊，帮他按摩后背。但一切都无济于事，他身子一下子从战友们身边滑落，消失在雾中的山谷里。”

与寒冷一样恐怖的是饥饿。吉野没有提到什么时候开始断粮，但情况肯定不妙。在他们突围出马鞍山阵地，撤往山顶的冷水沟之后，又遭遇远征军不分昼夜地攻击。他写道：“敌人的攻击更加猛烈。随着炮弹的爆炸声，几匹本地的战马在炮火中倒下，但还没有断气。士兵们见状从战壕里跳起来，飞快地跑过去并迅速地切开马的腹部。军马的前蹄拼命地挣扎。有人叫道：喂，大家快过来！声音响彻战壕。连做梦也未想过的活生生的事实就呈现在眼前——生食马肉。尤其是我们这些从马鞍山撤下来的士兵，宁愿被炮弹炸死，也不愿再忍受饥饿的煎熬。饥饿的士兵们一个个急不可耐地朝着马肉贪婪地奔跑过去。激烈的战斗中，人和马的鲜血染红了雨中的冷水沟。”

吉野的这部战记，是战后30多年时间里，在与战友的遗属每年举办佛事的过程中，一遍遍地讲述后记录下来的。出于安慰死者及遗属的原因，战场上最黑暗的那一幕，他铁定不会讲出来。别说是马肉，他们吃过更恐怖的东西——人肉。我听过中国老兵和老百姓讲日本人吃人肉的事情，还千真万确地说，吃过人肉的人眼睛是红的，大便是黑的。如果有人认为那只是传闻不足以令人信服的话，作为文字记录，美国新闻处编辑的《最高海拔的战斗》可是白纸黑字：“很多时候，中国人和美军顾问不得不吃竹笋和从缅甸带来的牲畜。一个美国顾问小组甚至还吃了老虎肉。最糟糕的供应问题出现在斋公房，那里日本人被包围了，当应征入伍的中国农民小伙子炸毁日本人最后的工事时，他们搞不懂，为什么原以为还有至少300名日军，但现在只剩下75人？他们在厨房里找到了答案，原来日本人在干粮吃完后，就把自己人一个个吃掉了。”这里所说的“斋公房”就是吉野生吃马肉的北斋公房冷水沟战场。日本人吃掉的肯定不只是自己人了。吉野曾写到，在一次快速出击后返回战壕，一个伍长拖回了一具敌人的尸体。此时他们已经弹尽粮绝，敌我双方的距离只有四五十米，重机枪的火力压得他们头都抬不起来。

窦恩回忆录的描述就更生动了。他记录的是第53军的路线，南斋公房山下的江苴。“我们和中国的一个营在高黎贡山西坡一个叫江苴的地方奇袭成功，当我们冲到了日军的一个指挥部食堂时，美国的联络军官碰见了一个令人惊讶的吃人肉的例子：准备好的不同阶段的尸体像堆柴一样在地上堆着，有一些尸体的部分位置被剥了皮，长条的人肉是从另外一些人身上割下来的；有几人仅留下了骨架，奇怪的是头、手和脚都完整地保留了下来。许多长条人肉显然是从手臂和腿部割下来的，正挂在树枝和绳子上晒干，有些还需要被割成适当长条以便在两口大锅里炖煮。”

这件事情的后续有点意思。窦恩很吃惊，日本部队竟然会吃人肉，这也让中国部队十分恐惧。他希望把日军在战场的野蛮行为公诸于全世界。然而，他的意见却被来自重庆的命令否决了。起初他不理解：这是最好的宣传材料，中国政府为何要压下来？不久他想明白了：中国方面认为曝光日军在作战地区吃人肉的行为会散布一种潜在的恐惧，“如果这事情传播开来，将会给他们自己的部队某些启示——当他们的膳食供应出问题的时候，他们可能会找到喜欢的菜单”。

吉野在书中称第二大队为“人肉部队”，但没有进一步解释，我不知道他的本意是什么，但令人联想到这支恐怖部队的恐怖行径。吉野的友人丸山丰也驻过腾冲，后因调往密支那战场而得以幸存。他在为吉野此书所写的后记里说：“对于战场上的事，有的可以写，有的则不能写；有的想写，有的则再也不愿追忆。”这句话的背后有多少不堪回首的难言之隐，只有那些真正经历过战场煎熬的士兵才能理解。

四 火线上的野战医院

在寻找麦姆瑞少校的几年时间里，我们访问和联系过的、谋面与未谋面的美国老兵们，包括了步兵、炮兵、通讯教官、战斗机飞行员和普通的卫生兵。其中两位老人就是曾在少校的战场上为中国军队服务过的第40野战医院的卫生兵。

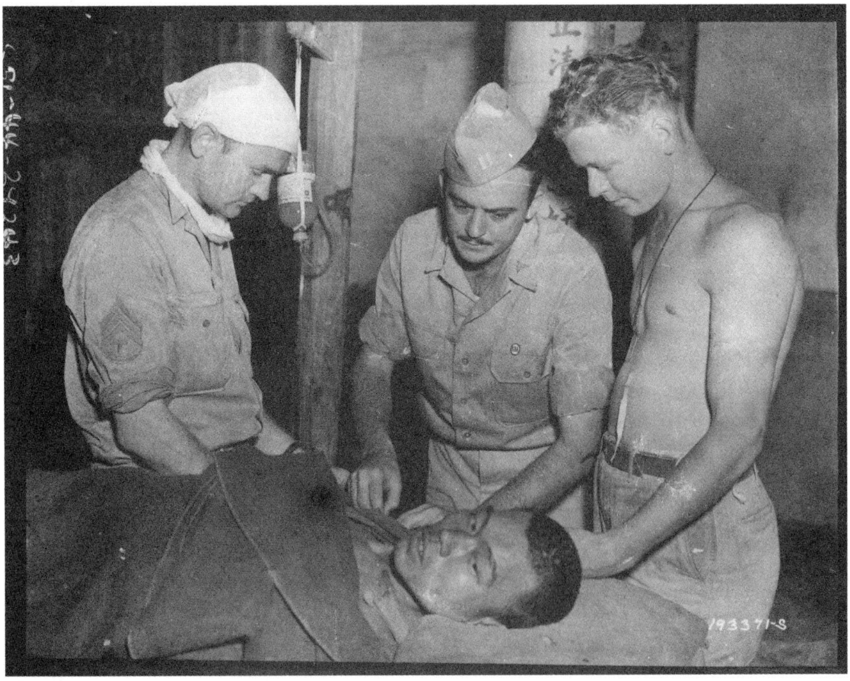

战地救护

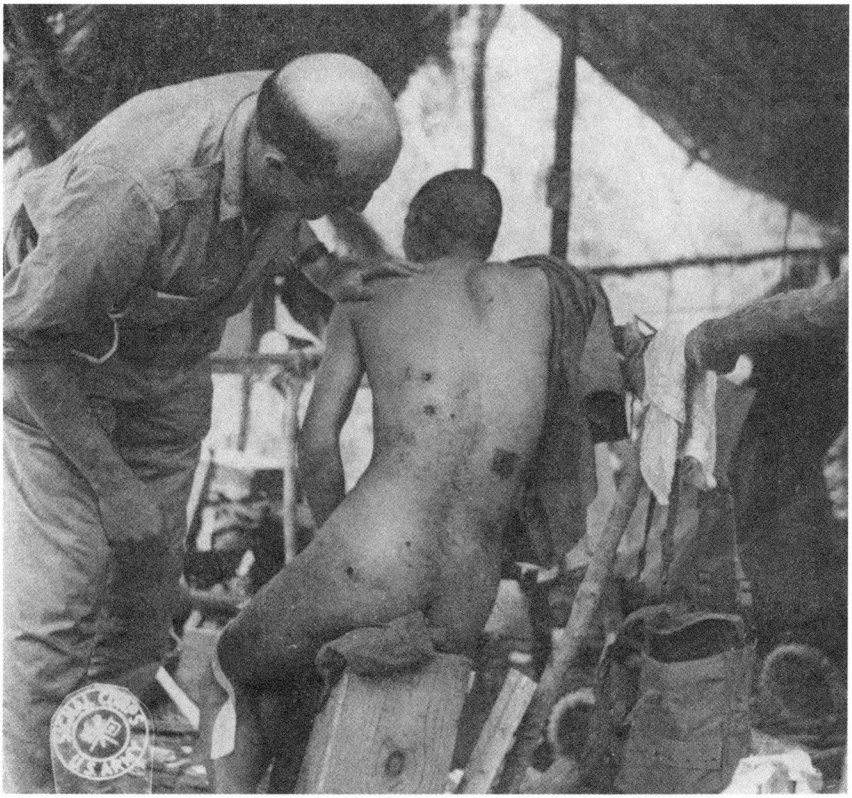
受伤的中国士兵

泰德·道尔讲过一个故事：他们到了前线后，最早的一批手术中有一个士兵腿部伤势很重，不得不把他膝盖以下的部分给锯了。手术做完后，他把锯下的腿交给了另一位士兵，告诉他把腿给埋了。那天有很多的伤员，他们一个接一个地做手术。下午晚些时候，重伤员基本处理完了，太阳还挂在天上，该轮到那位他们认为头上伤势不算重的伤员了，可是怎么都找不到他。他问翻译官，翻译官说人走了。为什么？因为伤员说他看见那人腿上有伤，医生就把他的腿锯了，我头上有伤，他们也会把我的头给锯了……

刚开始听他们讲医院里的轶事，觉得蛮有趣，慢慢地我开始理解这一活跃在怒江战役前线的医疗单位对中国军队的战地救护体系带来的革命性意义。就像泰德·道尔说的："我们后来才知道，那时候中国人在战场手术外科技术方面远远落后于我们。一些受伤的中国军人被弃在战场上等死，他们以为我们帮不了他们。但是没多久，他们看到我们的工作成效就不再这么做了，送来的伤员也越来越多。"

中国的战地救护历史肇始于晚清，一些地方军如湘军、淮军开始酌用“医匠”。甲午战争开始后，随着伤卒人员大量出现，清军开始设置医局，后李鸿章等洋务派官僚上书光绪皇帝组建了海陆军医院。虽然规模很小，且无经费预算，大部分救护是在战地后方医院进行，但开了中国军队战地救护的先河。在甲午战争中，进行战地救护卓有成效的是一些在华西方人士，他们建立红十字医院，参与救治和运送中国伤员。辛亥以后，中国一直处在革命的动荡中，军队战地救护体系一直没有建树，士兵在哪里受伤就在哪里死亡。在抗日战争中，中国红十字会救护总队发挥了极大的作用，最高峰时有9个医疗大队、50个医疗中队、100个医疗小队，分驻在全国几大战区。然而，红十字会总归属于非政府机构，军队始终没有建立起系统和完备的战地救护体系。这一点连日本人也知道得一清二楚：“中国军既无辎重部队，又无卫生部队，他们不依靠后方补给，始终以就地补给为原则。”

Y部队作战参谋在怒江战役中就发现一个他们认为十分惊人的事实：中国军队的一些指挥官并不在意士兵的健康，如果他们病了，在路边倒下死去了，就重新征募新兵补上，而不是想办法给他们治病。中国

运送伤员

飞机运送伤员在中国战争史上是第一次

部队在计算可能的生病人数时，竟然与可能的战斗伤亡人数相同。也就是说，如果一个人病了或受伤了，军队就认为他死定了。“如果部队看到前线附近有医疗单位，他们会感到心软，并且不能成为一个勇敢的战士。”第20集团军第54军的官员就是这么认为的。因而在怒江战役里，并不是所有战斗部队都欢迎野战医院，第36师就对配属给他们的医院不感兴趣，而第116师和第130师却热心欢迎野战医院，并尽可能地给予帮助，因为他们看到野战医院救护了数以百计的生命。

野战医院是中国远征军配备的一部分，野战医院下面有若干流动医疗小队，规模不大，几匹马、几个箱子就能驮下全部器械，但足以施行急救手术和战地救护。除了战地救护，野战医院还要作疾病防治。医生们要教育中国士兵注重清洁卫生，为部队种牛痘，打斑疹、伤寒、疟疾和霍乱的预防针。Y部队作战参谋的报告中记载：“中国士兵中患病事件的原因不仅是饮食不足，还有是缺乏个人的清洁卫生。中国炮兵营中的卫生人员经常短缺，只有很少的训练不足的初级卫生助理人员，完全缺乏适当的医药供应，疾病的防治绝大多数是在兵士中进行，疥疮名列第一位。美国医生示范给中国人用硫磺治疗，硫磺在中国到处都有。”有一份报告指出：第53军炮兵营从满州里到达昆明的时候，90%的人患有疥疮，15%的人患有沙眼和其他眼病。

第40野战医院是跟随第53军翻越高黎贡山的战地流动医疗单位。泰德·道尔说，他们小队人数最多的时候有33名士兵、4名军官，这取决于战场情况和食品供应。在某些时候，人数会减少到半打人，即两名军官和4名士兵，但足够组成一个外科小队。在他们的后方有一个中国人的战地医院，伤员做完外科手术处理之后就被送到这个医院。渡江之后，他们搭建起来的第一个战地医院是在一座农舍，“热带季风尚未开始，天气清朗。我们拿出几个箱子放在两头，上面搭上一块门板，这就是我们在这个农舍里的手术室了。以后，每当医疗队需要农民的房子时，他们总是非常支持，他们知道我们干什么，尽可能地帮助我们。”

阿扎尼亚是另一个医疗小队的。他说，在很多时候，只要有一块平地，他们就可搭起手术台来做手术，当然如果能找到一个有屋顶的地方就更好了，“看着那些可怜的人躺在那儿，哎哟哎哟地叫疼，你又无法为他们做些什么，我能做的只是把他们抬进手术室，交给外科医生来处理。受伤最重者先得到处理，无法被救治者其次，最后是轻伤员。好在我不是作决定的人，这一切真让我难过。很多人受伤，很多人死去，这就是战争。看到别人受罪是很伤心的事，那些当兵的和我的情形一样，你要为你的国家而战，被选上你就得去，该发生什么就会发生什么”。

医疗队紧跟在战斗部队后面日以继夜地工作。泰德·道尔说：他们跟在部队后面一直往高黎贡山上走，有时候条件并不允许他们离战场太近，伤员不断地被抬来过。手术有时在民房里做，有时就在露天做。除了医疗队之外，他们只能看到伤员和抬伤员的人。伤员处理好了送往后方医院，他们接着再赶上向前推进的部队。行军最远的一天走了26英里，而离目的地——高黎贡山垭口还有三分之一的路程，那里是他们征途的最高点。“我们和一支中国部队在一起，雨一直在下，我们跋涉了很久，非常累，我有点发烧，可是不想告诉任何人，因为我们要翻到山下去另一个河谷。我们到了一个地方，有个很大的棚子，没有墙，只剩下屋顶。里面有一些中国兵，他们燃起了很大的一堆篝火。友好的中国军人让我们脱下衣服，挂在火上烤，还给我们煮了稀饭。大家围坐在一起，稀饭太好吃了，很烫。就这样，我的烧也退了。当时争夺这个垭口的战斗非常激烈，我们顺溪流而上的时候，溪流边都是死了的牲口，我们不知道它们怎么死的，是被炮火击中，还是在战场上死的，或者是累死的。它们身上都有个口子，是被人割开的，把里面的内脏掏出来充作食物。我们走到了山顶，战后的惨象就像一战的画面。树上的叶子都被烧光了，除了泥土，地上没有草没有任何东西。”泰德说。

农家院里摆起的手术台

Y部队的报告记载：1944年4月28日至10月27日的6个月中，野战医院共收容5000名病人和9428名战斗中受伤人员。在这9428名伤者中，仅有492人死亡，约占5%，这是一个很低的比例。超过四分之一的伤病员经治疗后返回了战斗前线，对中国军队而言，在怒江战役之前这几乎是不可能的事情。

泰德·道尔家里挂着一面日军旗子，一挂就是好几十年。老头儿很是得意，就像他的上尉当年说的，那是他们人生里最伟大的事件。“上战场前，我们的领章臂章都被摘下，所有军官也把他们的上尉、少校的肩章臂章都摘下了，命令我们只能互相称呼名字，原因是不能让日本人知道谁是指挥官。有一次我们做了很长时间的手术，那天有很多伤员，这是那些日子里很长很长的手术中的一次，最长的一次是连续36个小时的不间断工作。手术终于做完了，一个中国军官来到我这里把一面日本旗子给了我。我对牛翻译官说：牛，我不能接受这面旗子。他说，泰德，你得把它收下，否则就是一种侮辱。我说这旗子应该给我的长官，但是他不知道谁是长官。因为分配给我的工作让我很忙碌，他以为我是当官的。于是我得到了这面旗子。当然，一旦我得到后，告诉你吧，我才不给别人呢。”泰德·道尔说。

五 少校之死

不论在一年里的哪个季节，也不论是一天中的哪段时间，双虹桥都是如此的吸引人。环环相扣的铁链承载着厚重的木质桥身，从东岸延伸到江心的一座礁石，再从这座中流砥柱般的礁石跨到西岸的山脚下。这便是双虹桥的来历。在苍凉的峡谷里，桥身因重力的原因向江面凹下，呈完美的弧形，仿佛是千百年来往其间的行旅商客对上苍、对未知旅途

双虹桥

的谦恭。这是怒江上一座古老的吊桥，始建于清代早期，连同大江两岸的山中古道，曾是张骞在遥远的阿富汗听说的“蜀身毒道”中的一部分。踏上它轻轻摇晃的桥身，两条粗重的铁链把你的视线引向对岸伟岸的大山。

高黎贡山一侧的江边是黑色玄武岩，依然保留着亘古以前从地心涌出的熔岩流动的形状，灼热、缓慢而势不可当。房龙（Hendrik Willem van Loon）何以说“历史是地理的第三维”？踏上双虹桥你便知道了。千百年来，怒江水卷动的漩涡一路南下，流向缅甸，汇入安达曼海，却把多少它身边发生的故事凝固在时间里。这些故事有的消逝不见了，有的还执着地沉淀在岸边的日常生活中。

在这座桥上，我两次遇到一位傈僳汉子，他的家在东岸离桥头不远的山坡上。第一次是一个黄昏，他从芒宽赶街回来，喝高了，走路都左脚绊着右脚。一高兴，从自家织的麻布挎包里掏出一瓶酒要请客。第二年再次见到他，也是赶街回来。这次没喝酒，倒像是变了一个人，很羞涩，很木讷。说到战争，他就说了一句话，让人无言以对。他听老人说，打仗的时候，山上淌下来的溪水都是旺子（云南人称血为旺子）。

那得多少人的血才能将如此伟岸的高黎贡山的溪流染红？中文里有一个词叫血流成河，我相信这位没读过书的傈僳汉子不是在使用形容词。相同的话几年前我听百花岭的老吴也说过：那十多天的激战，担架排在通往战场的五条小路上抬伤员，伤员多得都是摞着抬走，那个血旺子把五条小路都滴成了五股血路。打死的还不算。从老吴家楼上的小窗户望出去，靠近江边的是唐习山，往高处走是大尖山、大塘子，再往山上走是小横沟、鸡心山、锅底塘、幸拉。这些地名在国军的战史、日军的战史以及美军顾问团的报告中反复地出现，无一不是一个又一个惨烈无比的战场。

渡江之后整个翻越山脉的作战，其血腥程度不论对中国军队还是日本军队都是始料未及的，尤其在东坡山坳中，各个隘道上，远征军都遭遇了日军令人生畏的抵抗。日军计划利用他们占有的地形优势，竭力将远征军主力牵制在高黎贡山山脉内。姚元老先生说，第348团转入高黎贡山后，很快就向盘踞在唐习山的敌据点进攻。日军居高临下，在各个隘道筑有坚固工事，还有躲藏在树上的狙击兵，这让仰攻部队伤亡很大。为了避免攻击，第348团常常由两侧迂回攀登悬崖绝壁进行突击，其间还数次发生白刃拼搏。许多阵地都是一度被攻克，又再度陷入敌手。敌人守不住，就撤向更上一层据点坚守。

在近代战争里，发生刺刀对军刀的冷兵器时代的白刃战，大概就只有在远东，只有在怒江西岸的战场上，只有中国人对日本人的厮杀了。如果还有足够的弹药，如果还没到大炮零距离射击的程度，没有人希望发生如此残忍的近距离肉搏。听过几位老兵讲白刃战，他们没有真正参与，但他们听到了，一直听着前线正在发生着的漫长的死亡过程。时间凝固了，浑身的血也都凝固了，一直到滴血的刺刀穿透最后的活着的肉体。1945年元旦的清晨，在畹町边境上的黑猛弄，刘志声就这样经历了他一生中最漫长的时间：之前还有枪声，慢慢地枪声没有了，传来的是一片喊杀声。再后来喊杀声也没有了，阵地上一片寂静，死亡的寂静。掸邦高原的太阳缓缓地从雾霭中升起，血一样的红。浑身是血的传令兵回来了，哽咽着：死了，全死了，日本人也死了。

在敌我双方的战史里，都把这一线称作“大塘子附近之战斗”。正面之敌是第148联队藏重康美部队的主力第三大队，大队长宫原春树。第56师团的计划就是竭力将远征军主力牵制在高黎贡山脉内，为此，还将先前派去紧急救援平戛守备队的原田联合大队和龙陵地区的荻尾大队用汽车运往瓦甸，纳入藏重康美大佐的指挥，另派一个炮兵大队协同藏重大佐作战。日军居高临下占有地利之便，还凭借着坚不可摧的工事——这些工事的基础是1942年在这里打游击的国军所建的。国军有占绝对优势的兵力，有强大的火力支持。20多天的战斗里，双方胶着在高黎贡山东坡地域广大的险峻山地中，以消耗着鲜血、生命和弹药为代价，争夺一个再一个通往山顶的高地。然而，除了言简意赅的战报和姚元在《一个远征军翻译官的轶事》中留下的不多的文字，麦姆瑞少校的战场没有回忆录，不论是国军的还是日军的，至少我没有找到。我听到的所有故事一部分来自CBI老兵，其余都来自大塘子的老百姓。虽然没有亲身经历，但他们远远地在高山顶上看到了。然后，这些“看到”的故事在坊间流传保存至今。

吴朝明的大哥那年13岁，他说：“抗战最危险的就在我们地方了。民国三十三年（1944）正式反攻，老百姓全都躲到高山上去了。机炮枪一夜响到天亮。飞机一来轰炸，他们就跑到高山上去看热闹。从大尖山炸到打鹰沟、防风山。”

吴朝明比他大哥小五六岁，但比其他人更爱琢磨事情。他的老师也是他的堂兄，反攻开始前就已经在私下动员了，让老百姓收拾了所有粮食都躲到高山上去，他留在村里为远征军做向导并提供可能的支持。战后，民间流传的战争史就混合了老百姓在高山上看到的、老师那里听到的，以及在口口相传的过程中演绎出来的部分。战争之惨烈足以让这个山坳里的小村庄成了一个活的战争博物馆，为这个国家保存着不该忘记的一页。

老乡们记忆深刻的是，国军的炮一路打到大尖山，这里一炮，那里一炮，像点豆一样。殊不知，美军联络参谋组对中国炮兵点豆式的炮击非常恼火。第53军美军联络组的报告写道："第53军炮兵营在渡江时第一次连续猛烈发射了242发炮弹，却没有进行任何观测，如果有任何敌人的防御设施被击中的话，那就是偶然碰上的。该单位的美国联络官试图建议该炮兵指挥官停止射击，先把观测站建立起来，但他拒绝了。为此他消耗的弹药约重6000磅，要100个夫役才能运送到前线。"而且，"炮兵部队通常的位置在较远的大后方，射击用的是最大的射程，由于命中率太低，他们的炮兵观测站也远在大后方，这必然就浪费了很多弹药。中国人从未使用过前进观测站，这大大地减小了炮火的威力，而他们不听美军联络官的建议"。

美国人不满的还不止炮兵这件事。正如Y部队作战参谋的报告《怒江之战》（Salween Offensive）中说："美国人能够推荐、说服和哄骗中国部队，但指挥不了他们。"因而，如果中国军队不接受他们建议的战术方案，他们也无能为力。最典型的就是渡江后的战役了。

第53军的战报记载："14日午后10时许，奉霍总之命令，先行攻击大塘子为目的。53军116师于15日晨继续攻击大坪子南北高地之敌；130师除以一连固守大尖山，其余俟116师消灭大坪子南北高地之敌后，进至大塘子，即以全力歼灭大塘子之敌。"

这条"霍总之命令"与胶着在高黎贡山长达一个月的血腥之战不无关系。中国远征军司令长官部曾建议：所有部队迂回到高黎贡山敌方阵地后面，快速进入西部谷地。但集团军的指挥官拒不执行命令，认为这样做会留下日本的零星部队在他们的后面和侧面。萧毅肃认为部队通过之后，我们就能强迫敌人撤退，他催促卫立煌下达命令，但遭到拒绝。卫立煌说：如果下属指挥官们都反对，发布这样的命令则是一椿坏事。结果，部队被阻击在大塘子附近。第53军美军联络组5月10日至15日的报告肯定了"中国部队所有年轻军官及士兵们的态度和勇气都是值得钦佩的"，但指出"第36师和第116师的指挥官们抱怨说：他们获得来自高层的详细命令，并且不准妄自行动。他们宣称愿意迂回到敌人阵地后方，为此也做出了计划，然而被高层领导制止了。同样的抱怨来自营级、团级的指挥官们，对师指挥官们提出意见”。“更糟糕的是消耗了正面攻击敌人的人力，打了一场小型的直布罗陀战争。”

这也是窦恩不满卫立煌的原因之一，说他是一个道德上的胆小鬼，而不是总指挥官的材料，摧毁几个没有武装起来的共产党的村子，并不能证明他也能够指挥那些很少打大仗的军队。“最近卫提出建议：我们可使用B－24低空轰炸大塘子，因为它能够投掷1000磅的炸弹。任何人都清楚卫的这个意见是不可能的。”卫立煌的确不懂新武器，只有攻击机可以低空飞，重型轰炸机低空飞是不安全的，尤其在地形与气流变化都大的峡谷中，B－24低空飞行是要撞山的。

每一次过高黎贡山你都会想，是呵，尽管过山的主要孔道只有三条，但一些只有当地人才知道小道是存在的。如果避开日军的坚固工事，迂回到西岸，将日军孤立并围困在山里，这应该是事半功倍的事情，第20集团军总司令霍揆彰怎么就不明白呢？更何况，国军已经知道日军在获得反攻计划后，早已在高黎贡山部署了强大的火力网。日军第56师团的主力差不多都调往高黎贡山了，腾冲已成空城，下游的龙陵、松山、芒市也仅有少数兵力，国军怎么就不懂避实就虚呢？再者，在得知日军已获得情报后，卫立煌飞重庆请示蒋介石，请求让第11集团军立即渡江，乘虚直入龙陵、芒市，但直到6月3日第11集团军才开始渡江。第87、88师会攻龙陵虽然减轻了大塘子一线的压力，迫使日军放弃高黎贡山各隘口，但此时高黎贡山的战斗已经渡过了最艰难的时期，已白白新增了千百名殉国者。

美军作战参谋的报告评价道：“在高黎贡山里的战斗，日军射击准确且节约弹药，伪装近于完善。日本兵尽管已成孤军，陷入重围，既无空中掩护又缺空中补给，但毫无屈服的表现。与此相反，中国军队却反复进行代价较大的正面进攻，白白浪费了大量人员和弹药。”

所有的遗憾都是后话了。回到大塘子，战斗正激烈。

第53军战斗详报《大塘子附近之战斗》载：

16日，116师前进搜索，鸡心山有敌占领。战况无显著进展。17日，116师进出鸡心山隘路时，遭遇约五六百名敌人，激战两小时，占领鸡心山、宗宝山及其以西高地。130师向马蹄山东麓及西南百花岭之线，开始攻击当面敌人。无显著进展。因马蹄山东侧斜面悬崖绝壁，攀登不易，敌人工事构筑巧妙，配有树上机枪阵地，敌顽强抵抗，我官兵牺牲较重。连长阵亡二员，负伤连长以下已达二百余名。18日早6时许，116师攻击大塘子西北之敌，伤亡连长以下约60人。130师早11时进马蹄山各据点，中午12点攻占高地两处，晚6时许，卒将马蹄山东北突出之最高峰攻占其半，该师共伤亡连长以下70余员名，敌伤亡官兵约三四百人。

第348团战斗详报称：

16日，12时，第348团前进至杏喇（民间写作“幸拉”——作者注）以南地区，与敌发生战斗。此时，我130师第388团在大塘子东侧，于百花岭附近陷于苦战。师长即令348团以全力向大塘子之敌攻击，以挽回其战势。激战至17时，即占领鸡心山及其迤西之线。师长令第一线部队348团构筑简易工事，严密戒备。17日，8时，348团利用炮兵向当面之敌射击，惟因地形复杂，森林茂密，炮空迭行轰击，仍无多大效果。当日战况无大进展。18日，敌由旧街方面增援，兵力约一中队。10时，348团开始攻击，占领前方高地。19日，师长以连日攻击频挫，于19日变更部署……

辛普森上尉负责为中国部队提供通讯支持，始终与前线战斗部队在一起。他说：“日本人控制了主要山道，在这些战斗里，很多中国人牺牲，但他们甚至没有时间埋葬同袍。有一次我穿过一片开阔地，那里大约有四五十人牺牲了，他们没有时间掩埋，能做的就是在死者身上撒些土。当然，野狗就过来了。”

5月19日，大塘子战役的拉锯战进行到了最艰难的时刻，日军据守的各个隘口发生了数次肉搏战。第53军战斗详报《大塘子附近之战斗》载：

19日，116师348团从旧街迂回攻击敌之侧背。130师390团因连日苦战，伤亡惨重，以389团于拂晓前接替该团任务。9时许，敌向马蹄山猛烈反扑，激战至15时，我乘飞机大炮支援之下，仅马蹄山最高峰敌之坚固堡垒区约十余处未能占领。388团迫近敌阵地前二三百米，与敌数度肉搏，该团团长董道亲率第一线部队作战，奋勇指挥，身负重伤。是役，敌我伤亡均颇重。

19日的黄昏到来了，整整一天的惨烈厮杀刚刚平息，少校坐下来给妻子写了渡江后的第一封信。这也是他生命里的最后一封信，是他留给家里的最后的字迹。

最亲爱的菲：

有一阵子没有给你写信了，我不知道这封信什么时候能够寄出，但是我会把它收起来，等可能的时候寄出去。四天之前，我给你写了一封信，但是我又累又饿又困，今早我把它撕了。还有，它被打湿了。我打算多写些信，并在可能时寄出，但我就是没有机会写信。当你听到我的消息时，可以转告我父亲吗？

今天早晨，我状态不错。我洗了个澡（钢盔浴），这是一个星期来的第一次，我还把衣服也洗了，它们很脏，因为我一直没脱过，甚至睡觉时也穿着。今天的早餐不错，很多米饭和一点C型干粮，今天大约能够休息一整天。我在逐渐远离我从前那发胖的体态，有好几顿餐我就只吃米饭，肚子饿时它味道不错，但我通常是用一点C型干粮就着米饭吃。

很令人惊奇的是，我的两只脚还挺争气，我还以为它们不行呢，但是却没有问题，我曾经一次行军了22个小时。这本来也不算什么，可我们一直是在上山。山麓非常壮观。

又累又饿的好处之一就是你不在意吃什么或睡在哪里。睡在地上已经成为一件很舒服的事了。

你应当知道我适应得不错，我喜欢这种艰苦的生活，因为我发现自己有着和别人一样的能力。

如果你确实收到这封信，请别期盼在短期内会有很多来信，因为很难将它们寄出。但是你一定要坚信我的情况很好，能够照顾好自己。

听说几天内会有我的信件，这真是件好事。

我留了一盒Pangburn巧克力，等到肚子很饿的时候才吃了，它们寄来的时候情况不错。

爱你和芭芭拉、贝雯丽

比尔

少校的家书一如既往的平静，不论有多少惊心动魄的险境，他都一字未提。出于保密的原因他不能写，出于对亲人的爱他也不能写。少校无从知道，这封信是在他阵亡之后第十天由军队代他寄出的，同时到达的是军方的阵亡通知书。

5月20日早晨，怒江峡谷的太阳刚刚升起，8点，第116师348团的进攻战打响了。

8点30分，少校的中国使命在日军的一发炮火下被迫中断了。那天的情况在第53军战斗详报《大塘子附近之战斗》里有百余字的记载：

20日，第116师348团第二营率步兵两连，“迂回敌之左侧背，将黄顶山高地攻下。敌百余人向我逆袭，该营长王福林率部冲杀，身入敌阵，异常奋勇，杀敌数名，被敌乱枪射击殒命。黄顶山得而复失。第一营参加战斗，该营长李庆仙身先士卒，遂负重伤。因战斗惨酷，美方联络组美军官麦梅瑞阵亡，美少校军医欧阳、少校翻译姚元负伤，我伤亡营长各一，以下官兵百余员名”。

自从几年前开始寻找那张葬礼照片背后的故事，我们谁都没奢望能够如此详细地了解那是谁、在什么时候、发生了什么事。第53军战斗详报是提到了，但没有细节。直到联系上少校的翻译官姚元老先生以及通讯教官辛普森先生，我们才得以进入大塘子战场。

“5月20日是我的一个难忘的日子，那天麦克茂叶少校、一营王福林营长和我，带着一名美空军通讯兵和无线电报话机，在大塘子战场的一个小山坡上，指挥美军官向对面山上敌据点扫射。只见四架P-40美机将各自携带的一枚轻型炸弹投向敌据点后，又轮番进行扫射。营长也指挥迫击炮射击，敌阵地顿时一片慌乱，纷纷逃离，情急之下，王营长竟离开作掩护的大树，大声叫嚷指点部队追击。这样我们就暴露了。一发敌迫击炮弹在我们右前方爆炸。我本能地俯伏地上。第二发炮弹在我们跟前爆炸，我感到我背部被重重地打击了一下，伸手往背部一摸，热乎乎湿湿粘粘的。当时我立刻意识到，敌炮经调校后一定会几门炮齐放的，于是立即转身向掩护体爬去。果然，一阵炮弹打下。蜷缩在掩护体内的美空军通讯兵见到我背部都是血，惊叫说我受伤了，即刻拿出一把军刀把我的衣服割开，取出急救包替我包扎。然后说下山去报告。一阵炮击后倒反而显得寂静下来。这时倒令我紧张起来。我方的谍报人员曾便装潜入腾冲探听敌情，回来报告称腾冲城墙上贴着悬赏活捉美军官兵和翻译官的通告。我想既然已被发现，敌人不熟悉地形，很可能会绕道来活

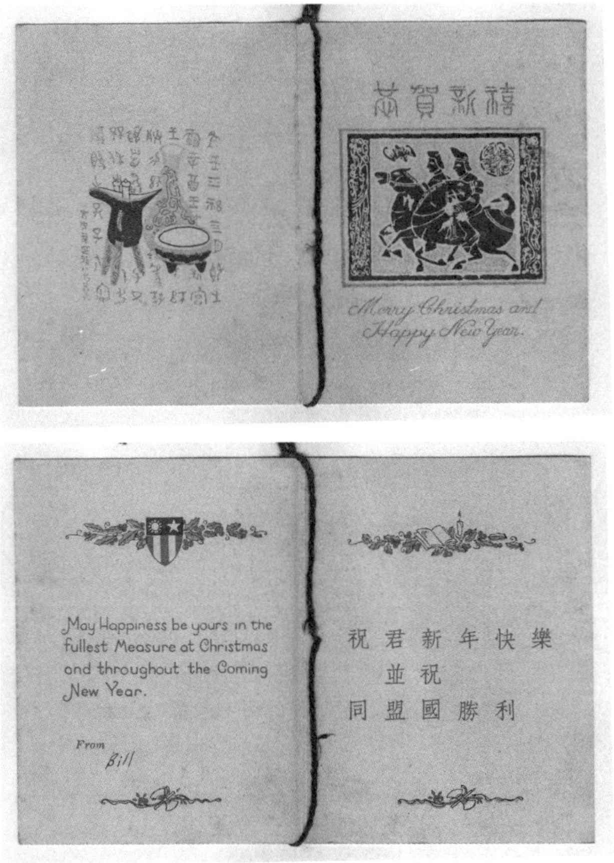

1944年元旦前夕，麦姆瑞少校寄给亲人的贺卡（外）（内）

捉我们。越想越恐慌，打开卡宾枪的保险，紧张地注视着四周。王营长用微弱的声音叫我，说少校死了，他也负了重伤。我告诉他，我也负了伤，并要他不要出声，已经有人下山报告。过了好久见到前面有人猫着腰拨开丛草走来，原来是师部联络组组长施徒德上校。他看了我的伤处，又去看了麦克茂叶少校，回来说，少校死了，王营长也负重伤昏死过去，叫我趴着不动，他回去叫担架。又过了很久，来了三副担架，把我们抬下山。在一个死角处，赵师长和几名美军官正在焦虑地等候着，神情凝重。美军校官在战场上牺牲那是少有的，况且还是作为顾问。渡江才几天就死了个少校，怎么不令人心情沉重紧张。我组的小黄翻译官以为我快要死了，抱着我的头哭起来，赵师长掏出几张钞票塞在我的衣袋里，说到了后方医院有用的。又叫担架赶紧抬我们去前线医疗队。留下少校尸体，后来在一棵大树下挖了个坑，上面覆盖着一面中国国旗，深深地埋入坑内。”

姚元的这段文字写于1996年。那个时候，葬礼照片、少校的书信、第53军、第116师和第348团的战斗详报、日军的战报、美军CBI战区的档案，以及所有与怒江西岸有关的记忆都还躺在这个世界的各个角落。也是在那一年，少校的妻子菲揣着一生的忧伤离开了人世。只有进入晚年的姚元一直在回想他被抬下战场的时候看到的最后一个场景：少校的遗体盖着一面中国国旗被埋在一棵大树下。他再没有回过云南，也不知道少校最终回家了没有。他的文字里还沿用旧的翻译，把少校的名字译为“麦克茂叶”。他说，被送到后方医院之后，躺在病床上不能动弹，但炮击的场面一直萦绕在脑海中。“当第一发炮弹在近处爆发后，我也不知道怎么会立即趴在地上，这大概是从电影学来的。第二发炮弹在跟前爆发，弹片击中了我我都是很清醒的，知道那是敌炮经调校后的试炮，紧接着会有几门炮的齐放，于是离开原位爬向掩护体侥幸地生还，是否因为我信教而受上帝的保佑？如果不幸地也被炸死，一定会和少校的尸体一并被埋在大树下。在那兵荒马乱的年代里，谁会把我的不幸告诉我的家里。若干年后，我的双亲也不会知道他们日夜盼望着的儿子在哪里。”

辛普森上尉是现场的另一位亲历者，他在2005年接受我们采访时回忆说：“刚刚登上小道，就响起了嘣嘣嘣嘣的爆炸声，听上去就像是在隔壁。天哪，出什么事了。山道弯弯曲曲的，充满了炮火声。我往山上爬，转过一个弯道，发现斯多德上校和他的参谋躲在一个树根下的坑洞里。我刚坐进去和斯多德上校说话，他们就将麦可斯少校（辛普森对他的昵称）抬了进来。我不知道他出了什么事情，我没有看见他身上的任何伤口、血迹或什么，但是迫击炮的震荡最终夺去了他的生命。我们感到很悲哀，但是你知道，我们某种程度上接受这是战争的一个部分。”

辛普森没有参加葬礼，他带着他的小队到各部队去了。他说他还经常想他们把麦可斯怎么样了。少校阵亡后发生的事情，是第116师联络组组长斯多德上校在给菲的长长的信里告诉我们的。

亲爱的麦姆瑞夫人：

在导致你丈夫麦姆瑞少校牺牲的那场战役中，我是他的直接上司，并且在他牺牲时离他很近。此刻，在不违反检查条例的前提下，我会尽可能地将当时的情形告诉你。今后，如果允许的话，我和他在这里的其他战友希望能够将此信中没有提到的细节告诉你。

麦姆瑞少校是中国远征军某营的联络官，任务是训练我们的中国盟军，以协助他们实施反攻，抗击我们共同的敌人日本人。我是中国师的高级联络官，他所在的团是这个师的一部分。

1944年5月20日，麦姆瑞少校所在的营进行了一场最艰难的战斗。

21 May 1944

Mrs. Wm. C. McMurrey
Cold Springs, Texas

Dear Mrs. McMurrey:

In the campaign in which your husband Major William C. McMurrey was killed, I was his immediate commanding officer and was near by him at the time of his death in action. The circumstances are such that you and your children can take great pride in them and I hope consolation for the future. I shall give here as much information as I can at this time without violating censorship regulations. Later, if spared, I and others of his friends and comrades here hope to present you with details necessarily omitted from this account.

Major McMurrey was on duty as Liaison Officer with a Chinese Regiment of the "C.E.F" (Chinese Expeditionary Force) with the mission of training our Chinese allies for offensive combat and assisting them therein against our common enemy the Japanese. I am the senior Liaison Officer of the Chinese Division of which his regiment was a part.

On May 20, 1944 Major McMurrey's regiment was heavily engaged in a most difficult attack. Without regard for his personal safety he exposed himself in a prominent position to obtain observation of the enemy's position for the purpose of pointing out important enemy strong points to supporting tropps. Unfortunately, while there, a Chinese rapid fire weapon opened fire on the enemy from very near his position. The enemy, in an effort to silence this gun, suddenly opened fire with mortars on the position, the second shell fired striking so close to Major McMurrey that, although wounds inflicted were not themselves mortal, he must have been killed instantly by the concussion. Others in the vicinity were killed and wounded by the same burst. I was about one hundred yards away on the same ridge and reached the spot about five minutes later and sent immediately for litter bearers while trying to revive him. An American medical officer present, also wounded slightly, reached him first and pronounced him dead.

After removal of the wounded I had his body carried to our bivouac and radioed to higher headquarters the news of his death.

Meanwhile the Commanding General of the division, his staff officers and the regimental commander hastened to express to me their profound regret coupled with appreciation of your husband's bravery and the comradely assistance he so unhesitatingly rendered. Indeed his death served to bind more firmly in this division the mutual support between Chinese and Americans which must obtain to confirm in the post war world a lasting peace.

The General somehow obtained a coffin and leant every assistance toward the last rites. American personnel of this group mounted guard over Major McMurrey's remains during the night and he was interred next morning May 21st 1944 with the fullest military honors possible while the battle was still in progress. All available American officers and enlisted men attended.

The burial site is a beautiful terrace on a mountain side shaded by a giant Banyon tree. In the absence of any chaplain I conducted the funeral service from the Book of Common Prayer and at the conclusion a firing squad of his comrades fired three volleys over his grave. The site will be recorded with the U. S. War Department.

Though we had known one another only a few months I found your husband to be a most excellent friend and gallant soldier, quiet, kindly and cheerful. All who knew him here mourn his loss but take increased determination from his inspiring example that our cause shall be victorious.

His deep love for you and the children was shown by frequent references in his conversation with his friends. He died with his latest photograph of you and the children in his breast pocket.

The personal effects taken by him into the field were necessarily few. These I am returning less one of his major's leaves desired by his Chinese interpreter who was wounded near him by the same shell. The interpreter, whose name is Mr. Yow (F.A.B. No. 383) will recover.

The Major's wallet was not found on his body and may have been left by him with his locker in the rear. The latter should be returned to you at a later date.

The enclosed ten dollars is to pay for a pair of dark glasses needed by one of our party. He thought you wouldn't mind.

His government equipment has been reissued to those lacking same. One extra shirt and pair of khaki trousers were also retained for use of others in need of them.

He was buried completely clothed in his field uniform.

I have recommended Major McMurrey for the posthumus award of the Distinguished Service Cross for gallantry in action, also for the Purple Heart which decorations should be sent to you.

I join with you in mourning.

Perhaps you would like to correspond with my wife, Mrs. J. H. Stodter, 4372 Westminster Place, St. Louis, Missouri.

Sincerely yours,

John Hughes Stodter
Col. Cav. (G.S.C.)

斯多德上校在麦姆瑞少校阵亡次日写给少校妻子菲的信

他不顾个人的安危去观察敌人增援部队的火力点，以致使自己暴露在一个显眼的位置。不幸的是，在离他很近的地方，中国高速火力武器向敌人开火了。敌人试图压制这个火力点，突然开炮。第二发炮弹落在离麦姆瑞少校很近的地方。当时，他的外伤并不致命，应该是死于脑震荡。在此次炮火袭击中，他的附近亦有人牺牲或受伤。我当时位于同一山脊的100码开外，大约5分钟后来到出事地点，立即将他抬上担架，同时试图唤醒他。当时在场的一名美国医护人员受了轻伤，他率先来到少校身边，并宣布少校已遇难。

疏散伤员之后，我安排人将他的遗体抬到营地，并用电台向指挥部报告了他牺牲的消息。

师级将军和他的部下以及营长旋即向我表达了他们深深的遗憾，并对你丈夫的英勇和他常常毫不犹豫地帮助战友的行为表示了赞赏。他的牺牲增强了这个师的中美军人之间的团结，这份团结必将有助于实现战后世界的长期和平。将军设法找到了一口棺材，并对安排最后的仪式给予了尽可能的帮助。当晚，这个部队的美国军人在麦姆瑞少校的遗体旁守灵。他在第二天上午，即1944年5月21日落葬。当时还处于战斗的情况下，我们尽可能地为他举行了一个全套军事葬礼，所有美国官兵都出席了。落葬地点是一个美丽的山间台地，旁边有一棵高大的菩提树。没有牧师，是我主持了葬礼。结束时，他的战友们在墓地旁鸣枪三轮，这一地点将被登记在美国战争部的记录中。

尽管我们几个月前才认识彼此，但我认为你丈夫是一位极其杰出的朋友和勇敢的战士。他话不多，很友善，很快活，所有认识他的人都痛惜他的牺牲。在他的激励下，我相信，我们的事业是会成功的。

在他和朋友们的交谈中，大家常常能感受到他对您和子女深切的爱。他牺牲时，胸前的口袋里还有您和孩子们的照片。

他带到战场的个人物品不多，我把它们转交给您时会少一件，那是他的军衔徽章，因为与他同时遭遇炮火袭击而受伤的他的中国翻译想留作纪念。这位YOW先生将很快康复。

少校的钱包不在他身上，也许他留在后方营地的箱子里了。这只箱子稍后将归还您。

随信附上10元钱，这是我们的一位战友的意思，他想拥有麦姆瑞少校的墨镜，希望您不会介意。

原属于他的官方配备，以及他闲置的一件衬衫和一条卡其裤，都分配给了那些需要的人。

他落葬时，身着全套军装。

我已经建议为麦姆瑞少校的英勇表现追授“杰出服务十字勋章”和

“紫心勋章”，这些勋章也会送达您处。

让我们一同哀悼他吧。

如您希望和我的夫人J·H·斯多德太太联络，地址如下（略）。

你忠诚的

约翰·修斯·斯多德上校

1944年5月21日

斯多德上校信里提到的那位设法找到一口棺材的将军，是116师师长赵镇藩。此外，关于少校的翻译姚先生留下少校的军衔徽章一事，姚元老先生并没有提及，估计是战后几十年的忌讳，该保存的东西也早不见了踪影。

斯多德上校的这封信，连同麦姆瑞少校的最后一封家书在10天之后到达了少校的家乡。今天我们看到的斯多德上校的这封信不是原件，而是菲在打字机上一字一句重新敲出来的。这很令人难受，不知道这封信当时让她承受了多大的伤痛。

对于少校的阵亡，大塘子民间有不同的版本。吴朝明的“战史”认为，阵地被打下来之后，少校和他的同事们走过战场，路边有个受伤的日本兵拉响了一颗手榴弹。村里很多人都持这一说法。姚元正是因此认为葬在大塘子的不一定是少校本人。即使是当时的战报记载都会有误，更何况是民间野史？当有诸多描述存在时，我倾向于选择距离现场最近的那一个。

少校阵亡的那一天，第348团打得很辛苦，整个第116师伤亡官兵百余名。据战报载：“20日，第348团第二营于8时开始进攻，激战三小时，反复冲锋五次始将锅底山（鸡心山以西）完全占领。”其他阵地之敌扼要顽抗，未得进展。

少校阵亡之后，大塘子周边的战斗又艰难地持续了数日。据第53军战斗详报《大塘子附近之战斗》载：

21日晨，116师在8时许占领黄顶山及其以西之高地。130师之389团猛攻马蹄山西方之高最峰。22日，116师347团第一营在旧街附近击退敌之增援部队，伤亡连以下三十余员。便衣队将大塘子通南斋公房电线破坏百十米。23日，我将大塘子之敌围困，战况沉寂，有小接触，少有伤亡。24日，大塘子之敌势不支，已显动摇状态。急令116师348团猛攻，16时许，完全占领大塘子。当日389团完全占领马蹄山。午后，各部队与敌迫近，于决战之时，因敌意志动摇，士气沮丧，被我冲杀，仓惶逃走。在马蹄山与木城敌阵地之近傍，遗尸累累，血腥恶臭充满原野。其主力大军向南斋公房江苴方向逃窜中。

在山顶上的南斋公房附近，日军又凭险死守数日，然后撤往高黎贡山西坡山脚下的江苴。江苴在龙川江河谷，6月6日，大塘子守敌藏重部队与红木树守敌松井部队在江苴会合，与越过高黎贡山的第53军在此一战。日军战史记载："5月24日以来，据守红木树的松井部队击退新39师后，率主力长驱突破艰难山地，前出到江苴以南。6月5日，藏重、松井两部队南北呼应，开始攻击江苴街东南之敌。这次战斗，大有第一次反击作战期间的决战之势，敌军抵抗极其顽强。"

美国新闻处的《怒江战役述要》称："亲历新几内亚岛（the Island of New Guinea）上的欧文斯坦利山脉（Owen Stanley Range）作战的美国军官和战地记者认为，高黎贡山的作战比欧文斯坦利山的要难得多。日本人以为中国兵决不会在雨季中攻击这样易守难攻的阵线，但是日本人低估了他们的老对手，他们的推测错了。"

渡江开始整整一个月之后的6月13日，中国军队终于打通了高黎贡山的进攻路线，击毁了日军在山脊线和龙川江河谷的最后堡垒。7月初，大部队扫除沿途残敌之后，将日军围困在腾冲城内。历经了40余天绝望而漫长的苦战、寒冷、饥饿、攀越泥泞艰险的山地，这场"云层上的战斗"之惨烈，绝不亚于人们熟知的腾冲战役、松山战役及龙陵战役，但却少有关注。也许是因为这里不是战役的目标所在，战役的目标是腾冲，是龙陵，是扼守滇缅公路的松山，是芒市以及最终与驻印军的会师地芒友，但这座伟大的山峰记录下了怒江战役中最悲壮的一页。战后很多年，民间都流传着山中的鬼魂故事，就是那些永远留在密林里的幽灵战士在不断敲击着世人的历史记忆。

腾冲外围之敌扫清后，第53军美军联络组驻进腾冲城外的董官村，一个有着精美木雕的美丽院落。此前，斯多德上校的父亲连续两个月没有得到儿子的消息，便写信给陆军部，表示了他的担忧。陆军部回信安慰他："您的儿子斯多德上校现在很忙，没有时间写信，一旦他有时间就会给您报平安。"7月6日，斯多德上校在董官村驻地给父亲发出了渡过怒江后的第一封信。他在信里写道：

这个国家是世界上最艰难困苦的国家，没有路，只有羊肠小道，非常窄，非常滑，几乎没有尽头，在很多地方，即使当地的马都无法驮着东西穿行。成百的马匹和成百的苦力都死在了山路上，这种路易守难攻，正面进攻如同自杀，但是经过长线的进攻，中国军队在艰难地向前进。空中补给也因下雨而受限。

赢得这场战争的不是S将军的14航空队，而是中国士兵，是他们用双脚和艰难的行进赢得的。

空军确实帮助很大，但就像在欧洲一样，如果没有地面部队，我们不可能赢得战争。

我们爬了8000英尺的山路，地图上的直线距离是7公里，在两个月的时间里，我们越过了11000个弯道，有时候我们走了9个小时都没有东西吃。这是任何电影、任何红十字会或战地记者无法描述的艰难，但我们斗志很高。美国的武器和装备在中国人第一次重要的战略反攻中上场了。我们和中国的先遣部队一起战斗一起前进，这是我感受最深的一次经历。对不起，我不能告诉你更多，不管天气多糟，道路多难走，敌人多么顽强抵抗，我们还是不停地向前推进。

六 回家了，少校

中缅印美国陆军Y部队行动计划总部

1944年5月24日

亲爱的麦姆瑞夫人：

我怀着无比诚挚的同情和深切的遗憾给您写这封信，是向您通告您的丈夫、陆军少校威廉·麦姆瑞先生，军人编号O–288382，已在中国的土地上为国捐躯。

Y部队总部的每个人都为麦姆瑞少校的牺牲感到悲伤，所有和他一起工作和战斗过的人都为失去他而深感痛惜。

如果您想问任何关于您丈夫的问题，务请告知。

代史迪威中将

诚挚的

副参谋长约翰·密德尔顿（John W.Middleton）中校

怒江战役还在继续，腾冲、松山、龙陵和芒市一线仍然打得惊天地泣鬼神，但少校的战争已经结束了。他在这个世界上的一切变成了薄薄的一页纸，送达他挚爱的亲人面前。

1949年5月5日，少校终于回家了。美国军方负责海外作战阵亡军人遗体移葬的部门护送着少校的灵柩回到了他的家乡冷泉镇。

1949年4月29日，德克萨斯州克里夫兰镇殡仪馆。以军事仪式护送的威廉·麦姆瑞少校的遗骸将由火车运送到你处，于5月5日上午8点45分到站。请做好相应安排，并告知家人。

——“293卷宗”

芭芭拉说：“我那时大约8岁，不记得那是上午还是下午，不记得了，但是家人全都在场，父母亲所有的兄弟姐妹都在。我叔叔帕特和乔、詹妮露、我姨妈格瑞斯和姨父伽斯及表妹贝蒂，还有母亲、妹妹和我。我相信还有我叔叔朱利连和婶婶玛丽，大家都在德克萨斯州的克里夫兰火车站。我记得那是个木质或混凝土的站台，和德州当时很多火车站一样，有一个类似仓库的建筑物，人们可以在里面候车。估计是陆军部和殡仪馆做了安排，有很多很多的花。大家等着火车的到来，非常非常安静。每个人都不说话，非常悲伤，大人们都在流泪，我没有，我只是看着每个人。我确定贝雯丽也在场，但是我不记得她在哪里。贝雯丽当时大约5岁，不需要抱着了。火车沿着轨道开过来，停了下来。他们将棺材抬了下来，军方派了一名军人来，我知道他是位少校，他跟着大家一道到了殡仪馆。第二天在教堂，我还记得我坐在哪里，还记得我穿的是什么，是一件粉色的毛衣和一条裙子，坐在第一排。之后是葬礼，他们奏了哀乐，棺材上有一面国旗。葬礼结束之后，他们将国旗折叠好，然后交给我母亲。有很多康乃馨，他们给我们每人一枝粉色的康乃馨。我不知道当时是什么时候，只记得葬礼结束后有一个很盛大的午餐会。德州人真是很能吃，来了很多的人，有很多很多的蛋糕……”

虽然那天芭芭拉没有哭，只是看着大人们在流眼泪，但那些粉色的康乃馨对她影响至深，以致她一生都不喜欢康乃馨。一如电影画面回放，芭芭拉的印象那样清晰，那样忧伤。几十年来虽然绝口不提这个话题，但那场景不等于消失不见。在人的生命里，总有某些自己以为已经遗忘的东西，可是只要你还活在这个世界上，它们总会在某一时刻突然重现，解读你这一生的喜怒哀乐的根源。

少校的小弟弟乔·麦姆瑞也是这样，希望把不愉快的记忆抹去，但是有些东西留存下来伴了他的一生。乔回忆道：“他的遗体由火车运到克里夫兰，是由同级军衔的人送回来的。一名军官一直陪着他的遗体从克里夫兰到了我们家乡，将国旗交给菲。那天家族里的所有人都来了，但家里的老房子已经不在了，我父亲也去世了。而他又回来了，这让人非常难过。尽管已经过去了好几年时间，但大家依然像他牺牲时那样的悲伤。他人缘非常好，所有人都喜欢他。那些天，所有的一切都围绕着这件事情，让人心烦意乱。那天的葬礼，我肯定有宗教仪式，但是详情我记不得了。我爱把不愉快的记忆抹去，所以我记不得教堂，记不得墓地，我把记忆抹去了。”

葬礼结束了，失去挚爱的伤痛伴随了菲的整整一生。

2005年，江汶与摄影师牛子代表多年来寻找少校的朋友们访问了少校在家乡的墓地。少校和菲的墓紧挨在一起，像他们生前期待的那样。江汶在他们的墓前放上了一束鲜花，代表我们所有人向他们深深地鞠了一躬。那一躬也是为了在高黎贡山上阵亡的所有军人。

这片墓园里埋葬着无数在第二次世界大战中阵亡的军人，墓园的入口有一块石碑，碑上写着：

Place of Honor

We enjoy freedom today because these patriots from this area gave their lives .

荣誉之地

正因为这些勇士的牺牲，我们今天才得以享受自由。

少校墓地所在的墓园

捌 战争的死亡记忆

向怒江前线开拔的军队

桥头的碉堡废墟

一 被死亡覆盖的战场

从飞机上，我每天目睹着腾冲城在慢慢地毁灭。房屋一栋接一栋地燃烧，一个又一个的弹坑以及中国人的厮杀。战斗结束后，每栋建筑物，每个活着的生命被系统地、彻底地摧毁了。死亡的波浪从东到西、从南到北地冲刷着整个城市。腾冲城毁灭了。

这是一位美军少校在战后写下的文字。

怒江战役——由高黎贡山开始的死亡之战持续着，一直蔓延到大山西部的腾冲。如果说上面这段文字是腾冲战役全景式的死亡航拍，那么留存在每一位亲历者记忆里的，便是恐怖的死亡特写。

有一个连的士兵的死是我在不同的人那里听到的。他们互不相识，但在整理录音的时候我发现，他们在讲述整整一个连的士兵的生命消逝过程。马罗刚跟我讲了一个他母亲告诉他的故事：围攻腾冲城的日子里，他的母亲和其他一些妇女都到小西乡部队驻地帮着做饭、洗衣服、照顾伤员。一天早上，他母亲做饭的那个连队接到了攻打西门的命令。当天早上也有些奇怪，大锅里的饭怎么也煮不熟。连长有些不祥的预感，他对士兵们说：也许今天就是我们分别的日子，但既然是军人，就要死得像个军人的样子。妇女们在一边听着都很难过。部队出发后，大家都在不安地等待着他们的消息。正午时分，那个连队回来了，但只剩下了三个人：连长、传令兵和勤务兵。

怒江战役中一个连一个营全部阵亡的事情并不少见，而这一个连的命运在不同时间由不同的出处揭开其中细节的时候，还是让人很惊悚。

我后来拜访了78岁的高显映先生。1944年9月，他和许许多多的孩子一样进城去看死人。他说：“西门还在打。刚过大桥，就见沟里睡着几个中国兵的尸体。再往前，一路都有，全副武装，子弹袋、背包、干粮袋、手榴弹，只是不见枪。越往前走，死人越多。在城门下，两个士兵的炸药包还在手上握着。那里有三个地堡，不易发觉。听我三叔说，下达给这个连的任务是在拂晓前拿下西门地堡。天不亮，他们就出发了，从尸体的位置看，他们是从南面匍匐前进，打死三个人后，部队翻到沟里。暗堡前面是条水沟，水有腰深，沟的一侧很高，翻不上去，伏下身又要被水淹，离开水又躲不开暗堡的火力。全连一百多人全部死在那里了，有的侧着，有的仰着，有的面朝下趴着。三叔说，只有三个人回去，连长受到了处分。”

他说到只剩三个人还有一个连长的时候，我想到了马罗刚讲的故事，也是在西门，这是否就是他母亲为之做饭的那个连？受处分的连长和他的传令兵后来怎么样了？寻找怒江的故事你得学会知足，能在最后一批亲历者的最后时光知道一个事件的片段，已经很幸运了。对一部没有档案记载的历史你不能要求过多，更何况整个的怒江故事本来就是一部关于死亡的故事，听多了看多了会感觉混乱，仿佛死亡都是一模一样的。直到有一天整理陶达纲的回忆录，在铺天盖地的死亡信息里，我似乎看到了这

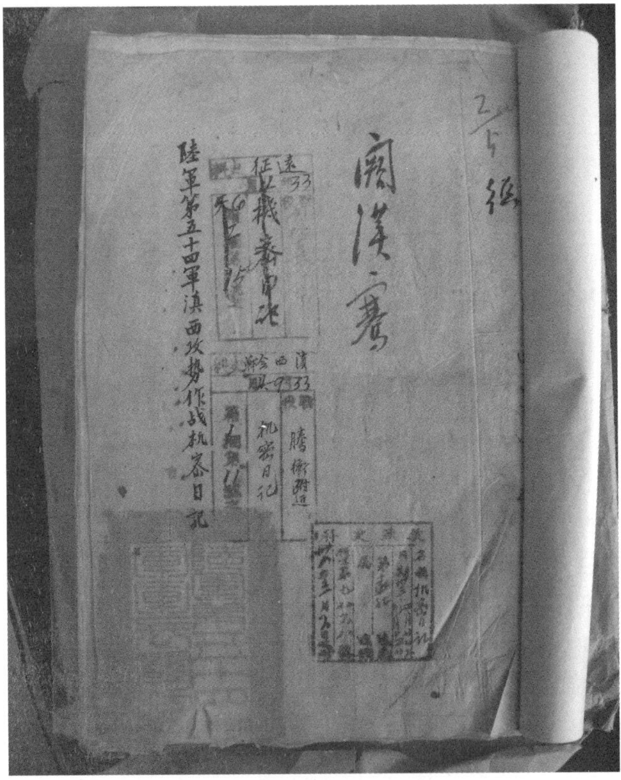

54军军长阙汉骞的作战日志

调校枪支

位连长的结局。陶达纲的第592团渡江后一路打到腾冲，到了光复前夕，人已是所剩无几，尤其是二营五连，就只剩下连长官业宣及一个班长、一个传令兵三个人了。这怎么与马罗刚和高显映讲的故事那么吻合，只不过前面说的三个人是连长、传令兵和勤务兵？老百姓的故事与将军的回忆是否在讲同一件事已无从考证，但这个连最后三个人的命运也令人悲伤。陶达纲写道："我知道师部的幕僚们，要592团的人死光，来为他们邀功，换下来休息短暂时间都不可得。592团只有继续战斗下去。这个时候，592团第2营第5连，已经只有连长官业宣，及一个班长、一个传令兵了。9月中旬的一天中午，友军各部队，如53军、36师，都在向日寇据点，实行猛烈勇敢之攻击，重炮、山炮、野炮亦在轰击，592团亦不例外，勇敢的官兵们，努力逐步向敌深入，越过腾冲城南城大街之后，第五连连长率同他的一班长、一传令，冲过南大街，在一处小土堆停下来，正于此时，我重炮兵一颗一零五榴弹炮弹，落在他们三个人附近，登时三人都被炸死。"这个连最终划上了句号。官连长之妻已身怀六甲，生下一遗腹子，后来到了台湾。

这个连的死亡，只是整个腾冲战役里的一部分。那些年的调查经历，与其说是在聆听历史，不如说是在聆听死亡。死神横扫战场，沿途把一切生命卷入黑暗。李植，预备2师第5团的中校卫生队长，他说："我们5团一千多人死了，只剩两百几十个扛枪的。打来凤山，上去一个连死完了，又上一个连又死完了。”腾冲的老百姓就在远处目睹着他们的死去。

这也许是第二次世界大战里绝无仅有的一个战场。一支“战争啦啦队”始终陪伴着军队的整个战役过程。来凤山被攻克之后，日本人被铁桶似的围在了城里。每天早饭过后，各乡的老老少少抬个小板凳就出去了，在高高的山坡上看攻城。腾冲小盆地四南环绕着百万年前的死火山，那坚不可摧的石城就坐落在盆地的中央。在山坡上看打仗安全而且视野开阔，比高黎贡山的吴朝明他们还要爽。轰炸机、战斗机、各类重型炮将弹药暴风骤雨般地倾泻到城里，用和顺一位老者的比喻，子弹炮弹像筛糠一样下下来，都不分下数。民间战报比什么都快，每天结束的时候，所有人都知道炮火烧到了哪条街，日本人的地盘还剩多少。两个月时间里老百姓几乎是亲眼看着腾冲城一寸一寸地被收复。

Y部队报告《最高海拔的战斗》称：“美国人的B-25轰炸机，朝向这个又高又厚的由土和石头砌成的城墙轰炸，炸起的火焰，在35英里之外都能看得见。20世纪和中世纪就这样在炮火中交织，中国人在用云梯和美国造的火焰喷射器夺回那遥远的过去，他们将汽油泼向城墙凹陷之处的敌人，再用火焰喷射器把这些燃烧的火炬在敌人内部点着。”

怒江战役中的中国士兵

对于在高黎贡山幸存的日本兵来说，逃回腾冲城的日子比地狱还恐怖。吉野孝公写道：“房

攻打腾冲城的中国军队

屋在炮火中已变得面目全非，并不断燃烧着倒塌下来。树上熊熊燃烧的火焰在大风中发出呼呼的声响，一派人间地狱的景象……城内战场在充满怒吼、叫骂和激烈肉搏中化成了一片血腥的荒野。”

吉野从高黎贡山突围，九死一生地逃回腾冲城，但是，他们的命运早已注定了。从高黎贡山北斋公房、南斋公房两条路追击过来的中国军队没有给他们喘息的机会，很快就攻克了城外高地，完成了对腾冲城的包围。6月初，守备队接到了师团的命令：速派第三大队前往龙陵。这等于宣告了包括吉野在内的腾冲守军的死期。因为第三大队走后，剩下的主力就只有第二大队和一些从各战场撤下来的伤员，总人数2800人，其中有800名是伤员。

城墙炸塌之后，残酷的巷战开始了。一位叫蔡斌的老兵在回忆录中写道：“腾冲城里到处是枪声、喊杀声，一眼望去尽是烈火和硝烟。断壁残垣下，一堆堆的尸体，一股人肉焦臭味，死尸味直呛得恶心。在进攻的路上，我们为了隐蔽身体，不得不扒开敌人腐烂的尸体，从一堆堆的蛆上爬过去。在受日军火力所阻，又找不到隐蔽的地方时，就只好把死尸堆起来做工事，让自己卧倒在恶臭的血水之中。有时一梭子机枪或一颗手榴弹炸在尸体上，弄得我们一头一脸臭烂的死人肉。”

每打下一个角落，老百姓最高兴的事情就是赶去“巡视战场”。城里的人回去看他们的家还剩什么，城外的是看热闹，小孩子的说法是看去死人。小西乡大罗绮坪的老支书当年就在赶场一样的人群里，他说：“打下城来后，我们去串门子，死的人多了，城墙下面尸体都堆了起来。有钱的人么就一家出点钱，雇人抬尸埋人。十来天了，人都泡在水里，谷棵里。侧蹲着的、爬着的都有。西门一个很深的炸弹坑，有一两人深，尸体丢满了。他们在东门的一间房子里，还看到有37个服毒死的日本人。”

顾问团的美国人也在这个赶场的队伍中。第40野战医院的卫生兵泰德·道尔说：“仗不是每一刻都在打，在间歇时，我和其他几个人决定去城里看看。城墙上被飞机炸凹的地方有一个机枪点，机枪后面有一些中国军人，他们看见我们，直喊‘顶好！顶好！’。微笑挂在他们的脸上。腾冲城攻下之后，我们登上城墙，先看见几个阵亡的中国军人，越往里面走，就有更多的中国阵亡军人，然后是日本人和中国人混杂在一起，再接着是更多的日本人，到最后全是阵亡的日本人。我们想，这肯定是最后的攻城肉搏战。我们看见一个大个子日本人，坐在一挺机关枪后面。我们赶快掏出武器向他开枪，他已经死了，只是还坐在那里，头部正中有一个洞，

日军军旗军刀是美国大兵最爱的战利品

没有倒下，手还放在枪上。东门和北门还在激战的时候，空军上尉威廉·托马斯·雷就和他的朋友到城里捡战利品去了。他们翻开日本人的尸体拍照，捡头盔，还以2万元（中国货币）的价格买了一面日本旗子，2万元在那时可以买500个鸡蛋。”

熊维新那时8岁，老表约他从白果巷炸开的一个口爬进城墙里玩。那时城墙边还有断臂、断手和半个脑袋。东门和城隍庙这边，日本人的尸体码得像山一样高，几十车都装不完。李家巷里正在烧山一样高的日本军票和衣服，大捆大捆的，正在冒烟。从巷口就开始有死人了，越进去越多，到了里面，脚都插不下去，一两百米的距离都用拆下来的门板垫着走。我问他，门板垫在死人身上走，人会不会晃？他说不会，垫实了的。

后来见到高显映，他听人说李家巷日本人死得多，有剖腹死的守备队长，还有被刺刀戳死的军妓，于是也去那里看热闹。小巷里死人太多，之前有人用板子垫在死人身上，走着还会滑。高显映比熊维新年纪大些，体重也重些。小巷里有个院子，主人挖了防空洞，他去的时候防空洞都被日本人的尸体堆满了。他说的那个地方，2005年我与芭芭拉姐妹到李正家正好路过，然后就进去了。那景象很令人震惊，柱子、房梁、板壁上全是密密麻麻的枪弹眼。主人说，腾冲城刚打下他们就回来了，屋里堆满了日本人，臭气冲天，满梯楞都爬满了白花花的蛆虫。后来的十多天里，

一片废墟的腾冲古城

全家人每天早上回来，搬几具到巷口外面的空地里烧着，第二天再回来搬几具出去烧。战争刚结束，家家都有这样的问题，找不到人帮忙，只能靠自己。今天，主人家烧死尸的地方是一片生机勃勃的菜地，郁郁葱葱的生命已经把死亡掩盖在了绿色之下。只是沃土之下埋着的历史，会在不经意间提醒我们记起往事。李家巷那里，腾冲人称东北拐角或是纸厂，是日本人最后的阵地。9月13日的夜间，吉野孝公和活下来的100多人就是从这里出逃的。这些年到腾冲的日本遗属团都会来这里看看，尽管已经面目全非了。70年代末，人们在建房的时候还从倒墙下挖出一个保持着射击姿势的日本兵。

窦恩将军写道："9月15日活下来的几个日本军人，有的自杀了，如果是受伤的就被他们自己人屠杀了，或者像狗一样地捕杀。没有俘虏，没有活下来的人。我们花了六个星期的时间才清扫出一条可以行走的道路。在最后检视死亡的日本军人时，我的医生报告说，他们每个人死亡之前，耳朵都被炸弹的爆炸声不断冲击，全都聋了。"

当胜利的旗帜降下之后,活下来的人们如何面对他们毁灭的家园?窦恩将军在回忆录里写道:

在那个曾经快乐的城市，战斗终结时，一个由这个城里活下来的老年人组成的代表团来见我。他们一再地鞠躬，一再地微笑。当团长恭维的语言进入我的耳朵时，我简直不敢相信，他们谢谢我解放了这个城市。他们计划要重修，也许要修到城外，并且要把该城的名字改为"窦恩城"！他们送给我一幅丝绣的长卷以示表彰，我接受了，然后想说几句感谢的话，可总也想不出来。最后我脱口而出——解放？我破坏了你们的家园，我把这个城市完全毁坏了。你们怎么反倒来谢我？

团长冷静而庄严地说：我们感谢所有的美国人。没有你们的参与，我们现在还可能被小倭寇所占据；没有你们，我们的军队也不可能摧毁日军。

这些长者、士绅们微笑着再一次鞠躬，带着一点不安的神情和我握手，然后告辞离去。我一直目送，看着他们从门外的亭子走下山谷，走向保山。午后，山雾迷蒙，我一直在想，这神秘的东方将与它迷人风景一样长在。

像窦恩将军一样迷惑的美国人不止他一个。第14航空队第51战斗机大队第25战斗机中队的飞行员克里弗·隆中尉，长了一张圆圆的脸，中国军人给他取了一个外号叫“月亮脸中尉”。2004年，他与一些CBI老兵访问云南。出发前，他有些不安，他在电话里问江汶：腾冲人会不会责怪我，是我把他们美丽的石城炸得片瓦无存？他曾经给我们发过他解密后的飞行日志，腾冲城墙异常坚固，他们发明了特别的办法，才将城墙炸塌。江汶安慰他说，不会的，人们感激你们，你去了就知道了。老先生返回美国后再次给江汶打电话，说他在云南的待遇之高出乎想象，航班居然可以为了他们这群年迈且行动迟缓的老头而延误。

我也知道老乡绅们的感激不是客套。那些年在腾冲调查，不论多么偏僻的旮旯角落，只要是打过仗的地方，不论年龄或出身，人们都心怀感激。在马站，一个卖山货的小伙子指着不远处的一个山包告诉我：“那里有我们家的战壕。”战壕是远征军的，不是他们家的，但他们对所有光复他们家园的努力心怀感激。

美国人不理解沦陷的含义，不知道什么叫焦土抗战。他们甚至想象不到，云南人是怎么眼睁睁看着日本人把自己的同胞一个个用汽油桶慢

航空队航拍腾冲城，这是600年古城最后的影像

慢“烀”死，把小婴儿抛向空中用刺刀戳死，怎么把人埋得只剩头部让老鹰、乌鸦啄死。日本人杀人的方法之变态，云南人是见过的，水煮、劈头、放血，用军刀劈，用枪刺挑……文昌宫外面的林子里就是日本宪兵队杀人的地方。他们见过江苴附近的寨子外，日本人把抓到的几个游击队员绑在树上用锯子解了，一半掉在地上，另一半还挂在树上。云南人有什么不能舍去的？我从来没有听过有人指责古城被毁一事，不论是士兵还是百姓。

孙剑峰，预备2师第4团1营3连的连长，他在回忆录里写道：“老百姓送饭菜来了，官长两菜一汤，士兵一菜一汤，接连几天都是这样。这是我从军以来，由大东南打到大西北，由大西北到大西南，平时战时都没见过的事。”曼德勒的老兵张家长也记得，每天都有人送饭，包心菜煮猪肉，这拨才走那拨又来。八年的抗战里，他们从来没有吃饱过，除了在腾冲。有一个西装革履的男人流着泪，一定要跟李植的卫生队抬伤员，怎么拒绝都不行。李植最后还是让他抬了。他没空去问为什么，但一定是有原因的。

我见过最后的腾冲城，是第14航空队航拍的照片，方方正正，坚固无比。明朝正统十三年（1448），兵部尚书王骥首征麓川凯旋归来，边事已靖，“侍郎杨宁、侯琎统南征壮士一万五千，以都指挥使李升为首，取西山之石以筑石城”。腾冲石城城池高深，辉煌壮观。《腾越厅志》称其“足壮封疆士旅之气”，历经六百年风霜完固如昔。但最终还是毁了，毁得片瓦无存。日本人称腾冲是他们的“玉碎地”，即全军覆没的地方。但碎的了玉不是他们，而是一座美丽的古城和一万多中国军人的宝贵生命。

那一年还出了一件事情，令人至今心怀愧疚。当年的调查没有经费支持，我们是一边给杂志写稿，一边做调查。腾冲宣传部的副部长小刘还提供了尽可能的帮助。但拿到杂志的时候，我都恨不能地下有条缝钻进去。那期杂志一多半的内容是写怒江战役，名曰“纪念抗战60年”，但杂志的封面是一幅占满整个画面的日本艺伎大头照。这真的让人无地自容。这与民族主义者的仇日无关，也与对日本传统文化的好恶无关，而是基于这场战争的死亡记忆。一个国家和民族历史上最悲壮的一页，被她的子孙轻松地娱乐化了，那是自我侮辱。腾冲方面的不满和愤怒就不用说了，所有涉及此事的人都无比羞愧。

编辑很委屈：文章不是与日本有关吗？我知道这位编辑来自日军最

早占领的中国领土，但如此的失忆与无知，真的令人顿足。我想起我曾有一个小瓷碟，和顺一位大妈送我的。从柜子角落里找出来一看，果真画有一个日本仕女。她家里关过日本慰安妇，小碟子是否与此事有关不得而知，但艺伎照片确实让腾冲人联想到了他们称为“朝鲜婆”的慰安妇，那些日本人占领期间蛮风光的漂亮女人。战争结束的时候，她们中的一些人被日本人用刺刀刺死了，躺了一地，活下来的蓬头垢面被送到了后方。那期杂志，江汶是把封面撕了才给朋友的。

以一万多中国军人和送粮夫役的死亡为代价，腾冲光复了。战争结束后，美国新闻处编辑的《怒江战役述要》中写道：“在整个世界大战中，怒江战役只是粗略的几笔，但是这粗略的几笔在整个战局中将有重大的影响。……长达1074英里，沟通中印的史迪威公路终于在1945年1月20日打通了。从印度到中国的第一个运输队于2月4日到达昆明。7年多以来，中国战场上的第一次攻势胜利结束，中国对外陆上交通线打通了——中国不再被封锁。”

民国元老于右任先生在国殇墓园里题写了两块碑，一块在忠烈祠后面，上书“天地正气”；另一块碑不大，两尺见方。那天，李正与我从墓园大门左侧一间破烂的小房子里把这块碑刨将出来，打盆清水擦洗擦洗，碑文曰：“为世界卫正义，为人类争自由，腾冲一仗碧血千秋。”

二 埋葬

战后，军队以卫生队为主清理战场，地方上也有一些人出资抬尸埋人。后来成立了专门的收尸队，把尸体收集起来或埋或烧。2004年在墓园里见到一位缅甸回来探亲的老华侨，他告诉我，墓园是先建好了忠烈祠再修的。墓园建起后，政府专门找人把当初经手掩埋尸体的那些人叫来，把尸体盘出来烧了。骨灰装在小罐罐里，掺拢了很多人的。来凤山

中国远征军20集团军少校军医路珍楼

脚埋的人最多。城里还在打的时候，老百姓就跟着军队进去抬伤兵、抬死尸。第三街原来是商铺，一间是卖牛肉的，一间是茶铺，城里被打死的人都抬到那里像码柴一样码起，然后又抬到来凤山脚，哪里有空地就在哪里埋了。

少校军医路珍楼91岁了，他说军队有规定，阵亡士兵每人有30元的安葬费。每个单位死多少人要上报，钱是按名单拨给连长，还有抚恤金。但这就要看连长了，连长好么买点板板钉了埋起。士兵是成千上万地死，贪污就没数了。在野战医院的时候，有伤兵死了，他就找乡长买几块板子，埋了，写块牌牌插起，回来找院长报销，很多钱院长都贪污了。

80岁的段大兴参与了墓园的修建。很多老者都像是一部地方辞典，但他比之更甚，是一部带着价值判断的地方辞典。老人家告诉我，埋满墓碑的小山头原来叫小团坡，日本人来了后，在山头上扎了一个班，挖了工事，工事头上用大树掩盖起来，坡下挖了交通壕。攻城的时候，日本人守在工事里，中央军从路上过，一个连被打得不剩几个。现在这些树都是建塔后栽的，原来有两棵大大的杨草果树，砍了，可惜了。墓园的地址是李根源选的，是私人的地，有好几家，竹园是李德义家的。李德义起先卡着不给，后来在上海做生意卡壳了。中国人总有一种根深蒂固的因果报应的观念。

段大兴说，城里烧尸体的地方多呢，埋过人的地方都烧过。乡下的烈士是烧了骨灰用席包装了驮来，盖一小间草房，骨灰一大堆地堆着。美国人还来搞卫生（防疫），建医院，他们住在国殇墓园旁边。军队没有参与建墓园，是地方上建的，还从上海招来师傅。他那时做小工，装骨灰。开始骨灰多罐子也多，怕装不完，装满了还拿棍子捣捣。装到后来，骨灰少了罐子还多，就用小碗舀了一个罐子装一点。原来是一个小碑下一个罐子，后来嫌麻烦，就把罐子密密地摆在交通壕里埋将起来，再在上面栽小碑。因此，小碑的名字跟骨灰对不上号，小碑位置跟小罐也对不上号。

老人家说："文革"时候，54军来炸了塔，把小碑也敲掉了。忠烈祠里孙科一些大人物题的字也敲掉了，是姓李的老师带着学生来敲的，他是李某某的孙子。忠烈祠的匾被田福民拿去铺床，修复时他还回来，还捐了10块钱。"碧血千秋"是姓彭的石匠刻的，修复时他还活着，又把他找来重刻一块。旧的那块敲烂了，在新碑背后。

虽然，这只是段大兴凭个人记忆对所经历事件的回溯，其中却承载着民间记忆对道德、情感及价值的判断。在记忆的细节里，我们会发现，他们会记仇也会记恩：其一，谁炸了塔？谁砸了碑？有名有姓，没有因事情过去几十年而遗忘；其二，对于把匾拿去做了床板，还回来时捐了10块钱的人，强调10块钱是对心怀愧疚的人的宽恕；其三，重刻“碧血千秋”碑的还是原来的老石匠，人们在潜意识里执着于历史的原样。社会记忆就是这样，在代际传递中构建着令人困惑的历史认同。

有姓丁的老两口在一旁听我们聊天，插话说，丁老头儿也参与过装骨灰，说吉野孝公到腾冲来过四次，带着日本人来的，他们都见着过。他们听人讲，倭冢是刚攻开腾冲城的时候建的，收得四具尸体，用篷布盖着埋的。老人认为应该把那四个人的名字刻在碑上面。

几个军人从我们旁边经过，背着个手摇摇摆摆绕塔一圈，没有敬意，没有致礼，其中一个人蛮有学问地告诉他的同伴“李根源是远征军的总司令”。我看了看在座的几位老者，他们淡定得很。其实也是，无知太深远，一下子也纠正不了那么多。

我一直想知道：高黎贡山中的阵亡者后来怎么样了？他们的名字是否在墓园里？死那么多人埋葬了没有？这也包括日军占领怒江西岸之后，1943年到1944年在腾冲北部打游击的预备2师和36师的死难者。

马面关下面有个黄家寨，翻雪山都要经过这个寨子。寨里大多数人都知道一个故事，我两次经过黄家寨也听到过。当年预备2师有一个连驻在一个叫小卡的山上，寨里有个叫王家禄的老倌帮日本人带路，绕道朝阳殿背后的马脖子，把这个连全打死了，只有三个人滚山坡逃出来了。一个连就剩下一个炮盘、一支信号枪、三支步枪和一挺机枪。逃到熟悉的老乡家里，老乡给他们煮了饭，然后把他们送走了。国军派人来，把死难者埋葬在二台坟地。十个八个一堆，一个人插个牌牌。城上做水陆大会时，还派人来抄了名字，现在坟都平完了。战后，老倌被国军抓住要剐了他，可半夜被一个四川道士放了。1949年后，老倌被划为贫农，日子比抗日有功的人过得还好。寨里的老支书讲：解放了，我们老百姓讲的汉奸也不追究了，虽然他帮的是日本人，但杀的是国民党。老倌在“文革”前死了，他的孙子最近锯木头锯子穿过肚子，死了。家里请外地师娘来看，师娘说是有一连人扎在他家不饶他。这是后话了。我关心的是，这一连人的名字是否记录在案了？老人们说，记了，城上做水陆大会的时候派人来抄了名字。

人是埋了，名字也有了，尽管挂一漏万的事情不少，令人不寒而栗的是高黎贡山中的埋葬。每每问到老乡，结果都令人蛮失望的，中国士兵似乎是就地消失。西亚的老保长田乐老人，92岁了。问他中国士兵埋了吗？老人家说：“埋什么！打死了就遍坡丢着，掀下路边就是了。中国士兵死得惨，乱丢了，尸体多得老百姓连秧都栽不成，臭在路边，蛆爬得到处是。”北斋公房下的黄家寨，几位80来岁的老人记得，中日战争结束后，保公所开钱给他们上山去埋人，“九渡河上面的梅花坡、灰坡人死得太多，去了十几个夫子埋了十几天。埋不了那么多，遍山都是，有的就丢箐沟了。怎么埋？鼻子用蒿枝堵着，用大钩子钩着人的下嘴壳，拉到弹坑里埋。人都散架了，头是头滚，脚是脚掉。小横沟上来那个平台，蛆吃剩下的死人都爬成筛子眼，草都长不出来。”过高黎贡山时的向导老穆说：“说埋也就是扒点土盖着，人走在上面都还一软一软的。”

其实也能理解，自从渡过怒江，一仗接一仗，没有哪一仗是轻松的。山那边的腾冲才是大军过江的目的地，打过山后，每个部队都是一路追击日本人到了腾冲，军队根本分不出人力也顾不上来善后。

南斋公房下有个“明善堂”，老姑太92岁了，她记得，明善堂召集了一些做善事的人上山埋人。乡下比不得城里，这里人烟稀少，如果不是大军打来，她们一辈子也见不到那么多人。死的人太多，山下的乡民也是尽力了。那三年都不敢喝河水，都是尸水，马和骡子死得多了。尸水喝了就中毒，发高烧，又泻又吐，一家一家烧死不少。蔡医生家都是病人，有钱的去拿药，没钱的也去拿药，他家都快破产了，只好一家人躲到了当阳寺。

人死多了总是要闹点事。老师太的弟弟说，“文革”期间生产队搞红色医疗，组织人到山上挖药。他和同伴那晚歇在林家铺，那也是个打过大仗的地方，死了好些人。到了半夜，天阴阴的，两个人都听到了报数点兵的声音。同伴用脚蹬蹬他，小声问“听到了没有”。他回答“听到了”。其实战后山上一直在闹，遇到天阴下雨阴兵就闹。战争才结束，城里就办过一次水陆大会超度亡灵，杀了103头肥猪，供了33匹直贡呢，在来凤寺里诵经。连日本人也一道超度了。明善堂是吃素的，她们驮了几驮姜、几驮砂糖，请了大西练的先生，道家念了，佛家也念了。这让乡人心安些。

活着的人心安了，死的了心安否？每一次听到这些故事，都会让人想到联大诗人杜运燮的那首诗《被遗弃在路边的死老总》（从前称当兵的为老总），那是来自地狱的哀诉：

给我一个墓/黑馒头般的墓/平的也可以/像个小菜圃/或者像一堆粪土/都可以，都可以/只要有个墓/只要不暴露/像一堆牛骨/因为我怕狗/从小就怕狗/我怕痒，最怕痒/我母亲最清楚/我怕狗舐我/舐了满身起疙瘩/眼睛红，想哭/我怕看狗打架/那声音实在太可怕/尤其为一根骨头打架/尖白的牙齿太可怕/假如是一只拖着肉/一只拉着骨/血在中间眼泪般流/那我就要立刻晕吐/我害怕旷野/只有风和草的旷野/野兽四处觅食/它们都不怕血/都笑得蹊跷/尤其要是喝了血/它们也嚼骨头/用更尖的牙齿/比狗是更大的威胁/我害怕黑鸟/那公鸡一般大的鸟/除在夜里树上吓人/它们的凿子也尖得巧妙…… /我怕，我怕/风跑掉了/落叶也跑了/尘土也跑了/树木正摇头挣扎/也要拔腿而跑/啊，给我一个墓/随便几颗土/随便几颗土/

追溯美军19人阵亡名单的过程中，想得最多的是我们的军人，或者说是我们引以为自豪的五千年历史和文明。这伟大文明有一些致命的缺憾，那就是不珍惜为国捐躯者。那两年在缅甸，见得最多的是日本人的慰灵塔、镇魂碑。有一年，从东吁返回的夜班车在距曼德勒几公里的地方被军人拦下，开进一片佛塔群检查。当

伊洛瓦底江西岸的实皆山下，这样的慰灵塔比比皆是

地人被搜身，外国游客只需登记。刚刚升起的太阳从塔群的缝隙间照进半明不暗的棚子，我从检查人员的肩膀看过去，竟是两座日军镇魂碑。我跟小翻译说："帮我问问，能不能拍照片？"小姑娘吓死了："别惹事，他们是正规军人。"不拍也罢，全缅甸只要有佛塔的地方都有日军慰灵塔，连野战重炮兵21大队的763匹军马都慰了灵。尤其是实皆山顶上，刻着4000多阵亡者名字的佛塔修得金碧辉煌。日本人在缅甸战区死亡185149人，精确到个位。60年代，日本人拿着地图到缅甸寻找战死者尸骨，建了房子的拆房子，只要看看满大街当年日本政府捐给缅甸的日产车，就知道他们花了多大的财力。而看过国军的战史便知，"死伤无算"是中国军队的标准用语。对于怒江战役里到底死伤多少，我找不到一个统一的数字。

在"293卷宗"里有一封信，是陆军部写给我们阵亡名单上的第四位罗伯特·劳森的父亲的。罗伯特·劳森1944年8月18日死于空投。

亲爱的劳森先生：

您亲人的遗骸已经被永久地埋葬在夏威夷太平洋国家公墓（National Memorial Cemetery of the Pacific）第2区第35号，和其他同样为国捐躯的战友们葬在一起。下葬时在墓地上举行了传统的军事仪式。

该公墓由陆军部管辖，并承担永久修缮、美化、管理等责任。但修缮管理通常需要几个月的时间，其间不鼓励来这里参观。

你可能已经收到或将要收到来自公墓主任的信件，信上会告知你墓碑的样式以及镌刻的文字内容。

请放心，葬礼仪式庄严肃穆，而且美国政府将永远细心维护和管理好墓地。

你忠诚的

H·菲尔德曼中将，军需总部

不论我们的对手还是盟友，他们的阵亡者都是国家在埋葬，国家在移葬。高黎贡山下的田乐老人说过一句话，也许是代表了我们的殉国者的现状。他说："那个营长的后家不得力，没有迁走埋葬。"他说的是夏伯尔阵亡的灰坡之战中阵亡的几位中国军官，有一位营长的家人是云南人，专程来把他移回去了。其他的人用田乐的话说是"家人不得力”。实际上，他们的家人连他们死在哪里都不知道。

刘志声的故事，我跟若干人讲过，但总也讲不清楚。它太长、太艰辛、太曲折，也太令人悲伤，他一生最重要的经历都与他三位阵亡战友的埋葬、移葬和寻找有关。

2004年，受这位老者之托，我找到芒市重建的第11集团军墓园，在一块墓碑前深深地鞠了个躬。碑前有一束鲜花，不知是谁献的。碑上的名字叫刘昌顺。相同名字的墓碑有两块，一新一旧。新碑是刘志声两年前为他的三个战友立的。

刘志声家住保山板桥，认识他很偶然。2002年，我在保山文史办的办公桌上看到一部回忆录手稿，书名是苍老的字体——“征魂”。我向文史办的工作人员打听了他的地址，在10公里外的板桥家里见到了他。

刘志声那双老军人的眼睛让人肃然起敬。他中过风，心脏不好，站起来都费劲。“那回忆录，是写我们团几千人的死亡！不是小说，是我们这代人的经历。”就一句话，我在一瞬间进入了他的世界。

刘志声是中国远征军第2军第9师第27团第3营的少尉，1942年报考了滇西青年战时训练团，属黄埔军校的分校。他报考军校的原因与当初保山、腾冲的许多青年学生一样。1942年，中国远征军第一次出国作战让他们热血沸腾，半年之后军队和难民潮水般的撤退以及日本飞机的轰炸，让他们义无反顾。反攻前夕，他被分配到第3营。团长欣赏他字写得好，把他留在了团部。1944年6月渡过怒江后，收复象达、芒市，一路打到畹町。他所在的第27团一路打一路死，补充了四次兵源，到最后还是只剩下几百人。无论经历多少坎坷，他这一生都不会忘记1945年元旦的那个早晨，那是胜利到来之前，他的部队在国门前的最后一仗。

12月中旬，部队打过国境线，但在一个叫黑猛弄的地方受阻。十多天过去了，黑猛弄久攻不下，芒友会师在即，长官部指责左翼部队攻击迟缓，使大部队不能前进。1944年12月31日，营长刘昌顺动员了所有能上阵的人员拼凑了一支决一死战的队伍。那是一个难忘的夜晚，整整一个晚上，所有的人都在磨刀，他们是准备以死相拼。黎明之前，队伍就这样上去了。

缅甸老兵孙剑峰的手稿里记录了他审问的一个日军俘虏的话：“世界上很多国家的军队都学刺枪术，但真的在战场上用上了的，也许只有日本和中国。”怒江战役里，从腾冲到龙陵再到芒市，每一个战场你都能听说血腥的白刃战。

刘昌顺战死后，团部才接到任命他为中校副团长的委任状，但刘昌顺再也看不到了。刘志声为死难的烈士清洗、换衣裳、装棺下葬。就在下葬后的第三天，军部来了公函，要求第27团把少校营长刘昌顺、中校指导员王再煊和另一位营长的遗体运到后方的芒市。任务交到了刘志声手上。他退出战斗，带着三份公函回到黑猛弄。一封公函是要黑猛弄地方派人协助，第二封公函是让遮放前线汽车指挥部派车送到芒市，第三封公函是给芒市第2军留守处的，要他们负责烈士安埋。

第一封公函上的问题很快解决了，棺材是在黑猛弄派的。黑猛弄的乡长发动40多位景颇族把人挖出来，他看着装棺，捆捆绑绑当天晚上就出发，翻过邦达梁子，抬上石门坎。第二天从山上进入坝子后，天气热了起来，三口棺材气味越来越大，过路的人有的向他们敬礼，也有的捂着鼻子远远地躲开。到了遮放的前线汽车指挥部，他找到一位少将把公函递了上去，那位将军半句话没说，马上就派车。装车时，三口棺材那个臭呵，年轻士兵不敢挨近，一位年纪大的军人说："你们这些人哪！一点良心都没有，人家在前线把老命都豁出去了，我们抬一下有什么难的。"这句话让刘志声死死记了一辈子。

汽车到了芒市的军部留守处，出来了几个人，远远站着。他们告

中国远征军第2军第9师27团3营少尉刘志声

刘昌顺与王再煊就是刘志声当年移葬的三位烈士中的两位

诉刘志声，现在还在打仗，公墓还没有确定在哪里，让他不用下车了，直接开到芒市洗马塘土司家的别墅花园，找个合适的地点安埋了。留守处的态度也让刘志声死死记了一辈子。他说：“他们是为国牺牲的英雄

刘昌顺的墓碑

哪，连起码的礼仪也没有，仗还没打完，怎么就冷酷到这个程度！”

在洗马塘边上的小山包上，刘志声找来认识的傣族头人，帮忙掩埋了三位烈士的灵柩。他把埋葬地点记录下来，交给了军部。然后步行了整整三天，在九谷找到了部队。我问他参没参加芒友会师，他说没有，他们一个团都没去芒友，人死得太多，不忍心再调它了，全团最后就剩下几百个人。

还我河山

战争结束他回到了板桥老家。1950年，保山的地委书记看上了这个年轻有才的年轻人，要他做秘书，连派克笔都拿给他使用了。但是在填表的时候，就因他如实写了参加抗日战争的历史，于是整个生活都改变了。每逢政治运动，他都被揪了去，经常半夜被叫起来交代问题。天是那样的冷，人心更冷。那时，他眼泪止不住地淌，他想不明白，究竟为什么，他做错了什么，“在那个时代，敢用肩头去顶的人没有几个呀”。他不敢过问整得他几十年一身肮脏的罪过是什么，直到老了才想明白，他该向后人有个交待，打日本不是卑鄙龌龊的事情。于是，他开始写那段让他在最艰难的时候也不会忘记的经历，写他作为军人的最后一项任务。

那天，回忆录写完是下午三点钟，编好页码是五六点。刘志声把封面粘好，郑重地写上了“征魂”两字，然后放到了书架上。他心里想，不再背黑锅了，白纸黑字他已经留给后人了，给他后半生带来屈辱的那段历史，是他一生的骄傲。然而，那天夜里12点，刘志声就中风了。

1995年，保山纪念抗战胜利50周年，他把回忆录节录了一段参加了保山举办的讨论会。节录的这一段就是他护送三位烈士遗体的经历。一位记者被他的经历所感动，把他的文章登在了当地报纸上。一天早上，他在小镇上吃早点。旁边一个人跟他讲："老刘，你写的那三个墓，我七几年当兵的时候还在呢。那是我们的打靶场，还靠在那里休息呢。"刘志声心里咯噔一下，难道当年军部留守处的人在建好墓园后没有移葬三位战友？

这消息，让老人心里那个难受呵，食不甘睡不宁，脑子里整天就只想一件事：管么不管？要管，怎么管？他退休时只有52元3毛钱的工资，中过风，有严重的心脏病。如果三个人没有移葬进墓园，他50年前的任务就没有完成："我们这些人是有血的人哪！你叫我怎么办？"

他托芒市的亲戚朋友，如果坟还在的话，清明时帮他买点纸钱供供，但没人给他回信。那时保山到芒市好远，要一整天。有个侄儿请了三天假陪他到芒市，中途堵车，在车上冻了一整夜，第二天才到。下车顾不上休息，就直奔洗马河。原来的地形变了，成了军分区的打靶场。坟头也平了，一点痕迹没留下。借来锄头四处刨刨，想找到当年立的那几个鹅卵石，但直到太阳落山也没找到。住了一晚，侄儿的假期到了，强拉着他上了班车。

回到家，老人像丢了魂似的，跟什么人相处都不对头。板桥有位老兵，黄埔14期的。他说："刘志声哪，这些人死了，是为国捐躯，碑不在了，坟不在了，可地点还在，你立个石头给他们吧，写上三个人的名字，也才对得起他们。"保山城里有个考古的老头叫苏渔耕，素不相识，听说这件事情，决定陪他一起到芒市。那年，刘志声78岁。

俩老头儿到了芒市，进宾馆问了房价，普通间30块，转身出来了。迎面见到板桥在芒市做工程的老乡，问他们来做什么。听了缘由敬佩他，就说：如不嫌弃就到他们那儿住吧。没有这些烈士，他们哪有机会在这里挣钱。工头管饭还派了两个工人帮着他挖墓。靶场的军人知道这事，停止训练让他安心地找。几天里，他们挖了十多个坑，在三个坑里发现蚂蚁窝和红色的土。不知道是否是为了安慰他，帮他挖坟的老倌告诉他，热带地方，人埋下去几十年，早被蚂蚁啃光了，那红土就是血土。他信了，用手绢包了三包土，找到芒市的政协。他一进门，便毕恭毕敬地向政协领导行了个礼："我代表三位死者的在天之灵，感谢首长宽宏大量的搭救之恩，允许我把血土带进墓园。"他的眼泪哗哗地流着，来到重建的第11集团军墓园，把三包血土撒了下去。

回到家，他仍没放下心，节衣缩食攒下700块钱，连同板桥几位老兵凑的钱，刻了一块石碑，用麻袋包好，托过路的客车驾驶员把碑带到芒市，委托芒市政协的人帮他立在烈士陵园里。芒市政协的人非常慎重地立了碑，还拍了照，写了一封信给他。

老人的心终于平静了，他说："等我到了那边，见了他们，他们不会怪我的。"他说他这一生的眼泪几乎都是为死去的烈士流的。在他身上，我看到了我们这个民族遗忘已久的品格：忠信、仁义和守诺。

第一次找遗骨的过程中，靶场边有一家傣族小俩口热心帮助了刘志声。女主人一会送凉水，一会送热水。那天天很热，大雨过后，一道彩虹出来，正好她来送水，刘志声心里好感动。第二年再去的时候，得知女主人生下了三胞胎。老人怎么看这三胞长得都像那三位烈士，他与苏渔耕两人认定了那三个孩子就是他再生的战友，并一直关注他们的成长，不时地给他们寄东西。在芒市，我专程看望了三个孩子，三个孩子长得高的高，矮的矮，一个不像一个，已经上小学了。

刘志声嘱托的事情，我一一照办了，但没有想到的是，三位烈士的故事还有老人不知道的另一面。在芒市，我发现少校营长刘昌顺的名字对许多人来说并不陌生，一是刘昌顺当年攻打芒市时，就已为人所知；二是还有另外的人在找他。刘昌顺是湖南人，中央军官学校洛阳分校毕业，参加远征军到了云南后，家里就再没有了他的消息。有人说他死了，有人说他到了台湾。50年代，政府动员内地青年支边，刘昌顺的侄子唐开山来到了芒市。临行前，他的舅妈、刘昌顺的妻子托付他打听一下他舅舅的下落。就因为没有消息，他的两个表兄、刘昌顺的两个儿子当了兵在部队上得不到发展。唐开山到了芒市后才知道，根本不可能打听，"清洁边疆"的运动一个接一个，他怎敢打听一个国民党军官。他原先在农场工作，后来到了县里，一直不敢提此事。直到1994年芒市的远征军烈士陵园重修后，他才找人打听。他找到的人是公安局的姜兴治，一位从50年代就与国军老兵打交道的老公安。老姜告诉他两个线索：一是他舅舅的碑的下落，二是他舅舅的战友林双全。林双全是第2军军部的书记，参加过军部建陵园的工作。建第2军陵园时，就是他掩埋了刘昌顺，他们同是中央军官学校洛阳分校第9期的学员，湖南醴陵人。

在老姜的帮助下，唐开山找到了刘昌顺的墓碑。但墓碑的命运更惨，被一个学校的教师垫在水龙头下面洗衣服，怎么说都不肯还回来。她说的也有道理："你拿走了，我用什么洗衣服？"唐开山愤怒了，要起诉她。最后政协出钱，才把墓碑赎出来，连同刘志声新刻的碑一起，重新立在了新建的烈士陵园里。健忘，麻木！这不该是我们这个民族的文化里固有的成分，但你却不得不一次又一次地面对它。

这个故事的另外一半，我想了又想该不该告诉刘志声，如果告诉他，他的任务在几十年前就完成了，这些年做的事是无用功，这也太残酷了。为了这件事，他晚年的生活一切都乱了套；如果不告诉他，似乎也不对。有一次，我小心地提到，芒市有一块刻着刘昌顺名字的老碑，会不会当年人们并没有忘记他。老人说他不相信。

那些年，刘志声做了一件与江汶一模一样的事情——寻找三位烈士的家人。他并不知道三位烈士有没有家人，但结果却让他耿耿于怀。王再煊是他在黄埔军校大理干训团的同学，西康会理（今属四川省）人。他给会理县的人大和政协发过两封信，请他们查找王再煊的家人。他想告诉烈士家人，王再煊是为抗日而献身的英雄，不要望他了。刘志声用的"望"字，让人听了揪心的痛。那是一个家庭对自己亲人走上抗日前线之后再无音讯的思念与牵挂。

他认为，当年参加军校的没有几个人，只要用心，应该能查得到的。他请收信人得到消息后给他几个字，免得挂心。还不放心，他寄了个双挂号。信是寄到了，一个姓林的签了字。回执寄回来，但却没有任何回音。老人留着信的底稿和那个回执，信写得恳切，让人看了鼻子发酸。他跟我说："要是你在我这个岗位上，看到这封信你能放得下去吗？这不是一个老倌儿的事，是一个国家的事呵！是对先烈的事呵！惨哪！王再煊！"

老人的记性好极了，几十年前的景象还记得清清楚楚。打象达的那天晚上，东山上，月亮惨白惨白的，他们悄悄越过日军阵地。天亮时到达山坡上的何家寨子，才架起枪来煮早饭吃。晨霭薄薄的，火烟升起来了。那一仗打得惨哪，他们团死了七八百人。刘志声中风住院那年，遇到一个象达人，是老师。他问道："我们死了几百人在那里，你们是否好好保护他们？"老师告诉他：保护什么呀，黄草坡上那些坟，后来就平了，再后来老百姓开地种庄稼，还开出一些遗骨来。刘志声听了心里发疼，这些为国捐躯的人就这样永远消失了。他说："你是老师，你要教育你们的孩子，他们是为国捐躯的，哪家没有父母，哪家没有儿女，他们死在这个地方，连家里头都晓不得，只落得这个坟，你们还把它毁了。”

还有一个象达人告诉他：小时听老人说，他家对面的大栗坡上，遇到天阴下雨或到黑到晚常听见鬼吼神叫的。刘志声愤怒了：“什么鬼呀，那是忠魂。他们死了，无名无姓的，留下一个坟还被你们种了地。他们只是叫一叫，该出来掐你们的！天老爷哪，为国捐躯的人不该这么对待！”

在医院里，刘志声还遇到一位姓梁的医生，梁医生看过他写的回忆录很感动。刘志声跟他讲：“我写这本材料的目的，就是把哪里死了多少人、咋个死的说给后人知道。你们应该动员动员乡政府，给这些烈士立个坟，建个碑，把这些讲给你们那些孩子，对爱国主义教育也有好处。说在你心上，你们要做这个事时，告诉我，我出1000块钱。我总共就几百块工资，也不多，我少用点钱。”有几天医生不见了，4天后医生回来对他说：老者，我回去了一趟，我找县里说了。这让刘志声感激不尽，可他哪里知道，这个县修复了日军行政班驻地，修复了日军慰安所，修复了日军碉堡，唯独没有修复被砸毁的远征军烈士陵园。在那个县的地盘上死的战士并不比腾冲少。在一个残阳如血的黄昏，我在陵园的遗址上想找到点什么痕迹，但除了萋萋荒草，什么也没留下。

刘志声知道腾冲国殇墓园，但从来没去过。1987年，腾冲财校请他去上课。课上完了，人家让他在招待所休息两天，他不好意思告诉人家，他在腾冲有重大的事情要完成，他要去国殇园。一路问着找到了墓园，太阳刚刚出来，墓园里静悄悄的。几个姑娘在扫地，问他：这位老者是来看看？“我什么话都没说，有什么说的！这里头有多少我的战友同学，而我从来没有来过。大殿上有学生献的花圈，花圈上写着‘慕容烈士安息’，他死后开追悼会时的照片也放在那里。慕容是李颐的号，在大理干训团的时候，他是我的教员。我差点被人认为是共产党，要不是他我早死了。他说我死读书，头都不要了。我对他印象太深刻。后来到下关报到，在街上走着遇着他。他还望着我笑了一笑。这是我最后一次看到他。转到叠水河、龙光台，这些名字听过多少年哪。这个地方离板桥这么近，这里发生过多少事，而我从来没来过。我里瞧瞧外瞧瞧，前想想后想想，感慨万千，眼泪止不住地往外流，又怕别人见了，真是说不出的滋味。”

国殇墓园1985年修复。我想，人们该记住那位倡议修复墓园的县委宣传部长。他让园中几千亡灵重新有了归宿，也安慰了多少像刘志声这样被伤害的人们。

在刘志声家里，我看到他为一位叫陈志军的老兵写的困难申请。这位老兵是四川同川县杨家沟下新桥人，原名左光松，是第71军36师106团的重机枪手。1942年春，他由四川徒步行军到了云南，5月到保山，恰逢日军已经到了怒江边，当天便奉命赶往惠通桥。公路上的汽车全被堵下了，送军队到江边。到达惠通桥的时候，桥已被炸断，但一百多名日军先头部队已经过江，他们在山头上用机枪扫射。他是亲眼看见有的鬼子泅江而过，有的被水冲走。那晚，他彻夜站岗，听着团部的电话一夜未停。上面要求团长无论如何要顶住，团长则不断地紧急呼叫后方援兵。

申请书里这样写道：

（战后）我在东村苦吃苦做，苦渡时光，不觉已有55年。几年前，妻杨氏病故，不久儿子车祸身亡。至今我风烛残年痛苦地活着，四川老家多年音信不通，我老病缠身，度日艰难。请我政府本人道之情，救我于困顿之中，如蒙不弃，当感此恩，死而不忘。

我注意到这份申请书的顶头有一行字："2002年去世"，是刘志声后来加上去的。刘志声帮他写过若干次申请，写这份申请时陈志军85岁，死时89岁。刘志声的儿子在一旁说：他是个好人，一个和蔼和气的人。我问道："他得到补助了吗？"刘志声说："没有，到死都没有拿到一分钱。县民政科说没有这个政策。这些人是拿着机枪将日本人打回怒江西岸的！人家60年前不拿枪把日本人扫过江，还不知保山会怎么样？中国会怎么样？还要什么政策！"

"人说50知天命，我80才知天命。我现在才知道，命该如此，不能强求。好多次，我想找领导谈谈，他们不该这么看待我。"刘志声说。哎，他依然不知天命。

历史，在它发生和延续的地方；人生，在它开始和结束的地方，让你的心时时地酸楚，让你的良知时时地疼痛。老人有一句话说得伤感——国难当头三种人：第一种人挺身而出，第二种人做汉奸，第三种人躲了起来。战后，第三种人整第一种人。我想到从前唱的那首歌："到敌人后方去，把鬼子消灭尽。"大家都到后方去了，没有像刘志声这样的人在前方顶着，后方还存在吗？

玖　踏上父辈的旅程

功果桥的钢缆左右两侧不一样，右侧的钢缆是当年被日机炸断后重新修复的

麦姆瑞少校在美国时

一　巫家坝机场的凌晨

2005年7月3日，凌晨时分，喧闹的巫家坝机场终于安静下来。从西山掠过滇池一路吹来的风令人惬意，这个承载着太多历史的老机场，像60年前的无数个夜晚一样，宁静而令人期待。

二战时期，昆明的巫家坝机场曾是全世界最繁忙的机场之一，为一

20世纪40年代的昆明机场

个民族仅存的国土担当着全部的军事供给。两年多的时间里，驼峰空运总队共运输了80多万吨物资到中国，还运送了十几万中国军队到印度兰姆伽接受训练。机场附近的老乡们说，天上的驼峰飞机比乌鸦还要多。这里也是日军轰炸的重要目标。

我和江汶及许寒甘在机场等待着从北京飞来的航班。几年来，不论在中国还是美国，参与到这个事件中的每个人都是从情感的直觉开始，在历史谜团的探索中追寻着这个传奇故事的下文。故事的不断传递又让更多人加入到寻找中来。那年年初，邓康延把故事讲给了他儿时的朋友胡楠听，胡楠捐了一笔资金，让芭芭拉姐妹得以重访父亲的战场。

飞机已经晚点好几个小时了，这让我们有时间去博得机场工作人员的同情，允许我们到舷梯边迎接芭芭拉姐妹。机场工作人员说，这是一个手续复杂的过程，需要提前申请。最终对方退了一步，派出一辆摆渡车代替我们把客人接到候机厅。云南人多多少少都有些二战情结，不论在怎样的政治环境里，对飞虎队、驼峰、滇西反攻这类词汇都不陌生。这与中国的任何一个地方都不大一样。

凌晨一点，飞机终于在寂静的黑夜里降落。移动舷梯在缓慢地接近机舱门，轰鸣声渐渐安静下来了，闪烁的灯光一盏盏熄灭。隔着玻璃幕墙，我们辨认着陆续出现的乘客。邮件往来近两年了，今晚是我们第一次见面，这让芭芭拉姐妹一出舱门就拉着第一眼见到的中国人忙着说感谢，感谢对方能让她们与相距60年的父亲重逢。接机的机场人员知道她们认错了人，却容不得解释。60年前，她们的父亲就在这个机场降落，却没能从这个机场离开。她们60年的困惑和等待，此刻随着舱门的打开倾泻而出。

与芭芭拉姐妹一同到达的还有斯多德上校的女儿山·斯多德和芭芭拉的丈夫卡尔·海德。看着她们远远走来，我总感觉不真实：相距半个地球，相隔60年历史，是什么让我们在茫茫人海里找到彼此？当大家终于拥抱在一起的时候，江汶说："你们的父亲在44年12月到达中国的时候，就是降落在这个机场。你们所在的地方，就是所有Y部队参谋联络组的成员飞越驼峰从印度达到中国的第一站。"芭芭拉张了张嘴，什么也没来得及说就已经泪流满面了。

汽车驶过深夜的昆明，霓虹灯闪烁的街头空无一人。一年多以来，我们在邮件上询问过无数的问题，寻求过无数的答案，此时，却只有芭芭拉姐妹俩一直在说感谢，感谢我们从一幅照片开始的执着努力，一直说到我们无言以对。我真的不知道谁应该感谢谁。或许应该感谢的是那整整的一代人吧，是他们用生命和血让世界拥有今天，让古老昆明的夜晚如此宁静。“是的，但你们不知道这件事对我们意味着什么。”贝雯丽说。

遥远的东方，还有失去父亲的那座山峰，对她们意味着什么？在此之前，我似乎真没有想太多。战争会让千千万万的家庭失去亲人，我曾经以为时间会修复一切，人们会用遗忘来填平悲伤，却没想过这种悲伤会纠缠整整两代人的生命。有心理学家说，创伤后应激障碍会延续一个月时间。他们低估了战争在至亲至爱的人们心里投下的阴影。丈夫阵亡后，菲关上了记忆的大门，把失去的爱紧闭在内心深处。她勤奋工作让两个女儿衣食无忧，但在姐妹俩的生命里总有一种看不见的忧伤，这便是贝雯丽一直在说的神秘感。那神秘感来自可望而不可及的父亲，他一直在姐妹俩床头的照片里注视着她们的成长，却又像空中飘浮的云，看得见却抓不着，甚至都不知道他是谁。

两年前的7月4日，她们回到冷泉镇参加麦姆瑞家族的聚会，表兄大老远地朝她们打招呼：“嗨，芭芭拉，有中国人在找你们。”中国人？她们几十年的生活从没有与中国人有交集，但又无比熟悉，仿佛是等待了一生的召唤。那一声招呼带给她的震撼，很长时间都让芭芭拉觉得不可思议。就像寂静的湖里落下一粒小石子，一圈圈的涟漪散去之后，非但没有归于平静，反而搅动了姐妹俩全部的生活。尽管那时候她们也没有想过这意味着什么，也不知道事情会怎么发展。但在两年时间里，在胡佛研究所，在窦恩文献中，在CBI老兵和他们后代建立的各类网站里，在向其他的怒江战役阵亡者亲人发出信件之后，她们参与到了历史中。这让父亲逐渐变得真实起来。为了她们自己，也为了她们的妈妈。她们要替另一个世界的母亲从她那一抽屉不能言说的忧伤中释放出来，在被关闭的记忆里找回父亲生命中最后的时光。

芭芭拉带来了一首诗，标题叫《亲爱的父亲》，是她在网上发现的，那是一位CBI老兵的女儿为纪念父亲而建立的网页。诗深深触动了芭芭拉内心最脆弱的那条神经，她把它下载下来，打印了好多份，寄给了所有与这个事件相关的人。她突然发现，她一直想搞明白的怒江战役，不止是对她们姐妹俩，对许多参加过那场战役的军人和他们的家庭，影响都是相同的。几十年过去了，许多人对遥远东方的那条大江，依然有着魂牵梦绕的牵挂。她给诗作者克里斯蒂娜（Christina）写了信，询问能否允许她把诗带到中国，带到怒江，带给在那里战斗

图9-2 克里斯蒂纳的父亲罗伯特·菲利普

过的不论是阵亡还是幸存的士兵们。克里斯蒂娜当天就给芭芭拉回了信，她的父亲罗伯特·菲利普上尉是怒江战役的铜质勋章获得者，她没有到过中国，但她知道在父亲的生命里，遥远中国的怒江永远是一个刻骨铭心的地方。父亲在多年前去世，带走了他对中国的怀念和记忆。克里斯蒂娜几乎是在父亲去世之后才开始了解他的中国经历。她发来了父亲在怒江前线拍摄的照片，并请芭芭拉从怒江给她带回一块石头或是泥土，让她能触摸到印刻着父亲灵魂片段的那条大江。

亲爱的父亲

我多么希望和您交谈
告诉我
您在古老中国的怒江战斗的时候
您在那里带领着中国人穿越怒江的高山和峡谷
它现在看上去如此地不同
您还会再回去吗？
如果我给您一张票
到您曾经流过血的地方
您是否会跟我一起去
并把您的故事讲给我听
您的记忆是否已经模糊
我正在寻找您战斗过的地方

酷热、冷雨和泥泞
您的军服被汗水和血水浸透

您在战斗中杀死过一名敌人
并把他的家信带回了家
那时，您发誓不再杀戮
从此，您感觉如此地孤独

我找到一张怒江古道的照片
是否所有的士兵都有和您一样的梦
如果我现在来到中国的这条江畔
站在陡峭的岸边
在那里，我是否能找到您灵魂的片断
我能向谁表达我心中的感激

我多么希望认识到怒江之前的您
怒江的激流把您带走了
我永远地失去了您
我亲爱的父亲

克里斯蒂娜·珊克
纪念参加怒江战役并获铜质勋章的父亲罗伯特·菲利普

从在昆明的第一次诵读起，这首诗就让所有人泪流满面。这注定是一次飙泪之旅。

二

在云南故事里长大的

山·斯多德

相距61年，麦姆瑞少校的女儿们终于踏上了遥远东方的土地，踏上了她们的母亲曾经魂牵梦绕的怒江之旅，一路奔向那座伟大的山峰。

都不记得这些年里有多少次踏上滇缅公路了，但没有哪一次像这次一样，让我有一种了却的感觉。上路了。贝雯丽一直注视着窗外，想象着1944年元旦那天，父亲在这条路上的行车经历。他在信里说："这里的山路可不是我们家乡那种为伟大的汽车时代所修建的公路。但我蛮喜欢，景色非常的美。"通往怒江的公路，几十年里几经改道和拓宽，已经不再像从前的滇缅公路那样陡峭弯曲，也不再有一侧是几百英尺深的悬崖的路段，但景色依旧美丽。芭芭拉与丈夫卡尔在研究地图，他们对照着从胡佛研究所复印来的老地图与新地图，在上面画满了线条和圆点。这一年多的时间里，他们已经很专业了。芭芭拉不时地转身对大家强调说："这上面写着，训练那些坚韧的中国老兵以及教他们使用装备，是在由弗兰克·窦恩指挥的Y部队的指导和监督下完成的。"卡尔有些感慨："这是一个遥远的战役，几十年前，这块土地上有过如此多的死亡、混乱和艰苦，但如今只有很少的年轻人知道，如果没有人花时间和才能把故事讲出来，随着老一代人的离去，历史就永远地消失了。"

从永平转到澜沧江边的一段老路，是整个老滇缅公路上最后还在使用的路段。有些岁月的砂石路面紧实而平整，平时过往车辆不多，牛群和羊群惬意地溜达着，嫌太阳大了，还有行道树遮荫。汽车挤在牧归的羊群里，按喇叭是没用的。老公羊会回头狠狠地瞪你一眼，一副"在我的地盘上吵什么吵"的样子。山很兴奋，她忆起父亲在滇缅公路上驾车的经历：常常会有人从路边冲出来，在汽车前面快速穿过公路。那时的人相信有邪鬼尾随，他们希望汽车会把跟在他们身后的鬼魂冲走。山是听着父亲的中国故事长大的，她随身带着父亲的战时笔记和一个厚厚的夹子，夹子里是Y部队作战参谋在战役结束后的若干报告。其中就有她的父亲斯多德上校经手的部分。

山·斯多德性格外向，是三个女人里最活跃的。也许是教师职业的缘故，她热情、善于表达也极富感染力。在北京机场打发候机时间的时候，身边坐着一位美国人。对方对她的名字很好奇，因为美国人很少有人用“Shan”做名字。她告诉他，她的名字来源于中国一座伟大的山峰，父亲在中国作过战，那座山在他的生命里有着非同寻常的意义。实际上，那座山峰以及与之相联系的这条公路，在她生命里的意义也是不可思议的。一踏上滇缅公路，她所有的记忆全都调动起来了，她从没想到有一天会真的来到故事发生的地方。两个月前，江汶问她是否能到中国的时候，她无法相信，中国在地球的另一边，一个几乎是梦幻之地的国家，那是她儿时的故事，印第安纳·琼斯式的传奇。

“‘我来了，那里有事情正在发生！’这是父亲预设的场景，然后我就变得非常兴奋，被故事所吸引。当然了，他的故事讲完了，我也睡不着了。因为故事太好听，我一遍又一遍地听同一个故事，到现在都还记得。有一次，他们在缅甸的森林里骑着马走了3天。山路很难走，还有大雨和高温，没有地方可以扎营，也找不到吃的。一天，他们又脏又累，来到了一条河边，把马拴好后就跳进河里游泳。那是一条湍急的河流，他游啊游，不久两岸的岩石峭壁变得越来越窄，越来越险峻陡峭。就在他抬头换气时，看见一条蛇飘在水上，正朝他游过来。我说‘爸爸，爸爸，那你怎么样了？’我害怕极了。他说，我无法上岸，只能一直游下去，那条蛇就从我身旁经过。他说那条蛇很长很长，有个很大很大的脑袋，一直在他身边走啊走。”

小时候的故事大多数像是好莱坞的冒险片，听上去没那么艰难，而是充满乐趣，让人想到现场，去目睹那些重要的事情。长大了，故事还在继续，只是变得越来越严肃。父亲的中国故事开始有战场的艰辛。他会讲多山的云南，讲蒋介石在昆明建立的军事学校，讲普通士兵的善良和勇敢，还有为了与中国军队的将领们交流他怎么努力学习中文，以及生活对中国人有多艰难，但他们必须为国家而战。他讲过渡过怒江的故事，渡江时他们只遭遇到轻度抵抗，但三天后物资就供应不上了。没有食物，许多人要吃饭，只好把马杀了给大家吃。这对山来说太惨烈了，她喜欢马，无法想象人会去吃帮助自己驮载重物的动物。如今她到了现场，看到云南西部绵延不绝的群山和迅疾的江河，才知道那些听起来很好玩的故事，需要付出巨大的代价。“这条路上，每天都有人受伤，有人死去，而他们和我们一样拥有生命，拥有家庭。”山说。

山甚至记起了小时候父亲经常唱的一首军歌《Caisson》：

Over hill over dale we will hit the dusty trail,
翻过山，越过岭，我们在尘土漫天的小路上行军
As the caissons go rolling along.
弹药车在行进
"Counter march, right about,"
前进，前进，前进
Hear those wagon soldiers shout!
听着士兵们的叫喊
As those caissons go rolling along.
弹药车在行进
For it's hie hie he for the field artillery.
车上拖着威力无比的大炮
Shout out their numbers loud and strong!
士兵用嘹亮的声音报数
So it's 'er we go you will always know, that our caissons keep rolling along.
我们知道，我们的队伍勇往直前
Keep 'em rolling! And our caissons keep rolling along!
前进吧，我们会一往无前

她相信，父亲当年走在这条路上的时候，也一定唱过它。

在功果桥附近的老滇缅路上，山抚摸着路边一棵从岩石缝中生长出来的老榕树，猜想着它曾经目睹过的事情：半个多世纪前，它看着她们的父亲从这里走过，一个车队接一个车队，无数的军队、骡马和物资在这条道路上，还有坏天气、季风雨、洪水、疾病和无数妨碍着军人完成使命的事情。她明白了父亲为何给她取名为“山”，还有那些讲了N多年的云南故事，“我想他要我知道，他在这里的时光对他来说意义重

大。也许还希望有一天女儿会想要来这里”。

就像父亲从小跟着爷爷在军营里出生长大一样，山也是在父亲驻扎于厄瓜多尔时出生的。斯多德上校来自一个军人世家，而且是西点军校的军人世家。山说：这个家族的传统就是上西点、当上校，家族里所有男人，除她弟弟而外，她的爷爷、父亲、叔叔以及叔叔们的儿子们，全都毕业于西点军校，也全都是上校。西点不是个出武夫的地方，它培养出来的那些青史留名的军事将才可都是谦谦君子。父亲到晚年都保持着他的教养和风度，待人和蔼，在意别人的感受。山说，他是那种只要走进一个房间人们都会转过头去看他的人。老头儿本来长得也像1940年代的好莱坞明星。

约翰·斯多德进入西点军校时是1922级的，后来因患上了那场席卷欧洲的感冒而休学了一年。重回西点后，他与窦恩成了同班同学，1923年毕业。窦恩在回忆录里写过斯多德是他的老同学：“约翰和我一块工作。不久之后，周福成将军来到我们野战司令部要求我一定要把约翰·斯多德派去做参谋长，担任一切部队训练及作战指挥工作。我立即同意了，但是他只负责供应事务，不得过问行政事务。中国的行政事务会让约翰·斯多德或其他任何一个人碰壁的。”

“你不知道，父亲的后半生，中国一直在他心里。”80年代，中国刚刚向外国人开放，山试图安排弟弟陪伴父亲到中国。但那时中国的服务设施还很落后，这对于坐轮椅的90岁老人会很麻烦。他的膝盖在西点时曾受过伤，晚年变得越来越糟糕，还患有股骨风湿。“我们尝试了，但那时只能去北京，我知道他心里想去的地方是云南。”

这一次，山带着父亲在战争年代的笔记上路。这与在家里阅读的感觉不一样，笔记上的日期、地名和人名不再是一个个简单潦草的符号，它们还原了历史上的那一时刻。山真切地走在那些小道上，站在了那条大江边。就在历史发生的地方，她常常与年轻时的父亲不期而遇。每当遇到这样的情形，她就会兴奋地嚷嚷，然后芭芭拉姐妹也跟着她一路抹泪。

在保山的史迪威公路酒吧，墙上挂满了主人收藏的老照片。在这趟旅行中，这样的照片墙很常见。突然间，山惊呼起来：“嘢！这看上去像是我父亲哎。”她跳上一把椅子把照片拿了下来。真是斯多德上校，而且是山从来没有见过的一幅照片！她好激动，一遍一遍地说：“是我父亲！是我父亲！想想看，你在一个从来没有想过会到达的地方，走进一间屋子，突然就发现了父亲！而且不是一次两次。在昆明在大理、在保山在腾冲，我碰到一些人，他们记得怒江战役发生的某些事情，或者

山在保山的史迪威公路酒吧意外发现父亲的照片

保留着一堆照片。这简直难以置信，父亲会想到61年后他的家人会重返这里吗？”

照片上有许多军人，其中有魏德迈将军、窦恩将军，用手指向战场的那个人就是斯多德上校。照片应该拍于1944年10月之后，当时，魏德迈已经取代史迪威将军成了中国战区的参谋长。山一次次地拥抱每一个人，庆幸60年过去还有这样的机会，在一个陌生的国度与年轻时的父亲相遇。毕竟谁也不会无限期地停留在世上，把自己的故事讲给后世想要聆听的人们。她很严肃地说：“这让我明白了你们一直在找寻和记录那些故事的原因，追求历史的准确是不容易的，尤其是在没有文

功果桥所有的部件都是在美国生产，海运到仰光，铁路运到腊戍，再由人力翻山越岭运到澜沧江边的

献记载的情况下。”

无数次到功果桥，我查阅过它自建成后遭遇日机轰炸的次数，以及修复的日期，但有个细节始终没有认真想过，那就是距功果桥几百米远有一座美制军用铁桥，60多米长，总让人想到前南斯拉夫的一部二战片《桥》。之所以称它小铁桥，是与澜沧江干流上的功果桥相比。小铁桥在汇入澜沧江的支流漾濞江上，用铆钉和铁板建造，几十年过去都没有锈蚀。多年前，戈叔亚与一位公路桥梁方面的老前辈来到这座桥上，老人使劲地拍着小铁桥感叹道：“瞧瞧瞧瞧，这才叫做桥！”从前，这样的铁桥在滇缅公路沿线有不少，跨过滇西纵谷区无数的河流与沟壑。反攻开始之前，为了保障后勤供给，美军后勤司令部接替美军野战司令部负责修路任务，编成滇缅公路作业队，对公路全线进行了一次拓宽和维修。据说60年代以后，这些桥大多被拆了运到越南打击美帝去了，因此这座小铁桥是硕果仅存了。两座桥的钢铁铸件上，有几个模糊的字母依稀可辨：卡内基，美国（Carnegie，U.S.A）。这是美国最大的钢铁制造商。卡尔说，美国的大部分桥梁都是这样用铆钉和铁板建造的。山在小铁桥附近的一个水泥桩上留下了一段涂鸦：“60年之后，跟随父亲的足

功果桥附近的小铁桥

迹，我来到这里。”

芭芭拉姐妹从功果桥东岸走来，我远远地看着她们，心里在想，她们的父亲也曾这样走过，但再也没有回去，她们妈妈以及她们大半生的生活也从此改变。夕阳照耀着桥苍老的身影，吱嘎吱嘎摇晃着，像是从历史的睡梦里睁开眼睛。吊桥的一侧是老桥的原装铁链，另一侧是日本飞机炸断之后中国工兵修复时新换的钢缆。这是我最后一次看到它。三年后，功果桥被拆除了，为了给一座大型水坝让路，只是沿用了它的名字——功果桥电站。那座小铁桥估计也被拆了，但我不知道它的下落。2012年，功果桥被移到了云龙县城附近，重新安装在澜沧江的支流上。那些天我在云龙做桥梁史的调查，有人建议去参加功果桥的安装庆典。我觉得好悲凉，房龙曾说：“历史是地理学的第四维，它赋予了地理学时间和意义。”功果桥离开了事件发生的那条峡谷，就失去了它作为历史坐标的意义，只是一堆没有生命的破铜烂铁。我不忍看到这座伟大桥梁残破的尸身，宁愿留住记忆中最后的那一眼，即使它像清冷的峡谷里一个寂寞的孤魂。

三　父亲的中国墓地

翻越怒山的道路不再像战争期间那样艰难。新修的公路沿着传说中诸葛亮火烧连营的山谷，盘旋着一路下到江边。那神奇的山谷中千真万确有一个哑泉，还曾经立有一块清代地方官伊里布手书的石碑：此泉不可饮。战争中，中国远征军司令长官部一众官员曾在石碑前合影。如果说两千年前诸葛大军西渡怒江是传说演绎，两千年后这山谷的确见证了远征大军驱逐日寇的出击。

车子艰难地穿过狭窄的乡村小路，终于到了田头寨的村口。我想向芭芭拉解释这是什么地方，她平静地说："我猜到了。"沿怒江一路北上，她们没有问过一句话，但似乎明白要前往哪里。自从两年前，在冷泉镇听到"有中国人在找你们"的时候，她们就知道，中国对她们来说只有一个目的地，那就是失去父亲的地方。

村里的孩子跟在人群后面快乐地嬉闹着，大人们远远地站在一边指指点点。几位妇女有些迷惑地议论："那个黄头发的女的是真人吗？"她们在说山，山继承了母亲的一头金发。一位老妇人刚从地里回来，背着一背箩猪食草。她要我们告诉芭芭拉姐妹："我们都知道的，有美国人在我们这里被日本人打死了，就埋在那上面，骨头已经发回美国了。"

谢了她之后，我们继续往山上走。我心里有一股热流在往上涌：老妇人几个短短的句子就概括了4年里多少人的努力。就为这一个结果，我和云南的朋友们三次翻越高黎贡山，沿着滇缅公路南下缅甸，不知道走访过多少幸存的中国老兵，走访过多少战场故地的老乡；在美国，江汶不知求助过多少在云南参战的美国老兵，阿扎尼亚先生发出过无数封邮件，伊斯特布鲁克先生从华盛顿到弗吉尼亚，从国防部到胡佛研究所，查询过浩如烟海的档案。今天，当历史的碎片终于拼接起来，不再是只言片语而能够连续阅读的时候，一切都变得那么平静，那么理所当然。

隔着半个地球的千山万水，前往田头寨的小路曾经那样的遥远。芭芭拉和贝雯丽，终于来到了父亲在中国的埋葬地。如果不是一年多前幸运的发现，让我们找到这里，战争年代的往事就已经湮没在时间的河流里了。此刻从老乡们口中听到“麦姆瑞”这个名字，我想起当时全村老少挤在我电脑上前围看少校照片时那困惑的眼神。这个小山村不深的土层下不知有多少战死者的遗骸，几十年里耕耘播种都会不时地挖出森森白骨，对此，老乡们并不会感到有什么特别。半山腰那三座早已夷为平地的坟茔，早些年，还会因为某种特殊的原因，出现在老一辈人茶余饭后的闲谈里。那个杉木棺材也会因某种形而上的原因，被他们一片片挖来煮成神奇的汤药。棺材木煮完了，故事也就渐渐淡忘了。如今，故事被重新提起，当年的亲历者重又成了茶余饭后摆龙门阵的主角。连带的效应是那一块小山坡升值了，有人愿用山下的两亩水田换那半分坡地，主人还不情愿。尽管大榕树死了，那个美丽的小庙也毁了，失掉了绿荫和神灵的庇护，小村庄显得少了些什么，但这不影响这片曾经美丽的山间台地在民间的地位。老乡们也知道了61年前的那个早晨，阵亡在锅底塘山坳里的美国人叫麦姆瑞。然后，再把这个名字告诉给后来的寻访者。这不正是我们当初所希望的吗？让更多的人知道那些为光复我们的国土而付出生命的异国英雄。

少校的中国墓地没有了小庙没有了大榕树，但依然是这个村庄的风水宝地

少校的中国墓地前放着当年美国军方寄给他妻子的死亡证明

还是那位当年见证移葬的老乡带路。贝雯丽身体不好，在别人搀扶下艰难地爬上了山腰。江汶告诉她：这就是斯多德上校信里说的“美丽的山间台地”。山峰的远处，是少校阵亡的那个山坳。她依然有些困惑，茫茫群山，何以认定这个已无任何标志的土坡坡就是父亲的中国墓地：“选择这里作为埋葬地的原因是什么？墓地是根据什么确认的？这个小村庄偏僻闭塞交通不便，墓地的信息是如何传递的？”于是，故事又被重新复述，只是这一次多了田头寨老百姓的阐释。他们一直在旁边议论这片小台地的风水，一门玄秘而诗意的东方哲学。试想中国的古老庙宇，哪一处不是青山碧水的去处，又有多少人死后能够享有这洞天福地的荫庇。女人们一个劲儿地为这俩姐妹感到遗憾，她们说：如果这家人不迁坟的话，家里要出大官的。但对贝雯丽来说，祖坟风水太玄乎，麦姆瑞家族是否能出美国总统不重要，她宁可要一个陪伴她成长的父亲。

最终给贝雯丽信心的还是这个村庄的集体记忆。她发现似乎全村老少对这个故事都津津乐道。带路的老者在移葬时不到10岁，当年尿尿拌泥巴的小伙伴如今就剩他了，这让他更有权威见证者的感觉。他一辈子没有离开过家乡，尽管小村庄风光不再，但他确凿地说记得小寺庙的位置，记得坟墓的坐向，记得移葬时背枪的士兵和美国人站在哪里。看过葬礼照片之后，他显然可以判断出主持葬礼的斯多德上校所站的位置。他告诉芭芭拉：棺材打开的时候，少校就像睡着了一样，身着全套的军服。

芭芭拉姐妹把父亲的照片和一束鲜花放在曾经的墓地上。尽管那个位置只剩一个光溜溜的土埂，但在我们心里，那里依然是一位为中国而生、为中国而死的军人的神圣墓地。

湛蓝的天空下，山峦是那样的伟岸和宁静，不远处的田头寨已飘出袅袅炊烟，眩目的夕阳正缓缓地向高黎贡的山巅下沉。掠过树梢的风声里，晚归的牛群晃动着叮咚作响的牛铃，让一切显得那么旷远，战争与和平就是如此诡异地交织着。山说，她知道60年前的那一天对麦姆瑞家族十分重要，而看到父亲主持葬礼的地方，对她也一样的意义重大。父亲是在她的臂弯中去世的，她曾经担心父亲是否到了天堂，是否与上帝在一起。而此时，她知道她父亲在那儿往下看着我们，正是上帝的手指引着我们大家走到一起。这座美丽的山峰把那些勇敢的士兵永远地拥在了怀中，也守护着今天和平的日子。芭芭拉希望由她带领大家祈祷，就像60年前斯多德上校主持葬礼时所做的那样。山站在大榕树下她父亲曾经的位置，我们则在战场葬礼曾经的位置，一如那张老照片所显示的那样，再一次祈祷，为父辈付出的鲜血和生命，为了我们享受的和平与宁静。

芭芭拉在父亲阵亡的山峰下面，一遍遍地想着父亲在1943年12月21日，圣诞节前夕，从中国给她发出的一封信。那时她才2岁。她心里非常难受，从父亲写信到现在，61年过去了，她跨越万里之遥回到信件的始发地，才真正体会到从字里行间溢出的高黎贡山一样厚重的父爱。

最亲爱的芭芭拉：

给你寄上一张5元、一张1元的中国纸币，还有两张1美元，你可以给你的朋友。这个国家因为很长时间处在战争当中，人们所需的物品变得非常匮乏，所以相当昂贵，因而这些钱买不了什么。作为纪念品，我希望你会喜欢它们。

这里的男孩子、女孩子们皮肤黝黑，和你挺像的，但长相和你很不一样。他们没有你那样又好、又干净、又温暖的房子可住，也没几件衣服可穿，极少数人有鞋子穿，尽管天气很冷。他们没有冰激凌、可乐、好时棒棒糖可吃，只有米饭和一些蔬菜。他们没有私人汽车或公共汽车可乘，通常是步行或是坐小马拉的小车，但是他们和你一样爱笑，爱玩，会淘气，像天底下所有小男孩和小女孩那样高高兴兴。

我可以给你写信了，因为根据妈咪的报告，我觉得你现在能阅读了，而且还不错。

给妈咪一个大大的亲吻吧，记得我爱你。

老爸

眼下，芭芭拉的身边就是这样一群皮肤黝黑的孩子。这封信她少年时候就读过，但奇怪的是，她不觉得这信与她有什么关系，仿佛是别人的父亲写给别人的孩子。妈妈把父亲的照片挂在她们姐妹俩床头的墙上，从她儿时到出嫁的二十几年里，每时每刻都在这个男人的目光注视下。然而，只是在此时，在这座遥远东方的山峦之下，在这如血的残阳里，她才真正感到那一直注视着她的目光里有多少深切的爱。妈妈难以张口讲述父亲的事情，却以这样奇怪的方式，让她们姐妹俩感受父亲的存在。如今，走在父亲曾经走过的山道上，此情此景让她明白了所有的意义。她向老乡们询问了与父亲一同阵亡的两位中国军人的墓地位置，然后在那里放了一束鲜花。父亲在战后就移葬回家了，而两位中国军人的遗骸永远地留在了这里，连他们的家人都不知道他们命丧何方。离开前，芭芭拉捡了几块小石头，她要带给父亲还在世的亲人——她的两个叔叔帕特和乔，还有姑妈格蕾斯。

贝雯丽从没见过父亲

与芭芭拉不一样，贝雯丽从没有机会见到父亲。她承认60年后发现的照片以及在中国的故事，让她有些不知所措。一直以来，她都有一种深深的悲伤。“不知为什么，直到上大学，我都认为父亲在家乡的重葬不是真实的。我一直怀疑他是否真的被从中国运了回来，是否真的被埋葬在他的家乡。但我接受了它，因为人需要一个葬礼。”在田头寨，她发现父亲的墓地连同几十年前发生的事件，在这个山坳里已经成了小山村村史的一部分，村里的老老少少甚至都记得战争结束三年后有美国人来寻找父亲的遗骸，尤其是把斯多德上校给母亲的那封长长的信与眼下的情景一一对比。曾经的小庙，曾经的大榕树，以及傣族头人提供的那口杉木棺材，这一切都让她感到父亲的中国墓地比美国墓地更有真实感。父亲不再那么遥不可及，以至于她希望当初就应该让父亲在这座大山的怀抱里安息。

“我不知道母亲当时的想法，但我知道在诺曼底阵亡的士兵，家属可以选择移葬到夏威夷或者回到故乡。到了中国才知道，人们对待父亲这么好，给了他很高的荣誉。美国人来到外国的土地上，这片土地上的人民在如此困难的条件下打仗，他们尊重来这里帮助他们的人，让我父亲得到了照顾，我非常感激。知道这件事真好，让人很安慰。我可以接受让他留在这里。”是啊，当一个人离开人世，有什么比让在世的人记住更令人欣慰的。

几年后的2010年，保山的一个政府部门打算在田头寨为少校重新立一块碑，为了确定碑上的英文该如何表述，他们与江汶发生了争执。保山方面坚持要把“怒江战役”译为“Dianxi Campaign”，江汶认为，滇西战役中国人懂，但英文是给外国人看的，这场战役在历史档案里的从来都是“Salween Campaign”，外国人不会知道“滇西战役”是什么。保山方面说，是上海一个大学教授告诉他们应该译为“Dianxi Campaign”。这事让人很无奈，官僚们真不如腾冲民间的一介草民，后者为重刻一块碑可以找来原先刻这块碑的同一位石匠。尊重历史需要有历史的情怀，想当年国殇墓园重修的时候，那些目不识丁的石瓦匠们一边刻着碑，一边对来访者骂道：“那些杂种，就下得手砸碑！人家是为我们腾冲而死的！”

在大塘子战役的发生地，芭芭拉、贝雯丽和山见到了小博物馆的主人吴朝明。是他的记忆，让这个传奇故事关键的环节衔接了起来，没有他在小学生作业本上写下的回忆，我们不可能找到少校的中国墓地。我们给他带去了一面锦旗，感谢他像耕种庄稼一样，在这片记忆的土地上耕耘着历史。老吴标志性的笑声还是那样响亮，他乘兴给大家唱了他记忆中的抗战歌曲。那些歌没有作者，也不知道出处，更不会在任何教科书或记载中出现。它们是战争中民众自我动员的声音，战后像风一样消逝在原野里，回到产生它们的土壤中。只有老吴这样的人记得它们。

同胞们，细听我来讲，我们的东邻舍，有个小东洋，几十年来练兵马/东亚称暴强/杀的杀来抢的抢/老百姓遭了殃/一心想把我国亡啊，咿呀嘿/日本鬼啊真可恨/九一八抢占了我国东三省/占了我沈阳又占扬子江/东北三省被灭亡啊，咿呀嘿/同胞们啊细听我来讲/劝大家齐种树/快把个森林造/帮助国家造枪炮，咿呀嘿/

从“造森林”到“造枪炮”，看样子，中国人是准备好了要跟日本人打个几十年了。老吴说：“小时唱的抗日歌，轻轻地不好唱，要有高音低音有拍子。6岁时学的，是保山回来的老师教的。这些歌我相信当时是唱遍全国，但现在没有人会唱了。我的名字我都写不起，但这首歌我狠狠地记得。解放军来时教的歌有多少？忘记了，但这首歌没忘。要让后代知道，一次、二次世界大战打过了，第三次世界大战来的时候，中国人民怎么才能守得住。”

老吴文化程度不高，历史观蛮正确。他指着东方山脚下的怒江说：“我跟芒宽乡政府说过几次了，要在双虹桥立块碑，怒江那么大的功劳，没有怒江，我们中国亡了。日本人进腾冲是进了困水塘，怒江过不去，他们子弹打一颗少一颗，人死一少一个。要不，他们叫着要到昆明过年呢！”

本以为老吴的抗日歌不过是战争期间民间流传的不知名的小调，在书稿写作过程中，我再次翻开从缅甸带回来的老兵手稿，不想在孙剑锋回忆录的最后一页，这首歌赫然在目。孙剑锋是中国远征军预备2师第4团第1营第3连连长，我2004年到缅甸的时候他已经去世，手稿是其他老兵复印给我的。孙剑锋后来生活的曼德勒，距离高黎贡山中的吴朝明千里之遥。但是这首歌，除了有两段歌词有些微不同，其他部分几乎一字不差。这是怎样的历史呵，能如此地让人刻骨铭心，那歌词，那音律，可以印刻在一位参战军官和一位乡下孩子的记忆里，几十年的时间都不曾忘记。

在远处的山下，雨季的怒江流淌着红色的血液般的激流。少校渡江的那个渡口，双虹桥静卧江上。桥身两道美丽的弧线永远是那样的吸引人，我不知道多少次走过这座桥，感受着历史在这个坐标点上的发生和结束。那天中午，江汶站在桥上，望着滚滚南去的江水泪流满面；山和芭芭姐妹在地图上画了一个黑黑的圆点，惊叹着：“就是这儿啦，就是这座桥！”也都泪流满面。她们希望在这条伟大河流的渡口有一座纪念碑。我想，这座纪念碑一直存在着，存在于战场故地的民间记忆里。

四 腾冲：少校中国使命的目的地

腾冲，麦姆瑞少校中国使命的目的地，他没能到达，他的女儿替他来了。芭芭拉和贝雯丽要见的第一个人，是葬礼照片的保存者张孝仲——这个传奇故事的开端。

走进和顺的张家小院，老先生已经等候在石阶前，永远是那副平静温和的样子。他向芭芭拉姐妹伸出双手，没有客套，就说了一句话“都60年了”。他至今记得60年前的那个夜晚的每一个细节，记得煤油灯飘忽的火苗下，显影液中渐渐出现的黑白影像里，有人被埋葬在一棵大榕树下。只不过在战争状态下，死亡和毁灭是常态，每天都有太多的人死去，他们顾不上去追问照片中的葬礼为谁而举行。多年来，我见过许多人手上都保存有滇西光复的历史照片，尤其这些年人们到美国国家档案馆又翻拍复印了许多，但始终没见到与这九幅片子相同的内容。是谁按动了那一下快门？是中缅印战区第164照相部队的战地记者，还是顾问团成员？我们永远都不会知道了。战后几十年，人们为活着而努力，无暇去思索照片里那些被拍摄者的命运。尤其是“文化大革命”中，老相册里的照片给张家惹来那么多的麻烦。“都60年了”，张孝仲从没想过他会看到从老相册里延伸出来的故事结局。

几十年的冷战，让两个国家分隔在铁幕两边。如果不是葬礼照片的出现，如果不是我们把散落在民间的记忆重新连接起来，那么，发生在半个多世纪前的事件，就将消失在各方亲历者的记忆里，而永远不为世人所知。这件事情确实不可思议，即使是我，当初第一次拿起这些照片的时候，也没想过有一天会把不同时空里发生的事件重新连接起来。

一幅照片只是百十分之一秒的瞬间，有人对它是否能够讲述动态的故事表示怀疑。然而，人类波澜壮阔的历史不正是由一个个静态的瞬间构成的么。只是大多数瞬间都消逝了，少数被记录下来的又常常与相关者失之交臂。很多时候，人们会在若干可能性中寻找消失的某个瞬间，但这需要机缘，那种千变万化的、在不同时空中流转的机缘。这有很大的偶然性。几年来，从照片到“293卷宗”，从中国到美国，这个长长的故事仿佛是张家暗室中显影液里的片子，慢慢显露出它的细节。这一切，更像是有一只命运的手，在指引我们不断逼近历史上的那个瞬间，让曾经陌生的我们跨越半个地球，跨越60年时间，从天涯海角走到一起。山说，是上帝的手在指引着我们。在东方的哲学里，这叫做缘，是参与其中的每个人生命中注定要去完成的事情。它本身的意义已经超出了当初对未知的好奇和迷惑。阿扎尼亚老人有句极为精辟的话可以用来阐释整个事件，他说，寻找是为了让阵亡者家属合上最后的一页，开始新的生活。感谢那位不知名的拍摄者，在他按下快门的那一瞬间，便为日后的一切留下了了却缘分的可能。也感谢我们面前的这位老者和他的一家，保存了那本沧桑的老相册。芭芭拉对张孝仲说：“无法相信经过这么多劫难，这些照片仍被留存下来。我们对您充满感激，您不知道，这对我们意味着什么。”我注意看了张孝仲老先生的表情，我觉得他与我当初一样，很难体会芭芭拉这句话的意思——发现父亲在中国最后的生命轨迹，对她们姐妹和她们逝去的母亲意味着什么。

芭芭拉是从斯多德上校给母亲的信里得知，父亲在中国有一个严肃的葬礼。但在看到葬礼照片之前，她都无从想象葬礼是什么样子。她一遍遍地向张孝仲重复着一句话：“我们深深地感谢您。”她记得父亲有一个很好的照相机，记得家里有一个金属盒子装着战争期间的幻灯片，估计是军方后来移交给她妈妈的父亲的遗物，但她没有找到这个盒子。我始终不明白，她母亲留下了全部的家书、她本人当年的笔记，以及少校从中国寄回家的物品，为何战地影像全都不见了，包括他信里提到的寄回家的照片？那是在什么样的情况下消失的？这已经成了永远的谜。

山向张孝仲介绍了自己的父亲。她拿出从美国带来的照片说：“这是我的父亲，他的名字叫斯多德。”张孝仲换了老花镜认真看了照片，仿佛看到老熟人似的：“哦，他是你父亲呀？我家也有他的照片。”说罢，站起身去取老相册。他翻开了其中的一页，说：“他是你父亲吧？这是那位美国陆军拍了以后给我们的胶卷。”这下轮到山激动了：“是的，是的，这是我父亲！我无法相信，会有人收藏这些照片。”山一直在说，父亲的文章里没怎么提到他和中国人的关系，但当她来到中国，她马上意识到他是多么地热爱这些人，因为她也热爱她遇到的这些人，他们与她很相似：“我们都在寻找同样的东西，那就是和平。”

张孝仲的妹妹给大家送上一份礼物，是重新洗印的那套老照片。山代表大家给张家写下一段话：“亲爱的和善良的朋友：您费了很大努力保存了许多抗击日本侵略者的人的照片，为此，我向您表示感谢，我和许多美国人一起向您的勇敢致敬。您保存了一段历史。您给了您的同胞一个看到他们英勇的父辈的机会，并展示了美国人是如何与中国人一起为了您的祖国而战的。通过这些照片，您给了我们所有人相见的机会，并保存了那些先烈的精神，我心存感激。这次来访对我们意义重大。”

两天后，我们来到腾冲国殇墓，那里有腾冲县政府为19位阵亡的美军将士重建的墓碑。山带领大家再次为战争死难者祈祷：“亲爱的主，我们向这些安息在这里的人和那些还没有被找到的人致敬，向他们的英勇致敬，向他们为这个美丽的国家献出生命而致敬。今天，我们感谢您，让我们能够看到这个了不起的地方，感受到它的和平。我们知道，这些安息于此的战士也获得了和平，和您在一起。我们希望从中明白鲜血是为自由而流，为和平而流，为友谊而流。我们在此纪念他们。感谢您把我们带到这里来看到这一切。阿门。”

麦姆瑞少校在国殇墓园里的新墓碑

临走，贝雯丽在国殇墓园的留言册上写下一段话：

我在这个美丽的墓园里沉思
我父亲的名字的出现让我心怀感激，
这让我知道人们还记得他，怀念他。
我为遥远的中国，为我父亲所做的一切表示感谢！

贝雯丽·麦姆瑞

五

与少校相遇在东方的原野上

该发生的已经发生了，该拜访的人也都见了面，女儿们代替母亲完成了她终生未了的心愿。她们沿着父亲最后的生命轨迹，从驼峰航线的终点——昆明巫家坝机场出发，沿滇缅公路一路到了高黎贡山下，到了父亲在中国最后的信息的保存地——腾冲。本以为不会再有意外发生，但在离开腾冲前，李正带来一个出人意料的消息。他在董官村找到一位中国远征军第53军警卫营的士兵，老人名叫蒋绍福，贵州人，92岁，当年就负责军部和美军顾问组的安全。这是个让人惊喜的发现。我们不知道，他了解多少顾问团的情况，他是否见过少校，战争期间人员流动那么大，一个抓丁来的普通士兵与语言不通的美国军官到底能有多少交流……我们并没抱多少希望。几年里，我一直在打听经历过高黎贡山南斋公房战役的中国老兵，希望能侥幸找到第116师348团的战士。然而，见过的老兵们都分属不同的部队、不同的战场，在不同的阶段投入战斗，唯独没见过348团的士兵。那支部队似乎已经消失得干干净净。

李正进村去找那位老人家去了，我们在村口等待。腾冲，一个充满奇迹的地方，都不知道还有多少老兵隐姓埋名生活在这昔日的战场上。7月的稻田一片葱绿，正是薅秧的季节，一群鸭子也在脚边挤来挤去地赶路，我们一群人站在路边感觉拦脚拌手的。一位老太太送来几个小凳子，让大家坐着慢慢等。她一定是凭直觉知道这群人不是游客。几十年前，她的村庄是光复腾冲的指挥中心，中国军人、美国军人出出进进。如今的访客大多也是为着这历史来的。芭芭拉觉得好奇幻，在车上时到处是手机响；下了车，身边是背着草的妇女和放猪的老太太，就像穿越在新世界和旧世界之间。2005年的腾冲，有些东西的确没有改变，不论是它纯朴的乡村，还是人们内心那些没有忘却的记忆。

李正带着老人家来了，打过招呼就带领大家径直前往第53军顾问团原先的驻地。92岁的老人家，走起路来两脚生风，我得一阵小跑才跟得上去。主人拿来钥匙，打开紧闭的大门。那是腾冲的大户董家在战前刚盖好的一个美丽院落，大门很简陋，不像腾冲那些雕琢精细的深宅大院。这房子也是命运多舛，刚盖好就遇上战争，战后没几年又遇上土改。没收了几十年，新近归还，里头满是几十年前人民公社一大二公的痕迹。房子没人住，楼上空空荡荡，楼下的房间有的堆满陈年垃圾，有的被拿来种蘑菇，一股霉变腐烂的味道。尽管破败不堪，但三进大院的体量和残留的楸木窗花，还能想见它当年的大家气度。

老人家告诉我们：当年每个部队都有三个美国顾问和一个翻译。他一张口，便带来惊喜：他真的了解情况。江汶把张家的老照片递给他，请他辨认照片中是否有他见过的人。老爷子眼神蛮好，很快就认出了第53军军长周福成："这个么就是我们军长周福成了嘛，这个是军部的参谋长。"山指着照片中的斯多德上校："您见过他吗？"老爷子看了看说："有印象呢，他经常跟我们军长在一起。他们有6个人，当中他的年龄大些，是美军的组长。"老爷子说的一字不错，腾冲战役开始后，斯多德上校的确是第53军美军顾问组组长，也是顾问组成员里年龄最长者。"收复腾冲后在这个院子里发证章，他坐在中间，跟军长在一起。"老爷子甚至知道这些照片哪些是在这个院子里拍的，哪些不是。这有些出人意料。山满怀希望地问他："知道我父亲住在哪里？"老爷子径直把她带到最里面的一个院子的厢房："美国顾问组的6个人就是住在这一排房子，住楼上的也有，住在楼脚的也有。美军的组长就是住在下边的那间。我们警卫营住在外面，担任保卫。"

"那时候你能经常见到他吗？"江汶问他。

"从怒江那边过来，一直到腾冲，到这个新家，这个人一直都在呢嘛。他在军部的时间长了。腾冲打下来以后，我负伤住医院，他随军部去打龙陵、芒市、畹町那边，就没见过了。这个人贤惠得很，虽然我们是当兵的，见到的时候他都很喜欢和我们玩，虽然讲话我们不懂，但他会拍拍肩，和我们玩，还来教我们拆枪上油，客气得很呢。"

这是山的父亲住过的屋子也曾第53军顾问团的驻地

这让山好生激动，眼泪哗啦啦地淌。她搂着老爷子的肩一个劲儿地说感谢，让她有机会了解这一切。如果说我们中有谁对此存疑的话，山是不会的，她相信老爷子，从她少年时代起，父亲给她讲的中国经历，她了解父亲的性格，老爷子说的一点没错。她抚摸着木质的墙壁："我父亲在这里睡过！他的床一定是放在这里。早晨他可能会走出去在院里晨炼，会问'我的早点在哪里'。都无法想象这里都发生过什么戏剧性的事情。"

透过雕花的格子窗，山凝望着天空，想象着61年前在同样的天空下，她的父亲在这个东方古典风格的院落里的生活。金色的阳光洒在她金色的头发和白色的衣服上，在陈年老屋的映衬下，感觉蛮穿越的。我注意到芭芭拉转过身去擦眼泪，我知道，如果她的父亲活着，也会住在这个院子的某个房间，今天她也会与山一样想象着几十年前父亲在这个老宅里的身影。

江汶问老爷子，晓不晓得有个顾问组的美国军官阵亡的事情。他不知道。他说警卫连跟军部在一起，不在最前线。芭芭拉拿出少校身着戎装的照片给他看："这是我的父亲，我想给你看一张照片，看看你是否记得他？"老人家认真地看了照片，然后说："这个相片太小了，眼睛瞧不清楚。"我把电脑打开，把照片放大了给他看。本不抱希望的，

60年过去，谁会记得兵荒马乱的年代，一个美国大兵的生与死。但老爷子接下来的话让所有人都无语了。老爷子瞄着照片看了好一阵子，然后平静地自语："这个人见过，但过了江就再没见到了。"江汶有那么几秒钟没反应过来，她迟疑了好一阵子，才把他的话翻译给了芭芭拉姐妹听。太难以置信了，他居然是我们遇到的唯一一位见过少校的中国士兵，而且在少校阵亡前不久。老爷子之所以渡江之后没再见过少校，那是因为少校已经不在人世。这么多年里，不论有过多少次意外发现，但从来没有想过如此地接近历史。我没有回头也知道，芭芭拉姐妹一定是泪流满面了。此前，我们根本没有告诉老爷子少校阵亡的事情。

贝雯丽追问道："你和我父亲说过话吗，还是只见过他？"

"不有，那时候么，我们只是在旁边警卫。在双虹桥那边的时候我见过他，他和军长到炮兵阵地上来，我们的炮都是架在怒江东边。以前么，美军顾问多半只是到炮兵阵地上，炮兵隔前线远些。他们一般都不参加步兵。我们见过的，但到大塘子这边后，就没再见他了。"

老人家几乎没了贵州口音，他用腾冲土话直接道出了我经历了几年的调查才得知的顾问团的消息：顾问团不参加第一线的作战。况且，他还有一点非常准确：少校是炮兵。

接下来，芭芭拉主导了访谈：

"你什么时候参加的远征军？"

芭芭拉、蒋绍福、贝雯丽、山（由左至右）合影

“属马年。我在贵州抓兵抓来，交兵后就开到湖南交给53军，接着部队就调来云南。”

“美军顾问是什么时候到这里来？”

“我就认得是属猴那年。”

“滇缅公路当时是个什么样子？”

“滇缅公路原来是修通了的，但原来很难走，路窄，大部分路段两个车子都让不开，见到对面有车来，就要在转弯处让车。前头打着仗，后边人山人海地修路，美国也来了一些推土机和挖土机。”

“你们从昆明下来是走路还是坐着卡车？”

“那个时间车子少，坐一截然后走一截。”

“车子为什么不把你们一直拉下来呢？”

“它要折回去拉其他人，要赶路嘛。当兵的么就要走路了。”

“你是什么时候开始做警卫员的？”

“一直都是在警卫营，怒江那边就在了。警卫营负责军部的警卫。”

“美国顾问的安全是谁在负责？”

“手枪排跟着他们，我们也负责。起码是一个班，十来个人跟着他们。”

“我父亲有个翻译姓姚，你知道吗？”

“晓不得，以前的翻译多半是江苏人和广东人。这些我们不接触。”

“你见到我父亲时最早是什么时候？”

“在江那边见过，到江这边不见。”

“你什么时候过的怒江？”

“民国三十三年（1944）。”

“是从桥上过还是坐着筏子过来？”

“坐着橡皮船。”

“江水急不急？”

“急嘛，还冲去了两只船。两只船的人，缺了六十多个人。夜里渡江，那几天是三月的二十五六，不有月色，不见对岸，黑摸摸的，一下子走到水里就被冲走了。”

“打大塘子的战斗您参加了吗？”

“我不有参加，打大塘子打了将近两个小时后我们才过江的。我跟军部在一起。”

“怒江打仗的时候，是不是下了很多雨？”

“天天下，天天都在下。挖战壕都要开个口子呢。不开口子么一下下水就淌满掉了。脚脚手手在水里泡得像泡蚕豆。”

“有没有雨衣？”

“雨衣是有，但有了也不对。下雨么衣服是湿的，出太阳么又生气汗水，衣服也是湿的。又把它翻过来还是不行。在高黎贡山前后有二十多天时间，衣服一天都不有干过。在山高头死的人太多了，又冷又饿。炮二团的骡马完全死在山上，到腾冲都没有骡马驮炮了。不单是吃马肉，还找孔明菜、苦竹笋来吃。飞机空投粮食，丢高了丢在山梁子上被日本人拿去了，丢矮了又丢到江里，要么挂在大树上拿也拿不着。山上的树都是四五个人牵手才围得过来的大树，爬也爬不上去。那个时间的日子不好过，直到高黎贡山打下来后才有吃的。”

“你们有没有鞋子穿？”

“有鞋子也不行，一年发一双胶鞋，几天就烂了，穿草鞋，有时间还打光脚。衣服也供应不上，穿的衣服像麻布一样。”

“你们怎么做饭？”

“山路很滑，行军锅也摔烂了，是用炮弹壳来煮饭吃。”

“你是否还记得和你一起参加过大塘子战役的战友，现在还有没有活着的？”

“现在活着的人不有了，51、52年那个时间么，整个腾冲县还有500来个。现在不多了，都死完了，只是我还死不得。棺材都买来二三十年了，还死不得。”

老兵群体见多了，自然也就分辨得出谁是否真的经历过战场。每个人故事不同，但有一些细节会惊人的相似，高黎贡山的雨、泥泞、饥饿、寒冷和死亡，这些细节只有身临其境的人才会如此刻骨铭心。如果不是亲身经历，同样的场景，感觉是不一样的。

老爷子受伤后，部队往龙陵、芒市方向开走了。他出院后没再去找部队，回到他熟悉的董官村上门安家，过了一辈子。他挽起了裤腿，露出伤疤，说着，有些伤心。多少年过去，没有人如此关心过他的战时经历，他自己也避之唯恐不及。这也是李正没听说过他的原因。

山拥抱着老爷子，要我们转告：“请告诉他，他很英俊。我父亲写过中国勇敢的士兵。他说，不是陈纳德，也不是空军，而是中国步兵打赢了这场战争。”老人家有些难为情，估计从没有人如此亲密地拥抱过他。我想，他也许不在意是空军还是中国步兵打赢了这场战争，反正他是输了，输了一辈子。

那天是7月11日，没有时间详谈，约好了下次到腾冲再聊。但在几个月后却听到他过世的消息——老爷子自杀身亡。政府为参加抗战的人士发荣誉证书和纪念品，不知什么原因把他遗忘了。50年代以来，历次政治运动没忘记他，“揉腌菜”没忘记他，偏偏是现在把他给忘了。做了几十年的“残渣余孽”，再屈辱都过来了，好不容易熬到社会羞羞答答藏着掖着地承认他那一代人，他却这样走了。尽管当年上前线并非他主动，但抗击侵略者不是罪过。带着腿上的枪伤艰难地走过这几十年，他要的只是一个认可，就像刘志声之所以要写下他那个团几百人的死亡经过。这是整个国家欠他们的，是整个一个时代欠他们的。记得1998年第一次腾冲采访结束后，我曾经给远在成都的一位老兵后代打过电话。他叫尹仕任，大学工科教授，父亲是远征军第一次出国作战时的老兵。他问我的第一句话是：你多大年纪了？在腾冲人来说，理解这段历史需要岁月。他不相信在战后受教育的非腾冲人能够理解那一代人的苦难。我一直记得一句话，他说，“我父亲这一辈人背负着两个时代的苦难。第一个苦难是他们那个时代的人必须承担的，国难当头，没有人可以逃避。但第二个苦难是他们不该承担的，他们不该因为拯救了自己的国土反成为国家的罪人。”他的村庄里有几位老兵，一生过得都非常悲惨。

那天，告别蒋绍福老先生，我们离开了董官村。头天夜里下过雨，

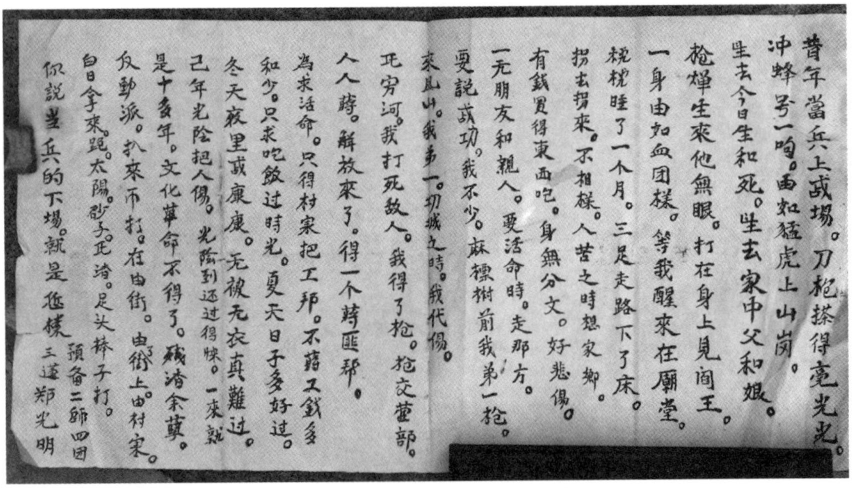
昔年當兵上戰場。刀枪搽得亮光光。
冲蜂号一响。困如猛虎上山岗。
生去今日生和死。生去家中父和娘。
枪弹生來他無眼。打在身上見阎王。
一身由如血团樣。等我醒來在廟堂。
梡梡睡了一个月。三足走路下了床。
拐去拐來。不相樣。人苦之時想家鄉。
有錢買得東西吃。身無分文。好悲傷。
一无朋友和親人。要活命時。走那方。
要說戰功。我不少。麻栗樹前我第一枪。
來凤山。我第一。切城之時。我代傷。
龙穷河。我打死敌人。我得了枪。枪交董部。
人人蒋。解放來了。得一个蒋匪帮。
為求活命。只得村寨把工邦。不蒔工钱多
和少。只求吃飯过時光。夏天日子多好过。
冬天寂里或康康。无被无衣真難过。
己年光阴把人傷。光阴到还过得快。一來就
是十多年。文化革命不得了。残渣余孽。
反動派。抓來币打。在由街。由街上。由村寨。
白日拿來跪。太陽。砂子。丘洛。足头棒子打。
你說当兵的下場。就是您樣
預备二師四团
三遂 郑光明

预备二师老兵郑光明手书

村外的道路满是泥泞。车子陷住了，大家只好下车步行。夕阳洒向广袤的原野，把四周沉寂了数百万年的火山头笼罩在柔和的光线里。一缕薄雾飘浮在山脚下的村庄上空，与袅袅升起的炊烟融在一起，绝美而清凉。阡陌之间，有人牵着水牛远远走来。芭芭拉停住脚步，她一动不动看着农夫与水牛慢慢走近，然后再消失在树丛后面。“我见过这个场景，我在梦里见到过这个场景！这听着有些吓人，但我真的梦见过它。”大约一年多前，刚刚开始了解这个事件的时候，芭芭拉的梦境里出现过这个场面。那是在陌生的东方，也是在雨后的乡间小路上，有一头悠闲的水牛和走在它旁边的农夫。那场景是如此的清晰。此前，她与中国没有任何联系，她的亲友圈里也没人到过中国，没有人跟她讲过地球那边那个神秘的古老国度是怎样的情形。她不明白为什么会梦到它。这趟行程中，我们看到过许多的水牛与农夫，但只有这个场景才是她梦里出现过的。

少校最终没能来到腾冲，他的生命已经结束在高黎贡山的炮火下了。但他的职责、使命与光荣，都是为了使中国光复之师胜利到达这个边陲古城。多年来，在怒江战役的故地，听过太多的故事，早已不会为某种形而上的东西而惊讶。但我相信一定有冥冥之中的存在，带领我们从一幅照片开始，一直走到今天。

就像贝雯丽说的，“我们在云南的故事并没有结束，而是一直在发生”。

拾　云南故事，了犹未了

战地摄影师格林博格在前线

摄影师与中国军人

一 中缅印战区的164照相部队

一直以来，我们都知道在怒江战役中阵亡的美军顾问团成员，远远不止我们获得档案的19个人。2005年，在阵亡名单的寻找告一段落之后，偶尔还会有老兵发来消息，说他们所在的部队也有人在云南阵亡，他们的名字不在19人名单里。每当这个时候，心都会猛然一紧。少校的葬礼照片只是打开一道窄窄的门缝，让我们与一段消逝的历史有了一次邂逅，却没料到随之而来的是持续喷涌的记忆洪流。在那一代人生命的最后时刻，我们不经意之间激活了他们远去的记忆。那记忆是为了纪念，纪念他们留在那条迅疾的大江西岸，在西岸的山峦和密林下面的一段生命。往后的日子里，邮件日渐稀少，讣告却日渐增多，我们见过面或通过邮件的老人们在一个个地离去。这些亲身参与了战斗，不论是生还，还是死去，不论被记录了还是被遗忘了的人们，有中国士兵，也有美国士兵，我们庆幸能够记录下他们在第二次世界大战中最寂寞的中缅印战区所经历的故事，鲜为人知的故事。

2005年，战争结束整整一个甲子，美国中缅印老兵协会发布通告：从这一年起全国的“巴夏”（Basha）停止活动，各地的巴夏分会如有能力维持则自行决定。“巴夏”原指印度乡间的竹屋茅舍。战后，老兵们把他们的聚会团体称作“巴夏”。因为，中缅印战区的经历，就像是这一代人生命里最重要的烙印。

熄灯号已经吹响。这个特殊的老兵群体完成了他们一生的使命，正在渐渐地从这个世界上消逝。寂寞的晚年里，他们不时会想到云南的经历，那是他们生命中最伟大的时刻。2005年，我们探望泰德·道尔的时候，他说："几年前，我还在想着中国的事情。有一次在Bloomington开会时，他们让我讲讲在中国的经历。当时，我还怀疑我的记忆是否还准确。后来，我从华盛顿的档案馆里查到了我们部队的官方历史记录，我所记得的所有事情都在这些文件中得到证实。"他的妻子说，这些经历一直伴随着他们，直到今天，他们还记得当时发生的各种小事情，真是有意思，这是他们生命中一个重要的部分。

云南故事似乎已经拉上帷幕，但又感觉了犹未了。2009年的整个夏秋季节，戈叔亚忙着协助中国远征军松山战役老兵重返战场，我们则在他的博客上关注着事件的进展。江汶进入中缅印老兵协会的Ex-CBI Roundup网站，重又浏览了松山战役美军顾问团的资料。在寻找阵亡名单的几年里，江汶和芭芭拉就是在这个网站上，猎狗般地搜寻星星点点的有用资料。正是在这个网站上，芭芭拉发现她过去的上司，居然就是松山战役中美军顾问团的斯贝德上校。这一次的检索，还是那些熟悉的故事，但在经历了那么多的事件之后，江汶对照片的拍摄者变得敏锐起来。在与怒江战役和云南关联的照片里，有一位摄影师的名字反复出现——Sydney Greenberg。这位摄影师还在世吗？他还记得云南的故事吗？我们还会像9年前那么幸运吗？江汶下意识地键入了两个关键词：Sydney Greenberg、摄影师。

怒江战役最系统的影像资料，保存在华盛顿的美国国家档案馆。那里存放着数以十万计的CBI战时影像，数量之庞大，恐怕连管理员都不清楚到底有多少。影像的拍摄者是1944年美国陆军向中缅印战区派出的第164照相通讯部队。这个连队有250名成员，任务是拍摄战争进程，用影像记录人类历史上最重要的瞬间。当年，胶卷从摄影师的相机里取出交由军方冲印之后，他们可以拿回其中与战争无关的部分，其余的便存入国家档案馆。摄影师们从此不再与这些影像有任何交集。照片背面附有简单信息，如时间、地点及不超过30个单词的内容，还有摄影师的名字。但是在许多人看来，这个名字仿佛只是个符号，没人知道他们是谁，就连当年在战场上与他们擦身而过的士兵也不知道。姚元老先生曾在信里说，他们在怒江西岸的山道上，经常看到这些战地摄影师，有拍照片的，也有拍影片的，但从不知道他们姓甚名谁。他说葬礼照片不会是美军联络组的人员拍的。上前线之后，他从未见过有人携带相机，而且有规定每人只能携带军事用品。通讯教官辛普森上尉证实了这一说法。他说，能够携带自己的一点必需品就不错了，如剃须刀和小小的军用镜子——那种磨光的金属镜子，这样就可以坐在小溪中间刮刮胡子。除此之外就是带吃的，如C型干粮之类。照片只有一个可能的来源，那就是战地摄影记者。2004年，江汶和牛子在华盛顿的美国国家档案馆扫描与怒江战役有关的片子时，都不曾奢望能找到这250位战地摄影师中的一位，更何况了解他们在云南的经历。

循着线索寻找这位战地摄影师的想法有些大胆。斯贝德上校在战后是一位著名律师，六七十年代还竞选过州长，所以查阅他的信息并不难。普通人会怎样呢？更何况参加过二战的老兵们年纪也应该接近九十了，都不知道有多少可能性。冥冥之中有某种力量再一次眷顾了我们，电脑屏上显示出的信息令人惊讶：有一部2005年拍摄的纪录片《战争中的艺术》（Art in the Face of War），西德尼·格林博格（Sydney Greenberg）先生和其他7位二战老兵就是片中的主人公，他也是8人中唯一在中缅印战区服过役的战地摄影师。此外《纽约时报》几年前的一篇文章里也出现了Greenberg这个名字，这位老先生到了晚年还一直在给当地报纸拍照片。江汶登录了一个电话簿网站，格林博格的名字和电话出现了，而且非常幸运，他家离江汶家只有40分钟的车程。

江汶记下了格林博格先生的地址和电话，却不敢贸然行事。不知道老人的健康状况，也不知道他的听力如何。思前想后，江汶把两年前用英文撰写的登在中缅印二战史网站上文章《六十年的找寻》附上纪录片《寻找少校》的英文版，按地址给老人寄了去。估计信件到达了，她才给老人拨出电话。对方的铃声响了，屏息等待的那10余秒钟好漫长。接通了，电话的另一头响起的声音洪亮而爽朗，正是西德尼·格林博格先生本人。老人在电话里说，非常高兴收到邮件，这是他几十年里头一次接到来自云南的朋友的电话。

约定了见面时间，老人怕江汶找不到路，又在电话上仔细地描述了路线。几天后，江汶开车去拜访老人。按照他指示的路线，大老远就看到一所房子外面有一个大大的牌子，上面画着中缅印战场的标志，还有用美式拼音写着：“欢迎你，中国朋友”。那是格林博格先生专门为江汶做的指示牌。未曾谋面，这行字就差点让人掉泪。老人与他的老伴在家等待着，他们非常高兴江汶到访。这让他终于有机会展现他的语言天赋，说说他几十年前学到的中文，这中文里还夹杂着昆明人特有的方言土语。90年代末以来，云南的二战研究者或发烧友都热衷于搜集怒江战役中的历史照片，坊间都在交换着各种渠道得到的照片。有的是国内档

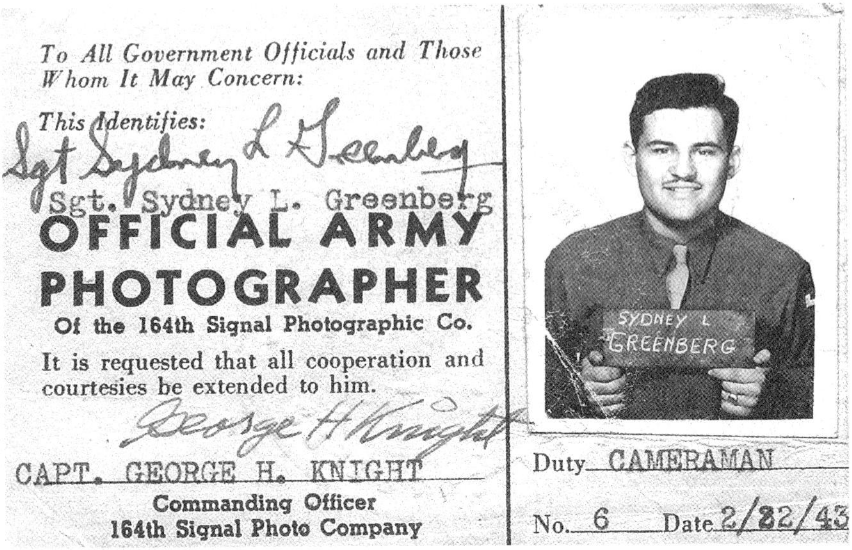
To All Government Officials and Those Whom It May Concern:

This Identifies: Sgt Sydney L Greenberg

Sgt. Sydney L. Greenberg

OFFICIAL ARMY PHOTOGRAPHER

Of the 164th Signal Photographic Co.

It is requested that all cooperation and courtesies be extended to him.

George H Knight

CAPT. GEORGE H. KNIGHT

Commanding Officer

164th Signal Photo Company

Duty CAMERAMAN

No. 6 Date 2/22/43

格林博格在164连队证件

案馆出来的“漏网之鱼”，有的来自私人收藏，还有一些是美国CBI老兵或他们的后代重返中国带回来的片子。但是真正与一位军方的战地摄影师面对面，还是有点难以置信。当年派往CBI战区的164连队只有250

战地摄影师

位成员，分布在整个中国和印缅战区，在怒江战役前线的人数只是他们中很少的一部分。

老人兴致勃勃地摆出了许多在中国拍的照片，全是黑白影像。战争期间，他是派往中缅印战区的美国陆军通讯兵第164照相通讯部队的技术军士，携带着一支0.45卡宾枪和一部莱卡相机，与一小支美国陆军通讯部队跟随中国远征军第11集团军第2军，转战在云南西南部的丛林和山脉间。这条路线与麦姆瑞少校走的反攻路线不一样，它是从怒江下游渡江，属龙陵、松山和芒市战场。怒江战役结束后，他到过中国的很多地方，拍摄过日本投降的签字仪式，还教过蒋介石先生拍照。蒋先生个子不高，在一次对军队的巡视讲话时，脚下垫了一个小凳子，蒋先生专门嘱咐他不要拍到腿部……讲到那些照片的细节，老人意犹未尽。他拍摄的胶卷首先得交给军方，现在留下的几百幅片子就是军方当年“挑剩”的。

战后，老先生是当地警察局摄影科的特勤中尉，依然做他的职业摄影师。他给警察局相关人员讲授摄影课程，他的“新迦南（New Canaan）今昔”的风景摄影和“昆虫生活”摄影展览在当地颇具名气。他拍摄的照片和谈论摄影的文章刊登在多个著名杂志、报纸和书籍上。他还在撰写一本中文的书，保持着战时在中国的几年时间里所获得的对中文的兴趣。当然，老人退休后还有一个重要的工作，就是在学校、在医院、在可能的一切公共场所展示他的照片，讲述他的中国记忆。

第一次见面的两个小时里，老人主导了谈话，他几乎不容人插话，包括他的老伴。担心他过于兴奋，江汶与他约好了下次再见。两周之后的12月7日，江汶应邀出席了老人90岁的生日派对。那天来祝寿的约有七十来人，宾客中还有美国全国广播公司（NBC）的著名新闻主播Brian Williams。老人穿了一件军装式夹克，右臂上佩带着中缅印战区的标志。人们的生日祝词中都充满敬佩地提及他在中国的参战经历。

接下来的一年多时间里，江汶常常去看望他。电话约好了时间，江汶自带中饭开车去，这是为了珍惜短暂的会面时间，也担心增加两位老人的负担。那数百幅中国照片一幅幅地翻过，每一幅都让人心生激动。它们把人带回到1944年至1945年那个特殊时刻。当时，滇西的土地上正发生着一场关乎中国命运的战役，一位普通的美国军人用镜头记下了那段历史，那段发生在我们的家乡——云南的历史。此时此刻，让人似乎明白了一件事情：为何会对几十年里充满仇恨和屈辱的二战宣传怀有疑惑。诚然，“九·一八”或“七七事变”是这个国家苦难的开始，但云

在昆明举行的“史迪威公路”通车庆典

南是国家苦难结束的地方。1945年1月，驻印军与云南的远征军在缅甸的芒友胜利会师。经印度、缅北到达中国的陆路运输线，重新恢复了国际援助物资的运输。就像何应钦承诺窦恩将军从云南发起反攻时所说：这是在中国千年历史上是从来没有过的事情。他说的没错，且不说千年历史，自1840年鸦片战争以来，这是中国人第一次将侵略者赶出了国门。此时，距日军投降还有整整7个月，这7个月里，中国广大的内地战场还在经历着艰苦卓绝的战斗。在多年的采访经历里，在长达一百多个小时的口述历史记录中，在整个的云南记忆里，你看到的是胜利者的感觉，淡然而平静，而非惨兮兮的、受侮辱与受损害的怨恨。那场战争是人类历史上最大规模的劫难，中国这个走过数千年漫长历史的古老国家，第一次在生死存亡之间命悬一线。八年里，全民参与的抗战悲壮而惨烈，四万万人民用自己的血肉组成新的长城。感恩那些艰难时刻支持我们的朋友，那些像格林博格这样的普通人。

老人一幅片子一幅片子地讲，讲他拍摄那些片子时发生的事情。他是那样的留恋云南，他用英语发音读出来的云南地名，是那样的熟悉，不时还蹦出几句昆明方言，那都是我们小时候常听到的习惯用语。江汶

孩子和摄影机

问他，想家吗？他说："当然想啦，想家想得常常掉眼泪，有时候晚上，哭着哭着就睡着了，尤其是在外面执行任务的时候。"说着，他自己都笑了。

格林博格先生保存的照片里，有很多是战时云南的市井生活。让人过目难忘的是云南人的笑容。不论是将军还是士兵，不论是农民、学生、护士还是街头苦力或卖艺人，他们脸上的笑容都与高原的阳光一样灿烂明朗。阿扎尼亚老人也说过，从印度到中国，云南人的友好和敦厚让他们有了另一种体验。我们见过的中缅印老兵大都一样，他们对中国怀着深深的感情，以至于他们都把没提到中国的二战电影包括纪录片都称为"烂片"。他们愤愤不平却又无可奈何地承认，那是一个被遗忘的战场。有一个话题是老人的忌讳，每次谈到时他都很敏感，并很快打住——那就是他亲眼目睹的士兵的牺牲。他不愿意碰这个话题。我们深知怒江战役的残酷和惨烈，但是远没有估计到，它对一个20岁出头的参战者的心理有如此长久的创伤。老人说，他直到现在依然害怕黑暗，天黑之后，他一定要把每个房间的灯打开，还要放一个手电。他的一位战友就是被天黑后潜入驻地的日本狙击手打死的，子弹穿过了钢盔。

摄影师与昆明

西德尼·格林博格与云南老乡

两个小时很快过去，江汶每一次看望老人都不敢多逗留，担心他太劳累。平时的联系是通电子邮件，那是最常见的老人的邮件样式，全由大写字母组成。他的儿子帮助他扫描了一批照片给我们，其中有一幅特别眼熟：一名中国军人扛着枪站在一辆坦克上。江汶翻出前几年在美国国家档案馆扫描的200多幅片子，其中就有这一幅。而且有10多幅照片背面的署名就是“西德尼·格林博格”。江汶带着这些照片去看望老人，他很吃惊：“真是太好了，看到它们，就想起在战地的生活，我都记不得我到底拍了多少照片了。”当年，他把拍完的胶卷上交军方后，几十年来从不知道这些

着中国戏服的西德尼·格林博格

照片的命运。这些老照片又把老人带回到60多年前，看着这些照片，他或是惊叹或是喃喃自语，讲述着当年的拍摄情景。江汶坐在一旁看着他，感慨万千。这些照片被尘封在历史里很久很久了。60多年前，它们从中国到了美国；60多年后，它们回到了中国，让许多的中国人看到。今天照片绕地球两个来回，又放在了当年的拍摄者面前。

二 格林博格的口述历史

与格林博格的谈话持续了一年多时间，老人身体不好，每次见面时间都不能超过两个小时。除去老人吃药、喝水、上卫生间、休息以及别的事情打岔，真正的谈话时间并不多。老人兴致很高，但话说多了便气喘得厉害。尽管已经小心翼翼地记录和整理了每次录音，但还是因录音笔损坏，丢失了两次谈话的记录。2011年，老人遭遇了一次车祸，在病床上躺了几个月，于2012年春天去世。

参战

我在纽约市布鲁克林区出生长大。少年时代，我第一次从图书馆借了一本摄影方面的书之后，就对摄影产生了兴趣。我自己冲印照片，几分钟之内就能看到成果，那是一件令人兴奋的事情。

1936年的一天，我拍了一卷科尼岛（Coney Island）上Steeplechase乐园栈桥风浪交加的胶片，然后向朋友借了3毛钱，坐上火车去了纽约市区。我兴冲冲地来到《每日镜报》（New York Daily Mirror）的编辑部，进门就往电梯里冲。电梯是那种推拉门的。

有人问："年轻人，你要去哪里？"

我信心满满地说："我拍了可以登报纸的照片。"

《每日镜报》的主编把我的胶卷拿去冲印成6×8英寸大小的照片。隔着窗户我可以看见他用手拎着片子在水里涮来涮去，然后夹在架上让报社的其他摄影师来评论。不一会儿，他们出来了，说这些照片上得了报纸！然后，付给了我10块钱！那一年，我还不满16岁。接下来的时间里，我成了《每日镜报》的自由摄影师。

1941年底，我应征入伍。通常的服役期是一年，就是说我的服役期到1942年12月就满了。然而，“珍珠港事件”爆发了，美国宣布参战，我被编到了第164照相部队B连。

1943年的一个晚上，我们乘坐火车从密苏里州的克劳德基地出发，前往未知的目的地。到了洛杉矶车头调转方向朝东走。几天之后，整个第164照相连来到了大西洋畔弗吉尼亚州的新港，然后又登上了一艘叫做“苏格兰快艇”的英国船。船上吃的是奶粉和鸡蛋粉，我很不习惯，但依然不知道将前往什么地方。

1944年1月1日，我在船上被升为技术军士。那时，我们第一次得知我们将前往东方，目的地是中国。

第164照相连一共有250人，包括了军官、士兵、摄影师、暗室技师和总部工作人员。我们在大西洋上往南行驶，穿过赤道，到了南非的开普敦，休整几天后绕过好望角，经过马达加斯加海峡后，一路往北走。整个航程都有英国和美国的飞机护航，以防日本潜艇攻击。在漫长的航程中，唯一的任务是学习在印度和中国的行为准则。

从印度前往中国

历经34天的航行，我们在猛烈的空袭中到达印度孟买。第164照相部队把一半的人留在了印度，我与另外120人继续前往中国。

乘坐糟糕的火车穿越印度，是一件很不舒服的事情。火车上是硬座，卫生间简陋而肮脏。由于我们不是参战部队不急于赶路，常常要停车给快车让道。每次停车，火车就被乞丐包围，有孩子也有大人，哭着喊着索要食物或钱币。车上配给的是罐头食品，叫做C型干粮，是用肉和豆子做的，无需加热，就吃冷的。三天里，只有过几次热咖啡和一些热食。到达加尔各答后，我们住在离加尔各答市几英里的美国军营。

印度又热又脏，老百姓被当作垃圾一样对待。到处都是乞丐、残疾人，与后来到中国的感受相比差远了。中国人要友好一千倍，街上没有乞丐上前来乞讨，让人感到很安全。

我们经常结伴到加尔各答市区，但要把手枪藏在制服下面。街上有很多的乞丐、牛和马拉的车，还有一些衣着光鲜的上层印度人。我们到加尔各答的大酒店里享受皇室成员般的接待，个子高高的、身穿彩色制服、留着胡子的锡克侍者给我们送上英式餐点，份量很少，付账用的是卢比。他们告诫我们不要走进小街小巷，不要到城外的公路上闲逛，尤其是天黑以后。

两个星期后，我们离开加尔各答前往中国。我们乘的是蒸汽船，很像密西西比河上用螺旋桨推进的那种，沿雅鲁藏布江往上游行驶。到达利多后，乘车往北到机场，然后乘飞机越过著名的喜马拉雅山到中国。到达昆明时，迎接我们的是一场空袭。

云南生活

在大西洋上航行的时候，我们学习的“中国行为准则”就告诉我们要自然，要尽量学说中国话，要有礼貌。因此，我常常把家里寄来的香烟分发给当地的老百姓。军方的军纪督察来调查我把这些香烟拿去做什么了的时候，我说：如果你沿着滇缅公路走，看到抽美国烟的当地人，你问他们烟从哪里来？他们肯定会说是美国人格林博格给的。

我1943年6月结婚，妻子每隔一天就给我写一封信，告诉家里发生的各种琐事。我每个月总能收到一个包裹，妻子尽其所能地给我寄好多东西，包括香烟、巧克力和一些能存得住的东西。我每次执行任务之前就将一个月的家信写好，然后请部队每星期发一封。家里大约在3个星期后可以收到我的信。信一到，妻子总是很高兴，她知道我还活着。

刚到云南的时候的确很艰难，身体也不好，因为喝水沟里的水，经常拉了肚子。头两个星期，爬山也没有力气，行军的时候，中国士兵挑着粮食，后面的人挑着装水的竹筒。C型干粮吃完之后，就没什么好吃的了。我们和中国人住的一样，吃的一样，穿的也一样，闻上去也一个味儿。我没有穿美军制服，脚上穿着中式的草编凉鞋，头上戴着中国马夫的帽子，看上去就和他们一样。据说日本人重金悬赏美国人的人头，中国人告诫过我们不要戴钢盔，我的上司就是戴了一顶美军钢盔，后来被日军狙击手打死了。

学中文

刚到中国的时候，听不懂中国话。陆军发了一本小册子，对我们很有帮助。我听力很好，没有花太长时间就会说中文了，而且90%的时间都在说中文。因为我经常是独自一人在外面执行任务，如果我听不懂，只能说“我不知道、我不知道”，那么他们就会看着你，说你什么也不懂。

中国人欢迎我们的到来，语言不通，他们就很好笑地比划手势跟

格林博格与昆明人

我们交流。譬如，如果想知道什么东西的价钱，我们就竖起指头比划。和中国兵在一起时，我们配有翻译官。我已经记不得我的翻译官的名字了，有好几个呢。有的中国军官会讲英语，渡江之前拍的那张照片里，那个中国军官就会讲英语。

在前线的时候，中国翻译和我们一起待在掩体里。我们在一起的时间很长，会玩一个自创的游戏：比如对方指着我的头发，用英语说“头发”，然后我必须用中文说出“头发”，直到我说对了。我们每天都玩好几次这个游戏，当然啦，也免不了说一些不能登大雅之堂的词。当时正值雨季，我们有的是时间，所以我学了不少的中文。

1945年，战争快结束的时候，我在昆明没什么任务，有人告诉我昆明有个盲哑学校，说我应该去看看，当然军队是用不上这类拍摄素材的。我去了，做了自我介绍。我在那里吃了中饭，还有部队的一个翻译跟着我，但是那时我已经不需要他的帮助就能与人交流了。那天，我竟然没有讲一句英文，一个字也没讲。我还记得回到总部后，我说我在中国待的时间太长了，因为竟然没有人对我讲一个英文单词。

渡江

摄影师与乡民

怒江战役已经开始了。6月份，我们乘橡皮筏子渡江。每个小筏子里能载3至7人，河宽一英里，我们早上开始行动，中午12点左右到了对岸。日本人就在怒江下游2至3英里的地方。

那天，怒江很平静，非常非常平静，那是卫立煌的中国第2军，远征军Y部队。他们没有美国人在印度用的军用平底船，而是用绳子把船拴在一起，有的是橡皮船，我不知道有多少人，也不知道有几百只这样的小船，反正这批渡过去，再回来渡另一批。我想陆军大概用了几天时间才完成渡江。马和骡子不用船运，它们是自己游过去的。

为少数民族妇女注射

Y部队的美国人很少，在平戛只有一个小队，人数不多，经常见到

滇池边游泳的孩子

的就一两人，就是这个部队的美国联络官，我见过他们的照片，但是跟他们没有来往。

渡江后，我们来到一片很高的高原上，在那里一直待到它被日本人占领。

刚过江的时候是我和我的长官两个人一起行动，那时他还没有牺牲。我的长官是在山上被狙击手击中的，就在我们驻地附近。日军的狙击手夜里摸进来，藏在树上。子弹穿过了他的钢盔。这也是我为什么惧怕黑暗的原因。即便到今天，我也得在每个房间里开着灯，每个房间里还有手电筒，我不喜欢黑暗。但是，我还是会做噩梦。

拍、拍、拍，不停地拍

军队的拍摄方式是：拍、拍、拍，带上尽可能多的胶卷；别提问题，不停地拍。我的上司告诫我们：拍下你看到的所有东西，但别告诉任何人你在做什么。

当我的4×4相机胶卷拍完后，我就用电影胶片拍。我有很多胶卷夹，在一个小袋子里卷片子，把一块胶片绕到胶卷夹上，到它绕不动为止，然后剪下来，剩下的胶卷放回盒子里，接着拍，不停地拍，拍完了加上文字说明，写下胶卷号码，等待飞机的到来，然后再得到更多胶卷。

通常是你一通知，飞机就过来了，你把胶卷放在帆布袋里，上面贴上照相部队昆明总部的标签和×××中士的名字，然后交由飞行员送到总部。陆军将我拍的胶卷冲洗出来，把他们需要的送回华盛顿，不要的就留给我，就是我现在手里的这些。他们需要的是战场的照片，与战争有关的。因此，胶卷交到飞行员手上之后，很多片子我就再也见不到了。

日本人反攻的时候，我们只好转移来转移去。平戛的竹林很密，所以常常遭到轰炸。我们在竹子中开出一条小路，再开出一片空地，然后在丛林架起吊床。我们在云南一共有40名左右的摄影师，包括图片和影片摄影。我们被分成3个小队，每次执行任务的小组由一名军官和两名摄影师组成，中国士兵替我们扛装备。我和拍影片的亚瑟·海基是一个小组，我们原来的长官牺牲后，就剩下我和海基了。我有一支卡宾枪，我还有中国的卫兵，通常有2个中国卫兵跟着我。

当你身处其中时，就会觉得事情其实也没那么困难。这些事情，我老伴连一半都不知道。

中国的普通民众

中国是个伟大的国家，老百姓都很友好。如果你学会讲当地方言，人们会对你笑脸相迎。两年的中国战场经历，我是永远不会忘记的。我了解了这个国家，我了解了她的人民，他们有多么好。我从来没有见过一个中国人是坏的。下着大雨，他们种田，路边的小孩子们总是说："你好，你好，顶好，美国，顶好。"但你得小心，他们没有见过汽车。他们会在汽车经过时突然冲过公路，以为这样可以赶走恶魔。

要不是战争，这些中国人也不会见到我们这些美国人。我长时间不洗澡，在战地不刮胡子、不用美国牙膏，不用任何美国的东西，这样闻上去就跟中国人一样了。我穿中国的草编凉鞋、戴中国马夫的帽子，举止跟中国人一样，看上去完全像个中国人。

你在这个国家待的时间越长，就越像中国人。如果我当时没有结婚的话，我就会待得更长，因为我是战地记者，可以继续呆下去。想想看，如果留在了在中国，拍摄毛泽东或者其他人，会是怎样的情形。可是，我在军队里待了5年，与妻子有两年没见面了。所以，上司把我叫到办公室，让我填晋升表格时，我说不用了，我已经在中国待了2年7个月零22天，该回家了。

为窦恩将军拍照

窦恩将军是个非常好的人，他是中国远征军美军顾问团的参谋长，直接向史迪威将军负责。有一次，我来到顾问团驻昆明的总部，为窦恩将军拍照。我来到他的办公室，让他摆好姿势。当我按下快门的时候，闪光灯“嘣”的一声爆了，发出巨大的声响。立刻，门外冲进来4名军警，用枪顶住了我，他们还以为我对着将军开枪。我们都被这个意外惹得大笑不止。我特别崇拜窦恩将军，1942年的时候，他跟着史迪威将军从缅甸的丛林撤到印度，那是一次非常艰苦的旅程。

与蒋先生巡视战区的日子

作为美国陆军通讯部队的战地摄影技术军士，我和电影摄影师Isreal下士一起被派去参与一次绝密之旅。

一天上午，我们离开了昆明的美军第一招待所，开车来到城市另一端的中国军队总部。在通过许多的卫兵盘查之后，我们见到了卫立煌中将。他招待我们吃了早餐，然后通过翻译告诉我们：我们将陪同他的上司蒋介石委员长和几名参谋一起，坐飞机视察云南西部的几个中、美军事基地。

在登上美国陆军C－47飞机之前，我们设法给蒋委员长和他的部下拍摄了很多照片。在飞机上，Isreal下士请翻译去问问，能否与蒋委员长合影？我们来到他的座舱，卫立煌将军坐在蒋先生旁边。我请翻译告诉蒋先生：我在怒江战役中是卫立煌部队的战地摄影记者。翻译还没有把我的话传达完，蒋先生就点了点头说“我知道”，然后说“请坐”。

我向蒋委员长展示我的35毫米莱卡相机，并让Isreal下士给我们拍照。这是我在中国两年的服役中最有纪念意义的时刻之一。

在这次任务中，我们降落在曲靖（Kutsing）附近一个绝密的美军基地。蒋先生视察基地时，一位美国高级军官通过翻译问：蒋先生是否允许站在一旁的很多带有相机的美国军官和业余摄影师为他拍照？他同意了，并且摆好了姿势。接着，我用我的布鲁克林男生的中国话对中国人的最高统帅说道：“朋友，看一看，我的，请。”蒋委员长朝我转过身来，在众多的相机中向我微笑，他似乎听懂了我的话。这张照片就是当时的情形。这次任务是1944－1945年我在中国服役时最有意思的一段经历。

回家

战争结束了，日本投降签字仪式在南京举行。我飞到南京去拍摄。当时，世界各地的摄影师云集在那里，我所在的部队来了2人，现场还看见几个来自印度的第164照相部队的人。

接下来，我接到了回国通知。我当时可以到上海，从那里乘船，或是到昆明，飞驼峰到印度，再坐船。我选择了从昆明经印度回国。

在陆军服役的时光是非常难忘的。刚开始以为只去一年，但战争爆发了，你得加入作战部队。我成为了一名战地摄影师，我的照片出现在世界各地的报刊上，还上过《时代周刊》，我是一名优秀的摄影师，在没有闪光灯、什么也没有的情况下，很多人都不知道怎么样拍摄出好照片，但我知道。

我随一部分战地摄影记者回到了汉密尔顿基地，再从那里到新泽西，我的父母在新泽西迎接我回家。他们非常高兴，都哭了，儿子终于回家了。他们另外一个儿子、我哥哥还没回来，他当时在欧洲，正在回家的路上。

回到家感到如释重负，我可以吃不一样的食物了，意大利面条和肉丸子。

肯·伯恩斯（Ken Burns）的《战争》（The War）是个烂片，因为它根本没提中国。

我不知道过去的战友是否还健在，我只知道其中两人，一人已有93岁，另一人是日籍美国人，96岁了。

教蒋先生拍照

为蒋介石拍照

我很高兴我能活着回来。我生活中有的部分我不会放弃，无论好还是坏。我得过痢疾。吃多了家里带来的巧克力，上火，无法排便，那时倒是宁愿有痢疾。我只好上医院，法国人办的医院，战后我还在纽约见过他们。我至今仍然会痢疾发作。

你试图忘记一些事情，但是不容易。

有一次，我与妻子及一位朋友在一家日本餐馆吃饭，切菜的声音传来，让我突然联想到战场，脸色转瞬变得煞白。她们问怎么了，我却说不出来。当时很安静，我只听到在金属烤架上切肉的声音，听上去很像日本的机枪声，这声音把记忆一下子就带了回来。

即便现在看电影的时候，历史频道播放的二战影片中，日本人机枪的声音与我听过的一模一样，就像是在金属上面敲东西。有些记忆很难消失，我见过被打死的日本人，虽然我并不想记住这些事情。

在战场上的时候，我也会常常问自己为什么在这儿？特别是当枪声从耳边擦过时。还有，中国战场的经历对我来说意味着什么？经常有人会这样问我，有一次一个中学派来采访我的印度女孩也问了同样的问题。我对她说，那是一份荣耀。我在中国适应得非常好，我几乎变成了中国人。

三

战地摄影师的前线日记

中国远征军第2军

地点：平戛

星期三：

凌晨4点，我们下了吊床，离开师部，在黎明的黑暗中开赴前线。天明时，对日本人的进攻将打响。我们的任务是尽可能地拍摄战斗的情况，但不能使自己受伤。

我们这个小队由我、士兵亚瑟·海基、一名美军联络官、两名翻译、四名搬运器材的中国兵再加上两名卫兵组成。在黎明前朦胧的光线下往高山上攀登，不是件容易的事。相机就拿在手里，随时要做好准备。

我们不断地走过日本人挖的掩体，但是没有见到尸体。虽然已经被埋葬，但仍能闻见恶臭。当我们到达团部时，天刚刚亮，一名中国上校告诉我们将要发生的事情。

进攻已经开始了，我们在前面没有卫兵的情况下尽可能接近战场。我第一次听到了战斗的声响。我们拍摄了迫击炮攻击的照片，还拍了一些步兵转移到另一个侧翼去进攻日本人的情景。海基拍的是电影，我拍的是静止的图片。直到现在，我仍可以很清楚地回忆起进攻的枪炮声，以及迫击炮击中日本人据点时的爆炸场景。日本人已经占据了这里两年，十分顽固。

下午，我们决定下山到一个新的位置，那里离前线的观察所很近，我们可以清楚地看到日本人的碉堡，但是看不清细部。我拍摄了几张远景照片，然后我们决定跟着几名抬担架的人，拍摄他们将伤员抬走的情形。

就在小道上的一个急转弯处，突然听到急促的机关枪声，赶快卧倒。抬担架的人在我们前面，我们却看不见他们，而机枪声还在继续。我们伏在地上，很是害怕，然后很快爬回到我们出发的地方。

听说抬担架的人都被一个隐藏的机关枪火力点打死了，而今早巡逻的人经过时，它还不在那里。

下午我们前往营部的观察哨，去那里过夜。此时太阳已经下山，黑暗来临时，我们坐在掩体壕沟里，看着手榴弹的火光，听着被我军刺刀刺中的日本人的大声叫骂和尖叫。

这简直就像一部电影，我们无法意识到它不是。火焰将天空点亮，红色、蓝色、绿色，接着是一道白色。上校告诉我们，我方已经拿下日本人的三个据点。

星期四：

早点又是米饭和肉，我和海基都在拉痢疾。天气非常糟糕，雨下个不停，进攻陷入僵持，没有空中支持，没有巡逻行动。海基和我只能坐在掩体里看着，等着。

我用一个军用雨披来保持胶卷干燥，每次我从胶卷里抽一张纸出来时，就会抽出两个胶卷，因为潮湿让所有东西粘在一起。潮湿的胶卷粘在压板上，我的莱卡相机无法正常工作。

我们在掩体里待了一天，里面异常潮湿，中国的热带季雨名副其实，下雨还是下雨。6个小时过去，雨还没有停的意思，我们今天还是坐在这个小小的潮湿的掩体里，等待雨停。

星期五：

我们完全湿透了，非常糟糕，痢疾也止不住。战斗还在继续，但是部队决定撤退，重新组织力量。我们不能回去，因为不想错过这个机会，所以我们继续呆着，哪怕我们的“痢疾平”已经吃完了。

夜幕再次降临，我和海基谈论的话题都是食物。如果你从来没有吃过米饭，偶尔吃吃，会觉得还是蛮好吃的，但是我们吃了太长时间了，一天两顿稀饭，早上7点，下午4点，下午这一顿有蔬菜，这对一个还在成长的大男孩来说根本不够，我的肚子总是饿的。而且雨季期间，空投很少。

我的相机也不成样子了。为避免反光，我们把相机涂成黑色，结果涂层掉了，潮湿使得上面的皮革都掉了。夜晚，我将相机包在雨衣里，放进野战背包中。但是早上起来，就会发现相机上已是一层绿色的霉菌，甚至进了镜头里面。因此，每天使用相机前都必须检查一番。

今天，海基的35毫米柯达胶卷爬满了白蚁。大概他把相机挂在了树上，一只怀孕的母白蚁爬进了镜头上方的小孔。今天下午拍照时，他发现无数只白蚁在盒子里爬动，我们只好花了大半个下午的时间，用烟把它们熏跑。

星期六：

海基的情况变得更糟，只能躺着，医生已经来看过了。我坐立不安，跑出去拍摄一个山顶上的游击队。我走了一天半的路来到这个山顶，用带延长线的闪光灯拍摄了一些游击队员和一些掩体里的美国联络官的照片。闪光灯错过了好几次，但是我还是设法拍摄到一些有意思的照片。

回到总部，海基起来了，说感觉好多了。我们讨论了回到战场的可能性，想一直跟着这场战斗，直到被逐出山去或是夺回日本人的据点。

于是，我们就又出发了。雨还是下个不停。海基的鞋子还不错，可是我的中国草凉鞋在泥泞里早就滑得不见了。此时，我非常希望飞机能够空投一双我需要的鞋子。

后记　战争是什么

战争是什么？这么多年访问了如此多的老兵，已足以让人对战争心怀畏惧。日本在战前煽动战争的都是谁？战后的结局又如何？1948年的远东国际军事法庭裁定了28名甲级战犯，其中的7人上了绞架。这些战犯里不止有军人，还有政客、外交官、学者、教授、思想家。然而，战争之所以能被如此狂热地推动，远不是几个政治精英就能顺利主导的。普通民众有责任吗？当人们被盲目的民族主义冲昏头脑的时候，没人去想会引发怎样的结果。某一次，云南某厅官不知是无知还是自大，在某个“很思想”的场合大言不惭地自诩为“民族主义者”。他那些仇视西方、称雄亚洲、展现大国实力的话语，总让人联想到日本极端民族主义分子的鼻祖——大川周明，那个装疯逃过远东国际军事法庭绞刑判决的甲级战犯。大川周明曾主张日本主导亚洲，削弱欧美在亚洲的影响，争夺在世界上的话语权。历史，即使是你认为已被遗忘的历史，总是在悄然不觉中轮回。

史迪威将军1943年初冬从印度返回重庆，路过昆明的时候与他的参谋长窦思讨论过这个问题。他说：战争这个机器，是人类所策划的最浪费和最不道德的事情。从它们浪费的人的生命和国家资源来看，就不能说是正当的。

凡是与远征军老兵有过深入交谈的人，都会在这些参战者的眼睛里看到那只从未离去的死拽着他们的黑暗之手。我问过这些老人中的几位，问他们是否看当下的抗战神剧。他们不看！他们的经历是刻骨铭心的恐怖和惨烈。对此，即便不同阵营的士兵感受都是一样的。2003年，腾冲的高显映先生跟我讲了他小时候见过的日本兵。日军占领腾冲的时候，他十来岁，有时会与两个小表弟跑到城里玩。他至今记得："有一天，一个日本兵看着我们在玩，就叫我们过去，用他半通不通的汉话与我们聊天，说我们三个人很好。他拿出一张照片跟我们说：'父亲、母亲，我死了死了，在中国。'我有些可怜他，就对他说：'你的，开路开路的，回日本。'他说：'不行，开路的，父亲母亲死了死了。'我问他：'东北人？台湾人？'他说，他是东京人。"

吉野孝公受伤被俘后，一直担心中国人会像日军对待中国俘虏那样虐杀他，但结果出乎意料。他被抬去见了一位陆军少将，这位中国将军对他说：你来到这儿以后，绝不允许自杀。从现在起，在你们的肩上已承担着重大的使命和责任。战争一结束，你们就要成为重建日本的支柱。眼下的日本更需要你们这样的年轻人。中日两国也须尽早结束战争状态，为东亚，为全世界的和平，有着聪明才智的两国人民携手合作的时刻已经到了。接着，将军又说了一句"我讨厌战争"。句尾的语气很沉重。

吉野孝公是腾冲战役为数不多的幸存者。战后的数十年里，他一直恪守一个约定，每年都请来战友的遗属，举办佛事，一遍遍地重述战友们临死时的情形。当年，他们在悲惨的死别之际曾经起誓：活着的人，一定要将各人临死前的情况转告他们的亲人。后来，这些一年年重复讲述的故事汇编成了《腾越玉碎记》。他在序里写道："年轻人在看中越纷争的新闻画面时，只听他们叽叽喳喳地说：'我们真想在这种壮观的战场上，亲身体验一下战斗的滋味，哪怕一次也行啊！'当然这只是一群从未经历过战争的年轻人的话语，但在残酷的战场上，并非每个人都能幸免一死。我想告诉他们，在子弹纷飞的战场上，每一颗子弹随时都会夺去人的性命，而生命只有一次。"他写此书的动机正是针对"再来发动一次战争吧"的说法，让这些人了解真实的战争，请说这些话的人设身处地地想一想失去亲人的痛苦。士兵们在战场上最痛苦的话题，恰恰就是双亲、伴侣和孩子。一切的一切，都是为了不让人们再次发动战争。

《腾冲玉碎记》的出版人品野实，做过日本《每日新闻》的记者，战时曾被派往缅甸。他写过一本书叫《中日拉孟决战揭秘——异国的鬼》。在后记里，他这样写道："大人物们常常盛气凌人地口口声声说'保卫国家'，我总觉得他们所说的'国家'和民众所想的国家似乎大相径庭。他们所谓'保护国家'究竟是指什么？指人？土地？还是指用军费来掩盖经济的不景气，并伺机谋取私利的人们的'国家'？大概是指业已划分的势力范围吧。我们头脑中的国家，则是指生活在这片土地上的活生生的人。”“狂呼圣战期间，从缅甸进攻印度失败，使很多战士被活活饿死的牟田口廉也将军曾说：‘每一滴汽油就是一滴血，让士兵们步行吧。要培养勇敢的士兵，首先必须使士兵精神异常。’这的确是一条真理。因为不疯的人不会去杀人，也唯有那些不得不疯的士兵们才最了解战争的真实情况。”

说过讨厌战争的何止那位中国将军。1944年9月18日，腾冲光复后的第四天，陶达纲回想着刚刚过去的130多个日日夜夜，想着他那个几乎死光了的第592团，想着那些在他眼前倒下的士兵，他写下了这样的话：“我诅咒战争，厌恶战争，人类不应该有战争。人类应该用谈判来解决国与国之间的纠纷。我将至诚地焚香祷告上苍，早生圣人，早生大哲学家、大政治家、大思想家来主宰人类的事。”他说，“这场战争完全是日本首相田中义一的荒谬奏折造成的，是日本天皇裕仁在宫中享尽了人间荣华富贵，享得不耐烦了，与日本狂妄的军阀所做的‘东亚共荣’的迷梦。”那个时候，怒江战役远未结束，死了一万多人的松山刚刚攻克，龙陵还在激战中，日军第56师团的大本营芒市亦在胶着中。从1944年9月到1945年1月，距离芒友会师尚有4个多月的时间，陶达纲知道，有许多眼下还活着的生命将会死去。

陈宝文老先生写过一首七律，是他赠给他昔日战场上的对手——“老鬼子”木下昌巳的：

闻道远来祭亡灵，忆起往事又惊心；
此去听否江边鬼，夜夜泣涕到天明。
春闺梦里人安在，蔓草荒烟白骨堆。
将军阵前切腹死，军旗点燃化成灰。
常言兵者乃凶器，古来征战几人回。
偃武息兵民安定，修文讲信享康宁。
中日亲情衣带水，睦邻友好谊长青。

90年代早期，滇西刚刚开始向外国人开放，日军遗属团就一批批来到滇西祭拜亡灵，松山战役的遗属团领队就是木下昌巳。那时候，中国的接待方还不允许他们下车，只能远远地停车遥望。戈叔亚说，他曾看着老鬼子老泪纵横，他摆脱束缚，从车上奔将下去，直扑向松山阵地前的那棵弹痕累累的老松树，抓一把土捂在胸口，脸上的肌肉都抽搐得扭曲了。

从第一次看到麦姆瑞少校的家书到现在，不知道读过多少遍了。刚开始觉得它们平淡无奇，来自前线的声音怎么会如此的温柔。但一次次听参战者自述，一遍遍看参战者的回忆之后，便深深地体会到，有什么能比没有硝烟的平淡生活更有价值？被卷入战争的绝大多数是普通人，他们对家乡无穷无尽的思念，对亲人撕心裂肺的牵挂，计划家庭理财、健康计划和子女教育，这一切在和平环境下也许不值一提，但在战争中，它是那样的弥足珍贵，尤其是对一位战死沙场再没能回家的军人。

几年前的“九·一八”纪念日，在办公室听一个年轻人两眼放光地讲他的爱国主义和反日游行。等他眼里那空洞的光渐渐熄灭，我问他，如果中日间再次发生战争，他会不会挺身而出，就像60多年前那一代年轻人一样？这与在警察保护下喝着可乐喊口号可是两个概念。小子嗫嚅半天就是不回答。今天有多少人了解战争的真实，太多的年轻一代都不知道几十年里我们如何像对待垃圾一样对待自己的民族英雄，八年抗战史颠颠倒倒遍布着信誓旦旦的谎言。看今天那些莫名其妙的抗日神剧，就知道国人对历史的理解程度。如果依然是一团浆糊似的对待自己的历史，谈反日就太奢侈。有一年参加一家著名杂志的活动，同桌一个衣冠楚楚的中年人，来自中国最权威的社科研究机构，一个能够影响国家大政策的机构。他一直喋喋不休地在讲中国应该与美国来一仗，与日本来一仗。问他打得赢吗？他直言打不赢，然后再讲打不赢也要打的理由。他那个年纪是过了征兵的年龄，但他可以把别人的孩子蛊惑到战争中去。中国的战争疯子与当年日本的战争疯子有得一拼，只是两家疯子的差别在于：前者还缺少了后者的武士道精神，别指望他们会以身作则，把自己的话当真。

没有经过战争的一代人，把武力解决问题看得很容易，煽动一点民族情绪也很容易，但当战争降临的时候，还有那么多人热血沸腾吗？还会像当年那些破衣烂衫连饭都吃不饱的中国士兵那样，去面对国家的敌人？如果我们对战争的认识，对历史的了解，就停留在抗战神剧的水平上，如果中国真的如某些人希望的那样与别国来一次战争，结局会怎样？记得抗战胜利60年那一年，常有媒体约稿。那几天，刚送走芭芭拉姐妹一行，某时报编辑来电话，我向对方讲到这个话题，没想对方直截了当地打断我：“我们主编不喜欢美国。”我愣了一下禁不住想，当年如果没有盟国，估计你主编今天正带着孙子讲日语呢。

历史不可以选择性记忆，或是选择性遗忘。不论勇武还是怯懦、荣誉或耻辱，不论胜负，也无关忠诚与背叛，记忆塑造着我们的今天。能否真实地面对记忆，也考量着这个民族是否真的站了起来，或是真的像有人说的那样崛起了。这么些年里，不止一次有人问：寻找美军阵亡者的意义何在？你该给这个事件一个理由。为什么不去寻找中国的阵亡者？这话是问错了。正是在别人家的档案馆里，才把我们死去士兵的残篇断简拼接起来。当一个普通的生命为了国家荣誉而死之后，他们在自己国家的档案里应该可案可查，而不能像风一般消逝无踪。如果不是好事者在幸存的中国老兵们的晚年里记录下他们的故事，如果不是有斯坦福大学胡佛研究所完整的中缅印战区文献，如果没有华盛顿国家档案馆珍藏的第164照相部队的影像档案，那么整整一代人的荣耀与苦难，便都将消失得干干净净，不留一点痕迹，就像几十年前那成千上万的战死者一样。

如今，老鬼子死了，吉野孝公死了；我们的士兵刘志声、陈宝文、李植、吴昌铣、陆朝茂、蒋绍福、姚元也已逝去；还有阿扎尼亚、约翰·斯文理、泰德·道尔、辛普森、米歇尔、西德尼·格林博格、“月亮脸”中尉……几年来在寻找阵亡者名单的过程中，与我们一道经历并留下记录的中国老兵和美国老兵们大都已经远去。每一个生命在这个世界上都只是匆匆过客，他们留下的痕迹被称为历史。后世的人们能够从中学到些什么，决定着这个世界在未来的可能的命运。